Allie Well

Match on Ice

Allie Well, geboren 2000, lebt in Bayern. Seit dem Abitur studiert sie Lehramt, womit sie ihre großen Leidenschaften Sprachen und Pädagogik vereint. Wenn sie nicht gerade schreibt oder liest, ist sie vermutlich mit ihrem Hund in der Natur unterwegs.

Allie Well

Match on Ice

Liebe, Spiel und Sieg

PIPER

Mehr über unsere Autorinnen, Autoren und Bücher:
www.piper.de

Wenn Ihnen dieser Roman gefallen hat, schreiben Sie uns unter Nennung des Titels »Match on Ice – Liebe, Spiel und Sieg« an empfehlungen@piper.de, und wir empfehlen Ihnen gerne vergleichbare Bücher.

www.piper.de
Für direkten Kontakt und Fragen zum Produkt wenden Sie sich bitte an: *info@piper.de*

ISBN 978-3-492-50643-4

Redaktion: Birgit Förster
Satz auf Grundlage eines CSS-Layouts
von digital publishing competence (München)
mit abavo vlow (Buchloe)
Covergestaltung: Emily Bähr, www.emilybaehr.de
Covermotiv: Bilder unter Lizenzierung von
Shutterstock.com genutzt
Printed in Germany

Für Alex

Kapitel 1

Musik für eine Kür, die man eine Saison lang lief, wählte man nicht während einer Rosarote-Brille-Phase aus. Andernfalls sorgte sie für eine angespannte Stimmung, wenn die Beziehung weniger gut lief.

Was ebenfalls für eine angespannte Stimmung sorgte, war, dass Dan zehn Minuten zu spät, mit bunten Händen und einer aufgedrehten Amy, Amber oder Amanda im Arm zum Training erschienen war, sich grinsend aufgewärmt und zu mir aufs Eis gesellt hatte und jetzt zum vierten Mal den Axel stand, während ich zu wenig Rotation hatte und mich abmühen musste, mich nicht von meinem Partner abhängen zu lassen.

»Konzentriere dich, Romy«, mahnte unsere Trainerin Nadia, als wir an ihr vorbeiliefen.

»Konzentriere dich«, echote Dan und festigte seinen Griff um mich, hob mich hoch und setzte mich wieder auf dem Eis ab. Meinen Blick, der ihm eindeutig sagte, was ich von seinem Kommentar hielt, quittierte er mit einem Lachen, bevor wir uns das nächste Element vornahmen. Nadia wartete noch ab, bis wir unsere Rittberger hinter uns gebracht hatten, bevor sie uns zunickte und lobte.

»Uns« bedeutete dabei ein »Sehr gut, Daniel«.

Dan war einer der besten Eiskunstläufer, die ich kannte, in jedem Fall aber der beste, den man an der UMMH finden konnte. Als ich an der *University of Massachusetts*

Maple Hills angenommen worden war, hatte ich Glück gehabt, dass mir mein langjähriger Sportpartner und gelegentlicher Freund gefolgt war. Und zu unserem zweifelhaften Glück waren wir an Nadia geraten, die uns seither drillte. Wie auch jetzt.

»Besser«, sagte sie, sobald wir unser Programm beendet hatten und uns schwer atmend voneinander lösten. »Sehr gut, Daniel«, lobte sie, bevor sie zu mir sah und die Augenbrauen verengte. »Wann schaffst du den Axel, Romy? Wenn du ihn nicht bald zuverlässig hinbekommst, streichen wir ihn aus dem Programm.«

Und damit machte sie den Sprung einmal mehr zum aktuell größten Problem meines Lebens. Gelegentlich war Nadia kurz davor, dem Sprung den Rang abzulaufen, aber nachdem die beiden Hand in Hand gingen, war es letztlich egal, welchen Aspekt meines Sportlebens ich gerade unangenehmer fand. Dann wiederum stellte Dan aktuell ernsthafte Konkurrenz für den Axel und Nadia dar. Dan und seine furchtbar perfekte Art, einen Sprung auszuführen, den ich ihm mit beigebracht hatte. Er war stolz gewesen, als er ihn endlich beherrscht hatte. Das war auch der Grund, aus dem ich darauf bestanden hatte, ihn in das Programm aufzunehmen. Nur, um jetzt diejenige zu sein, die seit Wochen Probleme mit der Rotation hatte.

»Sie schafft das«, kam es von Dan.

Ich warf ihm einen überraschten Blick zu. Dass er mich in Schutz nahm, war nicht ungewöhnlich. Dass er es zwei Tage nach dem Streit, der unsere Beziehung beendet hatte, tat, dagegen schon. Dan war vieles, aber kein angenehmer Ex-Freund.

»Nächstes Jahr oder so«, fügte er hinzu, und schon entsprach sein Verhalten wieder dem, was ich erwartet hatte.

»Ich kann ihn stehen, ich bekomme nur den Schwung noch nicht richtig hin. Ich übe ihn weiter, versprochen«, sagte ich, ohne auf ihn einzugehen. Die Drehung konnte ich. Jedenfalls, wenn ich im Fitnessraum am Trapez hing und weder vor noch nach dem Sprung Gefahr lief, auf das Eis zu fallen. Ich wischte mir über mein Langarmshirt, ohne die bunten Handabdrücke, die Dan hinterlassen hatte, beseitigen zu können. Wehe, wenn sie beim Waschen nicht verschwanden. Meine Auswahl an Sportshirts war zwar nicht unbedingt klein, aber das hier war mein Favorit – und sollte es auch bleiben, bevorzugt ohne neues Muster.

Nadia murmelte etwas Unverständliches und entließ uns mit einer Handbewegung. »Morgen wieder hier, pünktlich um sechs.«

»Ja, Nadia«, antwortete ich.

»Ja, Nadia«, echote Dan, und wir liefen zur Bande. »Romy, ich ...«, setzte er an, als wir nacheinander vom Eis gingen und nach den Schonern griffen. Was er sagen wollte, sollte ich jedoch nicht erfahren, denn seine Begleiterin von vorhin erschien wie aus dem Nichts und hängte sich an seinen Arm.

»Pass auf, dass du ihre Kleidung nicht auch noch färbst«, meinte ich. Weiter auf die Vervollständigung seines Satzes zu warten, wenn er in Gesellschaft war, war zwecklos, also machte ich mich auf den Weg in die Umkleidekabine, wo ich mein Shirt wechselte und auf links drehte, damit es mir den Rest meiner Ausrüstung nicht bunt gestaltete. Dass Dan hin und wieder ohne Handschuhe lief, war nicht weiter ungewöhnlich. Dass er aber einen rosafarbenen und einen hellblauen Abdruck auf meiner Kleidung hinterlassen hatte, war alles andere als der Normalfall. Ich wusste nicht, ob mich die Abdrücke oder die Tatsache, dass Dan unvorsichtig genug war, sie zu machen, mehr störte. Bisher hatten wir es noch nach jeder Trennung geschafft, unsere Differenzen nicht mit auf das Eis zu nehmen. Wie es aussah, war diesmal alles anders.

Als ich die Umkleide verließ, hatte Dan den Arm um Amy, Amber, oder wie auch immer sie hieß, gelegt und lachte über etwas, das sie gesagt hatte. Wenn er wollte, konnte er charmant und lustig sein. Ein gut aussehender, erfolgreicher Sportler aus gutem Hause. Kein Wunder, dass er keine zwei Tage brauchte, um eine neue Freundin zu finden. Offensichtlich war Paarlauf nicht das Einzige, das einfacher war, wenn man ein Mann war. Zum einen war es nicht seine Verantwortung, mehr grüne Lebensmittel als leckere zu essen, weil ihn niemand mehrmals am Tag vom Boden pflückte und durch die Gegend warf, zum anderen musste er nur zweimal blinzeln und konnte sogar verschwitzt und mit ungewaschenen Händen auf Kuschelkurs gehen, ohne abgelehnt zu werden.

Ich fuhr mir mit der Hand durch die Haare und zerstörte damit wahrscheinlich, was von meinem Zopf noch übrig gewesen war. Heute war es wieder einmal großartig gelaufen. Nicht. Ein Blick zu Dan bestätigte mir, was ich schon den ganzen Tag über geahnt hatte: Ich wollte nicht nach Hause. Nicht, wenn mein Zuhause auch Dans Zuhause war.

Bis vorgestern hatte unser Arrangement perfekt funktioniert. Jeden Freitag und Dienstag hatte ich unsere Mahlzeiten geplant und vorbereitet, während Dan mir alles von den oberen Regalfächern geholt hatte, was ich nicht selbst hatte erreichen können. Dass das Gebäude seinem Onkel, einem kinderlosen Apotheker, gehörte, war ebenfalls ein Pluspunkt ... gewesen. Für den Moment funktionierte unser Zusammenleben; vermutlich vor allem, weil wir ohnehin getrennte Schlafzimmer gehabt hatten. Trotzdem wollte ich weder im Wohnzimmer sitzen, während Dan Damenbesuch hatte, noch unsere Fotos an den Wänden sehen.

Stattdessen schlug ich den Weg zu Maia ein. Maia war vieles – Programmiererin, Laienschauspielerin und meine beste Freundin –, aber keine Eiskunstläuferin. Kurz nachdem wir uns kennengelernt hatten, hatte sie mich aufs Eis begleitet, es aber mit einem gebrochenen Steißbein und einer ordentlichen Abneigung gegen alles, was kalt und glatt war, wieder verlassen. Gerade diese Eigenschaft machte sie zur perfekten Person für heute Abend. Dan hatte genug Bereiche meines Lebens eingenommen, jetzt wollte ich vor allem Abstand. Unterwegs schrieb ich Maia eine kurze Nachricht, ob sie zu Hause war. Zwei Minuten später hatte sie mir einen Standort geschickt, der definitiv nicht ihrem Wohnheim entsprach. Wo auch immer es war, es war besser als die Alternative.

Ich ließ mir von meinem Handy den Weg zeigen – dass ich nach den Jahren an der UMMH noch immer nicht ortskundig war, war eine Schande, wie Maia nicht müde wurde, zu betonen – und stand wenig später vor einem eher unscheinbar wirkenden Imbiss. Unscheinbar und alt.

»Da«, tippte ich in unseren Chat und lächelte, als die Haken neben der Nachricht sofort auf »gelesen« umschalteten.

»Romy, hi!« Maia kam aus dem Gebäude und breitete die Arme aus.

Ich ließ mich in die Umarmung ziehen und erwiderte den Gruß. »Wie geht's?«

Sofort verdrehte sie die Augen. »Wenn ich das nächste Mal auf die Idee komme, einen Zusatzkurs zu belegen, nur weil ich sonst Wartezeiten habe, erschieß mich vorher.«

»So schlimm?« Hatte sie heute ihren Kreativkurs gehabt? Als begeistertes Mitglied einer der Schauspielgruppen an der Uni hatte sie sich entschieden, einen Kurs in kreativem Schreiben zu belegen, und kämpfte sich seither durch die wöchentlichen Sitzungen.

»Schlimmer.« Sie verdrehte die Augen. »Und sag bloß nicht, dass du mich gewarnt hast.«

Ich zuckte mit den Schultern. Dann dachte ich es mir eben nur. Man sollte meinen, sie hätte aus meinen Fehlern gelernt. Als Dan zu Beginn des Studiums kurzzeitig in Erwägung gezogen hatte, eine Autobiografie zu schreiben, hatte er denselben Kurs besucht. Als seine treue Freundin hatte ich ihn begleitet. Weil ich mir letztlich aber treuer gewesen war als ihm und abgesehen davon die Veranstaltung gehasst hatte, war ich nach zwei Wochen wieder ausgestiegen. »Du bist bei der MacConnel, oder?«

»Bin ich.«

»Mein Beileid.« Mrs MacConnel, die sich selbst für fantasievoll genug hielt, außer Literatur auch kreatives Schreiben zu dozieren, war ein bisschen wie ein Endgegner im Semester. Ihre knappe »Bestanden«-Quote bekam sie nicht durch unerfüllbare Aufgaben, sondern durch die Masse an unsinnigen, mit denen sie einen Großteil ihrer Kursteilnehmer vergraulte – was erfahrungsgemäß gut funktionierte. Wahrscheinlich war sie faul und korrigierte nicht gern. »Müsst ihr auch die Essays zu euren Emotionen schreiben, wenn ihr Bilder betrachtet?«

»Ja.« Sie verzog das Gesicht. Zu Recht. Diese Textaufgaben waren verschwendete Zeit. Man suchte sich ein

Bild, sah es sich an, schrieb, was man warum wie fühlte, und gab es ab. Ohne Note.

Ich hatte den Mund schon geöffnet, um Dans alte Essays anzubieten, bis mir auffiel, dass mir das nicht mehr zustand. Ich schloss ihn wieder und kam mir vor wie ein Fisch. Stumm und nutzlos. »Mein Beileid«, wiederholte ich nur.

»Wie auch immer.« Sie klatschte in die Hände. »Wollen wir?«

Ich sah zum Imbiss. Allein vom Hinsehen nahm ich schon zu, und wie ich Dan kannte, würde er es morgen wissen und ansprechen. Plötzlich war ich mir nicht mehr sicher, ob Abstand und ein Abend hier die richtige Wahl waren. Morgen früh musste ich den Axel trainieren. Fast Food, Völlegefühl, zu wenig Schlaf und ein schlechtes Gewissen, weil Dan derjenige war, der mich heben musste, klangen nicht mehr attraktiv.

»Romy?«

Mit einem tiefen Atemzug schüttelte ich den Gedanken ab. Ich konnte einfach etwas trinken und später etwas anderes essen. Ein oder zwei Stunden mit Maia und Abstand waren wahrscheinlich klüger, als schlecht gelaunt in der Wohnung zu sitzen.

»Ich komme.« Ich folgte ihr ins Innere. Bei den ersten Schritten war ich beinahe überrascht, nicht am Boden kleben zu bleiben oder ein Geräusch des Loslösens zu hören, wann immer ich einen Schritt machte. Die Lederpolster der Tischnischen platzten an mehr Stellen auf als nicht. Vielleicht waren sie auch deshalb kaum besetzt.

Wir steuerten einen der unbeliebten Tische an, und ich nutzte die eine Hälfte der Sitzbank dazu, meine Sporttasche abzustellen.

»Ich glaube, ich bin damit an der Reihe, die Getränke zu holen«, meinte Maia. »Ich bin gleich wieder da, okay?«

»Ja, danke.« Während sie sich anstellte, um unsere üblichen Softdrinks zu bestellen, scrollte ich auf meinem Handy herum. Ich öffnete Instagram und schloss die App sofort wieder, als Dans Story ganz vorn angezeigt wurde. Auf Schnappschüsse mit seiner neuen Flamme hatte ich keine Lust.

»Einmal Cola light für dich.« Maia kam zurück und stellte den Becher vor mir ab. »Sorry, Pepsi haben sie nicht.« Sie stellte ihren eigenen Becher neben meinen und warf ihre Tasche auf ihre Bank. Leider beschränkte sich ihre sportliche Pechsträhne nicht auf Eiskunstlauf, und sie traf stattdessen eine halb tote Pflanze, die einen Moment lang gefährlich schwankte, bevor sie sich stabilisierte.

»Das hat niemand gesehen«, murmelte sie und schaffte es, meinen Blick fünf Sekunden lang zu erwidern, bevor wir losprusteten.

»So«, sagte sie, sobald wir uns wieder gefangen hatten, »du gehst freiwillig mit mir in ein Fast-Food-Restaurant. Was hat er angestellt?« Das Kinn auf die Hände gestützt, sah sie mich an.

»Wer?«, fragte ich, um nicht sofort antworten zu müssen. Was hatte er angestellt? Im Grunde genommen nichts. Wir waren kein Paar, es konnte mir egal sein, was Dan wann mit wem tat. Es sollte mir egal sein.

Maias Blick verdeutlichte mir, wie wenig sie davon hielt, dass ich mich dumm stellte. »Romy.«

Ich zuckte mit den Schultern. »Nichts«, antwortete ich schließlich und zog einen Mundwinkel nach oben, als Maia zu Protest ansetzte. »Erst kam er zu spät zum Training, dann hatte er seine neue Freundin dabei und ...« ... und er hatte mein Lieblingsshirt schmutzig gemacht. Ich brach ab, als mir klar wurde, wie kindisch ich klang. Im Grunde genommen waren wir mehr oder weniger erwachsene Menschen. Gefühle hatten auf dem Eis nichts verloren.

»Und?«, hakte Maia nach. »Hat er dich fallen gelassen?«

»Nein!« Gefühle hin oder her, dieses Risiko würde Dan niemals eingehen. Die Tatsache, dass er sich sogar mit gebrochener Nase noch darum gekümmert hatte, mich auf dem Boden abzusetzen, hatte das mehr als deutlich gezeigt. Dan war zu verantwortungsbewusst, um etwas passieren zu lassen, was er verhindern konnte. Die Leistung, die er von mir einforderte, brachte er selbst auch. »Er steht den Axel perfekt, und jetzt sitzen er und Nadia mir im Nacken.«

»Das ist der mit der Drehung, ja?« Maia nahm einen Schluck von ihrem Getränk und legte den Kopf schief.

»Genau, der mit der Drehung.«

Meine beste Freundin nickte langsam, dann schüttelte sie den Kopf. »Kein Plan, welchen Sprung du meinst. Ist er schwer?«

War er objektiv schwer? Vielleicht, aber objektiv betrachtet war er meinem Leistungsniveau angemessen. Fand ich ihn schwer? Ja. »Ich muss ihn einfach üben«, meinte ich. »Was macht dein Programm?«

»Welches?«

»Das, mit dem du gerade arbeitest. Für die Uni.«

Maia schnaubte. »Introduction to Game Development? Oder meinst du Penny?«

Ich blinzelte. Hatte sie Penny nicht in Game Development erstellt? »Penny, glaube ich.«

»Im Moment ist sie ja noch ein Baby, aber mein Prof denkt auch, dass ich diesmal auf dem richtigen Weg bin, was ihre Lernfähigkeit angeht.« Ein Lächeln, das allein für das Thema Penny reserviert war, breitete sich auf ihrem Gesicht aus. Würde irgendjemand, der sie nicht kannte, zuhören, läge der Verdacht nahe, Penny wäre ein echtes Kind. Für Maia war sie das, schätzte ich. Trotzdem würde es nie aufhören, ungewohnt zu sein, jemanden von einem Baby sprechen zu hören, wenn die Rede von einer künstlichen Intelligenz war.

»Es klingt auf jeden Fall gut.« Wie viel ich von Programmieren und Technik verstand, war egal. Wenn Maias KI langsam, aber sicher wuchs und sich von der Baby-KI zum Kleinkind entwickelte, konnte ich mich freuen, auch ohne zu wissen, was genau sie tat. Und den Gruselfaktor, den künstliche Intelligenz für mich hatte, ausblenden.

»Ja, ich ...« Sie riss die Augen auf. »Ist sie das?«

»Wer ist was?«

Maia zog die Augenbrauen nach oben und sah über meine Schulter hinweg in Richtung eines der beliebteren Tische. »Ich fasse es nicht!«

Ich machte Anstalten, mich umzudrehen, wurde aber von Maia ausgebremst.

»Sieh nicht hin.«

Ihr Ernst? Ich verdrehte die Augen und sah dennoch über die Schulter. Okay, Maia hatte recht gehabt. Nicht hinzusehen wäre besser gewesen.

»Wie ein Unfall, oder?«, sagte Maia. »Grausam, aber wegsehen kann man auch nicht.«

Ich nickte nur. Zu sehen, wie Dan seine Zunge dazu benutzte, die Zähne seiner Begleiterin zu putzen, war nicht, was ich mit Abstand im Sinn gehabt hatte.

»Tu dir das nicht an.« Maia griff nach meiner Hand und drückte sie. »Der Kerl ist es nicht mal wert, dass du ihn ansiehst.«

Langsam drehte ich mich wieder zu ihr zurück und atmete tief durch. Es war nicht so, als hätten Dan und ich den Kreislauf von Paar und Trennung nicht schon oft genug durchlaufen. Ganz egal war es mir trotzdem nie.

»Es ist mies von ihm, zwei Tage nach eurer Trennung einen schlechten Abklatsch von dir herumzuzeigen.« Sie rümpfte die Nase, nahm einen weiteren Schluck von ihrem Getränk und sah mich direkt an. »Wie ich ihn kenne, fällt ihm in spätestens einer Woche auf, dass Blondie nicht du ist, und er steht mit Blumen auf dem Eis.«

»Diesmal nicht«, murmelte ich und wagte noch mal einen Blick auf die beiden. Nein, das sah nicht danach aus, dass Dan und ich in absehbarer Zukunft mehr als Sportpartner sein würden. Mehr, als hätte er die Absicht, möglichst schnell mit unserer gemeinsamen Zeit abzuschließen. Und als wäre ihm Amy oder Amber oder Amanda eine große Hilfe dabei. Wenn ich nur auf Äußerlichkeiten achtete, war offensichtlich, dass Dan seinem Typ treu blieb. Wie es aussah, war niemand unersetzlich.

Mit einem Röcheln signalisierte der Strohhalm, dass Maias Becher leer wurde. »Ist wahrscheinlich besser so«, meinte sie. »Du findest einen besseren Typen. Vorzugsweise einen, der weiß, was er an dir hat.«

Im Moment wusste ich nicht einmal, ob ich einen anderen Typen wollte. Dan und ich ... wenn wir funktionierten, waren wir wie zwei Puzzlestücke, die zusammenpassten. Auf dem Eis, um das Eis herum und allgemein. Aber Puzzlestücke nutzen sich ab und unser Zusammenhalt damit wohl auch. Wir hängten uns aneinander, drifteten auseinander, und manchmal versuchten wir es erneut. Das Maia zu erklären, war unmöglich. Ich zuckte nur mit den Schultern und versuchte mich an einem Lächeln. »Ich hoffe, er bringt sie nicht mit nach Hause.«

»Oh.« Maia runzelte die Stirn. »Du kannst bei mir schlafen, wenn du willst. Ich glaube, du hast noch eine Garnitur Sportsachen in meinem Schrank, dann kannst du morgen früh raus. Oder wir waschen deine Sachen von heute mit der Hand.« Ein Grinsen breitete sich auf ihrem Gesicht aus. »Und während wir sie trocken föhnen, schauen wir einen Film und essen Eis.« Sie stockte. »Oder Gurken mit Frischkäse, wenn das deiner Sportlerseele weniger widerspricht.«

Ich hatte keine Ahnung, womit ich eine Freundin wie Maia verdient hatte. »Danke.«

Sie zuckte nur mit den Schultern. »Nichts zu danken. Sag mal, kann es sein, dass Dan heute hingefallen ist? Seine Hand ist irgendwie blau.«

»Die andere ist rosa. Die Abdrücke habe ich auf der Kleidung, also bin ich mir sicher, dass es nur Farbe ist.«

»Hm.« Sie musterte ihn einen Moment lang. »Ich hätte ihn nicht für einen Künstler gehalten. Egal, ich hole mir noch mal etwas zu trinken. Willst du auch was?«

»Nein, danke.« Ich sah auf meinen Becher, der bisher wenig von seinem Inhalt eingebüßt hatte. »Aber ich hole dir was. Sprite?«

Sie nickte, und ich stellte mich hinter zwei junge Männer, die jeweils größere Bestellungen aufgaben. Einer der Tische mit Holzstühlen hatte mittlerweile einen Bevölkerungszuwachs erfahren, den ich mit meinem auf Maia und Dan gerichteten Fokus nicht mitbekommen hatte. Die Gesichter kannte ich nicht, dem Aussehen nach konnten sie aber Studenten sein. Mit ihrer Größe wirkten sie beinahe deplatziert, wie sie sich um den Tisch drängten. Kurz darauf war ich an der Reihe und bestellte Maias Sprite.

Kapitel 2

Als ich die paar Schritte zu unserem Sitzplatz zurückging, war mein Platz von einem jungen Mann besetzt. Wie die anderen auch trug er eine Sportjacke. Ich atmete geräuschvoll aus. Von allen Abenden, an denen ich Maia in einen Fast-Food-Imbiss begleitete, musste heute ausgerechnet der Tag sein, an dem nicht nur mein Ex-Freund mit seiner neuen Freundin vorbeikam, sondern auch irgendeines der Teams unserer Uni ein Mannschaftsessen veranstaltete. Und dabei meinen Platz in Beschlag nahm. Als gäbe es nicht genug freie Tische hier. Dann blieb mein Blick an Maia hängen, mit der sich der Sportler unterhielt. Sie lachte.

Für einen Moment überlegte ich, ob ich einfach genug hatte und doch auf gut Glück nach Hause gehen sollte, wollte aber das Risiko nicht eingehen. Wenn ich sie darum bat, würde Maia auch jetzt mit mir gehen, aber ich wollte sie nicht loseisen, wenn sie gerade Spaß hatte. Den Becher in der Hand, blieb ich außerhalb ihres Sichtfelds stehen, bis sich jemand neben mir räusperte und meine Überlegungen beendete.

»Ja?«, fragte ich und sah dem jungen Mann auf die Brust. Huch. Etwas groß geraten, der Gute. Vermutlich Basketball oder so.

»Meine Augen sind hier oben«, sagte er und grinste. »Und ich habe eine Freundin.«

Ich verdrehte die Augen, sah ihm aber ins Gesicht. »Ja?«, wiederholte ich. »Kann ich helfen?«

Der Mann lächelte mich an. »Ich wollte dir einen Sitzplatz bei uns anbieten.«

»Danke, aber nein danke. Ich bin nicht allein hier.« Wie zum Beweis hielt ich Maias Getränk hoch. Diese schien es aber nicht zu vermissen. Gerade lachte sie über etwas, das der brünette Mann, der sich meinen Sitzplatz unter den Nagel gerissen hatte, sagte.

»Ich weiß. Setz dich trotzdem zu uns.«

»Hast du eine Wette verloren und musst mich fragen? Andernfalls finde ich es unhöflich, nach einem Nein nicht aufzugeben.« Vorsichtshalber machte ich einen Schritt auf den nächsten Tisch zu, sodass zumindest ein Holzstuhl zwischen uns stand. Nicht, dass mir das im Ernstfall viel bringen würde. Immerhin war ich nicht allein im Restaurant. Ich ließ den Blick über den Mann gleiten. Groß, augenscheinlich nicht unsportlich, nah. Nachts würde ich ihm nicht allein auf der Straße begegnen wollen.

Er lachte und kratzte sich am Hinterkopf. »Ich mache nur meinen Job«, sagte er, als würde das alles erklären. Tat es nicht.

»Aha.«

Ein Seufzen.

»Du siehst den Kerl mit den braunen Haaren, richtig?«, fragte er.

»Bei Maia, ja.« Sie unterhielten sich. Maia wirkte nicht so, als würde sie sich unwohl fühlen.

»Brandon versucht seit einem Jahr, sie auf ein Date einzuladen, ist aber abwechselnd zu schüchtern, zu verplant oder von ihren Freunden eingeschüchtert.«

Und heute war Tag X. »Ich gehe recht in der Annahme, dass du dich berufen fühlst, mich zu unterhalten? Ich hätte ihn nicht daran gehindert, mit ihr zu sprechen.«

»Wahrscheinlich nicht. Aber sie wirkt nicht so, als würde sie ihre Freundinnen allein herumsitzen lassen.«

»Das stimmt.« Ich seufzte. »Okay, von mir aus. Mit wem habe ich das Vergnügen?«

Eiskunstläufer waren die Typen schon mal nicht. Sie mochten vielleicht Kommilitonen sein, aber innerhalb der Sportarten hatte mein höfliches Desinteresse bisher auf Gegenseitigkeit beruht. Ich war hier, um zu studieren und zu trainieren, nicht um Freunde zu finden. Maia war die Ausnahme.

»Nash.« Er hielt mir die Hand, mit der er sein Tablett nicht balancierte, hin.

»Romy.« Ich schüttelte sie. »Hat die Basketballmannschaft einen Cheat Day?« Genügend Pommes und Burger hatten sie dafür jedenfalls angeschleppt.

Die Miene, die er zur Schau stellte, rangierte irgendwo zwischen empört und belustigt. »Eishockey. Setz dich auf den Stuhl neben Reed.«

Eishockey. Na wunderbar. Selbst in der Freizeit verfolgte mich das Eis. »Sofort.« Ich tauschte Maias Getränk gegen mein eigenes und gab ihr einen Daumen nach oben, damit sie wusste, dass ich gut aufgehoben war, dann besah ich mir die Auswahl der freien Plätze am Tisch. Drei Stühle waren unbesetzt. Und welchen davon sollte ich nehmen? »Seid ihr normalerweise nicht beschriftet?«, beschwerte ich mich.

»Shit, sorry, ja.« Nash schnitt eine Grimasse. »Reed!«

Einer der Eishockeymenschen sah auf.

»Das ist Reed. Reed, Romy; Romy, Reed.«

»Hey«, grüßte er und zog mir den Stuhl zurück, damit ich mich setzen konnte. »Cool von dir, dass du Brandon das nicht versaust. Pommes?« Er schob sein Tablett in meine Richtung.

»Nein, danke.« Die Pommes rochen gut, und zwischen essenden Menschen zu sitzen tat nichts dafür, mein Hungergefühl schweigen zu lassen, aber am Ende des Tages war ich ohne die Absicht, hier zu Abend zu essen, gekommen, und dabei würde ich bleiben. Auch wenn ich zwischen zwei Riesen von Sportlern eingeklemmt vor Fast Food saß. Ich lächelte. Wenn ich ehrlich war, hatte ich nicht erwartet, dass diese grobschlächtig wirkenden Jungs einander zum Anbahnen eines Dates verhalfen.

»Diät?«, fragte Nash zwischen zwei Bissen.

»Die Frage ist unangemessen«, teilte ich ihm mit, »und ich werde sie nicht beantworten.« So nett die Date-Aktion auch war, ich hoffte, dass Brandon etwas mehr Taktgefühl hatte.

Nash zuckte nur mit den Schultern und schob sich das letzte Stück seines Burgers in den Mund.

»Wann kommt Frost?«

Wer sollte kommen? Manche Eltern gaben ihren Kindern schon merkwürdige Namen.

»Sobald er das in der Halle geklärt hat«, meinte Reed und sah zu mir. »Irgendwelche dieser Fransenfritze haben unsere Halle eingefärbt.«

Ich blinzelte. »Wer hat was?«

Reed machte eine wegwerfende Handbewegung. »Primaballerinen on Ice, das Glitzerkampfgeschwader.«

»Er meint die Eiskunstlaufclique«, mischte sich Nash ein.

Fransenfritze? Ich nickte langsam. Wenn man uns so nennen wollte ... »Und was ist das Problem?«

Mit einem Seufzen wischte Reed sich die Finger an seiner Jacke ab und zückte sein Handy. Er hielt mir ein Bild unter die Nase. »Das.«

Eine Sekunde lang weigerte sich mein Gehirn, die Verbindung zwischen dem, was ich sah, und dem, was es bedeutete, herzustellen. Die Eisfläche, den Markierungen nach ein Spielfeld, war erschreckend wenig weiß. Stattdessen waren wilde Flecken und Muster in Blau und Pink auf dem Eis verteilt und augenscheinlich auch etwas tiefer gesunken.

»Was ... wie ...?« Ich sah von Nash zu Reed.

»Lebensmittelfarbe.« Reed fuhr sich durch die Haare. »Der Eismeister ist sauer, unser Trainer droht mit Suspendierungen, und unser Kapitän versucht gerade, das zu klären.« Er machte eine Geste, die das Restaurant mit einschloss. »Deshalb sind wir heute hier und nicht im Training.«

»Verständlich. Das ist nicht zu fassen.«

»Ja.« Nash nickte. »Typisch Eiskunstläufer.« Er drehte sich zu mir. »Fang bloß nichts mit einem von denen an. Der da hinten sieht die ganze Zeit zu dir.«

Ich imitierte Nashs Kopfhaltung und sah zu Dan und seiner Begleitung. Unsere Blicke trafen sich, und ich beeilte mich, mich wieder auf die beiden jungen Männer neben mir zu fokussieren.

»Wenn er dir unangenehm ist, sag Bescheid.« Reed drückte seine Finger zusammen, bis die Knöchel knackten.

Ja, danke, aber nein danke. Ich bevorzugte meine Sportpartner intakt. »Nicht nötig, danke. Wir kennen uns.«

Reed schnaubte. »Solange du ihn nicht anhimmelst wie sie.«

Dans Gesellschaft legte ihm gerade eine Hand auf die Brust und lehnte ihre Stirn gegen sein Schlüsselbein. Direkt auf die Platte, die ihm unser erster und letzter Ausritt eingebracht hatte. Er sah nicht so aus, als würde er sich wohlfühlen. Der Unfall war vier oder fünf Jahre her, aber er mochte es noch immer nicht, wenn jemand die Stelle berührte. Einen Moment tat er mir leid. Dann fiel mein Blick auf seine noch immer gefärbten Hände, und das Gefühl schwand ein Stück. Was hatte er sich nur dabei gedacht?!

»Hatte ich nicht vor«, murmelte ich.

»Gut.« Nash klatschte in die Hände und lehnte sich zurück, nur um seinen Arm in großer Geste über die Lehne meines Stuhls zu drapieren. »Wenn du Eissportler willst, nimm Eishockeyspieler.«

»Und warum sollte ich das tun?« Ich zog eine Augenbraue nach oben. Sollte ich noch mal etwas mit einem Sportler anfangen, war jemand, den ich kannte und der meinen Sport verstand, keine schlechte Wahl.

»Weil Eishockey nicht einfach Hockey auf dem Eis ist, sondern mit Respekt zu tun hat«, erklärte Reed.

»Seid ihr nicht diejenigen, die einander umfahren?« Entweder wir sprachen von unterschiedlichen Sportarten, oder sie waren sehr abgebrüht, was den Umgang mit ihren Konkurrenten betraf.

Nash winkte ab. »Vor dem Eis. Respekt vor dem Eis.«

Ich blinzelte. »Aha.«

»Auf dem Eis passiert wenig, was nicht rückgängig gemacht werden kann. Die Halle macht unseren Sport möglich, wir zeigen den nötigen Respekt.« Ich musste sehr verwirrt ausgesehen haben, denn er nickte langsam und fuhr dann fort: »Wir färben es beispielsweise nicht ein. Oder hacken Löcher in die Oberfläche. Das Eis gehört zu uns. Wenn die tanzenden Prinzessinnen unser Eis beschädigen, haben sie ein Problem.«

Reed hielt ihm die Hand hin und ließ ihn abklatschen.

»Den Fehler machen sie kein zweites Mal«, meinte Nash, dann zwinkerte er mir zu. »Wenn du Eissportler willst, die außerdem nicht albern aussehen, sind wir die bessere Wahl. Reed zum Beispiel ...«

Weil gepolsterte Rowdys die bessere Wahl waren. Verstanden. Ich verdrehte für beide sichtbar die Augen und pflückte Nashs Arm von meinem Stuhl. Für freundschaftliche Gesten wie diese kannten wir uns entschieden zu wenig. »Danke, kein Bedarf.«

Der junge Mann zuckte nur mit den Schultern und behielt seine Arme anschließend bei sich. Ich lächelte ihn an und unterdrückte den Impuls, mich dafür zu bedanken. Nash, Reed und ein paar weitere Spieler begannen ein Gespräch über Reihen und einen offenbar abwesenden Kommilitonen, der angesichts des bunten Eises emotional geworden und nach Hause gefahren war, um den Schreck zu verdauen. Inmitten eines Eishockeyteams zu sitzen, war eine seltsame Erfahrung. Faktisch kannte ich die Worte, die fielen, aber ihre Bedeutung in diesem Kontext erschloss sich mir nicht. Ich kannte Sonderausgaben von Büchern, die für zu viel Geld verkauft wurden und ideale Geschenke für meine Mom abgaben, aber warum jemand Sonderreihen auf das Eis stellen wollte, war mir ein Rätsel. Einen Becher Cola und jede Menge neuer Wortverwendungen später hatte ich die Toilette bitter nötig. Ich tippte Reed auf die Schulter, damit er mich aufstehen ließ.

»Ich komme gleich wieder.«

Er nickte nur und zog seine Jacke aus, um meinen Stuhl damit zu besetzen.

Zwei Minuten später kam ich zurück und hielt ein Gähnen zurück. Der Tag hatte früh begonnen, und morgen würde nicht besser werden. Ich drehte mich in Maias Richtung, um zu sehen, wie ihr Überraschungsdate lief, aber an dem Tisch, an dem wir gesessen hatten, stand nicht einmal mehr meine Tasche.

Stattdessen winkte Nash, um auf sich aufmerksam zu machen, und hielt meine Tasche nach oben. Ich setzte mich zurück zu meinen neuen Bekannten, falls sie nur kurz an der frischen Luft war, aber als sie auch eine knappe halbe Stunde später nicht auftauchte, zückte ich mein Handy und schickte ihr eine Nachricht. Das war das Gegenteil dessen, wie der Abend hätte laufen sollen.

Kurz darauf rief Maia mich zurück. »Romy, hey«, sagte sie. Zwischen den beiden Wörtern atmete sie schwer, und der Wind rauschte im Hintergrund.

»Hi. Wo bist du?«

Reed half mir, zwischen den Spielern herauszuklettern, sodass ich zu Maias und meiner Nische gehen und dort telefonieren konnte.

»Spazieren. Mit Brandon.« Ein Auto fuhr an ihnen vorbei. »Dem Typen von vorhin.«

Na wunderbar. »Denkst du, du kommst noch mal zurück?« Ich bemühte mich, weder schnippisch noch genervt zu klingen. Maia war nicht verpflichtet, Babysitter für neu beziehungslose Eiskunstläuferinnen zu spielen. Besonders, nachdem die Eishockeyspieler Brandon die Sache erst hatten ermöglichen müssen. Und Maia hatte ein nettes Date oder Spontan-Date mehr als verdient.

»Eher nicht.«

»Okay.« Als wäre der Tag nicht schon unangenehm genug gelaufen. Ich drehte eine Strähne aus meinem Zopf um den Finger und atmete langsam aus. »Dann viel Spaß euch.«

»Danke, Romy!« Sie klang peppiger als sonst. »Wir schreiben morgen?«

»Wir schreiben morgen«, bestätigte ich und wartete, bis sie aufgelegt hatte, bevor ich seufzte und den Kopf auf die Tischplatte sinken ließ. Also doch keine Filme mit Maia. Stattdessen konnte ich zurück zum Stadion laufen, wo ich parkte, nur um dann zurück zu Dans und meiner Wohnung zu fahren, zu der ich nicht wollte.

»Hey, alles okay?«, rief Nash von seinem Tisch aus.

Anstelle einer Antwort zeigte ich ihm nur einen Daumen nach oben und rappelte mich auf. Ohne Maia hierzubleiben war reizlos. Nash und Reed waren zwar oberflächlich nett, aber über ein bisschen Small Talk hinaus hatten wir uns nichts zu sagen. Ich hatte nicht die Absicht, ihnen zu erzählen, dass ich Mitglied des Glitzerkampfgeschwaders war, und an ihren Hockeyregeln war ich auch nicht interessiert. Den Tag abzuschreiben und zu beenden war wahrscheinlich das Beste, was ich heute noch tun konnte.

»Gehst du schon?« Reed schob einen anderen jungen Mann, der hinter ihm stand, zur Seite und legte den Kopf schief, als ich mit geschulterter Tasche zu ihnen kam, um mich kurz zu verabschieden.

»Eure Aktion war ein voller Erfolg«, meinte ich. »Maia ist mit Brandon losgezogen, und ich muss irgendwie nach Hause kommen.« Vielleicht fuhr auch ein Bus in die richtige Richtung.

»Ihr habt Brandon dazu bekommen, das Mädchen anzusprechen?«, mischte sich Reeds Gesprächspartner ein.

»Indem wir sie«, Reed deutete auf mich, »zur Seite genommen haben, ja.«

Der Mann, groß, blond, athletisch, nickte. Ob er mehr amüsiert oder beeindruckt war, war schwer zu sagen. Er sah zu mir und lächelte schief. »Ihr wart zusammen hier, und diese Helden haben euch getrennt?«

Ich zuckte mit der Schulter, von der keine Tasche rutschen konnte. »So ungefähr. Maia sah zufrieden aus, und ich finde schon einen Weg nach Hause.« Zumindest wenn ich mein Handy benutzte und zurück zum Stadion lief.

»Kommt nicht infrage.« Reed sah auf die Uhr. »Ich kann dich fahren.«

Nash, der bis eben in ein Gespräch mit seinem Sitznachbarn vertieft gewesen war, schreckte auf. »Auf keinen Fall. Du fährst furchtbar. Egal, ob auf dem Eis oder auf der Straße.« Sein Blick fiel auf den Neuankömmling. »Hi, Frost.«

Dieser hob die Hand zum Gruß.

»Ich fahre effizient.« Reed verschränkte die Arme vor der Brust.

»Du bist nicht grundlos im Tor geparkt.«

Reed lachte und trat halbherzig nach Nash, traf aber nur den Stuhl, der quietschend über den Boden schrammte.

»Und jetzt weiß Romy auch, warum du Tore lieber hältst als schießt. Du zielst wie meine Schwester.«

Mein Name war wohl das Stichwort gewesen, denn plötzlich hatten alle drei Spieler den Blick wieder auf mich gerichtet. Abwehrend hob ich die Hände. Wenn Reed kein vertrauenswürdiger Fahrer war, würde ich so oder so nicht in ein Auto steigen, das er fuhr. »Ich komme zurecht, danke. Viel Spaß beim Eishockey und alles.«

Mit einem Winken in die Runde ging ich in Richtung Tür und nach draußen. Die Route von vorhin war noch in meine Navigationsapp eingegeben, sodass ich nur Start und Ziel tauschen musste, um einen Weg zurück zum Stadion gezeigt zu bekommen. Ich war keine zwanzig Meter weit gekommen, als mich ein »Romy!« innehalten ließ. Reflexartig tastete ich alle Taschen ab. Handy, Schlüssel, Geld ... alles dabei. Was konnte ich noch vergessen haben?

Ich drehte mich um, und der Neuankömmling von eben kam mir hinterhergejoggt. Ein Autoschlüssel baumelte an seinem Finger, und er kratzte sich am Hinterkopf, als er vor mir stehen blieb.

»Hi. Sorry, falls dir das creepy vorkommt, aber ich habe ein schlechtes Gewissen, wenn du wegen der Jungs abends allein nach Hause laufen musst. Wenn du möchtest, fahre ich dich nach Hause oder wohin du willst.« Er lächelte und biss sich dabei leicht auf die Unterlippe.

Nur ein bisschen creepy. Wirklich gefährlich kam er mir nicht vor, aber was hieß das schon? Das Risiko wollte ich trotzdem nicht eingehen. »Danke für das Angebot, aber ich passe.«

Ich winkte auch ihm ein letztes Mal zu und ging in Richtung Eisstadion davon.

Kapitel 3

Aus Erfahrung wusste ich, dass die anderen Eiskunstläuferinnen auf dem Eis unsere Musik mindestens so satt hatten wie wir. Das, oder sie beneideten mich darum, mit Dan laufen zu dürfen. Oder auch beides. Fairerweise lagen sie richtig, wenn sie dachten, mit Dan hätte man den Jackpot gewonnen. Wenn er nicht gerade fremde Eisflächen einfärbte oder neue Flammen mit in die Wohnung brachte, war er ein ausgezeichneter Sportpartner und man konnte sich glücklich schätzen, ihn an seiner Seite zu haben.

Ich wusste, dass er wusste, dass ich wusste, was er mit der bunten Eishockeyeisfläche zu tun hatte. Ich bemerkte es an der Art, wie er mir auf die Stirn sah, nicht aber in die Augen. Oder daran, wie er betont distanziert nach meinen neuen Freunden gefragt hatte. Im Training heute Morgen hatte ich es geschluckt, schließlich hatte er mich faktisch mit der gegnerischen Partie des Kleinkriegs, den einige Mitglieder der Eisk... des Glitzerkampfgeschwaders und das Eishockeyteam führten, gesehen. Als er abends aber noch immer beleidigt wirkte, hatte ich das Theater satt. Wir waren zwei erwachsene Menschen, irgendwie eine Einheit, und unser gemeinsamer Job war es, auf dem Eis eine solide Leistung zu bringen. Wenn ich dafür früher aufstand, um noch vor dem Training mit Nadia den Axel zu üben, erwartete ich einen ähnlichen Respekt vor dem Sport von Dan. Wenn wir schon keinen Respekt vor dem Eis hatten.

»Besser«, ließ Nadia sich zu einem Lob herab, als ich meinen Axel beinahe ausreichend rotiert stand und diesmal kaum von Dan abgehängt wurde. Ich nahm mir die Zeit für ein kurzes Lächeln, hechtete aber im nächsten Moment wieder hinter meinem Partner her, um für die Hebung in der richtigen Position zu sein. Dan bohrte mir seine Finger in die Seiten, und ich zwang mich, meinen Protest aufzuschieben, bis wir unseren Durchlauf beendet hatten.

»Was sollte das eben?«, fuhr ich ihn an, als wir zu Nadia glitten. »Das tat weh!«

Er verdrehte nur die Augen. »Wäre es dir lieber gewesen, ich hätte dich fallen gelassen?«

»Bevor du meine Organe aufspießt? Dann lass mich lieber auf dem Boden stehen.«

»Was ist eigentlich dein Problem?« Dan verschränkte die Arme vor der Brust.

Ich zog eine Augenbraue nach oben. »Deine Aktion gestern war total daneben. Was hast du dir dabei gedacht?«

»Ich?« Er schnaubte. »Was haben die sich dabei gedacht, Glitzer auf meinen Sachen zu verteilen? Die können froh sein, dass wir gute Laune hatten!«

»Dir ist klar, dass die dich rausschmeißen, wenn das aufkommt?«, zischte ich und griff nach seiner Schulter. »Denk mit! Wenn du vor der Saison wegen unsportlichen Verhaltens oder Vandalismus gehen musst, ist es für uns beide aus!«

Dan schüttelte meine Hand ab. »Wie sollten sie das herausfinden?«

Indem sie scharf nachdachten, wer einen Grund haben könnte, die Eisfläche der Hockeyspieler in Mitleidenschaft zu ziehen. Nash und Reed hatten sofort gewusst, in welcher Sparte die Übeltäter zu suchen waren, und ich bezweifelte, dass dieser Kapitän und die anderen Entscheidungsträger weniger gut schlussfolgern konnten.

Mein Schweigen schien ihm Antwort genug zu sein, denn er lief zu Nadia und bremste vor ihr ab. Sie sah von ihm zu mir und zurück zu Dan, dann schüttelte sie den Kopf. Allein diese Geste sorgte dafür, dass ich ein schlechtes Gewissen bekam, das Thema auf dem Eis angeschnitten zu haben. Das zwischen Dan und mir war emotional geladen, und eigentlich sollte ich meine Gefühle mit dem Betreten der Eisfläche abschütteln und mit den Schonern auf trockenem Boden lassen. Ich strich mir eine lose Strähne aus dem Gesicht.

»Dein Axel wird besser, Romy«, sagte Nadia und nickte mir zu. »Aber du musst dich mehr konzentrieren.«

»Ja.« Ich nickte. Mehr Konzentration auf den Sprung, weniger Fokus auf Dans Aktionen. Das hier war wichtig, verdammt.

»Daniel, du läufst deiner Partnerin davon. Wenn du zu weit von ihr entfernt bist, musst du fester zugreifen, wenn du sie holst und hebst, und das tut ihr weh. Ihr seid ein Team, keine Kollegen.«

»Es ist ihre Aufgabe, in der richtigen Position zu sein«, warf er ein und stemmte die Arme in die Seiten. »Was soll ich denn machen, wenn sie den Sprung nicht ordentlich landet und dann irgendwo auf dem Eis bleibt?«

Ein Teil von mir wollte widersprechen und Dan daran erinnern, dass ich daran arbeitete und besser wurde. Ein anderer, größerer, Teil wusste, dass es zwecklos war, jetzt mit ihm zu diskutieren. Besonders, wenn wir nicht die

Einzigen auf dem Eis waren – dafür gerade diejenigen mit der musikalischen Hoheit.

»Ich gebe mir Mühe. Wir versuchen es noch mal, okay, Nadia? Ich versuche, schneller zu sein, und vielleicht kannst du trotzdem ein bisschen vorsichtiger sein?«

Nadia schenkte mir ein seltenes Lächeln. »Das ist eine gute Idee.« Sie wedelte mit den Händen, um uns zurück zur Mitte der Eisfläche zu scheuchen, dann startete sie die Musik erneut. Diesmal konzentrierte ich mich darauf, nicht zurückzufallen und die Elemente dennoch ordentlich auszuführen. Die erste Hebung funktionierte besser, auch wenn Dans Finger zielsicher die Stellen trafen, die nach dem Griff eben ohnehin schon unangenehm waren. Dann wiederum war im Eiskunstlauf immer irgendetwas unangenehm, angefangen bei dauerempfindlichen Knöcheln.

Dan dabei zuzusehen, wie er sich auf dem Eis bewegte, war faszinierend. Manchmal vergaß ich für einen Moment, wie viel Technik und Übung dahintersteckten oder dass er Schlittschuhe trug. Manchmal war es, als würde er über das Eis schweben, als wäre es das Natürlichste auf der Welt. Vielleicht war es das auch. Als Dan seinen Axel vorbereitete, war seinem Gesicht nichts in Richtung Anspannung anzumerken. Ich brauchte keinen Spiegel, um zu wissen, dass meine Miene das Gegenteil zur Schau stellte. Ich atmete den Takt unserer Musik mit, und schon als ich mich vom Eis abstieß, wusste ich, dass irgendetwas nicht stimmte.

Aus dem Augenwinkel sah ich Nadia die Bande umklammern, den Blick auf unsere Musikanlage gerichtet. Wahrscheinlich kam eine der Läuferinnen wieder erschreckend nah an die Anlage heran. Ich drehte mich um meine eigene Achse u...

Das Klavier unserer Musik brach ab, als es von E-Gitarren und Schlagzeug übertönt wurde. Noch in der Luft zuckte ich zusammen und wusste damit, was Nadia vorausgesehen hatte. Ich hatte zu viel Zeit, um den Aufprall nicht kommen zu sehen, aber zu wenig, um zu reagieren. Ich konnte nicht einmal die Arme hochnehmen, um den Schwung abzufangen, bevor ich auf dem Eis aufkam und darauf entlangrutschte.

Hart. Kalt. Nass. Im ersten Moment wagte ich nicht, mich zu bewegen. Konnte ich damit etwas kaputt machen? Ich wollte mir einen Augenblick Zeit nehmen, um das Gefühl für meinen Körper wiederzubekommen, aber die Musik stoppte abrupt, und schon raste Dan auf mich zu.

»Romy!«, rief auch Nadia und glitt zu uns.

Ich rappelte mich auf und zog die Mundwinkel nach oben.

»Alles okay?« Sämtlicher Biss war aus Dans Stimme verschwunden. Er hatte die Augen weit aufgerissen und streckte die Hand nach mir aus, nur um sie im nächsten Moment wieder sinken zu lassen.

Ich ertappte mich dabei, zu nicken, ohne zu wissen, ob es die Wahrheit war. »Alles gut«, schob ich hinterher und atmete tief durch. Stehen konnte ich, und auch so fühlte sich nichts gebrochen an. Einen Atemzug später wusste ich auch, dass meine Rippen in Ordnung waren. War ich überhaupt auf die Rippen gefallen? So klar ich die Sekunde, in der ich realisiert hatte, dass ich aus dem Gleichgewicht gekommen war und stürzen würde, in Erinnerung hatte, so wenig hatte ich von dem Aufprall selbst mitbekommen. »Was«, ich räusperte mich, »was war das?«

Nadia verengte die Augen zu Schlitzen und sah einmal mehr in Richtung Musikanlage. Dass das Gerät von sich aus die Musik geändert hatte, stand für uns alle außer Frage. »Darum kümmere ich mich später«, entschied sie. »Ist dir etwas passiert?«

So sanft hatte ich Nadia noch nie erlebt, und es war eine Mischung aus Überraschung und dem Nachhall des Sturzes, dass ich sie gewähren ließ, als sie mein Gesicht nahm und es drehte und begutachtete, bis sie anscheinend überzeugt war, dass ich keine größeren Verletzungen davongetragen hatte.

»Ich glaube nicht«, bestätigte ich meine Einschätzung von eben und schüttelte mir das Eis aus den Haaren, nur um zusammenzuzucken.

Sofort fixierte Dan mich, und ich zog einen Mundwinkel nach oben, um ihn zu beruhigen. Dan hasste es, nicht vollkommen sicher zu sein, dass mir nichts fehlte. Auf dem Eis hatte er das Bedürfnis, sicherzustellen, dass ich das Training intakt verließ. Private Differenzen hin oder her, gerade war er nicht mein Ex-Freund, sondern mein Partner.

»Alles okay«, formte ich mit den Lippen. Nur eine Beule, damit würde ich leben können. Ich hob die Hand, um Dan den Arm zu tätscheln, ließ sie aber wieder sinken, als ich sah, wie sehr sie zitterte. Es war ein bisschen, als würde ich ein Alien betrachten. Die Hand zitterte, und ich war ganz ruhig.

»Gut«, sagte Nadia. »Kannst du laufen?«

Ich nickte. »Ja.«

Den ersten Schritt machte ich mit so viel Entschiedenheit, wie ich konnte, beim zweiten begann ich, das Zittern meiner Hände zu spüren, und ab dem dritten hatte sich die Anspannung auf meinen gesamten Körper übertragen. Ich blinzelte und atmete tief ein und aus, um mich in den Griff zu bekommen, aber es war, als wäre ich ein Kind im

Geisterhaus, das hinter jeder Ecke den nächsten Schreck erwartete.

»Romy ...«, setzte Dan an und fuhr langsam neben mir her, einen Arm ausgestreckt, damit ich mich festhalten konnte, sollte ich die Stütze brauchen. »Ich denke, du solltest eine Pause machen.«

Ich schüttelte den Kopf. Wenn ich jetzt vom Eis ging, ohne eine Runde gelaufen zu sein, würde ich es morgen nicht mehr betreten.

Dan folgte mir noch ein paar Meter, und als ich plötzlich das Gefühl bekam, selbst mit den Kufen keinen Halt mehr auf dem Eis zu finden, war ich froh, dass er mich fing, bevor ich meine Beziehung zur Eisfläche vertiefte. Ich umklammerte seinen Arm und revanchierte mich wahrscheinlich für die Fingerabdrücke, die er bei der Hebung vorhin hinterlassen hatte.

»Das reicht für heute.« Nadias Stimme zerschnitt die Stille und ließ keinen Raum für Widerspruch.

Trotzdem öffnete ich den Mund – schloss ihn aber wieder, sobald ich ihrem Blick begegnete.

Nadia formte ihre Lippen zu etwas, was wohl ein tröstendes Lächeln sein sollte, jedoch auf halbem Weg verkümmerte und in einer Grimasse endete. Neben mir erstarrte Dan, und die Muskeln in seinem Arm verhärteten sich.

»Runter vom Eis«, befahl unsere Trainerin.

Ehe ich michs versah, hatte Dan einen Arm um meine Taille gewickelt und mich in einem Schraubstockgriff vom Eis und direkt in Nadias Arme geschoben.

»Was ist los?«, fragte ich und hielt Nadias Hand fest, bevor sie meinen Kopf ein weiteres Mal begutachten konnte. »Redet mit mir!« Dass Dan die Nerven verlor, war ungewöhnlich, aber vielleicht dem Schreck geschuldet. Nur weil man nicht selbst fiel, bedeutete es nicht, dass man nicht auch erschrak. Nadia dagegen ... vor heute hatte ich sie genau einmal beunruhigt gesehen, und das hatte einen gebrochenen Arm eines ihrer anderen Schützlinge involviert. Wenn sie für ihre Verhältnisse geradezu panisch aussah, musste mehr passiert sein.

»Romy, du blutest«, kam es von Dan, und er fasste sich seitlich an den Kopf. Meine Hand kopierte die Bewegung, und als ich meine Haare berührte, zuckte ich zurück. Ich ließ den Arm sinken und sah auf meine Finger.

»Oh«, machte ich wenig intelligent und schloss die Augen, als mir angesichts meiner roten Fingerkuppen schwindelig wurde.

Sofort hatte ich Nadias Hände an den Ellenbogen, und nur einen Moment später löste Dan sie ab. »Romy«, sagte er leise, »ich helfe dir ein paar Schritte weg und setze dich auf die Bank hier, okay?«

»Ich bin nicht dumm«, entgegnete ich. »Du kannst normal mit mir reden.«

»Wie schön, dass du deine charmante Persönlichkeit nicht verloren hast«, mischte Nadia sich ein, und allein die Tatsache, dass sie Dans und meinem Zanken überhaupt Beachtung schenkte, zeigte, wie sehr sie aus dem Konzept gebracht worden war. »Daniel trägt dich.«

»Ich kann gehen«, sagte ich, auch wenn ich mir damit nicht mehr sicher war.

»Du hast keine Schoner an den Kufen. Bereit?« Dan wartete meinen erhobenen Daumen ab, bevor er mich ohne viel Aufhebens auf die Bank setzte. Er setzte sich neben mich und legte mir einen Arm um die Schulter. »Damit du nicht nach hinten kippst und noch mal fällst.«

Ich rümpfte die Nase. Nadia kam mit einem Notfallset zu uns und begann, Dan halb geöffnete Materialien zu reichen. Sein Arm um mich wurde von der Stütze zum Griff, und er kam mit einem in Desinfektionsmittel getränkten Bausch in Weiß näher an mich heran.

»Stopp.«

Er hielt inne und zog beide Augenbrauen nach oben. Eine allein konnte er nicht koordinieren, wie wir eines Abends herausgefunden hatten. »Tut mir leid, das muss sein.«

Theoretisch wusste ich das, und trotzdem konnte ich nicht sagen, was mir unangenehmer war: dass mir jemand am Kopf herumwischen wollte oder dass dieser Jemand mein Ex-Freund war. Letzteres konnte ich beheben, also rückte ich so weit von ihm weg, wie ich es mir zutraute, ohne ins Schwanken zu geraten, und sah zu Nadia. »Kann sie das machen?«

Dan seufzte, reichte seinen Bausch jedoch an unsere Trainerin weiter, die ihn nahm, nutzte, und eingefärbt gegen einen frischen tauschte. Sie wiederholte den Vorgang, bis sie irgendwann eine Kompresse und einen Verband in den Händen hielt, aber nur von ihnen zu mir und wieder zurücksah. Ich schaute ihr dabei zu, wie sie sich schließlich dagegen entschied, mir ein Mumienkostüm zu verpassen, und sich aufrichtete.

»Tut dir etwas weh?«, fragte sie.

Ich schüttelte den Kopf. Noch immer nichts. Vielleicht würden die Kopfschmerzen kommen, sobald der Schreck nachgelassen hatte, aber sonst fühlte sich nichts gebrochen an. Probehalber bewegte ich die Schultern, aber auch das war nicht schmerzhaft.

»Kannst du dich an den Sturz erinnern?«

»Ja.«

»Ist dir schwindelig?«

»Keine Ahnung.« Ich zuckte mit den Schultern und zog ein Bein an, damit ich meine Schlittschuhe ausziehen konnte. Auf den Kufen zu laufen wäre so oder so keine Option. Nadia presste die Lippen aufeinander, sagte aber nichts dazu, dass ich lieber mit den Schnürsenkeln kämpfte, als mir helfen zu lassen. Immerhin funktionierte meine Feinmotorik gut genug, um die Schleifen zu öffnen und die Schnürung nach und nach zu lösen.

»Du zitterst. Ist dir kalt?« Dan kam mit unseren Trainingsjacken zurück. Ich hatte nicht bemerkt, dass er verschwunden war.

»Nein«, sagte ich langsam. Oder war mir kalt? Es war, als hätte ich jede Einschätzungsfähigkeit für meinen Körper verloren. Dann: »Mir ist übel, glaube ich.«

Dan machte einen Satz nach hinten. »Musst du dich übergeben?«

»Nein.« So viel wusste ich immerhin. Was ich auch wusste, war, dass ich mich nicht hinters Steuer setzen würde, solange ich zittrig war.

»Aber dir ist übel?«

»Ja.«

Dan sah zu Nadia. »Ich kann sie ins Krankenhaus fahren, das klingt nicht gut.«

Er bekam ein Nicken als Antwort. »Ja. Ich denke, das wäre gut.«

»In Ordnung.« Dan verschwand, nur um mit meiner Sporttasche und den Turnschuhen, in denen ich außerhalb des Trainings herumlief, zurückzukommen.

»Dan, du übertreibst«, informierte ich ihn und nahm ihm die Schuhe ab, bevor er auf die Idee kommen konnte, sie mir anzuziehen. »Es ist nicht das erste Mal, dass ich auf dem Eis gefallen bin.« Ich fuhr mir durch die Haare, darauf bedacht, nicht in die Nähe der Stelle zu kommen, die offenbar aufgeplatzt war.

»Du zitterst, dir ist übel, ich wette, wenn du aufstehst, ist dir schwindelig, und dein Kopf blutet schon wieder. Oder immer noch.«

Ein »Es ist ja nicht so, als ginge dich das etwas an« lag mir auf der Zunge, aber irgendetwas zwischen Anstand und dem Wissen, dass er die Wahrheit sagte, hielt mich davon ab, es auszusprechen. Natürlich ging es ihn etwas an. Wir kannten einander zu lange, um einander nichts anzugehen. Wir hatten zu viel miteinander erlebt, um einander nichts anzugehen. Und vor allem waren wir nach wie vor Sportpartner. Als solchen ging es ihn definitiv etwas an, ob ich funktionstüchtig war oder nicht. Ich atmete tief durch.

»Ich möchte, dass du dich in die Notaufnahme fahren lässt«, sagte Nadia und griff nach meinen Schultern, sodass ich keine andere Wahl hatte, als ihr ins Gesicht zu sehen und ihr zuzuhören. »Du musst das untersuchen lassen, damit wir ausschließen können, dass es mehr als eine Platzwunde ist. Vorher lasse ich dich nicht wieder aufs Eis.«

Dass sie meine Schultern aufmunternd drückte, nahm dem unguten Gefühl, das sich in mir ausbreitete, nichts von seiner Stärke.

»Okay. Ich rufe eine Freundin an.«

»Ich fahre dich«, bot Dan an.

»Sicher nicht. Das hier ist unangenehm genug; ich will nicht mit meinem Ex ins Krankenhaus fahren.« Nicht, wenn sich jeder Sturz wie ein Versagen anfühlte. Nicht, wenn Dan problemlos gelandet war, während mich ein bisschen Musik genug gestört hatte, um zu fallen. Nicht, wenn ich offenbar auf dem Eis genauso ungenügend war, wie ich es für Dan privat gewesen war.

Nadia nickte langsam. »Ruf deine Freundin an. Ich kann dich sonst auch fahren.«

Ich presste die Lippen aufeinander und schüttelte den Kopf. »Sie wird sicher kommen.«

Kapitel 4

»Was genau wird das?« Dan tauchte im Flur auf, die Schlafanzughose, die ich ihm letztes Jahr zu Weihnachten geschenkt hatte, locker zugeknotet, und die Haare in alle Richtungen abstehend.

Ich sah von dem Schuh, den ich gerade zuband, auf. »Ich gehe nach draußen«, informierte ich ihn. Der Arzt gestern Abend hatte gesagt, dass ich es die nächsten Tage ruhig angehen lassen sollte. Nachdem ich eine Nacht mehr oder weniger ungestört geschlafen hatte, hatte ich genug Ruhe getankt, um mich bewegen zu müssen, wenn ich nicht durchdrehen wollte.

»Ruhig angehen« im klassischen Sinne bedeutete, auf demselben Sofa wie Dan zu sitzen, seinen Blick auf mir zu spüren, aber das Gefühl von Zugehörigkeit zu vermissen. Diese Version von »ruhig angehen« bedeutete auch, zu akzeptieren, dass ich nicht so in Form war, wie es meinem Level angemessen wäre. »Ruhig angehen« bedeutete, meinen Gedanken genug Raum zu geben, um jede Chance auf Ruhe zu verspielen. Manchmal war Ruhe, nicht nichts zu tun.

»Du sollst dich schonen«, warf er ein und straffte sein T-Shirt, »nicht laufen gehen.«

Dass genau das mein Plan gewesen war, konnte ich nicht leugnen. Nicht, wenn ich Laufschuhe und Sportkleidung trug und quasi aus der Wohnung schlich. »Ich muss hier raus.«

»Es wäre mir lieber, wenn du hierbleiben würdest.« Er kratzte sich am Hinterkopf.

Mir aber nicht. »Ich bin erwachsen, Dan«, sagte ich und richtete mich auf, »und du bist nicht mein Freund.«

Dass ich Dan mit meinen Worten getroffen hatte, bemerkte ich an der Art, wie er die Schultern straffte und das Kinn hob. »Wenn es wege…«, setzte er an, verstummte aber, sobald ich den Kopf schüttelte.

»Ist es nicht.« Was auch immer es war, es war nicht der Grund. Zumindest nicht heute und nicht jetzt. Heute musste ich etwas tun, damit ich das Gefühl bekam, gegen mein Ungenügen anzukämpfen. Mehr Training, mehr Konzentration, mehr irgendwas. Was dieses Irgendwas war, das mir verloren gegangen war, wusste ich noch nicht, aber ich musste es wiederfinden. Ein Sturz im Training war eine Sache. Ein Unfall, wenn die Leistung zählte, eine andere. Ich musste etwas tun, damit das nicht passierte. »Ich habe meinen Schlüssel dabei.«

Mein Ex-Freund protestierte nicht. Stattdessen sah er mit verschränkten Armen zu, wie ich die Tür hinter mir zuzog. Dann fiel sie ins Schloss, und sein Blick war abgeschnitten. Ein Atemzug, von dem ich nicht gewusst hatte, dass ich ihn zurückgehalten hatte, entwich mir, und ich schob gleich einen zweiten hinterher. Die Treppen nach unten nahm ich in meinem gewohnten Tempo – allerdings nur die ersten vier Stufen, bevor ich bemerkte, warum genau ich mich schonen sollte. Mein Kopf begann zu pochen, und ich hielt inne, bevor ich den nächsten Schritt nach unten machte. Die restlichen Stufen über versuchte ich, den Schwung der Abwärtsbewegung auf den Ballen abzufangen, aber als ich an der Haustür ankam, war ich trotzdem nicht mehr von meinem Plan, laufen zu gehen, überzeugt. Dass das Eis heute keine gute Idee war, hatte ich geahnt. Auch wenn sich nicht mehr alles drehte, wollte ich trotzdem nicht riskieren, auf einem Bein sicheren Stand haben zu müssen oder Rückwärtsbewegungen zu koordinieren. Umzukehren und doch auf dem Sofa zu sitzen oder im Bett zu liegen war auch keine Alternative. Nicht, wenn Dan oben auf mich wartete. Nicht, wenn es schon wieder eine Niederlage wäre.

Ich atmete tief durch. Ein Spaziergang war die einzige Option, die zwischen Laufen und Umkehren lag. Ich federte meine Schritte weiterhin ab und öffnete meine Augen nur einen Spaltbreit, um der Sonne größtenteils aus dem Weg zu gehen. Helfen tat es nicht viel, und als ich zwanzig Minuten später wieder vor unserem Wohngebäude stand, klangen weder Sofa noch Bett nach unangenehmen Alternativen für den restlichen Tag. Ein bisschen Stolz mischte sich unter das generelle Gefühl von Unwohlsein und Frust, aber auch das Versagen blieb.

Nachdem ich mich die Treppe nach oben gekämpft hatte, zückte ich meinen Schlüssel und ließ mich in die Wohnung. Dan kam nicht, um zu sehen, wie es mir mit meinem Plan, Sport zu treiben, ergangen war. Ob ich froh oder enttäuscht war, wusste ich nicht. Eine frisch getrennte Ex-Freundin sollte eines von beiden sein, irgendwie jedenfalls. Vielleicht war ich keine besonders gute Ex-Freundin, vielleicht hatte sich auch ein Teil von mir daran gewöhnt, dass ich Dan nicht festhalten konnte. Manchmal fragte ich mich, ob ich es überhaupt versuchen sollte.

Auch wenn ich nur kurz an der frischen Luft gewesen war, fühlten sich meine Finger klebrig an, und mein Shirt klebte mir am Rücken. Ob es die Anstrengung war, die alles heute kostete, oder der Schweiß, den ich gestern nicht mehr abgewaschen hatte, blieb fraglich. Eine Dusche war dennoch keine Option. Ich war mir verhältnismäßig sicher, dass mich der junge Arzt, der meinen Kopf genäht hatte, instruiert hatte, was Wasserkontakt mit der Naht anging, aber abgesehen von seinem offensichtlichen Unbehagen, die Stelle vorher zu rasieren, und der Brille, die eine Spur zu groß für sein Gesicht gewesen war, konnte ich mich an nichts erinnern. Das würde ich Maia fragen müssen, sie hatte sich das hoffentlich gemerkt. Bis dahin musste ein Waschlappen reichen.

Nach meinem Trip ins Badezimmer holte ich mir noch ein Glas Wasser aus der Küche, damit ich mein Bett in absehbarer Zukunft nicht verlassen musste. Die Zeit, die ich vorhin noch als endlos empfunden hatte, wirkte mit einem Mal nicht mehr so lang. Ich würde schlafen oder dösen, für Serien oder mein Studium pochte mein Kopf zu sehr.

»Wieder da?« Dan trat ebenfalls in die Küche und füllte sein Glas.

»Ja«, antwortete ich und zog einen Mundwinkel nach oben.

Zu meiner Überraschung kommentierte er weder die kurze Dauer meines Ausflugs noch die Tatsache, dass ich mittlerweile eines seiner alten T-Shirts trug. Womöglich war das der Grund, weshalb ich ein »Ich gehe mich noch mal hinlegen« hinzufügte, von dem ich wusste, dass er es als das Friedensangebot verstehen würde, das es war.

»Ruf, wenn du etwas brauchst«, entgegnete er und lächelte, als ich den Raum verließ, um zwei Türen weiter in mein Bett zu fallen.

Wie sich herausstellte, war es leichter, sich müde ins Bett zu legen, wenn man nicht das Eis geküsst hatte. Solange ich mich nicht bewegte, fühlte sich mein Körper an wie immer. Sobald ich jedoch versuchte, mich in eine angenehme Position zu rollen, war es, als wäre mein Nacken um sechzig Jahre gealtert und mit einem Hexenschuss versehen. Egal. Ich musste nicht verstehen, warum mein Nacken protestierte. Wichtig war, dass er damit aufhörte. Spätestens morgen hatte die Ruhephase ihr Ende, bis dahin würde sich das hoffentlich gelegt haben.

Dass nicht mehr passiert war, war Glück gewesen, das wusste ich. Angenehm war es trotzdem nicht.

Wieder aufs Eis zu steigen hatte etwas von Heimkommen. An manchen Tagen war es wie ein Arbeitsplatz, an den man sich beinahe zwingen musste, an anderen war es der Ort, an dem man die Welt abschütteln und einfach sein konnte. Heute war es Letzteres.

»Deine Haare«, erinnerte Dan mich, als ich die Schoner schon abgelegt und beide Füße auf dem Eis stehen hatte. Automatisch fasste ich mir an den Kopf. »Warte.« Er joggte zurück zu meiner Tasche, bei der er darauf bestanden hatte, sie zu tragen, und zog meine Reservehaargummis heraus. Kurz überlegte er, dann steckte er zwei der drei Scrunchies wieder zurück und brachte mir den dritten.

»Danke, Dan.«

Er zog einen Mundwinkel nach oben und gestikulierte zu meinen Sportleggins, die denselben Farbton hatten. »Das war der Richtige, hoffe ich?«

»Ja, danke.« Ich band mir einen Zopf und wartete, bis Dan sich zu mir gesellt hatte. Nach gestern war die Stimmung zwischen uns komisch. Sogar Maia war es aufgefallen, als sie abends kurz vorbeigekommen war, bevor sie mit Brandon ausgegangen war. Unsere Gespräche blieben oberflächlich, aber die Selbstverständlichkeit, mit der ich ihm sein favorisiertes Springseil beim Aufwärmen mitbrachte, oder die Art, wie er das richtige Haaraccessoire auswählte, erzählten noch eine andere Geschichte. »Bereit?«

»Bereit.« Mit einer fließenden Bewegung betrat er die Eisfläche und begann, seine Runden zu drehen, ohne auf mich zu warten. Er war schon fast an der ersten Stirnseite angelangt, als er sich umdrehte, um zu sehen, wo ich blieb.

Ich testete noch mal, wie sich mein Nacken und Kopf bei ruckartigen Bewegungen anfühlten, dann machte ich die ersten Schritte nach vorn. Heimkommen. Das traf es gut. Zwar sollte ich es nach wie vor ruhig angehen lassen, aber das konnte ich auch auf dem Eis. Nadia hatte ihr Veto für kompliziertere Sprünge und Würfe eingelegt, bis ich nicht mindestens drei Tage beschwerdefrei trainiert hatte, aber ihr Okay für eine entspanntere Einheit gegeben. Ich wiederum hatte beschlossen, dass ihre Einschätzung erfahrungsbasierter war als die eines Arztes, der maximal fünf Jahre älter aussah als ich. Nicht aufs Eis zu gehen war, wie nicht zu atmen: Ich erstickte daran, wenn ich nicht vorher das Bewusstsein verlor. Eis war wie ein Zuhause, egal, in welchem Bundesstaat es sich befand. Und jetzt war ich wieder angekommen.

»Das waren die längsten vierzig Stunden meines Lebens«, informierte ich Dan, als ich ihm hinterherlief. Erst langsam, dann immer schneller. Ich lächelte. Irgendwie hatte ich mehr erwartet. Mehr Zögern, mehr Zurückhaltung, mehr ... Angst. Dass ich mich freute, wenn etwas hinter meinen Erwartungen zurückblieb, kam selten genug vor.

»Schlimmer als die Nacht am Flughafen, als unser Flug ausgefallen ist?«, zog er mich auf und drehte eine schnelle Pirouette, bevor er mich weiter ansah.

Ich zuckte mit den Schultern. »Vergleichbar?« Wobei die Nacht nur geringfügig weniger furchtbar gewesen war.

Eine Runde später war auch Nadia angekommen und teilte uns ihren Plan für heute mit. Dans Schultern sackten weiter herunter, je länger unsere Trainerin davon sprach, dass sie für die nächsten Tage ein ruhiges Trainingsprogramm für uns angedacht hatte. Ich spielte mit dem Saum meines Sportshirts. Wäre ich nicht so dumm gewesen, auf einen Musikwechsel zu reagieren, hätten wir das Problem nicht.

»Sorry«, sagte ich und verlagerte das Gewicht von einer auf die andere Kufe.

Dans Miene verhärtete sich. »Es ist nicht deine Schuld, dass sich irgendwelche Eishockeyspieler an unserer Musikanlage zu schaffen gemacht haben.«

Ich runzelte die Stirn. »Ich glaube nicht, dass sich das Eishockeyteam mit unserer Musik auseinandergesetzt hat.« Generell war allein der Gedanke, dass sich Menschen wie Nash oder Reed genügend mit uns vom Glitzerkampfgeschwader befassten, um zu wissen, welche Musik wer nutzte, etwas absurd.

»Aber dass sich unsere Musik nicht einfach so ändert, weißt du schon, oder?« Er verdrehte die Augen. »Und wer sollte das tun, wenn nicht deine neuen Freunde?«

Okay. Offenbar hatte er mir die Verbrüderung mit dem Feind zugunsten Maias Überraschungsdate noch nicht ganz verziehen. Auch wenn es erst ein paar Tage her war, kam es mir fast wie aus einem anderen Kapitel meines Lebens vor. Vielleicht hatte sich das falsche Gerät mit der

Anlage verbunden. Oder jemand hatte es versehentlich verstellt. »Letztlich ist es sowieso egal«, entschied ich. Gute Eiskunstläuferinnen erschraken nicht so, dass sie nicht mehr landen konnten, Musik hin oder her. »Es ist ja nichts passiert.«

Nadia räusperte sich und zog unsere Aufmerksamkeit damit auf sich. »Nichts passiert sind keine sieben Stiche, Romy.«

»Vier haben auch gereicht«, murmelte ich, nickte aber brav und suchte Dans Blick. »Können wir anfangen?«

Konnten wir. Von Nadia bekam ich die mehr als deutliche Anweisung, sofort Bescheid zu geben, sollte mir auch nur im Entferntesten unwohl sein, dann ließ sie uns unsere Einzelelemente laufen. Mit jeder Drehung, die ich machte, fühlte ich mich ein Stück mehr wie ein funktionierender Mensch. Ein Lächeln breitete sich auf meinem Gesicht aus, und mit jedem Mal, das Nadia in meine Richtung nickte, gewann ich ein Stück Sicherheit zurück. Sie bedeutete mir, in Ruhe weiterzumachen, und rief Dan zu sich, damit wenigstens einer von uns ordentlich trainierte. Damit würde die Leistungsschere zwischen ihm und mir nur größer werden.

Ich lief zur Bande und tat, als müsste ich meinen Zopf neu binden, um ihnen kurz zusehen zu können. Faktisch blieb ich nicht wirklich hinter Dan zurück, von meinen Problemen mit dem Axel abgesehen. Das änderte nichts daran, dass er stabiler ablieferte. Wenn Dan eine Technik verinnerlicht hatte, konnte er sie immer abrufen, egal, was um ihn herum passierte. Er hatte Ziele, wusste, wie er sie erreichte, und erreichte sie auch. Wäre er nicht in meinem Team, würde ich ihn für seine Perfektion hassen. Manchmal hasste ich ihn ein bisschen dafür, auch wenn wir als Paar liefen. Manchmal wie jetzt. Nach einem Blick über die Schulter, der ihm versicherte, dass er niemanden umrennen würde, nahm er an Fahrt auf, bevor er sich in eine Sprungabfolge stürzte, die ihn über das Eis fliegen ließ. Er stand die letzte Landung, ließ die Bewegung auslaufen und kehrte dann zu Nadia zurück – nicht ohne einen kurzen Blick in meine Richtung. Pflichtschuldig applaudierte ich ihm, bevor er sich sein verdientes Lob abholte und ich weiter meine Drehungen übte.

Je mutiger ich wurde, desto mehr wurde der Wunsch, irgendetwas zu tun, zum Bedürfnis, mithalten zu können. Dass das unsinnig war, wusste ich selbst. Ich hatte eine Gehirnerschütterung gehabt – oder hatte sie noch, keine Ahnung. Ich konnte froh sein, heute wieder auf dem Eis zu stehen. Aber auf dem Eis zu stehen war nicht dasselbe, wie auf dem Eis zu laufen.

Ich vergewisserte mich, dass sowohl meine Trainerin als auch Dan anderweitig beschäftigt waren, und ging unser Programm gedanklich durch, bis ich einen Sprung fand, den ich versuchen konnte. Nichts Kompliziertes, nichts, was ich nicht zuverlässig konnte, aber etwas, das sich gut machte. Ich beschleunigte, nahm das vorangehende Element, eine Drehung, mit, um in die Bewegungsabfolge zu rutschen, und holte Luft, um mit dem Absprung ausatmen zu können. Im selben Moment, in dem sich mein zweites Bein vom Eis löste, fiel meine Haltung in sich zusammen.

Erst als ich mehr aus Reflex als bewusst gelandet war, bemerkte ich, dass ich die Arme hochgenommen hatte, wie um einen Sturz abzufangen.

Ich schüttelte den Kopf, streckte die Arme nach unten durch und versuchte es noch mal. Diesmal kam ich nicht erst vom Eis los. Stattdessen brachte mich der ungenutzte Schwung nach oben aus dem Gleichgewicht, und ich stolperte in die nächsten Schritte. Meine Knochen fühlten sich kalt und weiß an, ein bisschen erstarrt und ein bisschen festgefroren. Ich wischte mir mit den Handballen über die Augen. Was war das gewesen?

Wirklich realisiert, was eben passiert war, hatte ich noch nicht. Ich hatte Angst bekommen, so weit verstand ich mich. Aber wovor? Die Kombination hatte mich nicht straucheln lassen, seit ich vierzehn gewesen war. Warum sollte es jetzt anders sein? Es war nicht so, als wäre vorgestern mein erster Sturz auf dem Eis gewesen. Nicht einmal der schlimmste, was die Fallhöhe oder den Schwung anging. Nicht der erste Sturz aus einem Sprung – und bei Weitem nicht der verletzungsreichste. Es war nichts passiert, also warum stellte ich mich so an?

Meine Augen begannen zu brennen, und ich blinzelte. Eine Eiskunstläuferin, die keine Sprünge stand, hatte Übungsbedarf. Eine Eiskunstläuferin, die nicht einmal vom Eis abhob, war keine Eiskunstläuferin.

Es waren nur zwei Versuche gewesen. Aber was, wenn der dritte auch schiefging? Und der vierte und der fünfte? Was, wenn ich das nicht hinbekam? Würde Dan mich dann auch hier ersetzen? Ich presste mir die Hände an die Schläfen und zuckte zusammen.

Ich musste das schaffen. Ich konnte das. Trotz der Handschuhe wischte ich mir die Hände an der Hose ab, atmete tief durch und begann die Abfolge erneut. Einatmen, ausatmen, übertreten, übertreten, Drehmoment nutzen, Schwung holen – und wieder war meine Bewegung zu zaghaft, als dass sie mich in die Luft katapultiert hätte. Wieder kam ich gerade noch rechtzeitig wieder ins Gleichgewicht, um nicht hinzufallen.

Tränen schossen mir jetzt endgültig in die Augen, und ich rutschte mehr zurück zur Bande, als zu laufen.

»Romy?« Dan unterbrach seinen Durchlauf und schloss zu mir auf. »Alles okay? Ist dir nicht gut?« Er stellte sich auf die Zacken seiner Schlittschuhe, um noch ein Stück größer zu sein als ich, und ließ den Blick über meinen Kopf gleiten.

»Ich brauche eine Pause.«

»Ist es wegen des Axels?«

Ja. Nein. Vielleicht. Keine Ahnung. Ich zuckte mit den Schultern. Frust und Scham, dass Dan bemerkt hatte, wie ungenügend meine Leistung gewesen war, mischten sich, und die erste Träne lief mir über die Wange.

»Das ist kein Grund, zu weinen, das ist normal. Du hattest einen Sturz, dir geht es nicht gut, und du brauchst vielleicht noch einen Tag Ruhe. Morgen geht es dir besser, und wir holen deinen Rückstand auf.« Er klopfte mir auf die Schulter und lief zurück zur Mitte der Eisfläche.

Nadia, die ebenfalls gekommen war, sah ihm nach und schüttelte kurz den Kopf. »Daniel ist sehr direkt, aber er hat recht. Du brauchst nur ein bisschen Zeit.«

Kapitel 5

Wie es aussah, brauchte ich nicht nur mehr Zeit, sondern auch jede Menge Übung und Muskeln, die mir nicht den Dienst versagten, wann immer ich zu mehr als einer kleinen Pirouette ansetzte.

Drei Tage später schwand Dans Geduld mit mir, und unser Waffenstillstand verwandelte sich in das Tretminenfeld, das zuvor zwischen uns gelegen hatte. Während ich Nadia mit großen Augen ansah, als sie verkündete, unser heutiges Abendtraining würde einer »verpflichtenden interdisziplinären Krisensitzung« zum Opfer fallen, zuckte Dan nur mit den Schultern und murmelte ein »Wenn sie so weiterläuft, können wir die Saison sowieso vergessen«.

Ich gab mir Mühe, nicht sichtbar in mich zusammenzusinken, aber die Worte waren zu wahr gewesen, um mich nicht treffen zu können.

»Es tut mir leid«, sagte ich leise. Ich wusste, dass ich hinter Dans Erwartungen – und schlimmer: meinen eigenen – zurückblieb. Ich wusste, dass ich Stunden in die Technik meiner Sprünge investierte, jede Trockenübung zuverlässig stand und auf dem Eis entweder erstarrte oder einen Rückzieher machte. »Ich gebe mir Mühe.«

Dan verschränkte die Arme vor der Brust. »*War stehts bemüht* bringt uns nicht zu den Nationals.« Er seufzte. »Ich sehe dein Problem nicht. Es ist nur Eis.«

Nur Eis. Ich nickte. *Nur Eis* hatte mich meine erste Karriere beenden lassen, als sie gerade gestartet war. *Nur Eis* ließ mich in Angstschweiß ausbrechen, wenn ich auch nur einen Sprung anvisierte, eine Unebenheit unter den Kufen spürte oder meine Konzentration kurz nachließ. »Nur Eis.«

»Im Ernst, reiß dich zusammen. Du bist eine gute Läuferin, aber was hilft das, wenn du nicht abliefern kannst?«

Wieder nickte ich. Ich musste das hinbekommen. Und wenn ich mich mit Baldriantee ruhigstellen und dann trainieren würde; ich musste mich in den Griff bekommen. Idealerweise, bevor Dan entschied, dass er nicht abwarten wollte, bis ich wieder die leistungsstarke Sportlerin war, der er nach Massachusetts gefolgt war. Bevor er entschied, nicht abwarten zu wollen, ob ich wieder verlässlich wurde.

»Wenn ich die Spieler in die Finger bekomme, die uns das angetan haben ...« Er schüttelte nur den Kopf und hielt mir trotz allem die Tür auf, als wir Nadias Anweisungen folgten und statt von den Umkleiden zur Eisfläche ins Foyer gingen.

Die Bestuhlung, die mehr Klappbänken als Stühlen entsprach, war bereits halb mit Menschen gefüllt, die ich noch nie in meinem Leben gesehen hatte. An sich war das an der Uni nicht ungewöhnlich. Hier bei den Eishallen dagegen waren wir meistens unter uns. Sicher kannte ich die anderen Paare oder Einzelläufer, wie Lennard, einen von Dans Freunden, auch in unterschiedlichen Maßen, aber zuordnen konnte ich sie dennoch. Den Pulk vor uns eher weniger.

Einzelne Mitglieder der überwiegend männlichen Gruppe sahen das jedoch anders.

»Hey, das ist Rosie, oder?« Einer der jungen Männer drückte den Kopf seines Sitznachbarn herunter, um besser sehen zu können.

»Romy«, korrigierte der Zwangsgeduckte und richtete sich wieder auf. »Romy«, wiederholte er lauter und winkte.

Es dauerte einen erschreckend langen Moment, bis ich ihn als Nash identifiziert hatte. Ein paar Plätze weiter saßen Reed und Frost. Dann waren die restlichen jungen Männer Typ Schrank wohl ebenfalls Eishockeyspieler. Neben mir reckte Dan das Kinn vor.

»Hi«, antwortete ich Nash, winkte zurück und zog Dan zu den freien Plätzen, die am weitesten von dem Team entfernt waren.

»Was wollen die hier?« Dan verdrehte die Augen und ließ sich neben mich auf die Bank fallen. »Reicht es ihnen nicht, meine Partnerin auszuschalten?«

Ich warf einen Blick auf die Truppe. Ein Großteil der Spieler sah ähnlich ahnungslos oder genervt aus wie wir. Auf mich wirkte es nicht so, als wäre die Veranstaltung eine Inszenierung, nur um den Kleinkrieg voranzutreiben. Nicht, wenn Nadia mittlerweile angekommen war und sich neben einen optischen Mittvierziger im Trainingsanzug gestellt hatte. Sie ließ sich nicht auf solche Spielchen ein.

»Ich glaube, das hier ist eher offiziell.« Zumindest wurde es das, als der sportliche Direktor der Uni das Foyer betrat und sich vor die Bänke stellte, die nun auch mit mir bekannteren Gesichtern aus den Eissportarten bestückt waren.

»Guten Tag allerseits«, begann Mr Banner und verschränkte die Arme hinter dem Rücken. »Vielen Dank, dass Sie sich so kurzfristig hier versammelt haben.«

Um mich herum schnaubten die ersten Leute. Es war ja nicht so, als müssten wir nicht mit Disziplinarmaßnahmen rechnen, blieben wir Trainingseinheiten oder verpflichtenden Sportevents ohne Entschuldigung oder triftigen Grund fern. Unsere Anwesenheit hatte weniger mit Spontanität zu tun als mit Zwang. Ich sah kurz zur Seite und fing Reeds Blick auf, der eine Kopfbewegung in Richtung Banner machte und die Augen verdrehte.

Ich antwortete mit einem Nicken. Wie es aussah, waren wir vom Eiskunstlauf nicht die Einzigen, denen eine vernünftige Eiszeit lieber gewesen wäre.

Frost stieß Reed mit dem Ellenbogen an, damit er wieder zu unserem Direktor sah.

»Im Umgang mit Studierenden Ihres Alters ist ein gewisses Maß an Chaos und Rebellion zu erwarten. Mischt man dies mit Leistungssport, kann auch mit einer gesunden Rivalität gerechnet werden. Natürlich sehen wir Ihnen dies nach, denn neben Ihren Verpflichtungen sollen Sie Ihre Zeit an der UMMH natürlich genießen.«

Je länger ich ihm zuhörte, desto bevormundeter fühlte ich mich. Es war ein bisschen, als wäre ich wieder das kleine Mädchen, dem fremde Rentnerinnen in die Wange kniffen und den Kopf tätschelten. Oder als würden Verwandte ein Thema mit »Wenn du älter bist, verstehst du das« abhaken, wann immer ihnen die Diskussion zu anstrengend wurde. Und dabei wussten wir noch immer nicht, warum wir eigentlich hier waren.

»Aber wie es aussieht, haben einige von Ihnen die Freiheiten Ihrer Studienzeit etwas zu sehr genossen. In den sieben Jahren, die ich die athletischen Programme betreue, habe ich unzählige kleine und große Katastrophen erlebt.«

Er erzählte von unkontrollierbaren Partys, Schwangerschaften von vielversprechenden Studentinnen und Verantwortung. Erst etwa zehn Minuten und die Erkenntnis, dass an diesem Campus ein halber Kindergarten herumlief, später, besann er sich zurück auf das eigentliche Thema.

»Künftig sehe ich mich also gezwungen, den Toleranzspielraum hierbei drastisch einzuschränken. Unfähigkeit, unsere Einrichtung angemessen nach innen und nach außen zu repräsentieren, wird unabhängig von Karrierechancen, Wettkämpfen und anwesenden Scouts geahndet. Wer uns in der Freizeit nicht würdig vertritt, wird es auch an Wettkampftagen nicht tun.«

Die meisten von uns nickten langsam.

»Ich hoffe sehr, dass Sie sich der Tragweite, die Ihre Handlungen haben, bewusst werden. Ganz besonders möchte ich hierbei auf die zunehmende Unsportlichkeit der Streiche, die sich das Eiskunstlaufteam und die Eishockeymannschaft spielen, aufmerksam machen. Eine gesunde Rivalität kann Ihnen zugestanden werden. Wenn diese jedoch in Sachbeschädigung«, die Eishockeymannschaft plusterte sich etwas auf und warf vielsagende Blicke in den Raum, »und Inkaufnahme schwerer Unfälle durch Sabotage von Trainingseinheiten«, Dan neben mir wuchs um einen halben Kopf, während ich am liebsten im Erdboden versunken wäre, »übergeht, ist für uns jeglicher Spaß zu Ende. Betrachten Sie dies als finale Warnung. Sie können sich bei Ihren jeweiligen Trainerteams bedanken, dass Sie eine letzte Chance erhalten, die Wogen zu glätten, bevor ich die Verantwortlichen zur Rechenschaft ziehe.«

Er nahm uns alle ins Visier, nickte und verschwand so schnell, wie er gekommen war.

Der Mann im Trainingsanzug nutzte den Moment, in dem Mr Banners Worte noch nachwirkten, um seinen Platz vor den Studierenden einzunehmen.

»Ihr habt Mr Banner gehört«, sagte er, und ich war überrascht, wie hoch seine Stimme war und wie gut sie dennoch zu seinem Gesamtbild passte. Optisch ordnete ich ihn dem Eishockeyteam zu, zumindest der Größe und dem Körperbau nach zu urteilen. »Wir«, er deutete auf Nadia und sich, »stehen selbstverständlich hinter Mr Banners Einschätzung der Situation.« Mit einer Hand fuhr er sich durch das Haar, die andere steckte er in die Hosentasche. »Leute, es reicht. Das Maß ist voll. Sabotierte Kostüme, stumpf geschliffene Schlittschuhe – den Kindergarten könnt ihr unter euch ausmachen. Aber unsere Halle sieht aus, als wäre eine Kunststunde schiefgelaufen, und bei den Eiskunstläufern gab es einen Trip in die Notaufnahme, weil irgendwelche Knallfrösche dachten, es wäre eine gute Idee, sie zu erschrecken.«

Selten war ich so froh um ein Stirnband, das das Pflaster, das ohnehin mehr in meinen Haaren als an der Haut klebte, kaschierte, gewesen. Um uns herum reckten einige Anwesende, die meinen Sturz nicht mitbekommen hatten, die Köpfe, um das tragische Opfer ausfindig zu machen. Meine Hand zuckte in Richtung Dans, aber selbst wenn es mir zugestanden hätte, hätte ich seinen Halt nicht gewollt.

»Ich mache es kurz. Die Eisfläche ist eine Sache. Das bedeutet nicht, dass wir Sachbeschädigung gutheißen, aber Mrs Petrowa und ich sind uns einig, dass wir in Kauf genommene Verletzungsrisiken schwerer gewichten als das und etwaige sportliche Karriereoptionen. Für euch heißt das, dass ihr das ausbügelt und wir die restliche Saison keine Regelverstöße beider Sportarten«, er betonte die Worte, »sehen möchten. Alles andere hat die Konsequenzen, die Mr Banner angesprochen hat, zur Folge. Habt ihr das verstanden?«

Diesmal gab es niemanden, der nicht sofort nickte. Wir würden alle an der kurzen Leine gehalten werden und uns benehmen, sofern wir unsere Wettkämpfe antreten wollten. Verstanden.

»Gut. Ich möchte, dass mein Kapitän und die Assistenzkapitäne noch hierbleiben, die restlichen Spieler dürfen jetzt gehen. Ich vertraue darauf, dass ihr den verbleibenden Tag sinnvoll nutzt.«

Etwa zwanzig junge Männer standen auf und beeilten sich, das Foyer zu verlassen.

»Von mir bleiben bitte Daniel und Rosemarie.« Nadia signalisierte den beiden, nach vorn zu kommen.

Erst als Dan mich anstieß und mir bedeutete, ihm zu folgen, fühlte ich mich angesprochen. Niemand – niemand – nannte mich Rosemarie. Nicht, seit ich meinen Namen als Kind nicht hatte aussprechen können und ihn zu Romy zusammengekürzt hatte. Ich war keine Rosemarie.

Ich sah die Eishockeyspieler, die neben uns vor den Trainern standen, nicht an.

»Wie ihr sicher mitbekommen habt, hat eine meiner Läuferinnen im Zuge der Streichkultur eine Kopfverletzung davongetragen«, sagte Nadia.

Nachdem außer mir keine weitere Studentin anwesend war, konzentrierten sich die Blicke der Spieler auf mich. Ich blinzelte. Ich hatte nicht gewusst, dass Brandon ein ranghoher Eishockeyspieler war. Von Frost ganz zu schweigen.

»Wir wissen, dass irgendjemand aus dem Team dafür verantwortlich war«, mischte sich Dan ein und stemmte die Arme in die Seiten. »Und jetzt läuft sie wie ein Rehkitz nach der Geburt.«

Der dritte Eishockeytyp konnte sein Lachen nicht ganz zurückhalten und gab einen prustenden Laut von sich. Wäre die Situation nicht auch ohne Dans demütigende Worte schon schlimm genug gewesen, hätte ich vermutlich mitgelacht. Leider beschrieb er damit aber mich, und damit wurde die Sache weniger lustig als problematisch. Im Moment war ich auf dem Eis mehr Schaden als Nutzen, daran konnte ich nichts amüsant finden.

Frost warf seinem Teamkollegen einen mahnenden Blick zu und schenkte mir ein schiefes Lächeln. Ich hatte ihn nur ein paarmal lächeln gesehen, aber bisher war es immer schief gewesen. So unsympathisch ich ihn fand, weil er in die Sturzsache involviert war, so sympathisch war sein Lächeln. Etwas Unperfektes inmitten der Perfektion meines Sports tat gut. Wenn auch nur eine Sekunde lang.

Nadia räusperte sich und lenkte unsere Aufmerksamkeit auf sich. »Wir haben uns entschieden, die Suche nach den Verantwortlichen für die jeweiligen Extrembeispiele von Streichen auszusetzen und stattdessen eine Maßnahme zu wählen, die den Sportsgeist stärkt. Letztendlich liebt ihr alle das Eis, und das sollte euch verbinden.«

Ich zog eine Augenbraue nach oben. So viel Pathos war ich nicht von ihr gewohnt.

»Um die Sache abzukürzen. Jack, als Kapitän stehst du für dein Team gerade. Du verbringst so lange Zeit mit Rosemarie, bis sie sich gut genug fühlt, zu ihrem vorherigen Trainingsregime zurückzukehren. Brandon, Mac, ihr unterstützt Jack mit allen Kapitänspflichten, solange er für euch den Kopf hinhält.«

Neben mir schnaubte Dan, und auch wenn er mein Sportpartner war, hätte ich ihm gerne den Ellenbogen zwischen die Rippen gerammt. Es war nicht so, als wäre er nicht maßgeblich an der Eskalation der Situation beteiligt gewesen. Er hatte keinen Grund, sich aufzuspielen oder zu protestieren.

»Ein Hockeyspieler? Was soll sie mit dem anfangen?«

»Dan«, zischte ich. »Lass es gut sein.« Ich war nicht zwangsläufig begeisterter von der Idee, zum Sozialprojekt zu werden, nachdem ich schon in den Kleinkrieg hineingezogen worden war. Aber ich sah auch ein, dass ich das nicht vor der explosiven Gruppe ansprechen musste. Das konnte ich hinter verschlossener Tür mit Nadia klären.

»Wie soll er das anstellen?«, fragte Brandon – dankenswerterweise, ohne auf Dan einzugehen. »Das schafft er nie.«

Sein Trainer verschränkte die Arme vor der Brust. »Ich hoffe sehr, dass es ihm gelingt. Andernfalls haben wir keine konkreten Schuldigen und sehen uns gezwungen, die gesamte Mannschaft zu sperren.«

Alle drei Spieler keuchten auf.

»Das kannst du nicht machen«, protestierte der dritte Spieler, ob Mac oder Jack wusste ich nicht. »Was ist mit ihnen? Warum bekommen sie keine Konsequenzen?«

»Weil das Wissen, dass einer von uns mit seiner Partnerin üben soll, da er allein nicht ausreicht, Strafe genug für Daniel zu sein scheint«, meinte Frost und wischte sich über das Gesicht.

Nadia nickte. »Außerdem werden er und einige ausgewählte Mitglieder beider Teams dem Eismeister in den kommenden Wochen besondere Unterstützung bieten.«

Ob das Dan oder der Eismeister schlimmer finden würde, war noch ungewiss.

»Rosemarie und Jack, ihr bleibt bitte noch kurz. Brandon, Mac, bitte informiert die restlichen Mannschaftsmitglieder über die Lage. Ich vertraue darauf, dass ihr intern entscheidet, wer von euch eine Unterstützung für unseren Eismeister darstellen soll.« Der Trainer nickte seinen Spielern zu.

»Dan, wir besprechen morgen alles Weitere«, sagte Nadia und gab ihm zu verstehen, dass er gehen sollte.

Es hatte etwas von geprügelten Hunden, wie die drei jungen Männer aus dem Foyer schlichen. Übrig blieben Jack, sein Trainer, Nadia und ich.

Ich sah zu Jack. Oder Frost. Er lächelte wieder schief, und diesmal fand ich nichts daran sympathisch. »Ich brauche ihn nicht, Nadia. Dan hat schon recht, was soll das bringen?« Dass er mich mit seinem Schläger oder der Kelle, oder womit auch immer er spielte, attackierte, würde meine Sprünge nicht besser machen.

»Das ist verschwendete Zeit, Coach«, stimmte mir der Kapitän zu.

»Das mag sein«, meinte der Trainer – Michael – und nahm ihn zur Seite. »Aber du wirst einsehen, dass keine Disziplinarmaßnahme geholfen hat und das die letzte Chance ist, nicht das halbe Team zu suspendieren oder euch alle zu sperren. Diesmal sind die Jungs wirklich zu weit gegangen. Sei froh, dass Mr Banner sich darauf eingelassen hat«, fügte er leiser hinzu. Wahrscheinlich wollte er nicht, dass jemand außer Jack mitbekam, was der eigentliche Grund für das Konzept war. »Es tut mir leid, dass es dich damit trifft. Gib dein Bestes, sei nett und charmant, so schwer kann das nicht sein.«

Und mit diesem einen Satz hatte er geschafft, was Dan seit Studienbeginn versucht hatte: Ich verlor meinen Respekt vor Eishockeyspielern.

»Hier.« Nadia drückte mir einen Schlüssel in die Hand.

»Ähm«, machte ich und sah von meiner Hand zu ihr und wieder zurück.

»Das ist der Schlüssel zur Halle. Solange du mit Jack trainierst, brauchst du Zugang zu den Trainingsmöglichkeiten.« Sie zwinkerte mir zu. »Oder auch, wenn du für dich sein möchtest, ohne dass dir jemand«, sie sah in Richtung Tür, »zusieht und dich bewertet. Du warst allein sehr gut, du warst mit Daniel sehr gut, und du kannst wieder sehr gut sein. Dein Problem liegt nicht in der Technik oder der Ausstrahlung, dein Problem liegt hier«, Nadia tippte sich an die Stirn, »und hier«, sie tippte sich ans Herz. »Vielleicht ist Hilfe von unerwarteter Seite nicht die schlechteste Idee.«

Das blieb fraglich. Trotzdem nickte ich und bedankte mich. Später, wenn ich die vielen Informationen und Änderungen verdaut hatte, würde ich über ihre Einschätzung nachdenken.

Sie entließ mich und winkte kurz, als ich das Foyer verließ. Ich hatte meine Tasche aus der Umkleide geholt und ging zum Parkplatz, als mich ein »Rosemarie!« innehalten ließ. Was für ein Déjà-vu.

»Frost. Jack? Jack Frost?« Ich legte den Kopf schief und musterte meine Trainingsbekanntschaft für die nächste Zeit. Gut sah er schon aus, größer als Dan und offensichtlicher bemuskelt. Schade, dass er Eishockey spielte.

»Jack.« Er zeigte seinen Autoschlüssel. »Dein Freund ist schon gefahren, schätze ich. Soll ich dich mitnehmen?«

»Danke, aber nein danke.« Ich würde ihn noch oft genug sehen, da musste ich nicht jetzt schon anfangen, Zeit mit ihm zu verbringen. »Ich komme zurecht.«

»Okay.« Er zuckte mit den Schultern. »Wann sollen wir uns morgen hier treffen?«

»Besser früher als später.« Dann hatten wir das für den Tag erledigt und mussten uns nicht weiter miteinander befassen.

»Sechs? Halb sechs?«

»Halb sechs.«

»Wir sehen uns. Komm gut nach Hause, Rosemarie!«

Das würden sehr anstrengende Wochen werden.

Kapitel 6

»Kaffee?« Jack hielt eine Thermoskanne hoch, kaum dass ich aus meinem Auto gestiegen war.

Um halb sechs Uhr morgens? Ich hatte eine halbe Banane gefrühstückt und ein Glas Wasser getrunken, bis mindestens acht Uhr wollte ich Nahrungsmittel weder sehen noch riechen. Wenn das Morgenübelkeit war, würde ich sicher nie Kinder austragen. Ich hatte nicht gewusst, dass es eine Zeit gab, zu der ich nicht Appetit auf irgendetwas hatte, das auf der Liste aller Lebensmittel, die ich vermeiden sollte, stand. Diese Zeit hatte ich jetzt gefunden.

Die Alternative war, dass ich einfach nicht wusste, wie ich der ersten Pflichttrainingseinheit mit Jack gegenübertreten sollte. Ein Teil von mir hasste, in die Sache gezogen worden zu sein, ein anderer Teil hasste, wie vorgeführt ich mich bei der Aktion fühlte. Vielleicht war auch das der Grund dafür, dass mir allein bei dem Gedanken, Jack aufs Eis zu folgen, übel wurde.

Kaffee wollte ich so oder so nicht – schon gar nicht von einem dahergelaufenen Eishockeyspieler, der mich ein bisschen umgarnen wollte, damit seine Freunde und er weiter einer Gummischeibe nachjagen konnten. Egal, wie katastrophal ich mich auf dem Eis anstellte, so tief würde ich nicht sinken.

»Nein. Kommst du?« Ich schulterte meine Tasche und zog den Schlüssel, den ich von Nadia bekommen hatte, heraus.

Jack zuckte nur mit den Schultern, packte seine Thermosflasche weg und holte noch einen riesigen Sack aus dem Kofferraum seines Wagens. Wenn er mich in eine Eisleiche verwandeln und einfach entsorgen wollte, war er schon mal vorbereitet.

Wir betraten die Eishalle, und ich zeigte Jack, wo er sein Equipment abstellen konnte. Unsere Halle war wahrscheinlich ähnlich aufgebaut wie die, in der seine Mannschaft und er trainierten, zumindest würde das die Selbstverständlichkeit erklären, mit der Jack sich auf den Spielerbänken ausbreitete. Den Sack stellte er zur Seite, nur um sich wie aus dem Nichts eine Sporttasche vom Rücken zu ziehen und Schlittschuhe, Handschuhe und Sportschuhe herauszuholen.

Und da sagte mal einer, Frauen hätten ihr halbes Wohnzimmer in den Taschen verstaut.

Ich überließ ihn seiner Ausrüstungsinspektion und begann, Runden um die Eisfläche zu drehen. Dass ich davon ausging, heute nicht besser zu laufen als gestern oder vorgestern, änderte nichts daran, dass ich mich aufwärmte, sobald ich Pläne hatte, mich auf dem Eis auszuprobieren. Vorzugsweise ohne Eishockeyspieler als Publikum.

»Du bist nicht sehr gesprächig, Rosemarie«, sagte Jack, als er drei Runden später zu mir aufschloss.

»Ich wüsste nicht, was ich dir zu sagen hätte.«

»Wie wäre es mit: Guten Morgen, Jack?« Auch wenn ich ihn nicht ansah, war ich mir sicher, dass er ein schiefes Grinsen im Gesicht hatte.

Ich rümpfte die Nase. »Guten Morgen.«

Jack lachte, wartete, ob ich noch etwas hinzufügte, und begann dann, weitere Gesprächsfetzen vorzuschlagen. Nicht, dass sie zielführend waren. Es war mir egal, ob er gut geschlafen hatte, wie es ihm ging oder ob er mich sympathisch fand. Wir hatten unsere Zeit abzusitzen, und je früher er mich in Ruhe ließ, desto früher konnte ich mich wieder in den Griff bekommen und wieder ich selbst sein.

»Oder: Danke, dass du dir die Zeit nimmst«, meinte Jack, als wir beinahe zwei Runden damit verbracht hatten, das Muster aus seinem Vorschlag und meinem Kopfschütteln zu wiederholen. Wie er bei dem ständigen Reden nicht außer Atem kam, war mir ein Rätsel. Ich konnte entweder sprechen oder atmen, aber nicht beides gleichzeitig, was Dan zu Beginn unserer gemeinsamen Zeit so amüsiert hatte, dass er mir irgendwann In-Ear-Kopfhörer geschenkt hatte, deren Kabelende er mit einem Stein beschwert hatte, sodass ich sie tragen und in die Westentasche laufen lassen konnte, um konzentriert und eventuell antisozial zu wirken, statt unfähig, grundlegendes Multitasking zu betreiben. Hätte ich die mal mitgebracht.

»Tu nicht so, als wärst du freiwillig hier.« Wenn überhaupt, konnte er sich bedanken, dass ich mitspielte, sodass kein ganzes Team gesperrt wurde. Ich schluckte. Dass ich das mitspielte, sagte genug darüber aus, wie ich aktuell auf dem Eis stand.

»Oh, glaub mir, ich könnte mir auch Besseres vorstellen, als um kurz vor sechs in der falschen Halle joggen zu gehen«, sagte er. »Aber ich nehme die Sache ernst genug, um zumindest zu versuchen, offen zu sein.« Er klatschte in die Hände, wie um das zu unterstreichen. »Vielleicht lerne ich noch was von dir.«

Allein sein Tonfall sagte aus, für wie unwahrscheinlich er das hielt, und ausnahmsweise waren wir einer Meinung. Ich hatte keine Ahnung, wo ich da anfangen müsste. Alles, was ich über Eishockey wusste, waren Schläger, Pucks, Unfälle und das Klischee ausgeschlagener Zähne. Nachdem sowohl Nashs als auch Reeds und Jacks Gebisse auf den ersten Blick intakt aussahen, konnte ich nicht einmal behaupten, dass meine wenigen Informationen verlässlich waren.

Ich ließ ihn seine letzten Runden allein weiterlaufen und dehnte mich, bevor ich die Eisfläche betrat. Morgens die Erste zu sein und noch komplett glattes Eis unter sich zu haben würde nie seinen Reiz verlieren, und für einen Augenblick verstand ich den Zauber, den ich anfangs täglich erlebt hatte. Für einen Augenblick waren da nur das Eis und ich.

Oder auch das Eis und ich und Jack, der zu meiner Überraschung nicht lange gebraucht hatte, um mir auf das Eis zu folgen, und jetzt Yoga on Ice zum Besten gab.

Damit war der Moment vorbei, und ich gab mir Mühe, den Eishockeyspieler hinter mir auszublenden, während ich mein Aufwärmprogramm beendete.

»Weißt du«, sagte Jack kurz darauf und richtete sich wieder auf, »für eine Eiskunstläuferin trägst du erstaunlich wenig Pailletten am Körper.«

Dachte er ernsthaft, ich lief in meiner Freizeit wie eine Discokugel durch die Gegend? »Für einen Eishockeyspieler bist du erstaunlich wenig ausgestattet. So ohne Gehstock und Schutzweste«, entgegnete ich. Da hatte er seine Montur säckeweise angeschleppt, nur um sie jetzt nicht zu tragen.

»Meinen was?« Jack verschluckte sich an seinem eigenen Speichel und hustete. Er lief zur Bande und stützte sich ab, bis er wieder zu Atem kam und ein deutlich heisereres »Ohne meinen was?« hervorbrachte.

»Gehstock. Schläger. Was auch immer.« Ich zuckte mit den Schultern.

Jack blinzelte mehrmals schnell hintereinander, öffnete den Mund und schloss ihn wieder. Er schüttelte den Kopf. »Ich kann mich gerade nicht entscheiden, ob du dich an einem Witz versucht hast oder mich beleidigen willst.«

Ich warf ihm einen eindeutigen Blick zu. »Ich dachte, wir tauschen die offensichtlichsten Klischees aus.«

»Du bist ein eigenartiger Mensch, Rosemarie.«

»Romy.«

»Hm?«

»Du kannst mich Romy nennen. Ich mag Rosemarie nicht sonderlich.« Rosemarie Erickson. Was sich meine Eltern dabei gedacht hatten, würde ich nie verstehen.

»Und Rose?« Er grinste mich schief an. »Wir könnten einfach einen Pas de deux à la Titanic auf die Beine stellen.«

In dem Satz waren so viele Baustellen, dass ich keine Ahnung hatte, wo ich zuerst ansetzen sollte. Im Idealfall bei den Basics. »Romy, nicht Rose.«

»In Ordnung. Romy.« Jack grinste und angelte sich eine Jacke von der Spielerbank, die er zu seiner persönlichen Umkleidekabine umfunktioniert hatte.

»Was wird das?« Ich lief wieder los, behielt ihn aber im Blick. Warum zog er sich die Jacke an? Fror er so schnell?

Jack zog den Reißverschluss halb zu, damit ihm das Kleidungsstück nicht offen im Weg war. »Mir ist kalt«, sagte er, als wäre allein die Frage vollkommen unsinnig.

»Dir ist klar, dass du Eishockey spielst? Und die Sportart Eis beinhaltet?«

»Natürlich. Ich habe einen Gehstock.« Er zauberte auch dieses Objekt hervor, woher auch immer. »Wie könnte ich vergessen, wozu ich ihn brauche?«

»Haha.« Ich wandte mich ab und begann, an meinen Drehungen zu arbeiten. Am Rande meines Sichtfelds packte Jack den Schläger wieder weg und drehte selbst ein paar Runden, ohne einen weiteren Gesprächsversuch zu starten. Dem Himmel sei Dank.

»Als Daniel von einem Rehkitz gesprochen hat, hatte ich eigentlich erwartet, dass du auf dem Eis herumstolpern würdest«, meinte er, und ich verdrehte die Augen. Zu früh gefreut.

»Als ich die Uhrzeit festgelegt hatte, hatte ich eigentlich erwartet, dass ich mich nicht mit dir unterhalten muss«, gab ich zurück.

Jack zog beide Augenbrauen nach oben, erwiderte aber nichts mehr.

Die nächsten Minuten herrschte Stille, und auch wenn es das war, was ich gefordert hatte, war es plötzlich nicht mehr das, was ich wollte. Ich wischte mir die Hände an der Hose ab. Ich wusste nicht, was ich wollte. Ich wollte, dass Jack nicht hier war, weil das bedeuten würde, dass ich gut genug war, keinen zu fröhlichen Mann an die Seite gestellt zu bekommen. Irgendwann ging Jack zurück zu seiner Bank und begann, auf sein Handy einzutippen. Erst als ich seinen Blick nicht mehr dauerhaft auf mir zu spüren glaubte, traute ich mich, zu üben, weshalb ich eigentlich hier war. Die Technik konnte ich, das hatte mein Training abseits des Eises bewiesen. Sogar Nadia war der Meinung, dass ich wusste, was ich tat. Nur die Umsetzung ließ zu wünschen übrig.

Und wenn es nicht an meinen Fähigkeiten oder meinen Bewegungsabläufen lag, dass ich plötzlich so viel schlechter lief, dann hatte Dan vielleicht doch recht gehabt, und es war nicht meine Schuld. Oder zumindest nicht gänzlich.

Gedanklich ging ich die Sequenz mit dem Axel noch mal durch, dann versuchte ich, das Ganze umzusetzen. Wie die letzten Tage auch wusste ich schon in dem Moment, in dem ich den Sprung vorbereitete, dass ich ihn nicht würde ausführen können. Zu wenig Schwung, zu wenig Stabilität, und von Rotation konnte ohne die ersten beiden Komponenten sowieso keine Rede sein. Ich hob kurz vom Eis ab, schaffte es nicht, zumindest Haltung zu bewahren, und stand die Landung strauchelnd. Der zweite Versuch war nicht besser, und beim dritten löste sich die Kufe kaum noch vom Eis. Ich lief eine enge Kurve und in die den Spielerbänken entgegengesetzte Richtung, damit ich die Tränen, die mir in die Augen stiegen, nicht verstecken musste.

Fuck.

Was machte ich hier überhaupt? Es war ein verdammter Sprung, kein Wurf oder eine verbotene Paarfigur. Ein einzelner Sprung, den ich mit vierzehn hundert Mal gestanden hatte, ohne mit der Wimper zu zucken. Und jetzt bekam ich ihn nicht einmal ohne Rotation auf die Reihe.

Ich spreizte die Finger so weit, bis die Verbindungsstellen brannten, und fasste mir an die Stirn. Was zur Hölle machte ich falsch? Die Frage konnte ich mir selbst beantworten. Ich stieg nicht genug ins Eis, um den Halt zu haben, den ich brauchte, wenn ich mich abstoßen wollte. Aber selbst wenn ich das in den Griff bekam, wartete der Absprung, den ich auch in den Sand setzte. Und sobald ich keinen festen Boden mehr unter mir hatte, war es, als würden meine Gliedmaßen im Kollektiv den Streik antreten, um mich bloß davon abzuhalten, es noch mal zu versuchen. Langsam hatten sie mit ihrer Taktik Erfolg.

Ich zog meinen Pferdeschwanz nach und fuhr mir mit den Fingern unter den Augen entlang, um die Tränen wegzuwischen.

»Alles in Ordnung?«, rief Jack vom anderen Ende des Eises, und alles, was ich tun konnte, war, mir auf die Lippe zu beißen, um einen Kommentar zurückzuhalten, der der Frage nicht mehr angemessen war. »Ich bin ja kein Experte, aber das sah nicht so aus, als würde die Pose so gehen.«

Konnte er bitte einfach aufhören, zu sprechen? Er musste seine Kommentare nicht einmal böse meinen, aber gerade legte er seinen Finger in eine Wunde, die nicht nur offen, sondern auch entzündet war.

»Ist es das, womit ich dir helfen soll?«

Und schon hatte er einen mit Salz panierten Finger in die Wunde gelegt. Meine Unterlippe begann zu pochen, und ich war wohl kurz davor, mir ein zahnförmiges Piercing zu verpassen. Was sagte es über mich aus, wenn sogar ein Eishockeyspieler erkannte, dass ich versagte?

»Ich bekomme das hin«, antwortete ich, kurz nachdem die Stille unangenehm und unhöflich geworden war. Nicht, dass es eine Alternative gab. Ich hatte mir den Sturz eingebrockt, ich musste das wieder in den Griff bekommen. Eiskunstlauf, das war ich. Aber ohne Sprünge würde es nicht funktionieren.

»Das habe ich nicht angezweifelt.«

Nein, nicht verbal. Ich musste mich nicht zu Jack umdrehen, um zu wissen, dass er nicht anders konnte, als meine Kompetenz auf dem Eis anzuzweifeln. Er hatte ja gesehen, was ich leistete. Oder auch nicht leistete.

»Wenigstens verstehst du jetzt, was Dan mit Rehkitz meint«, sagte ich gerade laut genug, dass er mich verstand, und drehte mich in seine Richtung.

Der Eishockeyspieler stand wieder auf dem Eis und wirkte mit seinen absurd großen Handschuhen und dem Fehlen der restlichen Polsterung so deplatziert, dass ich kurz an der Realität der Situation zweifelte. Da hatten sich Nadia und dieser Michael einen schönen Plan ausgedacht.

»Eher angeschossenes Rehkitz.« Er zuckte mit den Schultern. »Du bist erschrocken und gestürzt. Kein Wunder, dass du wackelig auf den Beinen stehst.«

Alles an seinem Verständnis fühlte sich falsch an. Ich hasste, wie es dafür sorgte, dass mir übel wurde, dass ich mich klein fühlte und ... unfähig, das einfach abzuhaken und wegzustecken. Dass ich schon wieder nicht damit zurechtkam, dass manchmal eben nicht alles perfekt und unfallfrei ablief. Ich hasste, wie sich seine Worte nach Mitleid anfühlten.

»Ziemlich scheinheilige Aussage von jemandem, der es sich zur Karriere machen will, andere Leute umzuwerfen.« Ich verschränkte die Arme vor der Brust.

»Du bist gerade unnötig unhöflich, und ich denke, du weißt es auch.« Jack lehnte sich an die Bande und kreuzte die Knöchel. »Egal, wie brutal wir auf dich wirken müssen, wir haben Regeln und Schutzkleidung. Ich bin öfter gegen Banden, Menschen oder auf das Eis gestoßen worden, als ich zählen kann, aber selbst mir würden eure Stürze Angst machen, wenn ihr mit Wucht auf dem Eis aufkommt.«

Jack gegenüberzustehen war, wie von einem Lehrer getadelt zu werden. Ich nickte langsam, sagte aber nichts.

»Dein Coach hat gesagt, du hättest dich am Kopf verletzt. Das ist anders als eine Prellung oder so.« Er zuckte mit den Schultern. »Manche Stürze steckt man leichter weg als andere. Manchmal fährt man weiter wie zuvor, manchmal mutiert man zum Rehkitz und stolpert über das Eis.« Ein Grinsen, das diesmal keine Spur von Mitleid enthielt, breitete sich auf seinem Gesicht aus. »Ich würde dir ja meinen Gehstock anbieten, damit du dich abstützen kannst, aber ich bezweifle, dass du damit umgehen könntest.«

Jegliches schlechte Gewissen, das ich kurzzeitig gehabt hatte, verflog mit seinen Worten, und ich lief an ihm vorbei zu meinen Sachen, um die Zeit, bis mir eine passende Antwort eingefallen war, zu überbrücken. Doch auch zwei Schlucke und einen neu gebundenen Zopf später hatte ich keinen Konter gefunden, der nicht vollkommen albern klang. Dann schalt ich mich. Sollte Jack doch sagen, was er wollte.

Als ich das Eis wieder betrat, hatte Jack es in sein persönliches Spielfeld verwandelt, über das er mit seinem Schläger und einem Puck raste. Ausgerechnet Nashs Kommentar von wegen Respekt vor dem Eis und keine Löcher kam mir in den Sinn, kaum dass ich Jack scharf abbremsen und die halbe Oberfläche vom Eis kratzen sah. Wen kümmerten die paar Löcher, die wir bei unseren Läufen hinterließen, wenn ein einzelner Spieler ganze Schluchten ins Eis schnitt? Je länger ich Jack dabei zusah, wie er seinen Puck hin und her schob, desto alberner kam mir die Sache vor. Offensichtlich wusste er, wie er sein Equipment nutzen musste – allein das unerschütterliche Selbstvertrauen, das er gerade ausstrahlte, ließ ihn kompetent wirken. Ich hasste, wie sehr er meinen Blick damit auf sich zog. Gut sah es schon aus, was er da tat. Ein komplett anderes Laufen, als ich es kannte: effizienter, mechanischer und beiläufiger. Nicht um des Laufens willen, sondern mit Ziel.

Jack fing meinen Blick auf und bremste einmal mehr abrupt ab. »Störe ich dich?«

Ich schüttelte den Kopf.

»Du hast nicht so gewirkt, als würdest du es noch mal versuchen wollen.«

Ja, wahrscheinlich hatte er recht. Versuchen sollte ich es definitiv noch mal, aber spätestens jetzt wusste ich, dass Jack mich beobachtet hatte und auch weiter beobachten würde. Im Moment war er außerdem alles, was ich sein sollte, aber nicht war. Seinen Blick im Rücken zu haben, war nicht wirklich besser als Dans auf mich gerichtete Aufmerksamkeit.

»Ja«, meinte ich und blieb in meinem Eck der Eisfläche, während Jack weiter seinen Puck über das Eis dirigierte. Wenn er es machte, sah es fast einfach aus, eher natürlich. Als wäre der Schläger die Verlängerung seiner Arme und jede Bewegung die einzig logische. Dan war ähnlich selbstverständlich in seiner Art auf dem Eis. Ich sah mich nicht gern auf Video, aber aus den früheren Aufzeichnungen wusste ich, dass ich ähnlich gelaufen war. Und dann hatte ich zum Paarlauf gewechselt und mit Dan meinen besten Support und den stärksten Konkurrenten an die Seite bekommen. Ich sah Jack zu, wie er den Puck zur Seite schoss und sich daranmachte, schnell vorwärtszulaufen, bevor er schnellstmöglich die Richtung wechselte und rückwärts weiterlief.

Wie er es schaffte, ruckartig und fließend zugleich zu laufen, war etwas, das ich sah, aber nicht verstand. Dass ich Bewegungen auf dem Eis nicht automatisch umriss, war ungewohnt.

Eine Weile sah ich ihm dabei zu, wie er sich auf dem Eis bewegte, dann schüttelte ich den Kopf und lief noch mal ein paar Kombinationen, ohne auch nur Anstalten zu machen, einen Sprung zu wagen.

Die Aktion blieb genauso vielversprechend, wie ich erwartet hatte.

Kapitel 7

»Was bitte ist das, und was hat es auf meiner Bank verloren?«

Dans Tonfall, aus dem das pure Entsetzen sprach, hielt mich davon ab, Nadias Frage nach meinem Morgen zu beantworten. Der Vormittag hatte sich hingezogen. Zwischen Training abseits des Eises, Trockenübungen mit Dan und den Vorlesungen, die wir besuchten, hatte es bisher keinen ruhigen Moment gegeben, in dem wir uns ungestört hätten unterhalten können. Wie es aussah, würde es auch bei unserem Abendtraining keinen solchen Moment geben.

Ich stellte mich auf die Zacken, um zu sehen, was diesmal der Grund für Dans schlechte Laune war. Heute war nicht ganz unser Tag. Was unsere Kooperation auf dem Eis anging, blieb Dan meistens geduldig und machte größtenteils das Eishockeyteam für seinen Ärger verantwortlich. Die Tatsache, dass er soeben Jacks vergessenen Leichensack dort gefunden hatte, wo er sich vermutlich hatte hinsetzen wollen, machte die Sache nicht besser.

Bevor ich etwas sagen konnte, hatte Dan den Reißverschluss geöffnet und mir mit seinem Rücken den Blick versperrt. Zwar entsprach sein Körperbau mehr dem eines Balletttänzers als dem eines Eishockeyspielers, aber auch wenn er weniger groß war und nicht nach einem Kerl, dem man nachts nicht allein gegenüberstehen wollte, aussah, war sein Rücken breit genug, um mich effektiv daran zu hindern, zu sehen, was Jack in seinem Sack verstaut hatte.

Dan schnaubte und murmelte etwas, das ich nicht verstand. Ich stieß mich von der Bande ab und lief die paar Meter zu ihm. Oder zu ihm und seinem Begleiter, wenn man so wollte. Wo eben noch ein unförmiges Etwas gestanden hatte, war jetzt ein Pinguin, wie man ihn eigentlich von Weihnachtsmarkteisflächen oder Laufschulen für Kinder kannte – Kratzer und absplitternde Farbe inklusive.

Im Gegensatz zu Dan brachte mich das Holztier mehr zum Lachen als zum Verzweifeln. Warum um alles in der Welt hatte Jack das Ding angeschleppt? Nur absolute Anf…

Oh. Mein Lachen verkümmerte, und ich nickte ins Nichts. Natürlich. Jack hatte ein Rehkitz erwartet, keine bessere Laienläuferin. Ich zupfte an meinem Haargummi, heute so grün wie meine Jacke für die Aufwärmphase, herum. Kein Wunder, dass er vorbereitet gekommen war.

»Lassen wir ihn stehen, Dan«, meinte ich und zwang ein bisschen Schwung in meine Stimme. »Wenn ich die Wahl zwischen dem Pinguin und dir habe, nehme ich lieber dich als Partner.«

Dan runzelte die Stirn, kam aber zu mir auf die Eisfläche und bedeutete mir, zu ihm zu kommen, damit wir an den Synchronelementen, die wir mit direkter Verbindung zueinander liefen, arbeiten konnten. »Wem gehört das Ding überhaupt?«, fragte er, nachdem wir in Nadias vorgegebenem Rhythmus losgelaufen waren.

»Jack, denke ich.« Ich hatte keinen Grund, ihn anzulügen. Nicht, wenn es sowieso egal war, weil Jack seinen Pinguin morgen wieder abholen würde. Hoffte ich.

»Wer ist Jack?«

»Der Kapitän der Eishockeymannschaft. Der Typ von gestern, der mit mir länger bleiben musste.«

»Der blonde?«

»Genau.« Ich nickte und fokussierte mich kurz auf die Laufsequenz, die wir durchgingen.

»Ich hoffe, er wiederholt die Musikaktion nicht«, meinte Dan, und ich wusste, dass er die Nase rümpfte. »Der eine Sturz hat schon genug Schaden angerichtet. Es ist sowieso eine Frechheit, dass es keine schwerwiegenderen Konsequenzen dafür gibt, dass sie uns die Saison versauen. So können wir nicht antreten.«

Persönlich fand ich, dass die ständig drohende Gefahr einer Sperre für das gesamte Team eine harte Strafe war, die vor allem an die Nerven ging. Dann wiederum wurden wir zwar nicht gesperrt, an unseren Chancen für die Wettkämpfe hätte das aber auch nichts geändert.

»Hast du versucht, deine Sprünge auch durchzuziehen?«, fragte Dan ein paar Minuten später.

»Ein paar Mal, ja.«

»Und?«

Ich zuckte mit den Schultern. »Ich arbeite daran.«

»Hoffentlich so, dass du bald Ergebnisse vorzuweisen hast. Diese verdammten Eishockeyspieler.«

»Ich arbeite daran.«

Dan brummte zustimmend. »Wie sieht es mit Hebungen aus? Können wir wenigstens die trainieren?«

Nicht, wenn ich mich dabei sicher fühlen wollte. Allerdings fühlte sich im Moment wenig sicher an, angefangen bei dem, was die nächsten Tage und Wochen bringen würden, also würden ein paar Hebungen nichts kaputt machen. Zumal ich sie stand. Solange Dan mich nicht fallen ließ, was er nie tun würde, und mich nicht warf, konnte nichts passieren.

Jetzt mussten das nur auch meine Nerven noch verstehen.

»Können wir«, sagte ich. Dan kam mir entgegen und ließ mir die Zeit, die ich brauchte. Das Mindeste, was ich tun konnte, war, ähnlich kompromissbereit zu sein.

»Sehr gut.«

Dass sein Lob dafür sorgte, dass ich mich für ein paar Sekunden als weniger unfähig wahrnahm als sonst, war gleichermaßen unangenehm wie tröstlich. Als wäre die Romy, die mehr oder weniger problemlos durch ein Programm lief, nicht ganz verloren, sondern nur unter unnötigem Ballast versteckt. Solange ich es schaffte, ihn irgendwie wegzuräumen und mich freizukämpfen, konnte ich wieder ich sein. Auf dem Eis jemand sein, auf den Dan sich verlassen konnte, mit dem er Karrierechancen hatte. Jemand sein, auf den ich mich verlassen konnte.

Er weihte Nadia in die Erweiterung unseres Trainingsspektrums ein und beantwortete ihre Fragen, ob ich mir sicher war, ob ich mich traute, mit einem Nicken, das so unmittelbar kam, dass ich nicht mehr ablehnen konnte, nur um das motivierte Blitzen in seinen Augen nicht zu vertreiben.

Wenn der Ex der Sportpartner war, blieben die Gefühle eben doch nicht immer abseits des Eises. Ich wollte Dan zufrieden sehen, besonders, wenn ich es war, die ihn zufriedenstellte.

»Wir fangen mit ein paar einfachen Hebungen an und arbeiten uns die nächsten Tage zu eurer Kür hoch«, entschied Nadia nach einem schnellen Blick in meine Richtung.

»Wir kö…«, setzte Dan an, kam aber nicht einmal dazu, seinen Einwand zu beenden, bevor unsere Trainerin den Kopf schüttelte.

»Du hast Romy seit Tagen nicht gehoben, Daniel«, sagte sie, »und sich auf eine saubere Grundlagentechnik zurückzubesinnen ist keine verschenkte Zeit. Die Tage, an denen du sie herumwirbelst, kommen früh genug wieder. Vergiss außerdem nicht, dass du heute deinen Dienst beim Eismeister beginnst. Teile dir deine Kräfte lieber ein.«

Womöglich bildete ich mir ihr Zwinkern ein, das Amüsement in ihrer Stimme dagegen hörte auch Dan, denn ich sah, wie er unruhig mit den Knien zu zucken begann.

»Wollen wir?«, fragte ich und hielt ihm die Hand hin, damit er abgelenkt war, bevor sich sein Unmut in echten Ärger verwandelte.

Kommentarlos nahm er meine Hand und brachte mich nach Nadias Anweisungen in Position. Wir liefen gemeinsam los, und zum ersten Mal seit unserer Trennung griff Dan nicht unnötig fest zu, wann immer er mich hob. Ob das bedeutete, dass wir wieder auf dem richtigen Weg in Richtung Freundschaft waren, oder ob er mich noch schonen wollte, wusste ich nicht. Letztlich war es auch egal, ich war froh um jeden blauen Fleck, den ich nicht bekam.

Die Elemente, die Nadia uns üben ließ, waren so elementar, dass sie es diese Saison weder in unser Kurzprogramm noch in die Kür geschafft hatten. Trotzdem war ich dankbar, dass wir sie heute durchgingen und Mal um Mal wiederholten. Nach dem dritten erfolgreichen Durchgang schoss mir keine Kälte mehr durch die Knochen, nach dem vierten biss ich die Zähne nicht mehr zusammen, und als ich einige Anläufe später zu zittern begann, hatte es nichts mehr mit Angst, sondern mit Muskeln, die ich die letzten Tage wenig genutzt hatte, zu tun. Ich tippte Dan auf die Schulter, um ihm zu signalisieren, dass ich genug hatte und mindestens eine Trinkpause brauchte.

Er nickte, lächelte und begleitete mich zu den Spielerbänken. Was hätte er sonst tun sollen? Niemand wollte, dass die Partnerin in der Luft jegliche Körperspannung verlor und scharfe Kufen voraus auf einem landete. Das war in meinen ersten Monaten als Paarläuferin ein paarmal passiert, und weder Dan noch ich wollten das wiederholen.

»Gut, ihr beiden«, kommentierte Nadia und begann, weitere Verbesserungsvorschläge zu machen, während Dan und ich tranken und kurz durchatmeten.

»Danke«, meinte ich.

Unsere Trainerin sah auf die Uhr. »Wir haben noch Zeit, die Rittberger durchzugehen.« Sie fing meinen Blick auf. »Wir lassen es langsam angehen. Würdest du dich mit einer Trainingslonge sicherer fühlen?«

Ich schüttelte langsam den Kopf. Wie ein zappelnder Fisch an der Angel zu hängen war nichts, was ein Sicherheitsgefühl verstärkte, das ich nicht hatte. Die Sicherung würde mich nicht auf magische Weise abspringen lassen, und am Ende würde ich mich nur noch schlechter fühlen, weil eine weitere Person mitbekommen hatte, wie ich Mal um Mal versagte. »Ich bekomme das allein hin, ich brauche nur Zeit.«

Mit jedem Tag fühlte es sich mehr nach einer Lüge an.

Nadia sagte nichts dazu, sondern winkte nur Dan zu sich, damit er sein normales Training durchziehen konnte. Die beiden begannen, an Dans sowieso schon perfekten Sprüngen zu arbeiten, und wie vorhin mit Jack wartete ich, bis sie mit sich beschäftigt waren, bevor ich mir wieder den Axel vornahm. Schon vor dem Loslaufen wusste ich, dass ich nicht springen würde. Trotzdem versuchte ich es wieder und wieder, bis ich nass geschwitzter war als die gesamte Trainingseinheit über.

Ich lief zu meinen Sachen und zog mir die Trainingsjacke über. Ich lief schon schlecht genug, Verspannungen würden es nicht besser machen. Dan bremste neben mir ab und stützte die Unterarme auf der Bande auf.

»Das war erbärmlich«, sagte er und nickte in Richtung der Stelle, an der ich eben noch geübt hatte. »Du warst besser, bevor sie dich kaputt gemacht haben.« Er fuhr sich durch die Haare, die verschwitzt aneinanderklebten.

»Ja.«

»Damit machst du uns zur Lachnummer auf dem Eis.« Dan zog seine Jacke an und angelte nach seiner Flasche.

»Ja, Dan.« Ich versuchte mich an einem Lächeln. »Ich arbeite daran, ich bekomme das hin.«

Dan tätschelte mir die Schulter. »Ich hoffe es. Du bist die beste Eiskunstläuferin, die ich kenne, aber ich brauche eine Partnerin, auf die ich mich diese Saison verlassen kann …« Er sah mich vielsagend an, und ich schluckte.

Wenn das nicht deutlich gewesen war, wusste ich auch nicht.

Und dann legte Dan den Schalter um, als hätte er mir nicht eben zu verstehen gegeben, dass er mich noch vor den ersten Wettkämpfen ersetzen würde, sollte ich mich nicht schnell in den Griff bekommen. Mit einem Grinsen deutete er auf den Pinguin, der noch immer neben der Spielerbank stand.

»Das Vieh bekommt noch ein Make-over«, verkündete er.

»Ist das dein Ernst?« Als hätte der Kleinkrieg nicht schon genug Schaden angerichtet. Glitzer und stumpfe Kufen hatten sich auch schnell hochgeschaukelt und mit verunstalteten Hallen geendet. Wann immer ich mich darauf konzentrierte, konnte ich jeden einzelnen Faden in meinem Kopf spüren – oder mir zumindest einbilden, sie zu spüren. War es nicht langsam genug? Was musste noch passieren, damit das Maß endlich voll war?

»Amber bereitet schon alles vor.«

»Amber tut was?«

»Ich habe ihr vorhin geschrieben. Sie hat Glitzersteine und Farbe gekauft und richtet in der Wohnung alles her.«

»Amber ist in unserer Wohnung?!« Wie war sie hineingekommen? Meines Wissens hatten wir genau drei Schlüssel: seinen, meinen und den bei seinem Onkel für Notfälle. Aus dem einfachen Grund, dass außer uns niemand etwas in der Wohnung verloren hatte, Besucher ausgenommen. Die Wohnung war unser Zuhause, ob als Paar oder nicht. Sie war kein Ort, den neue Flammen einfach ... Ich atmete tief durch und versuchte den Stich zu ignorieren, den Dans Aussage mir versetzt hatte. Wie es aussah, hatte er mich endgültig ersetzt. Ich straffte die Schultern. Vermutlich war es besser so.

»Sie hat meinen Schlüssel, beruhige dich. Sie kocht für uns.«

Amber war allein in unserer Wohnung, mit Zugang zu allen Räumen. Normalerweise waren Dan oder ich anwesend, wann immer wir Gäste hatten, also hatte ich nichts abgesperrt und nichts weggepackt. Ich kannte Dans neue Freundin kaum, aber allein die Tatsache, dass sie seine neue Freundin war, machte sie mir unsympathisch, so unfair ich damit war.

»Sie tut was?!« In meiner Küche? Am Ende auch noch mit den Zutaten, die ich gekauft und vor allem verplant hatte? Ich schüttelte den Kopf. Das war eine Katastrophe.

»Romy, du benimmst dich wie eine verrückte Ex-Freundin.« Dan sagte es so sachlich, dass ich einen Moment ins Wanken kam und überlegte, ob ich wirklich überreagierte. Amber war die Freundin meines Mitbewohners, nicht mehr und nicht weniger. Sie konnte in seinem Zuhause sein.

Nein, ich reagierte nicht über. Sie war nicht die Freundin meines Mitbewohners, sondern die neue Freundin meines Ex-Freunds, der vor etwa einer Woche noch mein Freund gewesen war. Sie war nicht in seinem Zuhause, sondern auch in meinem. Ich hatte jedes Recht, das unangenehm zu finden.

»Wenn du dieselbe Energie in dein Training stecken würdest wie in den Frust, dass meine Freundin«, er betonte die Worte, »auf mich wartet, wärst du vielleicht nicht meine Ex.« Er zuckte mit den Schultern.

Die Wucht seiner Worte ließ mich beinahe stolpern.

»Das ist unter der Gürtellinie.«

Dan verdrehte die Augen und zuckte mit den Schultern. »Es ist wahr. Ich muss los, der komische Eismeister wartet. Das Spielzeug hole ich später. Wir sehen uns.«

Wir sahen uns nicht. Mein Verlangen, Dans neuer Freundin Gesellschaft zu leisten, bis er von seinem Strafdienst nach Hause kam, hielt sich in Grenzen – sehr eng gesteckten Grenzen. Stattdessen wartete ich, bis Dan in die Halle der Eishockeymannschaft fuhr, und zog meine Schlittschuhe noch mal an. Egal, was ich von Jack hielt, Dan war auf meiner Favoritenliste gerade weiter unten als er, was bedeutete, dass ich den Pinguin vor der Verschönerungsaktion retten würde. Ich klemmte mir den Sack, in dem es verstaut gewesen war, unter den Arm und zog das Holztier zu mir auf die Eisfläche.

Es wog überraschend wenig, sodass ich es hochheben und einfach vom Eis tragen konnte. Ohne Schlittschuhe und die beengte Spielerbank war es einfach, den Pinguin in seinem Sack zu verstauen und ihn mit meiner Ausrüstung zum Auto zu befördern. Blieb nur das Problem, was ich mit dem Gerät anfangen wollte. Dan bekam es nicht, so viel stand fest. Unabhängig davon, dass es seine Abendgestaltung durcheinanderbrachte, war jetzt nicht der richtige Zeitpunkt, Jacks Mannschaft gegen uns aufzubringen, indem er das Eigentum ihres Kapitäns verunstaltete.

Ich setzte den Pinguin inklusive Sack auf den Beifahrersitz, befand, dass die Konstruktion instabil aussah, und gurtete das Tier an. Jetzt musste ich es nur noch unterbringen. Mit nach Hause konnte ich den Pinguin nicht nehmen, nachdem ich ihn eben vor einem neuen Aussehen bewahrt hatte. Wenn ich ihn zu Maia brachte, konnte sie ihn über Brandon zurück zu Jack liefern lassen, schätzte ich. Ich setzte mich hinter das Steuer und zückte mein Handy. Mit Maia hatte ich die beste Freundin der Welt. Neun ungelesene Nachrichten, von denen acht von ihr kamen, und eine von Willow, einer anderen Paarläuferin.

Maia erkundigte sich, ob ich meinen ersten Pflichttermin mit Jack überlebt hatte, ob ich reden wollte und ob ich Lust hatte, zum Abendessen vorbeizukommen. Hatte ich. Ich kündigte mich kurz an. Dass ich die Zeit zwischen Trainingsende und Dans endgültigem Verschwinden für eine schnelle Dusche genutzt hatte, war eine meiner besseren Ideen gewesen.

Ich fuhr zu Maia und hoffte nur, dass mich niemand zu genau dabei beobachtete, wie ich eine kleinkindgroße Figur in einem Sack aus dem Auto beförderte und auf nicht kindgerechte Art und Weise zu Maias Wohnheimzimmer trug.

»Hi Romy, wie …?« Maia verstummte, sobald ihr Blick auf mein Gepäck fiel. »Ich habe Fragen«, verkündete sie, trat aber zur Seite, um mich hereinzulassen. »Kate ist nicht da.«

Ich zuckte mit den Schultern. Auch gut. Ich kannte Maias Mitbewohnerin, aber wir waren nicht befreundet. »Dann frag.«

»Wen hast du in dem Leichensack versteckt?« Sie machte einen Schritt auf den verpackten Pinguin zu. »Wenn es Dan ist, gebe ich dir ein Alibi.«

»Du bist erstaunlich blutrünstig. Ist alles in Ordnung?«

Sie winkte ab. »Ein Freshman wollte mir heute erklären, wie man Excel bedient, und ich glaube, das sagt alles über meinen Tag.« Maia zog zwei Kissen von ihrem Bett, warf mir eines zu und setzte sich auf das zweite. »Erzähl mir lieber, wie es bei dir lief.«

Ich zuckte mit den Schultern und stellte den Pinguin ab, bevor ich mich zu Maia auf den Boden setzte. »Dan hat seine neue Freundin allein in die Wohnung gelassen.« Davon, dass er überlegte, mich zu ersetzen, erzählte ich nichts. Vielleicht schämte ich mich dafür, nicht genug zu sein, vielleicht hatte ich es noch nicht als Möglichkeit akzeptiert, in jedem Fall wollte ich nicht darüber sprechen.

»Er hat was?« Maia lehnte sich ein Stück vor. »Immer wenn ich glaube, dass der Kerl nicht noch respektloser werden kann, bringt er eine neue Aktion.« Sie schüttelte den Kopf. »Ich weiß, dass du ihn auf eine seltsame Art magst, aber ich bin froh, dass ihr durch seid.«

»Okay«, sagte ich, weil ich nicht wusste, was ich sonst darauf antworten sollte. Maia machte kein Geheimnis daraus, dass sie Dan nicht sonderlich schätzte. Sie respektierte seine sportlichen Erfolge, das war aber auch das gesamte Ausmaß ihrer positiven Gefühle für ihn.

»Ist er dadrin?«

»Nein, er ist beim Eismeister.«

»Was ist ein Eismeister? Eismann ist mir ein Begriff, aber ein Eismeister? Ist das ein Sportler?«

Bei Fragen wie heute war ich mir nicht sicher, wie ich sie durch die Jahre unserer Freundschaft gebracht hatte, ohne ihr alles an Eiskunstlaufvokabular beizubringen. Dann wiederum verstand ich auch nur rudimentär, was sie eigentlich studierte, und brachte die Begriffe durcheinander, wann immer sie fielen.

»Kennst du den Typen, der das Eis wieder glättet, nachdem man darauf gelaufen ist?«

»Den mit der Kehrmaschine?«

»Den mit der Kehrmaschine«, bestätigte ich, und Maia nickte. »Das ist der Eismeister. Er schleift auch Schlittschuhe und hat ein bisschen die Hoheit über die Eishallen.«

»Aha.« Sie klang mäßig interessiert. »Will Dan umschulen?«

Ich schnaubte. »Er muss quasi nachsitzen.«

»Davon habe ich schon gehört«, meinte sie und angelte sich ein Kissen. »Brandon hat erzählt, dass Jack und er ein paar Spieler verpflichten mussten.«

»Apropos Brandon.«

»Keine Chance!« Sie lachte und zeigte auf mich. »Erst will ich wissen, was du angeschleppt hast. Von Brandon kann ich danach noch genug schwärmen.«

Schwärmen? Wie es aussah, war die Date-Aktion des Teams ein voller Erfolg gewesen. Ich gönnte es ihr. »Das ist ein Pinguin.«

Maia prustete los. »Romy, du bist unmöglich! Was ist in dem Sack?«

»Ein Pinguin. Sieh nach, wenn du mir nicht glaubst. Ein Pinguin aus Holz, wie ihn Anfänger auf dem Eis benutzen.«

»Und warum hast du so was?«

»Das ist nicht meiner, sondern Jacks.« Ich erzählte ihr, wie ich zu der Figur gekommen war.

»Okay. Und warum steht er jetzt bei mir im Zimmer?«

»Weil du ihn Brandon geben kannst, damit er ihn Jack zurückgibt, bevor Dan ein Glitzermonster aus ihm macht«, erklärte ich.

»Du siehst Jack morgen wieder, warum bringst du ihn ihm nicht mit?«

Das ... war eine gute Frage.

»Sag bloß, du hast nicht daran gedacht, ihn morgen einfach mitzunehmen?« Sie fasste sich an die Stirn. »Weiß Jack, dass du ihn hast?«

Ich schüttelte den Kopf. Natürlich nicht. Selbst wenn ich gewollt hätte, hätte ich keine Chance gehabt, Jack zu kontaktieren. Es war nicht so, als hätten wir sofort Handynummern ausgetauscht, um möglichst engen Kontakt aufbauen zu können. »Ich habe seine Nummer nicht.«

»Du kannst ihm auf Instagram schreiben«, schlug sie vor und zückte ihr Handy, zweifelsohne, um Jack ausfindig zu machen.

Protest war zwecklos – und es war wahrscheinlich nicht die schlechteste Idee, Jack einzuweihen. Wie ich Dan und seine Freunde unter den Eiskunstläufern kannte, würden sie sich mit Andeutungen nicht zurückhalten, und so wäre der Betroffene zumindest vorgewarnt. Auch ich öffnete die App, musste aber nicht nach Jack suchen, weil Maia mir den Account geschickt hatte.

»Danke.«

Sie winkte ab.

Ich tippte das Profil an und staunte nicht schlecht. »Verifiziert?«

»Brandon auch«, sagte sie, und der Stolz in ihrer Stimme war kaum zu überhören. »Weil sie gute Chancen für die NHL haben.«

»Wunderbar, schön für sie.«

»Du könntest ein bisschen begeisterter klingen.« Maia stieß mich mit dem Fuß an. »Du kannst ihm schreiben, und wenn er nicht antwortet, sage ich Brandon Bescheid, okay?«

»Okay«, seufzte ich und tippte auf »Nachricht«, um einen Chat mit Jack zu beginnen. Was schrieb ich ihm jetzt? »Hallo, hier ist der Pinguin-Babysitter, du kannst das Tier morgen früh unversehrt in Empfang nehmen« oder so? Das klang mäßig intelligent und professionell.

»Du brauchst erschreckend lange, um ihm zu schreiben«, kommentierte Maia.

Ich schnitt eine Grimasse, öffnete aber die Bildschirmtastatur. Irgendwo hatte sie recht. Das hier war kein Liebesbrief, sondern nur ein kurzes Update zu Jacks Pinguin. Es war sowieso fraglich, ob er meine Nachricht lesen würde. Wir folgten einander nicht, mein Profil war bis auf ein paar Wettkampfbilder leer, und meine Nachricht würde in den Anfragen, die er bekam, wahrscheinlich untergehen.

»Hallo Jack, hier ist Romy. Ich habe deinen Pinguin vor dem Glitzerkampfgeschwader gerettet ...«

Zu freundschaftlich. Wir waren keine Freunde. Warum war es immer schwierig, Nachrichten zu formulieren?

»Hallo Jack, hier ist Romy. Du hast deinen Pinguin vergessen. Ich habe ihn über Nacht mitgenommen und bringe ihn dir morgen mit.«

Das funktionierte. Ich hielt Maia mein Handy hin, damit sie die Nachricht lesen und abnicken konnte. Sie gab mir einen Daumen nach oben, und ich schickte die Nachricht los. Der eigentliche Plan war gewesen, das Handy einfach wegzulegen und in den Abend mit Maia zu starten. Die Umsetzung beinhaltete einen kurzen Umweg über Jacks Profil. Ich schüttelte den Kopf. Was interessierten mich die ganzen Eishockeybilder? Oder Jack? Ich schaltete den Bildschirm aus und legte mein Handy bewusst einen Meter von mir entfernt auf den Boden.

»So«, sagte ich.

»So«, echote Maia und richtete sich auf.

»Brandon.« Ich grinste sie an.

Kapitel 8

Jack hatte meine Nachricht weder gesehen noch beantwortet, sodass ich den Holzpinguin am nächsten Morgen prophylaktisch mitbrachte. Über Nacht hatte ich eine ungeahnte Sympathie für ihn entwickelt, und als ich ihn vorhin ins Auto gesetzt hatte, hatte ich es nicht mehr übers Herz gebracht, ihn wie ein Entführungsopfer in einem schlechten Film in der Tasche zu verstecken. Stattdessen saß er frei von Verhüllungen auf dem Beifahrersitz, den Gurt einmal mehr um sich gewickelt, und wackelte bedrohlich, wann immer ich etwas zu stark auf die Bremse stieg.

»Wenn du durch die Windschutzscheibe fliegst, bekommt Dan dich doch noch«, informierte ich ihn und schüttelte im nächsten Moment den Kopf über mich selbst. Jetzt unterhielt ich mich schon mit Gegenständen; noch dazu mit welchen, die einem Eishockeyspieler gehörten. Das war Zeichen genug, dass ich nicht rundlief. Ich musste mich endlich zusammenreißen, langsam lief mir die Zeit davon ... oder Dan. Niemand war unersetzlich, und niemand wartete ewig.

Ich fuhr auf den Parkplatz, stellte das Auto ab und half dem Pinguin zurück in sein natürliches eisiges Habitat. Dann fiel mir auf, dass ich die Transporttasche des Holztiers und meine eigenen Sportsachen vergessen hatte –

von meiner Trainingsgesellschaft ganz zu schweigen –, und ich ging zurück auf den Parkplatz.

»Morgen«, sagte jemand hinter mir, und ich drehte mich um, die beiden Taschen umgehängt. Jack parkte neben mir, das Fenster geöffnet. Für jemanden, der gestern noch kälteempfindlich gewesen war, hatte er jetzt erstaunlich wenig Probleme mit der kühlen Morgenluft. Ich erwiderte den Gruß und wartete, bis er seinen Wagen abgestellt und seine Ausrüstung ausgeladen hatte.

»Ist das meine Tasche?« Er deutete auf den Sack, den ich für den Pinguin geholt hatte.

»Ja, genau. Der Pinguin steht schon in der Halle.«

Jack verengte die Augen zu Schlitzen. »Woher weißt du, dass ein Pinguin in der Tasche war?«

Weil ich ihn ausgepackt hatte. Ich schwenkte die Tasche. »Ich habe ihn vorhin nach drinnen gebracht.«

»Du hattest ihn dabei?« Er blieb abrupt stehen, wandte sich ab und fuhr sich mit der Hand durch die Haare. »Warum bin ich überhaupt überrascht? Natürlich hältst du zu deinem Freund, wenn er wieder einmal fremdes Eigentum beschädigt.«

Ich räusperte mich. »Dan ist nicht mein Freund«, teilte ich ihm mit. Typisch Eishockeyspieler. Erst mal am Kleinkrieg festhalten, auch wenn man einfach nachhaken konnte. Anzunehmen, dass sich der Kapitän vernünftiger zeigen würde, war offensichtlich falsch gewesen. Dabei hatte ich den Eindruck gehabt, dass Jack den Streichen genauso entnervt gegenübergestanden hatte wie ich. Aber offensichtlich war es egal, dass sein Team mir eine Naht am Kopf beschert hatte – er warf mich lieber mit Dan in einen Topf. Kein Wunder, dass die Situation genug eskaliert war, um die Trainer dazu zu bewegen, Freundschaften erzwingen zu wollen. »Ich habe dein Holztier mitgenommen, als Dan angekündigt hat, dass er es verzieren will.«

Jack sah mich nur an.

»Das wüsstest du, wenn du meine Nachricht gelesen hättest«, schob ich hinterher und betrat die Eishalle.

»Welche Nachricht? Du hast meine Nummer nicht.« Er schüttelte den Kopf und folgte mir in Richtung Eisfläche.

»Instagram.«

»Ah. Social Media und ich sind keine Freunde.«

Das hatte meine nächtliche Recherche dann auch ergeben. Die letzten Bilder, die er hochgeladen hatte, waren alle sporadische Reposts gewesen. Ich hätte doch darauf bestehen sollen, dass Maia meine Nachricht über Brandon direkt übermitteln ließ.

»Hier«, sagte ich, sobald der Pinguin in Sichtweite war. »Wie du sehen kannst, ist er unversehrt angekommen.«

»Gut.« Jacks Schultern sackten herunter, und er atmete geräuschvoll aus. Das Holztier war ihm offenbar wichtig. Warum er es dann auf feindlichem Territorium zurückgelassen hatte, verstand ich nicht.

Wir richteten uns auf unseren jeweiligen Bänken ein, und mit jeder Minute, die verstrich, wurde ich ungehaltener. »Und?«, fragte ich, als mein Ärger nicht versiegt war, obwohl wir unser Aufwärmprogramm bereits begonnen hatten.

»Und was?« Jack sah nicht einmal in meine Richtung.

Und was? Ich atmete tief durch. Dass er mir überschwänglich dankte oder sich für die Fehleinschätzung entschuldigte, hatte ich nicht erwartet. Was auch immer ich erwartet hatte. Es war jedenfalls nicht nichts gewesen. »Danke, dass du den Pinguin gerettet hast«, sagte ich.

Er schnaubte. »Danke, dass du den Pinguin gerettet hast«, echote er, schenkte mir ein künstliches Lächeln und zog sein Tempo an, bis er ein gutes Stück vor mir lief.

Sehr erwachsen. So schnell würde ich nicht mehr Pinguinbabysitter spielen und eine Eiszeit in meiner Wohnung ausbrechen lassen. Es war nicht so, als hätte Dan nicht gewusst, wer die einzige Person war, die die Möglichkeit gehabt hatte, das Holztier zu entführen, und einen Grund finden konnte, es auch zu tun. Ich verdrehte die Augen und machte mich auf den Weg zu meinen Schlittschuhen.

Mein Zwangstrainingspartner tat es mir gleich, brauchte aber etwas länger, um mir tatsächlich auf das Eis zu folgen. Ich drehte ein paar Runden und versuchte, es zu genießen, als Erste auf einer frischen Eisfläche laufen zu können.

Das Gefühl kam nicht. Ich wusste nicht, wann ich das letzte Mal auf dem Eis gestanden und es nicht als Arbeitsplatz betrachtet hatte.

Am anderen Ende der Halle begann Jack, seinen Puck herumzuschubsen, und ehe ich michs versah, hatte er einen kleinen Parcours aufgebaut, den er mit dem Gummiteil durchlief. Er war beschäftigt, sodass ich mich bald traute, mich an die Sprünge heranzutasten. Vielleicht war ich das Problem bisher vollkommen falsch angegangen. Ich konnte mich nicht überwinden, meine normalen Sprünge zu versuchen. Mit etwas Glück würden einfachere Elemente besser funktionieren. Und wenn ich mit Dreiersprüngen ganz von vorn beginnen und mich hocharbeiten musste, würde ich das auch tun.

Mein erster Versuch war ausbaufähig. Wahrscheinlich war es nur den vielen Jahren, in denen Kufen auf Eis genauso natürlich für mich wie Gummisohlen auf Asphalt geworden waren, zu verdanken, dass ich nicht sofort stürzte, sondern wie ein flatterndes Huhn mein Gleichgewicht wiederfand. Wie es aussah, hatte es nicht viel gebraucht, um mich komplett auszuschalten. Erst hatte ein Sturz meine bis dahin mustergültige erste Karriere beendet, und kaum lief diesmal alles perfekt, wiederholte sich das Ganze. Was sollte ich jetzt machen? Wieder die Spezialisierung wechseln und Eistanz versuchen? Ohne Sprünge und mit limitierten Hebungen war es wahrscheinlich das Einzige, was mir noch blieb, wenn ich nicht bald wieder funktionierte.

Ich presste die Hände an den Kopf und zuckte sofort zurück. Natürlich funktionierte ich nicht. Mein Kopf war in mehr als einer Hinsicht kaputt, und ich konnte weder die äußere noch die innere Narbe leugnen oder auch nur einen Moment vergessen.

Was, wenn ich das nicht in den Griff bekam? Wenn ich meinen dummen Körper nicht dazu bringen konnte, auch nur die einfachsten Sprünge mitzumachen? Für Eistanz lief ich nicht präzise genug, die Anforderungen wären einmal mehr anders und neu, und ich müsste mich einarbeiten.

Und das aufgeben, was mich in den letzten Jahren ausgemacht hatte.

Paarlauf war nicht nur ein Sport, den ich gegen einen anderen austauschen konnte. Paarlauf war das, wonach ich meine Uni ausgewählt hatte, woran sich meine Beziehungen orientiert hatten, was meinen Alltag bestimmte – was meinen kompletten Ernährungsplan diktierte. Wenn ich das aus meinem Leben strich, was blieb dann noch übrig?

Ich wagte mich nicht noch mal an Elemente, die erforderten, dass beide Füße das Eis verließen, und lief einige

Übungen, während Jack seinen Parcours alle paar Minuten variierte und auf ein imaginäres Tor schoss. Vermutlich traf er. Warum sollte er auch nicht? Er hatte keinen Grund gehabt, sein Selbstvertrauen zu verlieren.

»Romy.« Jack nickte mir zu, als er an mir vorbei zu seiner Bank lief, um seine Einheit für den Morgen zu beenden.

»Jack.« Ich folgte seinem Beispiel und steuerte meine Bank an. »Vergiss den Pinguin nicht.«

»Hatte ich nicht vor.« Er fuhr sich durch die Haare.

»Gut.« Ein Teil von mir wollte ihn explizit darauf hinweisen, dass ich nicht beabsichtigte, ihm noch mal zu helfen. Ein größerer Teil sah nicht, warum es relevant war. Jack war nicht mein Problem. Solange wir beide hier aufliefen und unsere Zeit absaßen, mussten wir uns nicht weiter miteinander befassen.

»Man sieht sich.« Jack schulterte seine absurd große Tasche, hob die Hand zum Gruß und ging.

»Bis dann«, antwortete ich ins Nichts und sackte in mich zusammen. Das hier brachte nichts. Nichts brachte etwas. Und ich hatte keine Ahnung, wie ich das in Ordnung bringen sollte.

Dass ich meine Sachen schon nach drinnen brachte und Jack anschließend abholte, spielte sich die nächsten Tage über ein; genau wie unsere stille Übereinkunft, die Eisfläche schweigend zu teilen und maximal höflichen Small Talk zu machen. Dan gab sich Mühe, geduldig zu sein, aber wenn die Geräuschkulisse, die Amber und er abends boten, und meine Erfahrung mit ihm etwas aussagten, dann, dass er jede Menge Frust hatte, den er loswerden musste. Und ich drehte langsam, aber sicher durch. Zwischenzeitlich hatte ich gehofft, dass ich mit dem Ziehen der Fäden abschließen konnte, aber weder das noch die täglichen Versuche auf dem Eis brachten mich schnell genug in Form. Immerhin den Dreiersprung schaffte ich mittlerweile – wenn ich einen wackeligen Hopser, auf den zu viele Sekunden, in denen ich meinen Herzschlag zu stark spürte, folgten, als Erfolg werten wollte.

Wollte ich nicht.

Ich wollte, dass sich Eis nach Zuhause anfühlte, nicht nach Versagen. Sprünge, die ich als Siebenjährige schon hinter mir gelassen hatte, mehr schlecht als recht zu stehen, war Versagen. Ein Stipendium zu haben und dann mit Anfängerelementen zu kämpfen, war Versagen. Im Endeffekt war alles, was ich gerade konnte, zu versagen. Und wie es aussah, hatte ich das perfektioniert. Wenn schon sonst nichts.

Ich fuhr mir durch die Haare und zupfte am Stoff meines Haargummis herum, bis ich das Gefühl hatte, dass der Zopf gut saß und gut aussah. Es gab wenig, was mir so schnell Selbstsicherheit vorgaukeln konnte wie eine Frisur, mit der ich zufrieden war. Ich wünschte, das würde sich auch auf andere Lebensbereiche übertragen lassen. Ab zum Friseur und dann auf die Eisfläche – Problem gelöst. Leider half mir auch mein Scrunchie nicht dabei, den nächsten Sprungversuch stabil zu landen. Miese Ausführung, aber der Zopf war toll? Ich verdrehte die Augen über mich selbst. Damit würde ich weder Dan noch irgendeinen Wertungsrichter überzeugen können. Von mir selbst ganz zu schweigen.

»Du stolperst«, stellte Jack fest, nachdem ich ein paar geräuschvolle Schritte gebraucht hatte, um wieder ins Gleichgewicht zu kommen.

Mein Blick sagte ihm sehr deutlich, was ich von seinem Kommentar hielt. Trotzdem brachte er seinen Puck zum

Stehen und kam zu mir herüber. Er musterte das Stirnband, das ich noch immer trug, wann immer ich auf dem Eis stand.

»Ist das wegen deiner Verletzung? Ist dir viel passiert?«

»Nein.« Ich schüttelte den Kopf. »Vier Stiche, und die Fäden sind auch schon raus.«

»Keine bleibenden Schäden?«

Von vollkommener Inkompetenz auf dem Eis abgesehen, nicht. »Keine bleibenden Schäden.« Die abrasierten Haare würden nachwachsen, und von der Wunde würde man nichts mehr sehen können.

»Gut.« Er nickte. »Fürs Protokoll: Ich fand die Aktion mit der Musik nicht in Ordnung. Michael hat recht, die Jungs haben es übertrieben, und es tut mir leid, dass du gestürzt bist.«

»Ja«, sagte ich. Ich tat mir auch leid. Anstatt die Wettkämpfe vorzubereiten, war ich durch den Sturz effektiv ausgeschaltet worden – und Dan damit gleich mit. Letzteres würde die Eishockeymannschaft wahrscheinlich freuen. »Sorg einfach dafür, dass das nicht noch mal passiert.«

Jack verlagerte sein Gewicht von einem Bein auf das andere und zog eine Augenbraue nach oben. »Solange du deinen Freund im Zaum hältst.«

»Dan ist nicht mein Freund.« Hatte ich das nicht schon einmal angesprochen? »Wir sind Sportpartner, mehr nicht.«

»Sieht er das auch so?« Er grinste schief und hob abwehrend die Hände, als ich Anstalten machte, zu antworten. »Das geht mich nichts an, verstanden.«

»Exakt.« Ich nickte.

Schlagartig wurde der Eishockeykapitän wieder ernst. »Bring ihn trotzdem unter Kontrolle. Du warst ein Kollateralschaden, aber ich kann es meinem Team nicht verdenken, dass sie ihn auf der Abschussliste haben.«

Das Team sollte lieber Tore schießen als auf Dan. Oder doch auf Dan. Und Lennard. Und all die anderen Eiskunstläufer, die für Ärger sorgten. Keine Ahnung. Wovon ich Ahnung hatte, war, dass ich genug gehört hatte. Kollateralschaden. So nannte man es jetzt also, wenn ganze Menschen kaputt gemacht wurden, nur weil ein paar Typen unsportliches Verhalten als gerechtfertigt betrachteten. »Der Kollateralschaden würde jetzt gerne weitertrainieren«, teilte ich ihm mit. »Allein.«

»Scheint nötig zu sein.« Er machte keine Anstalten, den Abstand zu vergrößern.

»Du darfst wieder gehen.«

»Typisch Eisprinzessin«, murmelte Jack, trollte sich aber zurück zu seiner Gummischeibe, die er ein paarmal hin und her schubste, bevor er sie mit Schwung gegen die Bande schoss, abfing und das Spiel wiederholte.

Ich begann ein paar Übungen zur Schrittgenauigkeit und schaffte es, Jack auszublenden, bis mich ein »Hey!« aufschrecken ließ. Nur einen Augenblick später wich ich dem Puck aus, der auf mich zuschlitterte. So eine kleine Scheibe hatte erstaunlich viel Schwung, wie es aussah.

»Pass doch auf«, meckerte ich und sah dem schwarzen Teil zu, wie es an der Bande abprallte und weiter über die Eisfläche rutschte. »Kein Wunder, dass ihr so viele Spieler seid, wenn einer allein den Puck nicht im Griff hat.«

»Kein Wunder, dass ihr maximal zu zweit auf dem Eis seid. Bei deinem Ego hätte sonst niemand mehr Platz«, entgegnete er und sammelte seinen Puck wieder ein.

Ich schwankte zwischen Anerkennung für seine Schlagfertigkeit und Ärger über seinen Kommentar. Schließlich war er es, der mich beinahe abgeschossen hatte, nicht andersherum. Sein Training war mit dem letzten fehlgeleiteten Schuss wohl beendet, denn Jack steuerte seine Bank an, wo er seine Sachen zusammenpackte und sich die Tasche umhängte.

Dann klingelte sein Handy, und er stellte sein Equipment wieder ab, um das Gerät aus einer Seitentasche zu ziehen.

»Ja?«, meldete er sich und begann, sich einhändig wieder zu beladen. Den Schläger klemmte er sich unter den Arm, und die riesige Tasche brachte ihn kurzzeitig aus dem Gleichgewicht. Wahrscheinlich wäre es intelligenter gewesen, wenn er irgendwann angefangen hätte, die Umkleide zu nutzen. Oder er hatte Bedenken, als Eishockeyspieler in die Umkleide, in der auch Eiskunstläufer ein und aus gingen, zu gehen. Ich an seiner Stelle hätte Hemmungen gehabt, meine Sachen außer Sichtweite abzustellen, auch wenn wir um diese Zeit die Einzigen auf dem Eis waren. Trotzdem war es unsinnig, den halben Hausstand anzuschleppen, wenn er letztlich doch nur mit Handschuhen, Schlittschuhen, Schläger und Puck herumlief.

Ich schaffte ebenfalls Ordnung in meiner Ausrüstung und zupfte mir letztlich die Handschuhe von den Händen, damit ich meinen Handybildschirm ordentlich bedienen konnte. Maia und meine Eltern hatten mir gestern Abend noch geschrieben; langsam sollte ich die Nachrichten beantworten.

»Ja, ich fahre gleich los.«

Als Jack halblaut zu telefonieren begann, konnte ich nicht anders, als zuzuhören. »Sicher nicht, Mac. Du kannst sie ganz für dich haben.«

Mac war der Vizekapitän gewesen, oder wie man das nannte. Glaubte ich. In jedem Fall kam mir der Name bekannt vor.

»Sie ist nicht *meine* Eisprinzessin.« Jack verdrehte die Augen und stapfte davon. »Die kostet ungefähr so viele Nerven wie Reeds Fahrstil.«

Oh. Damit war ziemlich klar, von wem er sprach. Es sollte mir nichts ausmachen, was er sagte, vor allem, weil die Einschätzung auf Gegenseitigkeit beruhte, aber seine Aussage versetzte mir trotzdem einen Stich.

»Ich meine es ernst!« Jack lachte und ging in Richtung Ausgang. »Da hat mir Michael ...«

Der Rest seines Satzes verschwand mit ihm. Ich hatte sowieso genug gehört. Keine Ahnung, wie sich Nadia und Jacks Trainer das vorgestellt hatten, aber das mit Jack und mir als Vorreiter für eine Freundschaft zwischen unseren Sportarten würde nichts werden. Wir hatten einander nichts zu sagen, und wann immer einer von uns den Mund aufmachte, kam nichts Freundliches heraus.

Wie auch? Jack lief mit seinem Schläger über das Eis, und dann verirrte sich sein Puck in meine Richtung. Er war ohnehin schon keine Hilfe, aber seine Kommentare heute hatten das Gegenteil dessen bewirkt, weshalb er morgens kommen musste. Sogar ein Eishockeyspieler, der mehr Rammbock als Läufer war, sah, dass ich miserabel lief. Weiter von positivem Einfluss aufeinander konnte es nicht entfernt sein.

Er sollte bei seinen Gummischeiben und Toren bleiben und mir den Rest überlassen. Keine Ahnung von Eiskunstlauf, und ausgerechnet das stellte Nadia mir auf die Eisfläche? Als Unterstützung? Nicht, dass er sich nicht gut auf dem Eis bewegte. Ohne die ewigen Polster und Gitterhelme wirkte er alles andere als plump, wenn er enge Wendungen oder schnelle Richtungswechsel übte. Aber er war kein Eiskunstläufer, dessen Blick wenigstens auch hilfreich war und nicht nur unangenehm.

Ich zog beide Füße mit auf die Bank. Wann hatte das angefangen? Wann hatte ich aufgehört, zu wollen, dass Leute hinsahen, wenn ich mich auf dem Eis bewegte? Der ganze Sinn meiner Trikots früher war gewesen, die Blicke auf mich zu ziehen. Wann hatte ich das verloren? Für diese Saison hingen wenig glitzernde, sondern eher dezente Trikots in meinem Schrank. Fast als würde ich mich verstecken wollen. Ich wusste nicht mehr, was ich wollte.

»Romy?«

Ich sah auf und in Nadias Gesicht. »Guten Morgen.«

Sie winkte ab. »Wo ist dein Eishockeyspieler? Ich dachte, ich sehe kurz nach euch – hast du nicht gestern von frühen Trainingseinheiten gesprochen?«

»Er ist nicht *mein* Eishockeyspieler«, murmelte ich, setzte mich aber ordentlich hin. Nadia hatte diese Wirkung auf Menschen. Egal, wie aufrecht man saß oder stand, sie gab einem das Gefühl, eine schlampige Haltung zu haben. »Jack ist schon gegangen.«

Das Missfallen war ihr ins Gesicht geschrieben, und plötzlich bekam ich den Drang, Jack in Schutz zu nehmen. Auch wenn er es nicht verdient hatte. Dass seine komplette Mannschaft inklusive Nash und Reed, die trotz ihrer Mitgliedschaft nicht unsympathisch gewesen waren, gesperrt wurde, nur weil er schlechte Gesellschaft war, war aber auch unverhältnismäßig.

»Wir waren beide nicht wirklich in Form«, schob ich hinterher. »Und vor ein paar Minuten hat ihn sein Co-Pilot angerufen. Es klang dringend.«

Nadias rechter Mundwinkel zuckte. Womöglich war es auch Einbildung. »Morgen trefft ihr euch wieder?«

Ich zuckte mit den Schultern. Sofern alles nach Plan lief, ja.

Sie seufzte und setzte sich neben mich auf die Bank. »Was machen deine Sprünge, Romy?«, fragte sie.

Es kostete mich alles an Selbstbeherrschung, nicht in Tränen auszubrechen. Nichts machten sie, jedenfalls nichts, was sie auch sollten. Sie sollten funktionieren, sich natürlich anfühlen und selbstverständlich sein. Aber nichts davon war der Fall. »Ich arbeite daran«, sagte ich. »Ich glaube, ich werde langsam sicherer.«

Oder so. Ganz falsch war es nicht. Wahr war es auch nicht. Aber Nadia wollte von Fortschritten hören, schätzte ich. Ich schlang die Arme um die Rippen und straffte die Schultern. Ob es so unpassend aussah, wie es sich anfühlte?

Nadia sagte nichts, sondern sah mich nur an.

»Ich arbeite daran«, wiederholte ich. »Ohne Eis stehe ich sie perfekt, meine Rotation beim Axel ist viel genauer geworden und … und …«

Und was? Mehr hatte ich nicht vorzuweisen. Die Trockenübungen klappten gut. Das nützte nur auch nichts, wenn ich auf dem Eis stolperte wie ein Kind, das laufen lernte.

»Romy«, sagte Nadia langsam und drehte sich komplett in meine Richtung.

Ich schloss den Mund.

»Du hast immer noch Angst.«

Meinen Widerspruch erstickte sie mit einer Handbewegung im Keim.

»Wir wissen beide, dass du die Technik beherrschst und die Sprünge auch auf dem Eis stehen kannst. Dafür brauchst du keinen Eishockeyspieler, der jeden Sprung abnickt oder so tut, als könnte er Ratschläge geben.« Sie vertrieb ihr eigenes Lächeln mit einem Kopfschütteln. Beinahe als hätte sie Erfahrung auf dem Gebiet. »Du hast Angst. Die Frage ist, ob wieder oder immer noch.«

Ich blinzelte und fasste mir an den Knöchel, ohne es bewusst zu tun.

Nadia nickte.

Wieder ... oder immer noch. Damals hatte ich ewig gebraucht, um auch nur ins Eis steigen zu können, ohne ein Echo des Sturzes zu spüren. Besser war es erst geworden, als mein Trainer vorgeschlagen hatte, mich Dan zuzuteilen, dessen Partnerin umgezogen war. Mit Dan an meiner Seite war alles neu und aufregend gewesen, und wir hatten schon erste Würfe ausprobiert, als mir aufgefallen war, dass ich meine Angst zwischenzeitlich vergessen hatte. Sprünge waren mir dann weniger furchterregend vorgekommen als Würfe – und mit Dan hatte ich das beste Sicherheitssystem bekommen, das man finden konnte. Vielleicht hatte ich mich zu sicher gefühlt. Und vergessen, dass Sport nicht sicher war.

»Deshalb hast du Gesellschaft«, fuhr sie fort. »Du bist eine gute Läuferin. Du musst nur einen Weg finden, dich nicht von deiner Angst lähmen zu lassen.«

Ja, und das, bevor entweder Dan oder irgendwann Nadia beschlossen, dass ich die Geduld und Zeit nicht wert war.

»Ich glaube an dich, Romy«, sagte sie und klatschte in die Hände. »Ehe das hier emotional wird, solltest du dich für die erste richtige Trainingseinheit fertig machen.«

Ich nickte und stand auf, um genau das zu tun und meine Sachen in die Umkleide zu bringen. »Danke«, meinte ich.

Nadia reagierte nicht, aber ich war mir sicher, dass sie mich gehört hatte. Sie glaubte an mich. Nach wie vor, auch wenn ich mich kaum überwinden konnte, sie meine Sprungversuche sehen zu lassen. Immerhin eine von uns hatte noch Vertrauen, und vielleicht war ihres genug, bis ich mir selbst wieder vertrauen konnte.

Kapitel 9

Nadia glaubte an mich. Mehr als Dan und ich zusammen. Maia machte ihr vielleicht Konkurrenz, aber nachdem sie in Sachen Eiskunstlauf mehr der Typ blindes Vertrauen war, sagte das nicht viel aus.

Wenn Nadia an mich und eine Zukunft im Sport glaubte, konnte ich mir die Einstellung vielleicht ausleihen, solange ich sie nicht selbst hatte.

Ich zog den Stuhl, den ich aus dem Trainingsmaterialfundus geholt hatte, zu mir auf die Eisfläche und unterdrückte den Impuls, mich darauf fallen zu lassen und die nächste halbe Stunde auszusetzen. Das war keine Option. Irgendwie musste ich das Problem angehen. Wenn das bedeutete, dass ich viel zu früh mit einem Stuhl auf dem Eis stand und ihn als Stütze benutzte, musste ich damit leben.

Ich schob das Möbelstück über das Eis und versuchte, mich nicht von dem unnatürlichen Kratzgeräusch irritieren zu lassen. Musik und Kufen waren die einzigen Bestandteile einer Geräuschkulisse, die ich beim Laufen haben wollte. Heute bekam der Stuhl sein Solo. Eine halbe Runde später stützte ich mich wirklich auf den Stuhl auf und ließ ihn mein Gewicht tragen. Das hatte ich ewig nicht gemacht. Nicht einmal zu Beginn der Zeit mit Dan – warum auch? Er hatte mich gehalten, das war besser als jeder Stuhl. Aber Dan war diesmal nicht da. Dan erwartete, dass ich das allein schaffte. Er hatte ein Recht darauf, dass ich das schaffte und meinen Job machte. Also testete ich ein letztes Mal, ob der Stuhl mich hielt und nicht umfiel, wenn ich mich auf ihn verließ, und fing an, Vorübungen für den Axel durchzugehen.

Kleine Schritte, erinnerte ich mich, als mir allein der zögerliche Hüpfer albern vorkam. Gut, dass Dan nicht sah, wie klein meine Fortschritte wirklich waren. Das würde er mich nie vergessen lassen. Im Idealfall zumindest. Hatte ich Pech, und er bekam mit, wie ich mich anstellte, würde er sich sofort nach einem Ersatz umsehen. Dan war gut, solide und konstant in seiner Leistung – Ehrgeiz und Können hielten sich die Waage. Er gab sich nicht mit Menschen ab, die ihm nicht genügten. Weder auf dem Eis noch privat. Ich hatte schon meine Beziehung verloren, ich konnte nicht auch noch den Rest verlieren.

Mit einem tiefen Atemzug brachte ich den Stuhl wieder in Bewegung und erhöhte mit jedem Durchlauf das Tempo, bis die Übung so ablief, wie sie gedacht war. Und als sie einigermaßen funktionierte, war es überfällig, die Stützräder abzunehmen und den echten Sprung zu versuchen.

Kaum lösten sich meine Finger vom Holz der Stuhllehne, schoss mir Kälte durch die Knochen. Meine Knie fühlten sich steif und wackelig zugleich an, und für einen Moment war es, als hätte ich verlernt, zu atmen. Ich drehte eine abgekürzte Runde, bis ich den Eindruck hatte, mich wieder im Griff zu haben, und wählte ein Tempo, das schnell genug war, um mir den nötigen Schwung zu geben, aber gemäßigt genug blieb, um ihn zu regulieren. Mehr als einen einfachen Axel würde ich nicht springen. Der Wechsel von rückwärts zu vorwärts funktionierte gut. Blieb nur der Rest. Ich konnte das, ich hatte den Sprung eine Million Mal gestanden, ich stand viel schwierigere Sprünge und Würfe ohne Probleme, ich konnte das.

Ich konnte das nicht.

Einmal mehr fing ich mich gerade so noch ab. Einmal mehr kam ich mehr schlitternd als elegant zum Stehen. Einmal mehr zeigte ich mir, warum ich nicht an mich glauben konnte – und Nadia es nicht sollte. Die paar Meter zurück zum Stuhl schienen mit einem Mal unendlich weit, und ich sank an Ort und Stelle zu Boden. Ich lehnte mich zurück, bis ich auf dem Eis lag und zu den Scheinwerfern an der Decke aufsehen konnte. Früher hatte ich es geliebt, sie auf mich gerichtet zu haben. Dann hatte ich es gemocht, wie sie Dan und mich in Szene setzten. Trotz des großen Egos, das Jack gestern angesprochen hatte, hatte ich das Rampenlicht gerne geteilt. Jetzt wünschte ich mir die Schatten zurück. Auf seinem Gebiet gut zu sein, war praktisch, solange man abliefern konnte. Die Aufmerksamkeit und die Erwartungen konnten motivieren, gerade für Dan funktionierte das System. Je mehr er erreichen konnte, desto mehr konnte er leisten. Offenbar war ich aus einem anderen Holz geschnitzt.

Unter mir taute das Eis an und hinterließ nasse Flecken auf meiner Kleidung. Ein paar Minuten später war ich nass, ausgekühlt, und die Lampen über mir verschwammen zu einem Meer aus Nachbildern und Licht. Trotzdem konnte ich mich nicht überwinden, aufzustehen und weiterzulaufen.

»Romy!« Ein dumpfer Aufprall, dann ein Schlittern, und plötzlich Jack über mir, die Augen weit aufgerissen. Schöne Augen, wenn auch etwas nah. Ich konnte riechen, dass er irgendetwas mit Zimt gefrühstückt hatte, was bedeutete, dass deutlich zu wenig Abstand zwischen unseren Gesichtern war.

Ehe ich reagieren konnte, hatte er mich gepackt und halb auf die Seite gedreht.

»Hey!«, fuhr ich ihn an und zog meine Hand aus seiner. »Was soll das?«

Jack quiekte auf und wich zurück. »Du lebst!« Nur er schaffte es, den Satz vorwurfsvoll klingen zu lassen.

Ich blinzelte und setzte mich auf. »Selbstverständlich lebe ich.« Darüber hinaus hatte ich auch nicht die Absicht, in absehbarer Zukunft damit aufzuhören.

»Aber du lagst auf dem Eis.«

»Auch das.«

Jack plumpste neben mir auf die Eisfläche und verzog das Gesicht. Ob wegen der Kälte oder weil sein Steißbein protestierte, wusste ich nicht. Langsam bekamen seine Wangen wieder Farbe. Komisch. Mir war nicht aufgefallen, dass er ungewohnt bleich ausgesehen hatte. Dann wiederum war ich damit beschäftigt gewesen, mich von einem Eishockeyspieler wie eine Puppe behandeln zu lassen. »Ich dachte, du wärst tot oder so«, brachte er irgendwann heraus.

»Warum sollte ich tot sein?«

Er zog eine Augenbraue nach oben. »Du warst nicht draußen. Als ich versucht habe, dich über Instagram anzurufen, bist du nicht ans Handy gegangen.«

Ein »Social Media und ich sind keine Freunde« konnte ich mir nicht verkneifen, erntete aber keine Reaktion darauf.

»Und dann sehe ich dich auf dem Eis liegen.« Er fuhr sich durch die Haare. »Was hättest du an meiner Stelle gedacht?«

Das ... war eine gute Frage. Ich zuckte mit den Schultern. Dann hatte das eine stabile Seitenlage werden sollen. Jacks hektische Distanzlosigkeit ergab mit einem Mal Sinn.

»Dir geht es gut?«, vergewisserte er sich noch mal, sah zu mir und atmete geräuschvoll aus, sobald ich nickte.

»Mir geht es gut«, bestätigte ich und zupfte mein Stirnband zurecht. »Ich war schon früher hier und habe die Zeit vergessen. Entschuldige, dass ich dich erschreckt habe.«

Jack winkte ab, aber dass er den Schreck noch nicht verdaut hatte, war offensichtlich.

Je länger er schwieg, desto mehr breitete sich ein schlechtes Gewissen in mir aus. Sicher hatte ich nichts falsch gemacht, wenn ich einfach nur auf dem Eis gelegen hatte, aber Jack hatte den Schreck nicht verdient gehabt. Zumal ein Sturz auf dem Eis uns überhaupt erst in diese Situation gebracht hatte.

»Ich habe meine Sprünge trainiert«, sagte ich, ohne mich bewusst dafür entschieden zu haben. »Manchmal ist es ohne Publikum leichter.«

Er nickte langsam. »Wie lange geht das schon so?«

So schnell meine Offenheit gekommen war, schwand sie auch wieder, und ich wollte nicht mehr mit ihm darüber sprechen. »Zu lange.«

»Sprünge sind wichtig.« Er lächelte sein schiefes Lächeln. »Also bei euch.«

»Ja.«

»Mein ganzes Wissen über Eiskunstlauf kommt von YouTube«, sagte er dann. »Und Instagram. Ich glaube, die App denkt langsam, dass ich umschulen will. Jedenfalls sehen eure Sprünge heftig aus.«

Ich zuckte mit den Schultern. »Man lernt sie Schritt für Schritt. Mit genügend Übung sind die Grundformen gut machbar.« Er hatte YouTube konsultiert? Das war erstaunlich viel Engagement.

Einmal mehr nickte er. »Und du kannst sie nicht landen?«

Ich seufzte und legte mich wieder zurück aufs Eis. Das Thema hatte ich mir selbst eingebrockt. Leider machte es die Sache nicht angenehmer. »Ich müsste sie ordentlich abspringen, um sie landen zu können«, antwortete ich und wischte mir über das Gesicht.

»Deshalb der Stuhl?«

»Genau. Zum Festhalten.« Ich schnitt eine Grimasse. »Ziemlich mies.«

Jack legte sich ebenfalls auf die Eisfläche, nur um sofort wieder hochzuschnellen. »Scheiße, ist das kalt!«

»Du bist wirklich verfroren.«

»Und du kannst froh sein, wenn du keine Erfrierungen bekommst.« Er schlitterte zu meinem Stuhl und zog ihn in meine Nähe, damit er sich hinsetzen konnte.

Ich zuckte mit den Schultern. Wäre jetzt auch schon egal. Schlimmer konnte meine Leistung auf dem Eis nicht mehr werden.

»Habt ihr bald Wettkämpfe? Oder Turniere? Shows?« Er legte den Kopf schief, als würde ihn die Frage, wie genau unsere Wettkämpfe hießen, ehrlich beschäftigen.

»Wettkämpfe, ja. Theoretisch.«

»Trittst du nicht an?«

»Wenn ich die Hälfte der Elemente nicht hinbekomme?« Ich rümpfte die Nase. »Das hätte wenig Sinn, weder für meinen Partner noch für mich.«

»Ist es das, was du immer trainierst?«

»Das, was ich versuche«, verbesserte ich ihn. »Aber ja. Ohne Sprünge funktioniert es nicht.«

»Und dein Partner?«

»Dan ist gerade geduldig, aber er wird nicht ewig warten. Ergo der Stuhl.« Ich stupste eines der Stuhlbeine mit meinem Schlittschuh an.

Jack stöhnte und stützte den Kopf in die Hände. »Klingt nach jeder Menge Druck.«

Tat es.

»Und ich habe mich die ganze Zeit über dich lustig gemacht.« Er suchte meinen Blick. »Das hättest du nicht gebraucht. Tut mir leid.«

»Ist nicht so, als hätte ich es nicht herausgefordert, schätze ich.« Ich zog einen Mundwinkel nach oben. »Oder dich verschont. Also tut es mir auch leid.« Irgendwie.

Sein Lachen klang kurz und abgehackt, brach ab, und Stille breitete sich zwischen uns aus. Ich setzte mich auf und ließ den Blick über Jack gleiten. Zittrig oder fahrig sah er nicht mehr aus. Ein bisschen unsicher vielleicht – so unsicher, wie ich mich fühlte. Wir kannten uns kaum und verstanden uns noch weniger, und trotzdem hatte ich gerade offener mit ihm gesprochen, als es die letzte Zeit mit irgendwem der Fall gewesen war.

Gut, Nadia verstand, auch ohne dass ich in Worte fassen musste, was in mir vorging. Maia war die einzige Freundschaft außerhalb des Sports, die ich hatte. Und Dan ... Dan war mein Sportpartner, aber nicht mehr mein Freund. Emotionen mit dem Ex zu besprechen war nichts, das auf meiner Liste von Lieblingsaktivitäten ganz oben stand.

Jack dagegen war eine neue Kategorie. Er hatte zugehört, verstanden, was ich ungesagt gelassen hatte, und mich weder verspottet noch bemitleidet.

»Romy?«

»Ja?«

»Ich denke, du solltest aufstehen und dich umziehen, bevor du krank wirst.«

Damit lenkte er meine Aufmerksamkeit auf die Kleidung, die nass und kalt an meiner Haut klebte. Jetzt, wo er es angesprochen hatte, konnte ich sie nicht mehr nicht spüren, sodass ich nur nickte und mich aufrappelte. Erst jetzt bemerkte ich, wie kalt der Boden wirklich gewesen war, und erschauderte. Neben mir stand Jack ebenfalls auf und hielt sich am Stuhl fest, um nicht auszurutschen.

»Den leihe ich mir kurz aus«, entschied er und schob ihn über das Eis. »Wo hast du ihn überhaupt her?« Er testete die Stabilität der Lehne, die mit einem Quietschen ihren Unmut kundtat. Das Möbelstück war sicher nicht dazu gedacht, erwachsene Eishockeyspieler mit der Lehne zu tragen. »Er sieht nicht sehr stabil aus.«

Ich zuckte mit den Schultern. Der Stuhl wirkte alt, da hatte er recht. Alt und nicht mehr ganz den Sicherheitsrichtlinien für Sportgeräte entsprechend, vermutete ich. »Ich kann mir nicht vorstellen, dass er oft zum Einsatz kommt«, meinte ich. Die meisten von uns standen sicher auf dem Eis. Der Bedarf an Hilfsmitteln, die über Longen und Ersatzequipment hinausgingen, war beinahe nicht existent. Sah man von meiner Unfähigkeit, das zu tun, weshalb ich hier war, ab.

»Mein Pinguin wäre garantiert die sicherere Option gewesen.« Er schenkte mir ein breites Grinsen, und ohne es zu wollen, kopierte ich die Mimik. »Ich leihe dir auch meinen Gehstock.«

»Auch wenn du bezweifelst, dass ich damit umgehen kann?« Ich zog eine Augenbraue nach oben. Entgegen meinen Erwartungen war es nicht demütigend oder schmerzhaft, mit Jack zu scherzen.

Seine Mundwinkel sanken etwas, und ich wünschte, er würde wieder so frech und beinahe süß lächeln wie eben.

»Wobei«, beeilte ich mich hinzuzufügen, bevor sein Grinsen komplett verschwand und der Moment, in dem die Sprungsituation etwas von ihrem Schrecken verlor, verging, »ich das lernen könnte.«

Eine Anspannung, die ich zuvor nicht wahrgenommen hatte, wich aus Jacks Schultern, und ein Grinsen dominierte einmal mehr sein Gesicht. Trotz der nassen Kleidung wurde mir warm ums Herz, und ich musste ebenfalls lächeln.

»Na ja, ich bin hier, um dir zu helfen«, sagte er und hob den Stuhl vom Eis. »Ich bezweifle, dass deine Trainerin und mein Coach das im Sinn hatten, aber ich kann dir den ein oder anderen Trick zeigen.« Er stieg ebenfalls von der Eisfläche und hielt mir die Hand hin, als ich ihm folgen wollte.

Wann immer Dan das versucht hatte, hatte ich mich als inkompetent wahrgenommen gefühlt. Ich war durchaus dazu in der Lage, allein von A nach B zu kommen, vielen Dank. Jetzt, wo Jack kein Aufheben darum machte, verstand ich nicht, was mich sonst an der Geste gestört hatte. Ich nickte ihm zum Dank zu, griff nach seiner Hand und ließ mich vom Eis geleiten.

»Weißt du, wo es zu den Umkleiden geht?«, fragte ich und zupfte mir die Handschuhe von den Fingern. Eigentlich konnte ich sie gleich auf der nächstbesten Heizung parken und hoffen, dass sie rechtzeitig für das Training später wieder trocken waren. Mein zweites Paar hatte ich auch irgendwo, aber ich mochte die Kleidungsstücke, die ich ausgewählt hatte. Die richtige Kleidung gab Selbstsicherheit – und davon konnte ich nicht genug haben, wenn ich später mit Dan lief.

»Ich finde den Weg.« Jack schob seine Sachen, die er vorhin wohl nur hatte fallen lassen, zu einem Haufen zusammen und kniete sich vor seine Tasche. »Du hast

Wechselkleidung, richtig? Sonst kannst du auch eine Jacke von mir haben.«

»Ja.« Ich machte einen Schritt zurück, sobald er den Reißverschluss aufzog. Und selbst wenn ich keine zweite Garnitur gehabt hätte, hätte ich eher meine nassen Sachen trocken geföhnt als etwas, das aus dieser Tasche kam, anzuziehen. Hatten Eishockeyspieler keine Waschmaschinen? Die Garnitur roch strenger als Riechsalz, und ich wollte mir nicht vorstellen, wie sich Schweiß während eines Trainings oder Spiels auf den Geruch auswirkte. Oder wie eine Umkleide voller Spieler, die alle ihre Ausrüstung mitbrachten, stinken musste. »Danke trotzdem.«

Wir kannten einander nicht wirklich, und auch unser heutiger Waffenstillstand war noch nicht sicher genug, dass ich Jack darauf ansprechen wollte, was er da angeschleppt hatte. Wenn ich um die Uhrzeit nicht sowieso schon keinen Hunger gehabt hätte, wäre er mir spätestens jetzt vergangen.

Beide legten wir uns trocken und standen wenige Minuten später wieder neben dem Eis – Jack in Turnschuhen, ich mit Schlittschuhen und Schonern. Wir tauschten einen Blick.

»Sollen wir …?« Er nickte in Richtung Eisfläche und fuhr sich durch die Haare.

Vermutlich sollten wir schon. Ich war meinen Zielen heute kaum näher gekommen, theoretisch sollte ich jede Minute nutzen, die ich an Trainingszeit bekommen konnte. Dagegen sprach, dass ich die letzte halbe Stunde über auf dem Eis gelegen hatte und erst wieder ein Aufwärmprogramm durchlaufen musste, wenn ich ernsthafte Versuche, zu trainieren, starten wollte. Dasselbe galt für Jack. Viel Zeit würde uns nicht bleiben, um danach noch zu trainieren. Trotzdem war ich es Dan und unserer Saison schuldig, wenigstens den Rest der Zeit zu nutzen, die ich hatte. Ich nickte.

»Okay.« Jack nahm sein eigenes Paar Schlittschuhe aus der Tasche und zog sie sich an, während ich wieder zurück auf die Eisfläche ging und eine lockere Runde drehte.

»Ist es eigentlich schwer, Eishockey-Schlittschuhe auszubalancieren?«, fragte ich, als Jack ebenfalls auf das Eis kam und zu mir aufschloss. Im Gegensatz zu meinen Kufen waren seine kürzer und abgerundet.

Er zuckte mit den Schultern. »Ist es schwer, nicht ständig über die Zacken zu stolpern?«

»Nein?« Die Zacken an den Spitzen der Kufen waren immer da gewesen, seit ich zum ersten Mal Schlittschuhe getragen hatte. Sie waren ein natürlicher Bestandteil meiner Kufen, kein Störfaktor.

»Dann hast du deine Antwort.« Er verlagerte das Gewicht von einem Bein auf das andere und schüttelte die Arme aus. »Was ich an deinem Sport nicht verstehe, ist, wie du so synchron mit deinem Partner bleiben kannst.«

»Wenn wir gleichzeitig dieselben Elemente laufen?« So schwer war das nicht. Dan und ich kannten unsere Choreografie, wussten, wann was auf was folgte, und orientierten uns an der Musik und aneinander. Dass wir aufeinander eingespielt waren, half natürlich auch.

»Wenn ihr wirklich miteinander lauft«, sagte er und imitierte eine Tanzhaltung, um zu verdeutlichen, was er meinte.

Insgesamt sah es mehr nach Eistanz aus, was er da anzeigte. Mit klassischen Tanzelementen auf dem Eis und der Schrittgenauigkeit, die es brauchte, um sie ausführen zu können, konnte ich nicht dienen. Ich wusste, dass ich gut lief, aber zwischen gut und Eistanz lag doch ein Unterschied.

»Man fängt nicht mit schwierigen Schrittfolgen an«, erklärte ich. Das kam alles, wenn man sich sicher sein konnte, den anderen nicht versehentlich zu filetieren, nur weil man einander nicht verorten konnte. Die erste Zeit hatte Dan meine Hand nie losgelassen und mich in Elementen, die Nähe verlangten, geführt und dirigiert, bis ich die Bewegungen selbstständig sicher ausgeführt hatte.

»Schon klar.« Jack ließ die Arme wieder sinken und lief weiter neben mir her, nur um in denselben Rhythmus zu fallen wie ich.

»Ungefähr so«, sagte ich und deutete auf unsere Füße, die beinahe gleichzeitig über das Eis glitten.

Die nächste Runde über hielt Jack den Blick fest auf die Schlittschuhe gerichtet, ein kleines Lächeln auf den Lippen. Ohne den bewussten Abstand oder die Spitzen gegeneinander war heute Raum auf dem Eis, den er mit vorsichtigem Interesse füllte. Ich hatte nicht erwartet, dass ihn das sympathisch genug wirken ließ, dass ich nicht anders konnte, als ihm entgegenzukommen. Nein, entgegenkommen zu wollen.

»Auf welcher Seite hast du deinen Schläger, wenn du läufst?«, fragte ich und bremste ab.

»Rechts, warum?« Er kam neben mir zum Stehen.

»Gut.« Mit einem leichten Lächeln stellte ich mich etwas versetzt an seine rechte Seite. »Das bedeutet, dass du mich hoffentlich nicht umfährst.«

Jack lachte, ließ sich aber von mir drehen und dirigieren. Ich nahm seine linke Hand in meine und streckte sie seitlich weg, während unsere rechten Hände an meine Hüfte wanderten.

»Mit welchem Bein läufst du normalerweise los?«

»Äh.« Jacks Finger zuckten. »Rechts. Glaube ich.«

»Okay.«

»Darüber habe ich noch nie wirklich nachgedacht.« Er lachte. »Laufen wir einfach los?«

Ich nickte. »Genau. Du gibst das Signal.«

»Dann los.«

Jack lief los, und ich passte meine Schritte seinen an, bis er sich daran gewöhnt hatte, jemanden an sich hängen zu haben.

»Das läuft doch gut«, murmelte Jack so leise, dass ich mir sicher war, dass die Worte nicht für mich bestimmt waren.

Ich schmunzelte. Er hatte recht: Mit den gleichmäßigen Schritten und der Sicherheit in seiner Haltung konnte ich nicht leugnen, dass Jack sich gut machte. Vielleicht brauchte er doch keinen Schläger, auf den er sich stützen konnte – ein anderer Mensch tat es wohl auch. Und doch hatte ich in keiner Sekunde das Gefühl, er würde uns jeden Moment zu Fall bringen. Zeit, die Schwierigkeit zu erhöhen. »In den Kurven führst du«, teilte ich ihm mit.

»Ah, okay.« Wir steuerten die kurze Seite der Bahn an. Diesmal überließ ich es Jack, uns zu manövrieren. Mit überraschender Souveränität gab er den Weg vor, und sobald er bemerkte, dass ich seinen Bewegungen folgte, begann er, die Eisfläche auszunutzen und verschiedene Ovale als Weg vorzugeben, bis ich mich aus der Haltung löste und langsamer wurde.

Jack bremste ebenfalls ab, rollte die Schultern und schüttelte den linken Arm aus. »Das macht ihr mehrere Stunden lang?«

Ich schüttelte den Kopf. »Das ist die Kilian-Haltung. Beim Eistanzen braucht man sie mehr als beim Paarlauf, aber für einen kurzen Eindruck ist sie gut geeignet, denke ich.« Zumindest war es die erste Übung gewesen, die Dan und ich eingeübt und als Basis genutzt hatten.

»Ach so.« Jack überholte mich und drehte den Kopf nach hinten, um mich während des Gesprächs ansehen – und angrinsen – zu können. »Ab morgen dann Hebefiguren?«

»Mit Sicherheit nicht.« Ich verdrehte die Augen. Es dauerte im Schnitt ein knappes Jahr, bis Dan und ich Hebefiguren überhaupt auf dem Eis versuchten. Ohne entsprechende Vorbereitung war das in etwa so sinnvoll, wie ich mir ein Eishockeyspiel ohne Helm und Schutzkleidung vorstellte.

»Dann bringe ich dir morgen bei, wie man mit dem Gehstock umgeht«, schlug Jack vor. »Als Gegenleistung für die Schnupperstunde heute.« Er hielt inne. »Es sei denn, du möchtest lieber deine Sprünge trainieren.«

Das … sollte ich wohl. Der Gedanke, Jacks Schläger ausprobieren zu dürfen, war seltsamerweise verlockender als der, meinem eigenen Sport nachzugehen. Ich blinzelte, um mich zu fokussieren. Ich war Eiskunstläuferin, keine Laienhockeyspielerin. Die Sprünge anzugehen war das, weshalb ich hier war. Die zusätzliche Trainingszeit sollte mein Problem lösen, nicht meine persönliche Freizeitgestaltung inklusive Umschulung werden.

Allerdings hatte unsere heutige Begegnung überraschend nett geendet. Ich wollte daran anknüpfen und einen weiteren amüsanten Morgen auf dem Eis erleben.

»Gerne«, sagte ich, ehe ich es mir anders überlegen konnte. Ich würde einfach wieder früher herfahren und die Sprünge angehen, bevor Jack kam. Bisher hatten die morgendlichen Einheiten nichts gebracht. Vielleicht konnten sie von heute an wenigstens weniger schrecklich werden.

Kapitel 10

»Was lachst du so?« Dan pausierte den Film, den er gerade ansah, um mir einen genervten Blick zuzuwerfen. Er musste nicht so grimmig dreinschauen, er hatte sich ins Wohnzimmer gesetzt und einen Film gestartet, nachdem ich schon dort gesessen hatte. Niemand zwang ihn, sich in meiner Nähe aufzuhalten.

»Maia.« Ich hob mein Handy hoch. Wie es aussah, waren Brandon und Maia die Art von Paar, das sich schnell in den Alltag des jeweils anderen eingliederte – mit dem Ergebnis, dass Maia jetzt im Eishockeystadion gestrandet war und ihre Eindrücke mit mir teilte. Nach dem Morgen mit Jack, dem Trainingstag mit Dan und den Kursen dazwischen hatte ich keinen Nerv gehabt, sie zu begleiten. Nicht, wenn ein Handout noch formatiert werden wollte. Jedes Mal, wenn Dan heute aber den Mund aufmachte, bereute ich es ein bisschen mehr. Unser Training war nicht anders gelaufen, als es die letzten Tage der Fall gewesen war, aber anders als die letzten Tage hatte er um seine Geduld kämpfen müssen. Den Kampf hatte er verloren.

»Wer auch immer.« Er verdrehte die Augen und ließ seinen Actionfilm weiterlaufen.

Die Situation machte nicht nur mir zu schaffen, erinnerte ich mich. Für Dan stand die Saison genauso auf dem Spiel wie für mich, und heute fiel es ihm schwer, geduldig zu bleiben. Zu sehen, wie ich abends faul auf dem Sofa saß, über Maias Nachrichten lachte und einen selbst gemachten Milchshake zwischen die Beine geklemmt hatte, machte es wahrscheinlich nicht leichter für ihn. Dass sich das heute in einer gereizten Stimmung äußerte, konnte ich für den Moment herunterschlucken.

Ich richtete meine Aufmerksamkeit wieder auf mein Handy und öffnete die neue Nachricht, die Maia geschickt hatte.

»Dein Typ ist on fire.«

»Wer?«, schrieb ich zurück.

»Jack.«

»Er ist nicht mein Typ.« Weit entfernt davon. Seit heute war er nicht mehr ganz oben auf der Liste aller Menschen, die ich bewusst mied, aber an den Besitzverhältnissen hatte das nichts geändert. Trotzdem war er einer von genau vier Spielern des Uniteams, die ich benennen konnte, und auch derjenige, den ich am besten kannte. Wenn er gut spielte, war es erfreulich.

»Sollte er aber sein. Er hat einen von den Grün-Weißen in die Bande geschleudert, und wenn das nicht h e i ß war, weiß ich auch nicht :O Mein Herz ist kurz stehen geblieben.«

Ich schnaubte, fing mir einen Blick von Dan ein und tippte eine Antwort: »1. Das solltest du untersuchen lassen. 2. Was zur Hölle ist auf dem Eis los?«

Den Jack, der heute erste Paarlaufversuche unternommen hatte, konnte ich beim besten Willen nicht mit jemandem in Einklang bringen, der andere Spieler zu Boden oder in die Bande warf. Wie konnte jemand so ... nett wirken und am selben Abend eine ganz andere Seite zeigen? Und wie hatte er sich heute Morgen genug entspannen können, um nicht den Umgang mit dem Puck oder irgendwelche Drills zu trainieren? Dan drehte schon Wochen vor einem Wettkampf am Rad und war passiv-aggressiv, während Jack einen Spaß mitgemacht hatte.

»Idk. Ich habe keinen Plan von Eishockey, aber Brandon hat ein Tor geschossen. Glaube ich.«

Es war gut, dass ich Maia kannte. Keiner anderen hätte ich geglaubt, wenn sie behauptet hätte, nicht mit Sicherheit sagen zu können, ob ein Tor geschossen worden war oder nicht. Maia dagegen ... es hatte Vorteile, dass die Spieler beschriftet und farblich gekennzeichnet waren, schätzte ich. Nicht, dass sich meine Kenntnisse in Sachen Eishockey von ihren unterschieden. Anders als sie hatte ich aber keinen Grund, mich über ein paar Eindrücke von Jack hinaus mit der Sportart auseinanderzusetzen.

»Gewinnen sie wenigstens?«, fragte ich. Ob sie führten oder nicht würde Maia schon wissen. Nicht, dass ich das wissen musste. Oder wirklich daran interessiert war. Oder daran, ob sich Jack als Kapitän souverän zeigte. Ich hatte keine Verpflichtung, Spiele zu verfolgen – im Gegensatz zu meiner besten Freundin.

Keine Verpflichtung. Trotzdem rief ich den Instagram-Kanal der Eishockeymannschaft auf und sammelte gleich weitere Eindrücke von kurzen Spielmomenten in der Story. Dass Jack die Nummer 5 auf dem Rücken trug, war eine Information, die ich abspeicherte, ohne es zu wollen.

»Sieht ganz so aus.«

Ich markierte die Nachricht als gelesen, antworte mit einem Daumen nach oben und tippte mich durch die Story-Beiträge der Maple Hills Knights. Mehr als einen flüchtigen Einblick in das Spielgeschehen gaben die kurzen Videos und Schnappschüsse nicht, aber sogar ich erkannte, dass Jack sich kompetent in der Formation bewegte. Die anderen Spieler konnte ich anhand ihrer Nachnamen sowieso nicht identifizieren – geschweige denn auseinanderhalten.

Ich schob das Handy in die Tasche meines Hoodies und leerte meinen Milchshake, bevor er zu warm wurde. Dans Film zeigte eine Szene mit einer erstaunlich niedrigen Verletzungsquote für die Schüsse, die auf die Charaktere abgefeuert wurden, und ich nahm die zunehmende Absurdität und Brutalität der Handlung zum Anlass, um mein Glas in die Küche zu bringen und gar nicht mehr ins Wohnzimmer zurückzukehren. Mein Bett war auch bequem, und obwohl Dan und ich uns als platonische Mitbewohner versuchten, war heute kein erfolgreicher Abend. Ein bisschen räumliche Trennung war nicht verkehrt, schätzte ich.

Als ich mich auf mein Bett fallen ließ, hatte Maia weitere Nachrichten geschickt: »Brandon hat seinen Stab gebrochen«

»Jetzt spielt er Fußball mit dem Puck« Es folgten einige Emojis einer schwangeren Frau, und ich konnte nur den Kopf über Maia schütteln. Offensichtlich hatte es sie schwer erwischt. Dann wiederum war Kompetenz sexy.

»Okay, dein Typ ist heiß«

»Er schüttet sich Wasser über den Kopf. O.o«

Ich lachte. Ob wegen der Nachricht oder weil meine Wangen bei der Vorstellung warm wurden, stand zur Debatte. »Du bist furchtbar«, antwortete ich ihr.

Sofort erschien das »gelesen«-Zeichen.

»¯_O_/¯«, dann: »Einer von uns hat ein Tor geschossen und wurde zum Dank umgerannt – wenn die so weitermachen, haben wir keine Spieler mehr für die After-Party«

»Es gibt eine After-Party?«

»Keine Ahnung. Ich hoffe es. Sonst gehe ich mit Brandon allein feiern :D«

»Tu das«, schrieb ich und pustete mir eine Strähne aus dem Gesicht.

»Kommst du auch?«

Mit Sicherheit nicht. Verschwitzte Eishockeyspieler voller Adrenalin, Party und mein Plan, morgen eine halbe Stunde früher in die Halle zu kommen, vertrugen sich nicht. »Eher nicht. Viel Spaß dir!«

»Thx«

Um fünf Uhr morgens auf dem Eis zu stehen hatte zwei Nachteile: Erstens war ich müde und somit verfroren und unmotiviert, und zweitens kreierten die Uhrzeit und das künstliche Licht eine Atmosphäre, die die Halle mehr wie den Schauplatz eines Horrorfilms wirken ließ als wie einen Arbeitsplatz. Als Gegenmittel für beide Umstände verband ich mein Handy mit der Musikanlage und ließ die Musik, die wir letzte Saison im Kurzprogramm gewählt hatten, in Dauerschleife laufen. Damals hatte Dan sich durchgesetzt und einige peppige Songs in das Medley integriert, was es beinahe unmöglich machte, wegzunicken oder irgendwo Gruselgestalten zu vermuten. Dafür machte die Musik jedoch auch jeden ruhigen Versuch, mich an Sprünge heranzutasten, schwer. Alles in mir wollte dem Rhythmus der Lieder oder der Choreografie folgen. Beide Ideen waren mäßig gut. Nach der halben Stunde, die ich als Sprungtraining eingeplant hatte, war ich so ernüchtert wie zuvor.

Immerhin war ich jetzt wach und ernüchtert. Ich stoppte die Musik und ging die Dreiersprünge noch mal durch. Das Gefühl dabei war weder Sicherheit noch absolute Kontrolle über das Element, aber damit musste ich für den

Moment leben, schätzte ich. Der sinnvollste nächste Schritt wäre, mich dabei zu filmen und zu analysieren, wo genau ich meine Routine verlor. Dennoch war es keine Option. Mein Stolpern und Wackeln zu filmen war, wie es zu fixieren. Damit machte ich mein Scheitern noch mal realer. Ich konnte mir auch ohne ein weiteres Zeugnis schon nicht mehr in die Augen sehen und mich für eine Sportlerin oder Eiskunstläuferin im Speziellen halten.

Als Schritte ertönten, erklärte ich das Desaster der Einheit endgültig für beendet und lief in Richtung Bande. Schlimmer konnte ich kaum noch laufen – ein kurzer Ausflug ins Eishockey würde nichts mehr kaputt machen. So erfüllten wir zumindest die Vorgaben der Trainer. Irgendwie jedenfalls.

»Du hast gestern ganz schön Eindruck gemacht«, sagte ich statt einer Begrüßung, sobald meine Gesellschaft ebenfalls an der Bande angekommen war, zwei Schläger in der Hand und seine Sporttasche umgehängt.

Jack sah mich nur an, gähnte und zog seine Thermosflasche aus der Tasche.

»Bei deinem Spiel«, erklärte ich. Bei dem Spiel, von dem ich nichts geahnt hatte, bis Maia mir davon erzählt hatte. Nicht, dass Jack verpflichtet war, mir von seinen Spielen zu erzählen. Ich hatte nur nicht erwartet, dass er kein einziges Mal darüber klagte, dass er in einer Spielvorbereitungsphase zusätzlich Zeit für eine Eiskunstläuferin einplanen musste. Ich an seiner Stelle hätte es wahrscheinlich betont und meinem Unmut Luft gemacht. Dann wiederum war Widerspruch ohnehin zwecklos, wann immer Nadia involviert war. Vielleicht war es bei seinem Trainer nicht anders. »Maia war begeistert.«

Zu ihrem Bedauern hatte es weder eine After-Party noch einen feierwilligen Brandon gegeben. Nachdem die

Mannschaft erst zurück zur Uni hatte fahren müssen, waren die meisten Spieler wohl eher müde als aufgedreht gewesen. Ich konnte es ihnen nicht verdenken. Schon gar nicht, wenn ich jetzt sah, wie Jack den ersten dampfenden Kaffee nicht einmal auskühlen ließ, bevor er ihn leerte.

»Brandons Freundin, richtig?«

»Genau.« Und meine beste Freundin, aber das spielte in der Teamdynamik vermutlich keine Rolle. »Sie ist hingefahren, um ihn zu sehen. Ihren Nachrichten nach hatte sie Spaß.« Ich zuckte mit den Schultern.

»Und du?«

Ich legte den Kopf schief. »Ich«, wiederholte ich.

»Wie hat es dir gefallen?«

»Ich war nicht bei eurem Spiel«, meinte ich und stützte mich auf der Bande auf. »Bis gestern Nachmittag wusste ich nicht, dass ihr überhaupt schon spielt.«

Jack nickte und gähnte. »Die Saison ist lang«, sagte er. »Wenn man nicht zu früh ausscheidet, natürlich.«

Natürlich. Bei uns war es nicht anders. Die ersten Wettkämpfe hatten Dan und ich schon hinter uns gebracht, es blieben diejenigen, bei denen die Konkurrenz stärker wurde, weil zunehmend ausgesiebt wurde. Eigentlich war das allein Grund genug, den Small Talk mit Jack zu beenden und einmal mehr Sprünge zu versuchen, solange er sich aufwärmte. Ich nickte.

»Das nächste Spiel ist bei uns.« Er rümpfte die Nase. »Farbeffekte inklusive.«

Obwohl nichts an Dans Aktion lustig gewesen war, musste ich schmunzeln. Der Gedanke, wie der rasante und brutale Spielbetrieb auf einer gefleckten Eisfläche stattfand, war beinahe absurd. »Ist die Farbe nicht wieder verschwunden?« Konnte man die betroffenen Stellen nicht abtauen oder überdecken?

»Ausgeblichen, aber noch sichtbar.« Er füllte seinen Becher ein zweites Mal und hielt ihn mir hin. Mein Kopfschütteln quittierte er mit einem Schulterzucken und einem weiteren Schluck Kaffee. »Wahrscheinlich sollte ich froh sein, dass meine Jungs nicht mehr in Gelächter ausbrechen oder Wutanfälle bekommen, wenn sie einen der Kleckse sehen.«

Ich öffnete den Mund, aber alle Fragen, die mir einfielen, stellten Jacks Mitspieler als einfältig, kindisch und bedingt diszipliniert dar. Zu meiner Überraschung wollte ich nichts davon implizieren. Ich schloss den Mund wieder.

»Vielleicht lenkt es eure Gegner ja ab«, improvisierte ich, bevor die Stille zwischen uns unangenehm wurde.

Jack schüttelte den Kopf. »Das macht uns eher zur Lachnummer der NCAA.«

»Das tut mir leid.«

»Muss es nicht.« Er zog einen Mundwinkel nach oben. »Im eigenen Stadion zu spielen ist immer ein Vorteil, buntes Eis hin oder her.«

»Okay.« Mangels eigenen Wissens musste ich sowieso glauben, was er erzählte. Rein logisch betrachtet fiel seiner Mannschaft die Anfahrt weg, was sicher ein Pluspunkt war, wenn man in einen anstrengenden Abend starten wollte. Das sagte ich auch.

»Genau.« Er nickte. »Außerdem kommen natürlich mehr Familien und Freunde zu unseren Spielen hier, was auch gut ist.«

Wenn er meinte. Ich war immer froh gewesen, wenn meine Eltern nicht zu jedem Wettkampf gefahren waren. Ein Event wie das zehrte immer an den Nerven, da brauchte ich nicht noch Familie. Dazu kam, dass das Eis immer meine Welt gewesen war – Mom, Dad und meine

Schwester Liz konnten zu mir auf die Eisfläche steigen, aber wirklich folgen konnten sie mir nicht.

»Du könntest Maia das nächste Mal begleiten«, fügte er hinzu.

Ich zog eine Augenbraue nach oben. »Ich verstehe nichts von Eishockey.«

Er leerte seinen Becher und stellte ihn zur Seite, um sich die Schlittschuhe anzuziehen. Heute gar keine Aufwärmphase? Gut, er musste es wissen. »Deine Freundin kann es dir sicher erklären.«

Damit wir zwei uns ein Regelwerk zusammenreimten, das mit dem tatsächlichen Spiel wenig gemein hatte? Verlockend, aber wenig zielführend.

»Hast du Lust, es selbst zu versuchen?« Jack lenkte meine Aufmerksamkeit auf die Schläger. »Nur ein Angebot.«

Ich sah von den Schlägern zu ihm und konnte einen Anflug von Neugierde nicht unterdrücken. Wann hatte ich das letzte Mal Equipment aufs Eis mitgenommen, ohne davon einen Zugewinn an Präzision zu erwarten? Es musste lange her sein, erinnern konnte ich mich daran nicht mehr. »Wie man einen Gehstock benutzt? Gerne.«

Jack lackte. »Regel Nummer eins: Man stützt sich nicht auf einen Schläger wie auf einen Gehstock.«

»Damit er nicht bricht?«

»Damit du nicht ausrutschst und hinfällst.«

Auch ein valider Grund. Ich nickte.

»Mit welcher Hand schreibst du?«

»Rechts, warum?«

»Weil die Sticks für Rechtshänder und für Linkshänder unterschiedlich sind«, erklärte er.

»Wie Linkshänderscheren?«

Jack blinzelte und wirkte einen Moment lang so, als wüsste er nicht, was er von mir halten sollte. Dann nickte er langsam und reichte mir einen der Schläger. »Fass ihn mit beiden Händen.«

Ich nahm ihn entgegen und hielt ihn an meine rechte Seite. Die Haltung fühlte sich unnatürlich an, und ich versuchte es damit, den Schläger etwas weiter vorn zu halten, dann höher, aber nichts davon verbesserte das Ganze.

»Falsche Seite«, kam es von Jack. »Darf ich?«

Sobald ich genickt hatte, stellte er sich vor mich und positionierte meine Hände neu am Schläger. Anschließend drehte er ihn so, dass er neben meinem linken Fuß auf dem Eis lag.

»Ich bin Linkshänder«, sagte er. »Darum halte ich den Schläger auf der anderen Seite.«

»Macht das einen Unterschied?«

»Hast du mal versucht, mit links zu schreiben? Das ist anstrengend und krakelig und ungenau. Ungefähr so kannst du es dir mit dem Schläger auf der falschen Seite vorstellen. Abgesehen davon, dass die Kelle«, er deutete auf das Ende des Schlägers, »immer nach innen gebogen ist. Mein Schläger passt also nicht, wenn du ihn für dich richtig hältst. Aber das macht nichts, ich kann dir einen Rechtshänder Stick mitbringen, wenn du nach heute noch mal damit üben willst. Versuch mal, mit dem Schläger zu laufen.«

Tat ich. Solange ich aufrecht blieb und nur nach vorn sah, war es nicht anders, als den Stuhl oder den Pinguin zu transportieren. Sobald ich aber versuchte, ihn wie eine Sense hin und her zu schwingen, so wie Jack es die letzten Tage mit dem Puck getan hatte, war ich überfordert. Normalerweise musste ich nur mich selbst koordinieren und präzise bewegen. Mit dem Stück Ausrüstung in den

Händen war es, als würde ich Schlittschuhlaufen neu lernen müssen. Und das, obwohl noch kein Puck im Spiel war.

»Gut«, meinte Jack und legte zwei Pucks aufs Eis. »Weiter mit dem nächsten Schritt: dem Puck.« Er erklärte mir, wie ich den Puck mit den Außenseiten der Kelle – nein, Schaufel – unten am Schläger hin und her schieben sollte, führte es vor und ließ es unglaublich einfach aussehen.

Ich stellte mich etwas weniger geschickt an, sodass Jack schnell dazu überging, mir einen Puck an den Schläger zu legen und den zweiten irgendwo einzusammeln, während ich versuchte, den aktuell bei mir rutschenden Puck nicht zu schnell entkommen zu lassen.

Und das war nur die Übung im Stehen.

Eine Weile später ließ Jack mich geradeaus und dann Kurven laufen, was mich durch die Abläufe stolpern ließ. Wie zur Hölle schafften Jack und die anderen es, den Puck nicht ständig auf halber Strecke zu verlieren oder überhaupt in das gegnerische Tor zu befördern? Meine Schultern begannen zu protestieren, und ich spürte den Muskelkater vom Ausgleichen meines veränderten Körperschwerpunkts schon kommen.

»Der Stick ist kein Gehstock«, erinnerte Jack mich, als ich mich streckte, um nach dem fliehenden Puck zu angeln, und nach vorn geneigt weiterlief. »Auch kein Rollator. Regel Nummer zwei im Eishockey: Du bist nur so gut, wie dein Stickhandling, also der Umgang mit Schläger und Puck, ist. Du stehst sicher auf dem Eis und kannst dich präzise bewegen, was dir einen Vorteil gegenüber fast allen anderen Anfängern gibt. Aber es hilft dir nichts, wenn du den Puck zwar erreichst, aber nicht zu dir holen oder manövrieren kannst.«

»Das ergibt Sinn«, sagte ich und versuchte es noch mal, diesmal mit ähnlichem Ergebnis. An mir war keine Eishockeyspielerin verloren gegangen, das stand fest. »Wenn ihr das macht, sieht es so leicht aus.«

Jack lachte. »Das dachte ich mir auch, als ich das erste Mal eine Choreo von zwei Eiskunstläufern gesehen habe. Einer allein muss schon Kraft haben, vier Minuten zu springen und sich zu drehen, aber zu zweit kommt noch Koordination dazu.« Er schüttelte den Kopf. »Ich glaube, man muss es versucht haben, um zu sehen, wie viel Konzentration und Übung es braucht, um es leicht aussehen zu lassen.«

Ich nickte langsam. Und manchmal erarbeitete man sich die Leichtigkeit, nur um sie in einem Augenblick wieder zu verlieren. »Für heute ist es genug Stickhandling«, meinte ich und schüttelte die Arme aus. »Danke für den Eindruck.«

»Nichts zu danken«, erwiderte er und nahm den Schläger wieder entgegen. Nebeneinander liefen wir in Richtung Bande.

»Romy?«, sagte er, als wir kurz davor waren, das Eis zu verlassen. Sein Tonfall klang zögerlich, und mit den leicht hochgezogenen Schultern wirkte er beinahe unschlüssig, ob er fortfahren sollte oder nicht.

Wieder brachte ich den forschen Spieler, den Maia mir gestern beschrieben hatte, kaum mit dem jungen Mann, der vor mir stand, in Einklang. »Ja?« Ich lächelte ihn an. Was auch immer er sagen wollte, ich konnte mir nicht vorstellen, dass es eine Spitze oder ein abfälliger Kommentar war. Nicht, wenn wir einen Morgen voller Lachen hinter uns hatten.

»Es geht um deine Sprünge.« Wenn möglich wanderten seine Schultern noch ein Stück nach oben und vorn.

»Ja?« Mein Lächeln wurde eine Spur künstlicher, aber ich gab mir Mühe, es im Gesicht zu behalten.

»Ich bin kein Experte für Eiskunstlauf, aber der Stuhl ist eine schlitternde Unfallgefahr. Ich weiß auch, dass du keinen Grund hast, einem Eishockeyspieler zu vertrauen, nachdem du wegen uns gestürzt bist. Aber ich dachte mir, dass du versuchen könntest, dich an mir festzuhalten, wenn du die Übung machst.« Er streckte beide Arme aus, um zu verdeutlichen, wie er sich die Aktion vorstellte.

Ich schluckte. Dafür müsste Jack mehr als stabil auf dem Eis stehen. Ich ging nicht davon aus, dass er mein Gewicht wirklich halten musste, aber ausschließen konnte ich es nicht. Jedenfalls nicht, solange ich stolperte oder im letzten Moment abbrach. Jack müsste sicher rückwärtslaufen und eine zügige Drehung in der Bewegung vollziehen können, damit die Sache nicht von vornherein zum Scheitern verurteilt war.

»Du musst das nicht sofort entscheiden«, beeilte er sich zu sagen, als ich nicht gleich antwortete. »Ich kann auch den Pinguin noch mal mitbringen, falls er dir lieber ist. Nicht, dass du ihn nutzen musst. Das Angebot steht aber.« Er fuhr sich durch die Haare, und ich kam nicht umhin, mir Maias Beschreibung, wie er sich Wasser über den Kopf geschüttet hatte, vorzustellen. Der dunklere Ton, den seine blonden Haare dabei annehmen mussten, stand ihm sicher gut.

»... dann spontan, ja?« Jack sah mich erwartungsvoll an, und ich nickte nur perplex. Was war los? Wärme schoss mir in die Wangen, als ich realisierte, dass er mich mit einer simplen Geste vollkommen abgelenkt hatte.

»Ja«, bestätigte ich und hoffte, dass ich weder meine Seele an den Teufel verkaufte noch offensichtlich zeigte, dass ich keine Ahnung hatte, was er zuletzt gesagt hatte. »Klingt gut. Wir sehen uns morgen?«

»It's a date!« Er zwinkerte mir zu und stieg vom Eis.

Zu meiner Überraschung freute ich mich beinahe darauf.

Kapitel 11

Am nächsten Morgen überraschte Jack mich damit, dass er beinahe so früh in die Halle kam wie ich, sich wortlos meinen Joggingrunden um die Eisfläche herum anschloss und die Zeit, die ich brauchte, um meine zu warm gewordene Sportjacke auszuziehen, nutzte, um seinen Pinguin aus dem Sack zu befreien und aufs Eis zu stellen.

Ah, die gestern angekündigte Aktion, der ich zugestimmt hatte. Was auch immer mich jetzt erwartete.

»Wie sieht es aus?«, fragte Jack und tauschte seine Turnschuhe gegen die Schlittschuhe. »Weißt du schon, womit du dich sicherer fühlen würdest?« Er zog die Schnürsenkel des rechten Schlittschuhs nach. »Oder ist es dir lieber, wenn ich mich heraushalte?«

Wie es aussah, hatte ich noch weniger Ahnung vom Kontext der Fragen als zuvor angenommen. Ich vermutete, dass es noch um die Sprünge ging, die Jack gestern angesprochen hatte, aber sicher war ich mir nicht. Ich lächelte und zuckte mit den Schultern. Zugeben, dass mich die Vorstellung, wie er mit nassen Haaren frisch vom Eis kam, abgelenkt hatte, wollte ich nicht. Ich mochte Jack nicht *so*. Ich konnte nur auch nichts dafür, dass er gut aussah.

»Okay.« Jack fuhr sich durch die Haare und rief mir das fiktive Bild gleich wieder in den Kopf.

Konzentration, Romy!

»Okay«, echote ich und wechselte selbst die Schuhe. »Wie gut läufst du rückwärts?«

»Gut, würde ich sagen.«

Nur, wenn er in irgendwelche Banden geschubst wurde, oder auch kontrolliert und freiwillig? Ich biss mir auf die Lippe. Was interessierte mich das überhaupt? Jacks Idee, ihn als Stütze zu nutzen, war irrwitzig. Allein der Gedanke, mit einem Eishockeyspieler an Eiskunstlaufelementen zu arbeiten, war absurd. Selbst wenn wir nicht beide zu Boden gingen, war die Erfolgschance gering – letztendlich würde ich nur einer weiteren Person beweisen, dass ich auf dem besten Weg war, für den Sport ausgemustert zu werden. Romy, die mit der gescheiterten Beziehung und mentaler Sportuntauglichkeit. Das war eine Version von mir, die ich nicht akzeptieren konnte. Und wenn nicht einmal ich mich ausstehen konnte, wie sollte es dann irgendjemand sonst tun?

Jack stieg zu dem Pinguin auf die Eisfläche, ging in die Hocke und schob ihn im Kreis, bis ich ihn endlich wirklich ansah und lachen musste. »Und?« Er grinste mich an. »Was sagt die Expertin?«

Von Jack als Expertin wahrgenommen zu werden, auch wenn ich mich alles andere als so fühlte, tat gut. »Eine wunderschöne ... Variation der Kilian-Haltung. Pluspunkte für Diversität und Innovation«, meinte ich und folgte dem frisch gebildeten Paar aufs Eis.

»Wir sind also wettkampfbereit?«

»So ungefähr, ja.« Ich drehte ein paar Runden und kam neben Jack und seinem Partner zum Stehen.

»Dann zeig mal, wie es um deine Fähigkeiten bestellt ist«, forderte er mich auf und legte seinem Pinguin einen Arm um die Schultern. Beinahe als würde er mit einem

Kind dastehen, dem er jemanden auf dem Eis vorführte. Dieser Jemand war dann wohl ich.

Ich drehte eine einfache Pirouette und zog eine Augenbraue nach oben. »Tada.«

»Deine Eishockey-Fähigkeiten«, präzisierte Jack, klatschte aber zweimal in die Hände, um die Drehung auf dem Fleck zu loben.

»Du hast keine Schläger dabei.«

»Wir müssen auch unabhängig davon auf dem Eis laufen können.«

»Wenn der Schläger bricht«, sagte ich und nickte. Brandon hatte den Puck dann mit den Füßen dirigiert. Sollte diese Übung mit dem Puck das sein, was Jack für uns vorschwebte, würde ich passen. Meine Auge-Fuß-Koordination beschränkte sich darauf, Dan nicht aufzuschlitzen. Für den Alltag reichte das, aber ich traute mir nicht zu, mich nicht selbst versehentlich zu filetieren. Ich musste den Schwierigkeiten, die ich hatte, nicht eine neue genähte Wunde hinzufügen, die ich ruhighalten sollte.

»Ja. Oder um von A nach B zu kommen, wenn der Puck in einem anderen Drittel ist.« Jack stützte sich auf den Pinguin und richtete sich auf.

Das klang schlüssig. »Das ist ziemlich rasant, denke ich.«

»Ist es. Wobei ihr auch nicht langsam lauft.« Jacks Miene hellte sich auf, und er begann zu grinsen. »Lust auf ein Wettrennen?«

Ein Wettrennen? Mit einem Eishockeyspieler? Er war ohnehin schneller als ich, um das festzustellen brauchten wir kein Wettrennen. »Was soll das bringen?«

Er zuckte mit den Schultern. »Spaß?«

»Spaß.«

»Spaß«, bestätigte er und tätschelte dem Pinguin den Kopf. Dann hielt er inne und ließ den Blick über mich gleiten. »Romy«, sagte er leise, »wann hattest du das letzte Mal Spaß auf dem Eis?«

»Ich bin Eiskunstläuferin«, antwortete ich.

»Aber wann war das Eis das letzte Mal mehr Spielplatz als Arbeitsplatz?«

Das ... wusste ich nicht. Und auch wenn das Gefühl immer da gewesen war, hatte ich es bisher nur wahrgenommen. Mit einer einfachen Frage hatte Jack in Worte gefasst, was ich schon beinahe nicht mehr bemerkte. Und plötzlich war der Kontrast wieder da und präsent, und für einen Moment raubte die Erkenntnis mir den Atem. Ich stand nicht mehr aus Spaß auf dem Eis. Eiskunstlauf war mein Job, aber nicht mehr ein Job, der ein professionalisiertes Hobby war, sondern einer, der ein Hobby gewesen war. Früher einmal. Ich zuckte mit den Schultern.

Jack blinzelte nur. »Okay.« Er räusperte sich. »Dann ... wird es höchste Zeit. Denkst du nicht?«

Dachte ich schon. »Dann wird es höchste Zeit«, bestätigte ich und nickte. Die Bewegung fühlte sich mechanisch an. »Die lange Seite entlang?«

Mit einem Daumen nach oben schubste Jack den Pinguin in die Mitte der Eisfläche, sodass wir freie Fahrt hatten. Wir stellten uns nebeneinander an die kurze Seite, und als Jack nach einem Countdown das Startsignal gab, jagte er los. Ich lief ihm hinterher.

Theoretisch hatten wir beide eine gute Kondition; trotzdem ging mein Atem deutlich schwerer als seiner. Vielleicht, weil er sonst seine Ausrüstung mit sich herumschleppte und hier weniger Zusatzlast hatte. Vielleicht war er auch einfach allgemein schneller als ich – egal, ob es den Anforderungen seines Sports oder seiner Physis geschuldet war.

»Glückwunsch«, sagte ich und konnte nicht verhindern, dass sich ein Grinsen auf meinem Gesicht ausbreitete. »Revanche?«

»Willst du noch mal verlieren?« Er stieß mich leicht an. »Von mir aus gerne.«

»Diesmal rückwärts.«

Jack riss die Augen auf, nickte aber. »Gleiche Strecke?«

»Ja.«

Wir brachten uns erneut in Position und liefen diesmal nach meinem Countdown los. Jack war schnell. Schneller, als ich es einem Eishockeyspieler zugetraut hatte. Vor allem aber präziser und koordinierter, als ich es von jemandem, der für gewöhnlich frontal in andere Spieler lief, erwartete. Dennoch hängte diesmal ich ihn ab.

»Du bist gut«, meinte ich, sobald wir die zweite Runde unseres Wettrennens beendet hatten. Ich lehnte mich an die Bande und biss mir auf die Lippe. Doch auch die Geste hielt den Kommentar, der mir auf den Lippen lag, nicht zurück. »Ich hatte ausreichend Gelegenheit, das zu analysieren.«

Jack nahm es mit Humor und lachte los. »Du bist besser«, sagte er und tat, als würde er einen imaginären Hut ziehen. »Ihr müsst viel rückwärtslaufen, nehme ich an?«

Ich nickte. »Die meisten Sprünge springt man rückwärts ab.« Von Übergängen und Strecken ganz zu schweigen. »Woher kannst du so gut rückwärtslaufen? Ich dachte, du spielst vorn mit.« In den Story-Videos auf Instagram war er jedenfalls eher vorn mitgelaufen.

»Du hast echt keine Ahnung von Eishockey, oder?« Er stellte sich neben mich und deutete auf die Eisfläche.

»Siehst du die blauen Linien? Das Eis ist in drei Drittel geteilt. Eins für jede Mannschaft und eins in der Mitte.«

»Okay.« So weit konnte ich folgen.

»Ziel des Spiels ist es, mehr Tore zu schießen als die Gegner und möglichst wenig Tore zu kassieren.« Er grinste mich an. »Logisch, oder?«

»Ja.«

»Damit das funktioniert, hat man sechs Spieler auf dem Eis. Reed kennst du, richtig?«

»Der Torwart?«

»Der Goalie, ja. Sein Job ist selbsterklärend, oder?«

Ich nickte. Pucks abwehren, dabei nicht kaputtgehen. So weit, so klar.

»Davor stehen zwei Verteidiger.« Er überlegte einen Moment. »Die Namen Nash und Brandon sagen dir was, denke ich.«

»Ja. Die Bodyguards für Reed, nehme ich an.«

»Auch, jedenfalls im eigenen Drittel. Zum einen verhindern sie, dass Reed zu sehr aufgemischt wird, was sowieso zum schlechten Ton gehört, zum anderen versuchen sie, dass gar kein Schuss zustande kommt, indem sie entweder abblocken oder die gegnerischen Stürmer aufhalten.« Er deutete eine Rammbockbewegung an.

Ich nickte erneut. Warum um alles in der Welt wollte man das tun? Das war, wie um eine Schlägerei zu bitten. Wenn es ihnen Spaß machte ...

»Es gibt besondere Regeln, wenn man als Mannschaft im gegnerischen Drittel ist.« Er wedelte mit der Hand in der Luft herum. »Im Endeffekt ist es wichtig, dass der Puck nicht wieder in die anderen Drittel gelangt. Das bedeutet, dass unsere Verteidiger sehr schnell rückwärtslaufen können müssen, um flexibel auf das Spiel reagieren zu können.«

»Aha«, sagte ich. Seine Sätze ergaben Sinn, aber verstehen tat ich trotzdem nichts. Stattdessen hörte ich weiter zu und ließ mich ein Stück weit von Jacks Begeisterung für seinen Sport anstecken. Ich musste nicht wissen, warum wer sich wie auf dem Spielfeld bewegte. Solange Jack den Überblick behielt, war es gut. Und wenn er in der Thematik aufging, war es noch besser. Mit einem Lächeln und einem Nicken versuchte ich ihn zum Weiterreden zu bewegen. Eishockey wurde davon nicht plötzlich interessant oder etwas, das mich fesselte. Jacks Freude dagegen ... ich beneidete ihn und wollte im selben Moment, dass sie nie aufhörte. Er riss mich mit, und für einen Augenblick erinnerte ich mich daran, wie es war, für seine Leidenschaft zu brennen. Und wie nahe ich dem Gefühl gekommen war, als Jack und ich die letzten Tage und heute unsere Späße auf dem Eis getrieben hatten.

Der Augenblick war genug, um mich das Gefühl zurückgewinnen lassen zu wollen.

»Dann gibt es auch noch die Stürmer. Links, Mitte, Rechts, um es vereinfacht auszudrücken«, fuhr er fort. »Diejenigen, die versuchen, die gegnerische Verteidigung zu umgehen und Tore zu schießen.«

Also ein Trichter, in dem der Puck idealerweise nie zum schmalen Ende, dem Goalie, vordrang? Das konnte ich mir merken. Glaubte ich. »Du spielst vorn?«

Jack lachte und nickte. »Ich spiele im Sturm, genau.«

»Links, Mitte, Rechts?«

»Center. Also Mitte. Meistens jedenfalls.« Er zuckte mit den Schultern. »Im Sturm kann man auch durchwechseln, je nach Bedarf und Tagesform.«

»Okay.« Jack Boyd. Nummer 05. Center oder irgendwo vorn dabei. »Das erklärt nicht, warum du rückwärts gut läufst.«

»Wenn du einen sehr aktiven Verteidiger hast, der auch offensiv eingesetzt werden kann, soll im Hintergrund keine Lücke entstehen, die ein Gegner nutzen kann. In diesem Fall wechselt ein Offensivspieler kurzzeitig auch in die Defensive«, erklärte Jack und beobachtete meine Mimik, um zu sehen, ob ich ihm folgen konnte.

Ich tat mein Bestes, schüttelte aber den Kopf. »Das verstehe ich nicht.«

»Was genau?«

Alles? Ich zuckte mit den Schultern. »Den Schluss«, sagte ich schließlich, damit er nicht noch mal das gesamte Spiel erklären musste. Ein bisschen fühlte ich mich in die Eishockeyspielerrunde zurückversetzt, in der auch Unmengen von Sätzen gefallen waren, deren Bestandteile bekannte Wörter gewesen waren, die aber dennoch keinen Sinn ergeben hatten.

Jack fuhr sich durch die Haare. »Stell dir vor, Brandon und Nash sind die Verteidiger.«

»Ja.«

»Unser Spiel läuft gut, wir sind nahe am gegnerischen Tor, und Brandon hat eine gute Chance, auf das Tor zu schießen. Dafür muss er aber weiter zum Tor laufen und seinen Posten verlassen. So weit klar?«

»So weit klar«, bestätigte ich.

»Du erinnerst dich an die blauen Linien, oder? Wir wollen nicht, dass der Puck aus dem Drittel kommt, also verteidigen vor allem Brandon und Nash diese blaue Linie.«

»Aber Brandon soll das Tor schießen.« Je konkreter die Situation wurde, desto mehr hatte ich den Eindruck, an Überblick zu gewinnen.

»Genau.« Jack lächelte. »Und das darf er auch. Damit Nash nicht allein für die Absicherung nach hinten zuständig ist, bekommt er Verstärkung. In der Konstellation, in der ich die meiste Zeit auf dem Eis stehe, wechsle ich kurz nach hinten. Daher habe ich viel Übung im Rückwärtslaufen. Nicht, dass die anderen Jungs das nicht auch könnten. Aber in meinem Fall ist das der Grund. Okay?«

»Okay.« Das ergab Sinn. Wie es aussah, bestand das Spiel doch aus mehr Faktoren als Umrennen und Tore schießen. Innerhalb der Mannschaft brauchte es wohl Menschen wie Jack, die sahen, dass ein anderer Spieler bessere Chancen auf ein Tor hatte, und ihm dafür den Rücken freihielten. Fast wie ein Spielmacher. Wenn dazu noch die Regeln kamen, die Jack dankenswerterweise ausgelassen hatte ... einfältige Schläger hatten in professionellen Teams vermutlich keine Zukunft. »Okay«, wiederholte ich und löste mich von der Bande. »Danke für die Erklärungen.«

»Genug Theorieunterricht für heute?«

»Genug Theorieunterricht bis zur nächsten Vorlesung, ja.« Ich lächelte ihn an, verzog dann aber das Gesicht. Auf Theorie folgte Praxis, fürchtete ich, und bisher hatte ich heute keinen Sprung auf dem Eis gewagt. Mein Blick flackerte kurz in Richtung des Pinguins, aber eine wirkliche Option stellte er nicht dar. Tragen würde er mein Gewicht, allerdings war er zu niedrig, um eine sinnvolle Ausgangshaltung zu ermöglichen. Also doch ohne Sicherheitssystem.

Ich drehte noch mal eine kurze Runde, bevor ich mir ein Eck suchte, in dem ich die Dreiersprünge angehen konnte. Die Schrittfolge war nach wie vor einfach, trotzdem ging ich sie noch mal durch und startete einen ersten Versuch. Der positive Teil war, dass ich sowohl sprang als auch landete. Der Rest – Haltung, Körperspannung, Stabilität – blieb ausbaufähig. Von Eleganz konnte keine Rede sein. Die folgenden Versuche waren nicht schöner anzusehen, auch wenn ich bemerkte, dass ich mich mit jedem gestandenen Sprung ein Stück sicherer fühlte.

»Ist der Sprung schwer?« Als ich eine kurze Pause machte, unterbrach Jack seine eigenen Übungen und lief zu mir.

»Nicht wirklich.« Ich schüttelte den Kopf. Das hier war ein Anfängersprung, wahrscheinlich der erste, den ich nach dem Hüpfen mit beiden Beinen gelernt hatte. Wenn man einigermaßen sicher auf einem Bein gleiten konnte, hatte man den Großteil der Technik schon gemeistert.

Jack zuckte mit den Schultern. »Sieht trotzdem gut aus.«

Nett, dass er das sagte. »Danke.« Wahr wurde es davon leider nicht. »Es wird langsam, denke ich.«

»Mit der Angst?«

Auch. Vor allem mit dem absoluten Gefühl des Versagens. Es schwand nicht, aber mit jeder Landung, die weniger wackelig war, wurde es einen Hauch weniger ewig. Ich hatte noch nicht das Gefühl, innerhalb weniger Tage wieder so zu laufen wie früher. Aber ich dachte nicht mehr die ganze Zeit, dass der jetzige Zustand für immer so bleiben würde. Irgendwann würde ich wieder springen und landen, ohne dabei zu erstarren. »Ja«, antwortete ich, weil es einfacher war.

»Aber weg ist sie nicht?«

»Ist sie nicht«, bestätigte ich und schlang die Arme um meine Taille. Darüber zu sprechen, auch wenn es mit Jack war, der mich bisher nicht dafür verurteilt hatte, war unangenehm. Ich mochte nicht, wie verletzlich mich die Situation machte. Kritisierte man meine Leistung auf dem Eis, kritisierte man mich als Menschen. Es war nicht einfach ein Sport, es war Teil meines Ichs.

»Kann ich helfen?« Er streckte mir beide Arme entgegen. »Das Angebot steht, wenn du es versuchen willst.«

Welches Angebot? Meine Stütze zu spielen? Dass Jack sicher lief, vorwärts und rückwärts, wusste ich. Dass er nicht so leicht zu Boden ging, folgerte ich aus seinen Eishockeyerzählungen. Ein schlechter Spieler, so nett er auch war, würde sich nicht als Kapitän durchsetzen. Er musste gut sein. Wichtiger aber war mein Vertrauen, dass er mich nicht fallen lassen würde. Ich suchte seinen Blick und bestätigte mir die Einschätzung. Da waren keine Unsicherheit und Skepsis, nur Selbstbewusstsein und eine Spur Neugierde auf etwas, was er vermutlich noch nie versucht hatte.

»Du lässt mich nicht fallen, oder?« Ich hasste, wie dünn meine Stimme klang. Ich hasste, dass ich mir instinktiv an das Stirnband fasste. Ich hasste, dass Mitleid in Jacks Augen trat, ehe er blinzelte und es durch Wärme ersetzte. Und trotzdem konnte ich ihn nicht für diese Reaktion hassen.

»Ich lasse dich nicht fallen, Romy.« Er drehte die Hände, sodass seine Handflächen nach oben zeigten und ich nur meine Hände darauflegen musste. »Solange du mir vertraust, tue ich alles, um dem gerecht zu werden.«

Ich glaubte ihm. Und dann legte ich meine Hände in seine.

Kapitel 12

»Ich glaube, das reicht für heute«, sagte ich, schluckte und atmete tief durch.

»Ja«, meinte Jack, machte aber keinerlei Anstalten, seine Arme, die ich noch immer festhielt, zurückzuziehen. »Ohne wirklich Ahnung zu haben, für mich sahen deine letzten Anläufe ziemlich perfekt aus.« Er drückte meine Unterarme leicht und lächelte mich an.

Ich nickte. Perfekt ... perfekt war ein Ideal, das ich selten erreichte. Aber heute war ich ihm zumindest nahegekommen. Waren *wir* ihm nahegekommen. »Danke«, wollte ich sagen, aber eine plötzliche Emotionalität schnürte mir den Hals zu. Es war ohnehin nicht so, als könnte dieses einzelne Wort ausdrücken, was ich fühlte. Jack hatte sein Versprechen gehalten, war konstant da gewesen, hatte mich weder gedrängt noch bemuttert und mir so Versuch für Versuch die Anspannung, dann die Scham und zuletzt einen Teil der Angst genommen. »Danke« konnte nicht ansatzweise zum Ausdruck bringen, was das für mich bedeutete. Stattdessen erwiderte ich den Druck und das Lächeln.

Einige Sekunden lang sahen Jack und ich einander an, dann lösten wir uns voneinander. Ich folgte seinem Blick zum Ausgang der Eisfläche und unseren Sachen. Ich sah ihn ebenfalls an, als er den Pinguin einsammelte und mit sich vom Eis nahm. Ich sah ihn an und fragte mich, warum ich ihn nicht schon früher angesehen hatte.

Weil ich ihn nicht *gesehen* hatte. Und jetzt, wo ich ihn *sah*, konnte ich ihn nicht mehr nicht sehen. Und wollte nicht mehr wegsehen. Er war wunderschön.

»Kommst du?« In Jacks Stimme schwang ein Lachen mit.

»Ja«, beeilte ich mich zu sagen, »natürlich.« Ich folgte ihm vom Eis. Er hatte die Schlittschuhe bereits gegen normale Schuhe getauscht und seine zweite Jacke angezogen. Alles an ihm schrie »Training beendet, Zeit zu gehen«.

Alles in mir schrie, dass ich noch nicht bereit war, ihn gehen zu lassen. Heute, mit Jack, hatte ich mich zum ersten Mal nicht wie das personifizierte Versagen gefühlt. Das konnte ich noch nicht aufgeben. Allein der Gedanke fühlte sich so an wie die Sprünge gestern.

»Jack!«

Er sah zu mir, die Sporttasche schon über die Schulter gehängt. »Ja?«

Shit. So weit hatte ich nicht gedacht. Weiter als zu der Erkenntnis, dass ich nicht wieder zurück zu der Romy, die die letzte Zeit existiert hatte, wollte, war ich nicht gekommen. »Hast du Lust, noch frühstücken zu gehen?«, fragte ich ihn das Erste, was mir in den Sinn kam. Bei einem Blick auf die Uhr verdrehte ich die Augen über mich selbst. Selbst wenn Jack Morgenmensch genug war, um um halb sieben Uhr morgens ernsthaft frühstücken zu wollen, wäre es eine Herausforderung, um diese Zeit ein ordentliches Frühstück aufzutreiben. Wärme schoss mir in die Wangen, und ich verschränkte die Arme hinter dem Rücken.

»Beinhaltet das Kaffee?« Jacks Miene war beinahe hoffnungsvoll.

Ich nickte erleichtert. »Ja«, sagte ich schnell. »Kaffee inklusive.«

Jack sah kurz auf sein Handy, dann nickte er. »Ich bin dabei.«

Ein Gewicht, von dem ich nicht gewusst hatte, wie schwer es gewesen war, fiel von mir ab. »Cool.« Ich räusperte mich. »Ich meine, das freut mich.« Ich lächelte. »Oder so.«

Oder so? Himmel, Romy, reiß dich zusammen! Dan hatte ich auch einfach angesprochen, wann immer ich etwas gewollt hatte – vor, während und nach unserer Beziehung. Ohne Aufregung, ohne jede Hemmung. Warum sollte es mit Jack jetzt anders sein? Das war kein Grund für Nervosität. Ich wollte nur mit ihm frühstücken, nicht mehr.

»Oder so.« Jack lachte und hängte sich den Pinguinsack um dieselbe Schulter wie seine Sporttasche. Den nun freien Arm streckte er mir entgegen. »Gib her«, meinte er und nickte in Richtung meiner Tasche.

Sosehr ich Jack heute mochte, so sehr missfiel mir die Geste. Meine Sachen konnte ich schon noch selbst tragen. Ich brauchte keine Freunde, die mich verhätschelten, das brachte ohnehin nichts. »Ich passe«, sagte ich. »Danke.«

Mit einem Schulterzucken nahm Jack die Antwort hin, drehte sich in Richtung Ausgang und stapfte los. Ich hinterher.

»Wir fahren zusammen?« Er ließ den Satz wie eine Frage klingen. »Falls du dich diesmal traust, bei mir einzusteigen, meine ich.«

Ich musste schmunzeln. »Jetzt kenne ich dich ja.« Was schon die bloße Vorstellung, Jack könnte schlechte Absichten haben, absurd machte. »Das ist ein Ja.«

»Gut. Ich fahre.«

Er fuhr. Von mir aus. »Ich stelle nur meine Sachen in mein Auto.« Und badete mich in Deo. Und tauschte vielleicht mein Sportshirt gegen ein frisches. Am besten in der Reihenfolge.

Kurz darauf stand ich wieder vor Jacks Wagen. Er ließ das Fenster herunter und klopfte auf die Sitzfläche des Beifahrersitzes. »Ist offen.«

Ich stieg ins Auto und gurtete mich an, während Jack schon rückwärts ausparkte.

»Still, bitte!« Er biss sich auf die Unterlippe und kontrollierte seine Spiegel mehrfach, bevor er wirklich rückwärtsfuhr und die markierte Parklücke auf dem leeren Parkplatz verließ. »Sorry«, schob er hinterher, sobald er normal fuhr. »Ausparken macht mich nervös.«

Was ich darauf sagen sollte, wusste ich auch nicht, also nickte ich nur und tippte auf meinen Knien herum. »Wohin fahren wir?«, fragte ich schließlich. Dieser nicht ganz unbedeutende Teil unserer Planung war bisher nicht zur Sprache gekommen. Um diese Zeit hatten die meisten Diners noch nicht offen oder öffneten erst. Vor sieben Uhr morgens aßen vernünftige Menschen einfach nicht.

»Burger King? McDonald's?« Er zuckte mit den Schultern, stutzte dann aber. »Du hast vormittags Training, oder?«

»Ja?«

»Kannst du das dann überhaupt essen?«

Abgesehen davon, dass ich um diese Zeit allgemein nichts essen wollte? »Sicher. Keine Unmengen, aber ja, kann ich.«

»Wenn du meinst. Ich übernehme keine Verantwortung dafür, wenn du Daniel vollkotzt.«

»Deal.«

»Auch wenn ich mich nicht beschweren würde.«

Ich riss den Kopf herum und sah ihn an. Bisher hatte ich Jack als sehr gemäßigt wahrgenommen, fast schon diplomatisch. Dabei war es nur logisch, dass er Dan nicht mochte. Schon in unseren Reihen war Dan eine polarisierende Persönlichkeit. Die meisten Sportlerinnen fanden ihn zumindest als Erfolg versprechenden Partner auf dem Eis attraktiv. Aber auch das nur, weil sie Dan als den idealen Eiskunstläufer kannten. Als Freund oder Lebenspartner dagegen war er ... Dan war nicht einfach. Er hatte gerne die Kontrolle und erwartete dieselbe Opfer- und Leistungsbereitschaft, die er an den Tag legte, von allen, mit denen er sich abgab. Gingen dann die Kosten-Nutzen-Einschätzungen oder der Wille, manche Grenzen zu überschreiten, auseinander, zog er seine Konsequenzen. Das und sein elitäres Selbstbild, gepaart mit einer ausgeprägten Abneigung gegen Eishockeyspieler, machten ihn auf einem Campus voller treuer Knights-Fans nicht unbedingt zum beliebtesten Studenten.

»Selbst wenn er nichts mit der Sache in unserer Halle zu tun hat, was ich aber bezweifle, ist er unausstehlich.«

Ich nickte langsam. Wirklich widersprechen konnte ich nicht. Dan war schwierig. Ich hatte nur das Glück, mich die meiste Zeit auf der Liste der Menschen, für die er einstand, befunden zu haben. Mehr als das. Er hatte mir im wahrsten Sinne des Wortes auf die Beine geholfen und mich zur Paarläuferin gemacht. Wenn er damals nicht an mich geglaubt hätte, hätte ich den Eiskunstlauf – und mich – verloren. Wir hatten erst als Sportler, dann als Paar gut funktioniert. Bis ich irgendwann nicht mehr gut genug gewesen war. »Er ist ein guter Sportler.«

»Ein guter oder ein fairer Sportler?«, warf Jack ein und folgte den Schildern, die uns zum nächsten Fast-Food-Restaurant lotsten. »So, McDonald's oder Burger King?«

»Burger King.« Wenn ich schon eine Ausnahme machte und Fast Food aß, dann das meiner favorisierten Kette. »Außer du bist einer der Menschen, die lieber zu McDonald's gehen.«

Jack lachte. »Mein Bruder würde mich für die Frage zwingen, eine Vergleichsstudie durchzuführen, aber wo ist der geschmackliche Unterschied?«

»Kann ich dich gegen deinen Bruder umtauschen?«, zog ich ihn auf. »Burger King hat Pepsi.« Was Grund genug war, die Kette zu bevorzugen.

Er rümpfte die Nase, bog aber zum Parkplatz des nächsten Burger Kings ab. »Du magst Pepsi? Wer mag Pepsi?«

»Pepsi light, um genau zu sein«, ergänzte ich und lachte, als Jack endgültig die Gesichtszüge entgleisten.

»Wegen der Kalorien?«, fragte er beinahe vorsichtig und runzelte die Stirn, als ich entschieden den Kopf schüttelte.

»Wegen des Geschmacks. Der Süßstoff komplimentiert den eigentlichen Geschmack, finde ich.«

»Findest du«, echote Jack und parkte sein Auto. »Vielleicht fahren wir doch zu McDonald's.«

»Es ist so oder so zu früh für Pepsi.« Ich wartete, bis er seinen Gurt gelöst hatte, bevor ich meinen ebenfalls ablegte und ausstieg. Würde nicht jede Person, der ich von meinem Ranking Cola-ähnlicher Getränke erzählte, befremdet reagieren, hätte ich seine Verwirrung beinahe süß gefunden. Fast, als könnte er sich nicht vorstellen, wie wir auf das Thema gekommen waren – und wie jemand Pepsi mit noch mehr künstlichem Geschmack trinken wollte.

Wir betraten die Filiale und bestellten. Jacks Miene hellte sich auf, sobald die Kaffeemaschine Arbeitsgeräusche von sich gab, und die Dame hinter dem Tresen und ich tauschten einen amüsierten Blick. Sie belud das erste Tablett, das ich Jack in die Hand drückte. Während er es zu einem der freien Tische trug, zahlte ich und kam mit dem zweiten Tablett, das nur seinen Kaffee und meinen Orangensaft abbekommen hatte, nach.

Jack sah von der Theke zu mir und legte den Kopf schief. »Romy?«

»Ja?«

»Du musst mir kein Essen kaufen.«

Ich zuckte mit den Schultern. »Es war meine Idee, herzukommen. Meine Idee, meine Einladung – guten Appetit.«

»Danke.« Jack schüttelte leicht den Kopf, und wenn ich eben noch gedacht hatte, die Pepsi-Sache hätte ihn aus dem Konzept gebracht, wurde ich jetzt eines Besseren belehrt. Ehrliche Verwirrung stand ihm ins Gesicht geschrieben, und es dauerte einen halben Pancake und drei Schlucke Kaffee, bis sie zu weichen begann. Stattdessen trat ein verkniffener Ausdruck auf sein Gesicht.

»Alles in Ordnung?«

»Kopfschmerzen.«

»Willst du Schmerzmittel? Ich habe welches in der Tasche.«

Sofort schüttelte er den Kopf. »Ich nehme nichts, was mein Coach nicht abgesegnet hat.«

»Okay.« Ich nippte an meinem Saft und pickte an meinem eigenen Frühstück herum. Für Nahrung war es zu früh, egal, ob die Uhr sagte, dass wir uns langsam auf eine menschenfreundliche Zeit, um in den Tag zu starten, zu bewegten. Was tat man nicht alles für den Sport?

Eine Weile später kippte die Stille zwischen uns von essend zu unangenehm, und Jack und ich tauschten ein schiefes Lächeln. Über was sprach man mit jemandem, der den eigenen Tiefpunkt miterlebt hatte, den man aber kaum kannte?

»Schönes Wetter heute«, sagte ich im selben Moment, in dem er »Was studierst du eigentlich?« fragte. Beide lachten wir kurz auf.

»Dein Beitrag war besser«, entschied ich und spülte die Krümel meines letzten Bissens mit einem Schluck Orangensaft herunter. »Biochemie.«

»Biochemie.« Jack schürzte die Lippen und nickte vor sich hin. »Eiskunstlauftalent und Biochemie-Studentin? Du machst keine halben Sachen, oder?«

Ich zog die Schultern nach oben und ließ sie langsam wieder sinken. Vielleicht machte ich keine halben Sachen, faktisch musste ich einfach realistisch bleiben. Mit Ende zwanzig, spätestens Mitte dreißig, konnte ich den Leistungssport vergessen. Danach blieben Trainerjobs, sofern man sie bekam, oder ein zweites Standbein.

»Warum Biochemie?«

Weil Biochemie funktionierte. Es war aufwendig, manchmal nervtötend zeitaufwendig, aber im Grunde genommen funktionierte das Fach für mich. »Ich war in der Schule ganz gut in Bio und Chemie, und für das Sportstipendium muss man studieren, also …« Ich ließ den Satz in der Luft hängen.

»Und dann studierst du mal eben Biochemie.«

»Sieht so aus.« Normalerweise war ich nicht der schüchterne Typ. Unter Jacks Blick wünschte ich mir, mich hinter meinen Haaren verstecken zu können. Ich beschränkte mich darauf, meinen Zopf nach vorn zu ziehen und mit den Haarspitzen zu spielen. »Und du?«

Jack lehnte sich etwas zurück. »Englische Literatur.«

»Cool. Zeitaufwendig, wenn du viel lesen musst, oder?«

Er nickte langsam. »Mal mehr, mal weniger. Es ist aber nicht nur Bücherlesen und Diskutieren, was irgendein Autor damit ausdrücken wollte, wie die blauen Gardinen im Sommerwind flattern.«

Das klang nicht so, als würde er sein Fach sehr ernst nehmen. Konnte ich lachen? Ich wollte ihn nicht beleidigen oder vor den Kopf stoßen, indem ich ihm zustimmte, auch wenn ich es in Sachen Einstellung tat. »Was macht ihr sonst im Studium? Wenn ihr nicht lest und interpretiert?«

»Übersetzen zum Beispiel.« Meinen vermutlich planlosen Blick quittierte er mit einem Grinsen, das ich so gerne in seinem Gesicht sah. »Altenglisch oder Mittelenglisch.«

»Und das macht Spaß?«

»Nicht so sehr, wie mit dem Gehstock Gummischeiben zu schießen, aber im Grunde genommen schon.« Er zwinkerte mir zu. »Macht Biochemie Spaß?«

»Nicht so sehr, wie mit Pailletten bedeckt über das Eis zu wirbeln, aber im Grunde genommen schon.«

Das brachte ihn zum Lachen. »Wie bist du zum Eiskunstlauf gekommen? Wenn ich fragen darf.«

Ich schnitt eine Grimasse. »Kennst du Robbie Williams? *She's the One?* Das Lied?«

»Ich denke schon.«

»Es gibt ein Musikvideo dazu, in dem er den Trainer spielt oder so. Als meine Schwester und ich jünger waren, hatten wir ein Karaokespiel, bei dem das Musikvideo immer im Hintergrund lief. Sie mochte das Lied, ich war zu jung, um den Text lesen zu können, mochte aber das Video, und irgendwann hat Mom nachgegeben und mich zum Schlittschuhlaufen angemeldet.« Ich zuckte mit den Schultern. »Dort haben sie schnell gemerkt, dass ich es mag und ganz gut war, also bin ich erst intern aufgestiegen, und mit sechs oder sieben habe ich angefangen, Wettbewerbe mitzunehmen. Und jetzt bin ich hier.«

»Hat es dir Spaß gemacht?«

»Ja.« Ich konnte mir nicht vorstellen, etwas anderes zu tun. Oder es auch nur nicht zu tun. Eiskunstlauf war ein Teil von mir – das ging über bloßen Spaß daran hinaus.

»Und bist du immer mit Daniel gelaufen?«

»Nein«, sagte ich und schüttelte den Kopf. Unter dem Tisch krallte ich die Finger in die Oberschenkel. Das war der Teil, den ich gerne ausklammerte. Theoretisch war mein Knöchel ausgeheilt. Theoretisch konnte ich damit tun, was ich wollte. Praktisch fühlte er sich gerade so instabil an, als würde ich den ersten Schritt darauf gehen. »Ich bin früher allein gelaufen.« Und dann war ich gestürzt, hatte vorübergehend mehr Metall als Knochen im Körper gehabt, war die Stützen wieder losgeworden und hatte die Angst behalten. Dan hatte sie mir genommen und mir stattdessen eine Perspektive gegeben. Egal, was zwischen uns passierte, diese Zeit würde uns immer verbinden. Bevor Jack jedoch nachhaken konnte, schob ich ein »Wie bist du auf dem Eis gelandet?« hinterher.

»Mit Musikvideos kann ich nicht dienen. Ich wollte als Kind Eishockey ausprobieren und bin hängen geblieben. Dann bin ich, wie bei dir, hochgestuft worden, und das Ganze ist immer professioneller geworden.« Er richtete den Blick ins Nichts und lächelte leicht. »Ich hatte den ein oder anderen guten Coach, Michael eingeschlossen.«

»Wolltest du immer Profi werden? NCAA, dann NHL?«

Jack stützte die Unterarme auf dem Tisch auf. »Mein Hobby zum Beruf machen? Definitiv. Aber ich glaube, ich könnte auch als Freizeitsportler glücklich werden. Mein Bruder ist ein riesiger Eishockey-Fan. Das motiviert mich sehr, schätze ich.«

»Das klingt gut«, meinte ich.

Er nickte langsam. »Aiden und ich haben fünfzehn Jahre Altersunterschied. Ich bin der Ältere. Auch wenn wir phasenweise nichts miteinander anfangen konnten, bleibt das Eishockey immer ein Faktor, der uns verbindet.«

»Spielt er auch?«

Jack verzog das Gesicht, und sofort hatte ich den Eindruck, etwas gefragt zu haben, über das er so gerne sprach wie ich über meinen Wechsel zum Paarlauf. Er schüttelte den Kopf. »Er hat einen Herzfehler, also ist Leistungssport unmöglich für ihn. Leider.«

Oh. Ich kannte das Kind nicht, und eigentlich gingen mich die Geschwister von Eishockeyspielern nichts an, aber bei Jack und seinem Bruder fühlte ich mit. Etwas zu lieben und es nicht tun zu können, war unglaublich hart. Auch die Träume zweier Menschen leben zu müssen, stellte ich mir schwer vor. Dass ich Jack bisher nichts davon angemerkt hatte, sprach für seine Professionalität.

»Das tut mir leid.«

»Mir auch.« Jack schnitt eine Grimasse und räumte unsere Sachen auf ein Tablett, das er auf das andere stellte. »Du hättest ihn sehen müssen, bevor er die Diagnose bekommen hat. Er ist bis zur Erschöpfung mit dem Pinguin herumgerast und hat lieber ein Risiko mehr als eins weniger mitgenommen. Rückblickend ziemlich gefährlich, ich weiß, aber wir hatten ja keine Ahnung. Nicht, dass er auf dem Eis auf mich gehört hätte.«

Für mich klang das nach dem klassischen kleinen Bruder – vermutlich mit dem Unterschied, dass Aidens Gesundheitszustand weniger stabil war. »Ich kann ihn verstehen«, sagte ich und zog einen Mundwinkel nach oben. »Ich weiß nicht, ob ich auf dich hören würde.«

Jacks Mundwinkel zuckten, und er verschränkte die Arme vor der Brust. »Meine Jungs hören auch auf ihren Kapitän, und bisher funktioniert es gut.«

»Und wie lange hören sie schon auf dich, oh Captain, mein Captain?«

Erst wurden Jacks Augen riesig, dann prustete er los. »Das«, brachte er heraus, »war perfekt.«

Ein Lächeln breitete sich auf meinem Gesicht aus. Sein Lachen war tief und herzlich; genau die Art von Lachen, die ansteckend und ehrlich wirkte. Jack sah froh aus, wenn er lachte – das wiederum sorgte für ein warmes Gefühl in mir.

»So«, sagte er, sobald er sich etwas gefangen hatte. »Kapitän bin ich seit dieser Saison, in der letzten war ich Assistenzkapitän. Ich bin es gewohnt, dass meine Mannschaft auf mich hört.«

»Ich bin nicht Teil deines Teams«, warf ich ein.

»Dann sollte ich dich eingliedern.« Er grinste mich an, während ich nur die Augen verdrehte.

Na, das würde seine Spieler freuen. Nicht nur, dass ich aus dem feindlichen Lager kam, ich war auch noch vollkommen unbegabt, was Schläger, Pucks und die Kombination beider Elemente betraf. »Ich glaube, ich bleibe lieber beim Eiskunstlauf.«

Kapitel 13

»Du bist zu spät«, empfing Dan mich und verschränkte die Arme vor der Brust.

»Guten Morgen, Romy«, sagte Nadia, warf Dan einen beschwichtigenden Blick zu und bedeutete mir, ein paar Runden um die Eisfläche zu drehen.

»Guten Morgen!« Ich stellte meine Wasserflasche ab und begann zu laufen, während Dan seine Dehnübungen mit Sauertopfmiene im Gesicht fortsetzte. Ich verdrehte die Augen. Im Grunde genommen hatte er recht, ich war fünf Minuten zu spät, und das nicht, weil ich eine Autopanne gehabt oder einen dringenden Anruf bekommen hatte, sondern weil Jack und ich nach unserer Einheit heute noch spazieren gegangen waren. Das Frühstück gestern war wirklich keine gute Idee gewesen, sodass die Tradition vor ihrer Etablierung im Keim erstickt war. Stattdessen hatten wir uns unterhalten, und Jack hatte seine ersten Trockenübungen für Drehungen absolviert. Für einen Eishockeyspieler war er erstaunlich elegant gewesen. So elegant, wie man als junger Mann beim Hüpfen auf einem Bein auf Teer eben sein konnte. Immerhin hatte er es mit Humor genommen.

Ich schloss mich Dan vor Nadia an und ignorierte sowohl sein ständiges Augenverdrehen als auch ihr Lächeln, das alle paar Minuten ihren stoischen Gesichtsausdruck ablöste. Eine Weile später schickte Nadia uns aufs

Eis, und sowohl Dan als auch ich machten uns daran, unser aktuelles Programm zu durchlaufen.

Heute Morgen hatte nahtlos an das Training mit Jack gestern angeknüpft. Wir hatten gelacht, herausgefunden, dass Jacks Sieg im Vorwärtssprint auf dem Eis kein Zufall gewesen war, und uns an die Sprünge gewagt. Erst hatte er mich gehalten, dann war er als Sicherheitsnetz geblieben, und zuletzt hatte er mir zugesehen, wie ich allein durch die Einsteigerelemente gelaufen und gesprungen war. Mit einem eigenen Versuch, den er schwankend gestanden hatte, hatten wir diesen Teil des Morgens beendet. Der Abschluss hatte gutgetan – zum einen, weil ich das Gefühl hatte, in den nächsten Tagen die Rotation erhöhen zu können, ohne sofort unsicher zu werden, zum anderen, weil Jack mehr Ähnlichkeit mit einem flatternden Hühnchen als mit dem Profi, der er sonst auf dem Eis war, gehabt hatte. Es war beruhigend zu sehen, dass ich ihm nach wie vor etwas an Technik voraushatte und nicht wieder bei null begann. Auch wenn es sich nach dem Sturz so angefühlt hatte.

»Springst du heute wieder?«, fragte Dan, als wir uns für die ersten Paarelemente in Position brachten.

Ich zuckte mit den Schultern. Zum ersten Mal lag mir nicht eine entschiedene Verneinung auf der Zunge, wenn ich die Frage hörte.

»Jetzt, wo du offensichtlich lieber mit dem Feind flirtest, als zu trainieren.«

Bitte was? Ich erstarrte mitten in der Bewegung. »Er ist nicht der *Feind*, Dan«, teilte ich ihm mit. »Jack ist Eishockeyspieler, ja, aber er hat nichts gegen uns.« Zumindest, solange ihm niemand die Ausrüstung beschädigte oder in die Halle einbrach, um sich dort künstlerisch zu betätigen.

Außerdem flirteten wir nicht. Nicht, dass ihn das etwas anging.

»Wegen denen funktionierst du immer noch nicht wieder.« Er rümpfte die Nase. »Falls du irgendwann wieder normal läufst.«

»Ich arbeite daran, okay?« Ich löste mich aus seinem Griff und presste mir die Hände an die Schläfen. »Ich arbeite daran.«

»Arbeite schneller.« Dan stemmte die Arme in die Seiten. »Ich verstehe nicht, was dein verdammtes Problem ist. Es ist nur Eis. Du bist tausend Mal hingefallen, und jetzt machst du ein Drama daraus. Krieg das in den Griff, ich habe keine Lust mehr, Händchen zu halten und zu warten, bis du dich endlich zusammenreißt. Das hier ist dein Job. Mach ihn ordentlich, oder zieh wenigstens mich nicht mit in den Abgrund.«

»Ja, Dan.«

»Und hör auf, dich dem erstbesten Kerl an den Hals zu werfen, der dir nett vorkommt, nur weil er nicht versteht, wie wenig du wirklich leistest. Oder es dir einfach nicht sagt.«

Diese Aussage allein war unter der Gürtellinie, und mein Herz zog sich ein bisschen zusammen. Dan war mein Ex-Freund, ja, aber zuvor war er mein fester Freund und noch mal zuvor mein Freund gewesen. Ihn so über mich sprechen zu hören war, als würde er die ganzen Jahre und die ganze Achtung, die wir nach jeder Trennung noch füreinander gehabt hatten, mit Füßen treten. Ohne dabei die Kufen abzupolstern.

Mein erster Instinkt nach dem Schmerz war, Dan zu ohrfeigen. Der zweite war, wegzulaufen. Der dritte und endgültige war, es hinzunehmen. Dan war kein guter Ex-Freund, nie gewesen. Er war ehrgeizig. Das und sein Anspruch, die bestmögliche Version von mir für sich einzufordern, waren keine Kombination, die eine harmonische Zusammenarbeit versprach.

»Hör auf, mich ständig unter Druck zu setzen«, entgegnete ich. »Im Gegensatz zu dir macht Jack einen verdammt guten Job, was das angeht.«

Erst als ich es aussprach, bemerkte ich, wie wahr es war. Das Gefühl, die Eisfläche mit Jack zu betreten, unterschied sich um Welten davon, wie es war, Dan aufs Eis zu folgen. Mit Jack war es egal, ob ich ihm Eiskunstlauf zeigte, mich an Eishockey versuchte oder tatsächliche Schwachstellen anging. An einem Element zu scheitern oder sich mit dem Schläger zu blamieren waren keine Horrorszenarien, sondern Gelegenheiten, darüber zu lachen. Wir stellten uns beide unfähig genug an, was die Domäne des jeweils anderen anging, dass auch Schwierigkeiten im eigenen Fachbereich nicht mehr wie das größte Versagen wirkten. Eiszeit mit Jack machte Spaß und Mut.

Dan ... war das Gegenteil.

Es war mir nicht aufgefallen, als ich vergessen hatte, wie motiviert ich in Drehungen starten konnte, wenn es jemanden gab, der sie nicht nur mit Verbesserungsvorschlägen überhäufte, sondern gerne ansah. Oder wie viel Sicherheit ein aufmunterndes Nicken geben konnte. Aber jetzt, wo ich sah, wie schön Eiskunstlauf sein konnte, wünschte ich, Dan könnte seinen inneren Leistungssportler für einen Moment ausschalten und das Hobby sehen, das unter dem Job begraben war.

Zu einem besseren Ex-Freund machte ihn das auch nicht, aber vielleicht konnten wir dann zumindest auf dem Eis mehr Team als Kontrahenten im Rosenkrieg sein. Dann. Nicht jetzt. Jetzt war ich verletzt.

»Weil ihm nichts daran liegt, dass du besser wirst.« Dan zog beide Augenbrauen nach oben.

Ich zog eine einzelne nach oben, weil ich wusste, dass ihn das aufregen würde. »Ihm liegt etwas daran, dass ich mich besser fühle«, erwiderte ich. »Das könntest du auch mal versuchen. Wir als Paar haben nicht funktioniert, okay, Amber in deinem Leben ist nicht zu übersehen. Aber hier bin ich immer noch deine Partnerin, und ich hätte dich gebraucht, okay? Nicht nur die ersten Tage, nicht nur mit Kommentaren darüber, wie kaputt ich bin. Du warst nicht da, Jack ist es.« Obwohl er es nicht musste. Wir hätten auch weiterhin aneinander vorbeitrainieren können, aber er war eingesprungen, als er die Lücke gesehen hatte.

Dan öffnete den Mund und schloss ihn wieder.

»Und wenn ich den Axel wieder stehe, ist es das erste Mal, dass es nicht unser Erfolg ist, sondern meiner.« Meiner und Jacks.

»Wir gehen zum Eishockey.« Maia spazierte durch die Wohnung in mein Schlafzimmer, ohne Dan, der seit unserem Streit vorgestern ungewohnt still war, Beachtung zu schenken. Ich beklagte mich nicht. Vorhin, als er bereits zum Eismeister gegangen war, hatte ich Nadia die ersten Zweifachsprünge, die ich morgens trainiert hatte, gezeigt. Ich wurde besser, das wusste ich, und sie wusste es jetzt auch. Trotzdem war es angenehm, die innere Haltung nicht gegen Dan verteidigen zu müssen.

»Heute Abend«, präzisierte Maia.

»Okay.«

»Ich weiß, dass du immer viel zu tun hast, aber ich akzeptiere kein Nein als Antwort«, fügte sie hinzu, lief unbeirrt zu meinem Bett und stellte die zwei Kartons, die sie mitgebracht hatte, darauf ab.

»Okay.« Ich schloss die Tür hinter ihr und folgte ihr zu meinem Bett.

»Du kannst dich nicht ewig verkriechen. Zeigen wir Dan, dass du auch ohne i...« Sie unterbrach sich mitten im Satz und wirbelte zu mir herum. »Du hast nicht protestiert«, stellte sie fest.

Damit lag sie richtig. »Stimmt.«

Maia legte den Kopf schief, augenscheinlich aus dem Konzept gebracht. Nach meiner bisherigen Weigerung, sie zu Brandons Spielen zu begleiten, hatte sie offenbar angenommen, mich erst zu meinem Glück zwingen zu müssen – nichts ahnend, dass Jack heute schon Überzeugungsarbeit geleistet hatte.

»Jack hat gefragt, ob ich kommen will.« Und nachdem er mich die letzten Tage unterstützt hatte, sah ich keinen Grund, den Gefallen nicht auf ähnliche Art und Weise zu erwidern.

Mit weit aufgerissenen Augen sah sie mich an. »Ich habe das Gefühl, dass ich ein paar Meilensteine verpasst habe. Seit wann bist du über Dan hinweg?« Sie ließ sich auf die Matratze fallen, drehte sich auf den Bauch und sah zu mir auf.

Ich setzte mich zu ihr aufs Bett und verdrehte die Augen. »Du hast nichts verpasst.«

»Sieh dich mal an«, sagte sie und machte eine Handbewegung, die mich einfangen sollte. »Erst hast du dich zusammengerissen, damit du nicht wegen Dan oder dem Unfall auf dem Eis kaputtgehst, und jetzt siehst du wieder fröhlicher aus. Abgesehen davon gehst du freiwillig zum Eishockey. Ich wette, das hat was mit Jack zu tun.«

Nicht nur. Jack hatte mir die nötige Sicherheit gegeben, mit der ich mir auf dem Eis hatte vertrauen können. Aber der Rest, die Sprünge, das wieder wachsende Selbstbewusstsein und letztlich die Konfrontation mit Dan, war mein Verdienst. »Ich musste nicht über Dan hinwegkommen«, antwortete ich.

»Du bist immer wieder zu ihm zurückgegangen, egal, wie mies er zu dir war.« Maia stützte das Kinn auf die Hände. »Allein die Aktion von vor zwei Tagen geht gar nicht. Er hat es echt verdient, dass du ihm sagst, was für ein Arsch er ist.«

Ich ließ mich nach hinten in die Kissen fallen. »Ist er nicht.«

»Deine Ansprüche sind nach den letzten Jahren auch quasi nicht existent.« Sie schnaubte. »Der Typ kann dir ins Gesicht sagen, dass du ohne deine Leistung nichts wert bist, und du nickst es ab.«

Ich seufzte. Maia hatte recht. Sie sah unsere Dynamik und bewertete sie mit Maßstäben, die in den meisten Fällen angemessen waren und funktionierten. In unserem Sport funktionierten sie nicht. Versagte ich, versagte Dan als mein Partner auf dem Eis mit mir. Glänzte er, konnte ich es ihm entweder gleichtun oder uns beide in den Abgrund reißen. Wir waren davon abhängig, dass der jeweils andere in Bestform war. Das war ich nicht gewesen. Dan hatte jedes Recht, das anzusprechen, zu bemängeln und notfalls seine Konsequenzen zu ziehen. Paarlauf ohne ein Paar, das die nötige Leistung brachte, war ein Rezept für Desaster.

»Ich sage nicht, dass er nicht netter hätte sein können«, versuchte ich zu erklären, »aber für Dan ist die Situation auch nicht einfach. Eben hat er eine verlässliche Sportlerin an der Seite, und plötzlich bricht seine komplette

Wettkampfvoraussetzung weg. Dass er dann sagt, ich wäre kaputt gemacht worden oder müsse mich einfach mehr anstrengen, kann ich verstehen.« Was nicht bedeutete, dass ich es ihm nicht etwas übel nahm.

»Sieht er dich überhaupt als Mensch? Mein Handy habe ich kaputt gemacht, als ich damals mit den Schlittschuhen darübergefahren bin. Das ist ein Gegenstand, den man besitzt. Aber Menschen macht man nicht kaputt.« Maia schüttelte den Kopf. »Gut, dass du ihn los bist. Du hast bessere Kerle verdient.« Sie wackelte mit den Augenbrauen, bis ich lachte.

»Apropos bessere Kerle. Brandon und du?« Diesmal brachte ich sie zum Lachen.

»Er ist toll.« Sie drehte sich auf den Rücken und streckte Arme und Beine von sich. »Charmant, nett, lustig, clever, sportlich«, Maia drehte den Kopf zu mir, »ausdauernd.«

Ich nickte vor mich hin. Sie klang vollkommen verliebt. Ich freute mich für sie.

»Ich habe ihm Penny vorgestellt«, erzählte sie.

Wow. »Also ist es was Ernstes zwischen euch«, folgerte ich. Meine beste Freundin sah sich ein bisschen in der Rolle einer Mutter, wenn es um ihr Programm ging. Wenn sie jemandem Penny vorstellte, ging sie davon aus, dass die Person die künstliche Intelligenz als Teil ihres Lebens akzeptieren und nicht verspotten würde.

»Ja.« Maia strahlte mich an. »Er findet sie beeindruckend. Er hat mit ihr gesprochen.«

»Okay, schön?« War das gut? Ich hob fragend die Augenbrauen.

Maia warf mir einen belustigten Blick zu. »Das bedeutet, er hat mit ihr geübt, damit sie weiter lernt und auf Phrasen reagiert. Er hat ihr von Eishockey erzählt, als er dachte, ich bin kurz weg. Zumindest glaube ich das.« Sie runzelte die Stirn. »Jedenfalls hat er von Toren in Michigan erzählt. Vielleicht will er später dort spielen oder so.« Sie zuckte mit den Schultern. »Penny versteht das ungefähr so gut wie ich, aber er hat nicht mit ihr gesprochen wie mit einem Handy, sondern wie mit einem Lebewesen.«

Und wenn das kein direkter Weg in Maias Herz war, wusste ich auch nicht. »Das freut mich für dich, ehrlich.«

»Du musst ihn unbedingt kennenlernen«, meinte Maia und setzte sich auf. »Später.«

Von mir aus auch das. Ich ließ mir von Maia eine der Schachteln auf die Beine legen und setzte mich ebenfalls wieder auf. »Danke?«

»Ist nicht von mir«, sagte sie, imitierte einen Reißverschluss an ihren Lippen, den sie zuzog und abschloss, und nickte mir zu. »Mach es auf.«

Die Aktion war etwas verwirrend. Mein Geburtstag war erst im April, Weihnachten hatten wir auch noch nicht, und auch sonst hatte ich keine Geschenke erwartet. Dennoch öffnete ich den Karton, fasste hinein und hatte einen beinahe unangenehm festen Stoff in der Hand. Ich zog ihn heraus und hielt ihn vor mir in die Luft.

»Ein Trikot«, sagte ich. Was sollte ich mit einem Eishockey-Trikot?

»Dein Trikot«, verbesserte mich Maia und hielt sich ihrerseits das rote Kleidungsstück an den Körper.

Ich drehte das Trikot in den Händen. Auf der Rückseite stand Erickson in Großbuchstaben über der Nummer 55, darunter hing ein Post-it mehr schlecht als recht am Stoff.

»Betrachte dich als offiziell eingegliedert – Oh Captain, *dein* Captain«, las ich vor und schmunzelte. Wie es aussah, hatte Jack unser Gespräch vor einigen Tagen nicht vergessen. Allein die Tatsache, dass er sich das gemerkt hatte, war eine Überraschung, von seinem Überraschungsgeschenk ganz zu schweigen.

»Das ist nicht das Shirt, das ich für dich organisiert hatte«, sagte Maia, als sie einen Blick auf die Beschriftung des Shirts erhaschte. »Ich hatte Jacks T-Shirt für dich ausgesucht.« Sie zuckte mit den Schultern und präsentierte ihr eigenes Trikot, das damit wohl Brandon zugeordnet werden konnte. »Die Jungs werden sich schon etwas dabei gedacht haben.«

Oder auch schlichtweg Jack. Ich nickte dennoch. »Dann sind wir wohl für das Spiel ausgestattet.«

Maia strahlte mich an. »Das wird super.«

Kapitel 14

Maias und meine Vorstellung von »super« gingen etwas auseinander. Während sie mich mit einem Selbstbewusstsein, das ich von ihr in athletischer Umgebung nicht kannte, durch das Stadion der Maple Hills Knights lotste, fühlte ich mich in dem roten Trikot mit Jeans fast verkleidet. Ich konnte mich nicht erinnern, wann ich das letzte Mal Jeans getragen hatte, und kaum hatte ich sie angezogen, erinnerte ich mich an den Grund. Jeans waren unbequem, steif und boten nicht genügend Bewegungsspielraum, um komfortabel zu sein. Gepaart damit, dass ich Jacks und meinen Scherz offen zur Schau stellte und zum ersten Mal in meinem Studium zu einer Sportveranstaltung, die mich nicht direkt betraf, auflief, fühlte sich der Abend alles andere als super an.

»Maia!« Kaum hatten wir die Plätze, die sie ausgesucht hatte, erreicht, wartete die nächste Überraschung. Statt in Schlittschuhen und Schutzausrüstung in der Umkleide saß Nash in Jeans und Hoodie im Zuschauerbereich. Er stand auf, um Maia zu umarmen, entdeckte mich und zog mich gleich mit in die Umarmung. »Romy?«

»Hi!« Maia schob mich zwischen sich und Nash und ließ sich auf den Platz an meiner anderen Seite fallen. »Ihr kennt euch?«

Ich nickte. »Flüchtig. Wir haben uns kennengelernt, als Brandon dich angesprochen hat.«

Nash nickte ebenfalls. »Damals wusste ich nicht, dass du auch zum Glitzer…«, er unterbrach sich, »Eiskunstlauf machst.«

Wir tauschten einen Blick. Vermutlich war es besser so gewesen. Ihre Eisfläche war frisch gefärbt gewesen; hätte ich meine Sportzugehörigkeit angesprochen, hätte der Abend auch anders laufen können. Ich lehnte mich nach vorn, um einen besseren Blick auf die Eisfläche zu erhaschen. Jack hatte ihren Zustand gut beschrieben. Schrecklich sah sie nicht mehr aus, aber die Aktion war noch immer deutlich sichtbar. Kein Wunder, dass nach der Kunststunde, an der sich Dan beteiligt hatte, alles eskaliert war. Das Eis hier jeden Tag vor Augen zu haben und an die Grenzüberschreitung der anderen erinnert zu werden, ließ das schlechte Gewissen für Konterstreiche wohl schnell schwinden. Einmal mehr fanden meine Finger die Stelle am Kopf, die der Racheakt hinterlassen hatte.

Die Narbe selbst war noch empfindlich genug, dass ich meine Haare nur vorsichtig bürsten konnte, aber das würde sich legen. Die Haare würden nachwachsen, sodass ich nicht entweder ein Stirnband, einen bewusst gelegten Zopf oder wie heute offene Haare tragen musste, wenn ich nicht wollte, dass man die ehemals rasierte Stelle sah. Bis dahin wäre der Schreck auch vergessen.

»Romy?« Nash legte mir eine Hand zwischen die Schulterblätter, um mich daran zu hindern, mich wieder anzulehnen. »Was trägst du da?«

Ich hatte es gewusst. Ich sah so albern aus, wie ich mich fühlte. Mein Bedürfnis, das dämliche Trikot auszuziehen und in den nächstbesten Schrank zu stopfen, wuchs rasant. »Frag Jack, er hat es mir geschenkt.«

»Frost?« Er runzelte die Stirn. »Hat er seine eigene Nummer vergessen?« Maia und er tauschten einen Blick, der jedoch auch nicht die gesuchte Antwort zu bringen schien.

Mein Schulterzucken nahm er nicht einmal zur Kenntnis.

»Er kann seiner Freundin nicht irgendein Trikot geben.« Nash fasste sich an die Stirn, und ich nutzte die Gelegenheit, um mich wieder ordentlich hinzusetzen. Er zückte sein Handy und begann zu tippen. »Das haben wir gleich, ich organisiere dir eines mit seinem Namen.« Er schob meine Haare zur Seite. »Erickson. Den Spieler kenne ich gar nicht.«

Maia lachte und steckte mich damit an. »Mit Romy Erickson auf dem Eis hättet ihr schlechte Karten«, teilte sie ihm mit. Nachdem sie sämtliche Geschichten meiner Eishockeyversuche kannte, konnte sie das richtig folgern.

»Und ich bin nicht seine Freundin«, ergänzte ich. Langsam waren Jack und ich vielleicht so etwas wie Freunde, zumindest verbrachten wir auch Zeit miteinander, ohne dass wir beide auf dem Eis standen. Nicht mehr ... aber auch nicht weniger.

»Das ist dein Name?« Nashs Blick schnellte zu mir. »Frost hat deinen Namen auf das Trikot drucken lassen?«

Sah ganz danach aus. Ich nickte. »Ist ein Insider. Aber es war Absicht.«

»Du hast einen Insider mit Frost?« Mit jedem Wort klang er ungläubiger.

»Ja.« Ich wickelte mir eine Haarsträhne um den Finger. Wenn man genügend Zeit mit jemandem verbrachte, den man ausstehen konnte, gab es zwangsläufig Anspielungen, die nur Eingeweihte verstanden. Oder Trikots.

Nash schüttelte den Kopf. »Frost hat keine Insider mit Mädchen. Frauen?« Er gestikulierte in unsere Richtung, offenbar unsicher, was die korrekte Bezeichnung war. »Damen.«

»Offensichtlich ja schon«, warf Maia ein und deutete auf mein Trikot.

»Offensichtlich schon«, wiederholte Nash und fing meinen Blick auf. »Nutz ihn nicht aus, okay?«

»Hatte ich nicht vor.« Obwohl er es denkbar nett gesagt hatte und keinen Vorwurf in der Stimme hatte mitschwingen lassen, fühlte ich mich davon angegriffen. Abgesehen davon, dass ich nicht wusste, wie, hatte ich nicht die Absicht, Jack auszunutzen.

»Gut.« Nash streckte sich, verzog dabei aber das Gesicht.

»Was machst du eigentlich hier?«, fragte Maia. »Spielst du nicht mehr mit?«

Er verdrehte die Augen und tätschelte seine rechte Schulter. »Der Doc hat mich gesperrt.«

Das klang nicht gut. Wenn Nash in etwa so tickte wie ich, bekam ein Arzt erst dann Mitspracherecht, wenn man eine Verletzung nicht mehr ignorieren konnte. Und selbst dann waren Anweisungen mehr Vorschläge, die man in Überlegungen miteinbeziehen konnte. Dass ein Leistungssportler einen Wettkampf oder ein Spiel aussetzte, sagte alles. »Was ist passiert?«

»Keating hat mir einen fiesen Check verpasst, und die Schulter war vorher schon angeschlagen. Der Coach und der Doc sind verdammte Glucken.« Er zog die Augenbrauen zusammen, bevor er sich entspannte und uns ein breites Lächeln schenkte. »Dafür leiste ich euch Gesellschaft.«

Maias Antwort ging im allgemeinen Tumult, der ausbrach, als die Spieler ohne großes Aufheben aufs Eis gingen, unter. Einer nach dem anderen liefen die Sportler beider Mannschaften los, und der Strom schien nicht zu versiegen.

»Ich dachte, ihr hättet nur sechs Spieler pro Mannschaft auf dem Eis«, wandte ich mich an Nash. Die Eisfläche war deutlich dichter besiedelt, als es Jacks Crashkurs hatte vermuten lassen.

Dieser blinzelte und sah mich ungläubig an. »Aber doch nicht immer dieselben.«

Woher sollte ich das wissen? »Aber wofür braucht ihr so viele Ersatzspieler? Fallen während des Spiels so viele verletzt aus?«

»Nein!« Nash schüttelte den Kopf. »Eishockey ist anstrengend. Du hast deine Ausrüstung an und rast auf dem Eis hin und her, weil das gesamte Spiel sehr schnell ist. Im Schnitt spielt man eine bis eineinhalb Minuten, bevor man durchwechselt.«

Da einen Überblick über die Taktik und das Spielgeschehen zu behalten und auf die jeweilige Spielsituation zu reagieren, ohne die Mitspieler zu behindern oder zu verwirren, stellte ich mir schwierig vor. Ich war froh, dass ich zwei Programme hatte, die ich auswendig können musste und die sich nicht spontan änderten. Lieber lief ich einmal mehrere Minuten, als ständig in einen Angriff oder eine Verteidigung geschickt zu werden.

»Ein Kommen und Gehen also«, folgerte ich.

»Fast. So ähnlich.« Er wischte sich über das Gesicht. »Ich weiß wieder, warum ich kein Lehrer werde. Okay, auf dem Eis gibt es verschiedene Positionen.«

Ich winkte ab. »Weiß ich. Jack hat mir die Basics erklärt.«

Nash atmete geräuschvoll aus. »Die Kurzfassung ist, dass es immer bestimmte Gruppen von Spielern gibt, die gemeinsam eingesetzt werden. Wir nennen das Reihen.

Brandon und ich spielen zum Beispiel meistens zusammen oder Frost mit Smith und Barbie.«

»Warte, wer spielt mit Barbies?« Maia, die eben noch auf ihr Handy gesehen hatte, richtete den Blick auf den Eishockeyspieler. Nash hatte vermutlich nicht geahnt, was auf ihn zukommen würde, als er sich einen Platz bei uns organisiert hatte.

Die Realisierung dessen stand ihm ins Gesicht geschrieben. »Barbie, Singular«, sagte Nash. »Die meisten von uns haben irgendwelche internen Spitznamen. Frost für Jack Frost, Barbie, weil Sawyer aus Santa Barbara kommt, Cowboy bei mir, weil ich Nash heiße und Country höre.« Er zuckte mit den Schultern.

Maia und ich nickten.

»Warum schießen sie Reed ab?«, wollte ich wissen, als die Feldspieler sich damit abzuwechseln begannen, Unmengen an Pucks auf das Tor zu schießen. Reed wehrte eine beeindruckende Anzahl davon ab, aber dennoch sammelten sich bald ein paar der Gummischeiben hinter ihm.

»Sie schießen ihn nicht ab, sondern ein«, erklärte Nash. Seine Knie zuckten unruhig. »Teil des Aufwärmens.« Er richtete den Blick auf das Meer von rot gekleideten Männern und sah ihnen zu, wie sie ihre Runden drehten, Pucks durch die Gegend schossen und hin und wieder nah an die Grenze zum gegnerischen Team liefen.

Augenscheinlich stachelten sie sich gegenseitig auf, denn nicht selten holten Mitglieder der jeweiligen Mannschaft ihre Kollegen wieder zurück.

»Sind das C und die As auf den Trikots Rangbezeichnungen?« Ich tippte Nash an, um seine Aufmerksamkeit auf Jack zu lenken, der gerade so stand, dass das C auf der Höhe seines Schlüsselbeins gut sichtbar war.

»Genau. C für Kapitän, A für Assistenzkapitän.«

»Wozu ist die Kennzeichnung wichtig?« Damit die Gegner wussten, welche Führungskräfte sie zuerst eliminieren mussten? Damit die eigenen Leute im Fall, dass sie ihre Mitspieler nicht mehr erkannten, trotzdem wussten, wessen Ruf sie folgen mussten?

»Das siehst du wahrscheinlich gleich im Spiel«, meinte er. »Aber wenn die Schiedsrichter zum Beispiel eine Strafe verhängen, ist der Kapitän oder, falls er gerade nicht auf dem Eis ist, ein Assistenzkapitän, derjenige, der Zweifelsfälle klärt oder verhandelt.«

Konnten die anderen das nicht selbst? Wer sich ungerecht behandelt fühlte, musste doch wissen, wo das Problem lag. Brieftauben erschienen mir unnötig zeitaufwendig. So konnte man die Spiele auch künstlich verlängern.

»Kapitäne sind wie Klassensprecher, Romy«, mischte sich Maia ein, ein selbstzufriedenes Grinsen im Gesicht. »Stell dir vor, jeder würde den Schiedsrichter anquengeln, weil ihm ein Pfiff nicht gefallen hat. Jack ist der Sprecher für das Team.«

Das wiederum ergab Sinn. Weitaus weniger Sinn ergab die Tatsache, dass Maia das wusste. Ich zog eine Augenbraue nach oben und bekam nur ein weiteres Grinsen zur Antwort.

»Er hat Penny Hockey erklärt«, erinnerte sie mich so leise, dass Nash sie über die Geräuschkulisse um uns herum nicht hören konnte. Sie fuhr mit dem Finger über den Ärmelsaum ihres Trikots und schaffte es, die Mundwinkel noch ein Stück weiter nach oben zu ziehen. Sie sah glücklich aus.

Auf dem Eis beendeten die letzten Spieler ihre Dehnübungen, die verdächtig nach dem Yoga on Ice aussahen, das Jack schon ein paarmal präsentiert hatte, und schoben die Pucks in die Tore. Ein Eismeister sammelte sie ein und begann, das Eis zu glätten.

Kurz darauf begann das Spiel. Wenn ich bis eben noch gedacht hatte, die groben Ziele und Aufgaben der einzelnen Positionen umrissen zu haben, wurde ich jetzt eines Besseren belehrt. Wann immer ich einem Zweikampf um den Puck folgte und nachzuvollziehen versuchte, wie die Spieler ihre Schläger und Gliedmaßen voneinander lösten, ohne sie abzureißen, und herauszufinden versuchte, wer genau den Kampf für sich entschieden hatte, war der Rest der Spieler schon am anderen Ende des Spielfelds und nahm den Goalie unter Beschuss. Maia neben mir hatte bereits aufgegeben, dem Spiel zu folgen, und postete munter Storys auf Instagram, schickte Schnappschüsse des Spiels an Freunde und wurde nur aufmerksam, wann immer Brandons Rückennummer auf dem Eis unübersehbar war.

Nash dagegen tippte auf seinen Knien herum und war den allgemeinen Reaktionen der Zuschauer auf Spielzüge immer einen Moment voraus. Seine Augen huschten mit den Spielern über das Eis, und sein Gesicht drückte Begeisterung oder Enttäuschung aus, bevor eine Geste der Schiedsrichter das Publikum reagieren ließ. Dass er Ahnung hatte, die über bloße Regelkenntnis hinausging, war offensichtlich.

»Whoa«, entfuhr es mir, als ein grün-weiß gekleideter Spieler mit Schwung in Jack hineinlief und ihn beinahe zu Boden gehen ließ. »Warum pfeift der Schiedsrichter nicht?«

Die Leute um uns herum schienen ebenfalls nicht einverstanden zu sein, was mich in meinem Ärger darüber, dass Jack nicht sofort gerächt wurde, bestärkte.

»Das war nichts!« Der Spieler neben mir klang unbeeindruckt. »Wenn er das jetzt pfeift, muss er das als Maßstab für das ganze Spiel nehmen«, erklärte er. »Das ist ein hoher Standard, den man im Geschehen kaum halten kann. Siehst du, wie beide sofort abwinken? Niemand will das gepfiffen haben.« Er machte eine Kopfbewegung zu den Fans, die nach wie vor vor sich hin schimpften. »Von selbst ernannten Experten abgesehen.«

Wenn er das sagte. Dann war ich gerne eine selbst ernannte Expertin, denn auch wenn Jack damit zufrieden war, dass das Spiel weiterlief, war ich es nicht. Ich bevorzugte meine Trainingspartner intakt.

Ein paarmal sah es beinahe so aus, als würde unsere Mannschaft ein Tor schießen, ein paarmal so, als würden sie eines kassieren, aber beide Goalies konnten mit ihren riesigen Schonern umgehen und die Pucks abwehren. Und damit waren die ersten zwanzig Minuten vorbei, und die Teams verließen das Eis.

Um uns herum standen einige der Zuschauer von ihren Plätzen auf und pilgerten vermutlich zu Snack- und Getränkeständen. Maia schaltete den Bildschirm ihres Handys ab und drehte sich zu uns. »Was sagst du, Romy?«

Ich ließ mich tiefer in meinen Plastiksitz sinken. »Viel auf einmal«, gestand ich. Den Puck hatte ich häufiger aus den Augen verloren als im Blick gehabt, und auch Jack hatte ich mehr als einmal gesucht, nur um ihn kurz darauf von der Spielerbank starten zu sehen. Alles in allem hatte ich die Komplexität des Sports unterschätzt.

Nash lachte. »Das geht den meisten so. Dagegen hilft nur, viel Hockey zu sehen.«

Das befürchtete ich auch. Aber entgegen meiner Erwartung fand ich es nicht furchtbar, hier zu sitzen und einem Haufen Studenten dabei zuzusehen, wie sie eine Kontaktsportart auf glatter Oberfläche ausübten. Im zweiten Drittel bekam ich Gelegenheit, Jacks Fähigkeiten im Rückwärtslaufen zu bewundern. Seine Bewegungen waren vertraut und im selben Moment atemberaubend kompetent. Jetzt verstand ich, was Maia zu Recht als heiß bezeichnet hatte. Jack rammte einen Gegenspieler, der Brandon, der das Tor ansteuerte, aufhalten wollte. Ich krempelte meine Ärmel ein Stück hoch und lehnte mich nach vorn.

Begleitet von Fangesängen und Nashs gemurmelten Anweisungen entschied Jack die Konfrontation für sich. Auch wenn er es nicht sehen konnte, strahlte ich ihn an. Ich hatte nichts beigetragen, aber ihn erfolgreich zu sehen machte mich irrational stolz. Dem Lautsprecherkommentar nach zu folgen hatte Brandon sein Tor schießen können. Um mich herum jubelten ihm die Leute zu – ich klatschte für Jack.

Im dritten Drittel angekommen, hatte ich mich beinahe in den Sport verliebt. Die Brutalität hatte nicht abgenommen, aber vielleicht stumpfte ich als Zuschauerin zunehmend ab, sodass die gelegentlich klappernden und wackelnden Plexiglasscheiben in den Hintergrund rückten und ich Zeit hatte, erste Gesten der Schiedsrichter zu interpretieren und gelegentlich richtig zu deuten. Jack schoss ebenfalls ein Tor, half bei einem anderen mit und stach in meiner Wahrnehmung immer mehr aus der Masse von gleich gekleideten Spielern heraus. Vermutlich, weil er der einzige Feldspieler war, der mich wirklich interessierte. Brandon kannte ich aus Erzählungen, aber er hatte Maia, die ihn anfeuerte. Und der Rest musste mit Nash vorliebnehmen. Im Gegensatz zu Maia und mir fielen ihm auch weniger gelungene Manöver auf, und besonders die Verteidigung musterte er kritisch, nachdem

Reed einmal aufgemischt worden war. Im Zuge dessen kassierten die Knights ein Tor, was den rauen Umgang der Mannschaften miteinander verstärkte.

Trotzdem gewann unser Team, und die laute Umgebung wurde zu einer ohrenbetäubenden, als das Spiel endete und die Mannschaften vom Eis gingen. Wir ließen uns Zeit damit, unsere Plätze zu verlassen. Die Extraminuten konnte ich gut gebrauchen, um das Spiel nachwirken zu lassen. Ich wusste nicht, was ich denken sollte. Es hatte mir gefallen, ich hatte an Respekt vor dem Sport gewonnen, und die gepolsterte Ausrüstung der Eishockeyspieler erschien mir überraschend attraktiv, wenn jemand wie Jack darin steckte.

»After-Party?« Maia sah Nash hoffnungsvoll an und zog eine Schnute, als er den Kopf schüttelte.

»Kein Alkohol, wenn die Rookies dabei sind«, antwortete er.

Rookie? Ich wollte nicht schon wieder Fragen stellen und Nash zu Erklärungen nötigen, also zückte ich mein Handy und bemühte Google. Vielversprechende Anfänger. Vermutlich jünger als die meisten Spieler, die den Großteil der Einsätze gehabt hatten, und damit zu jung für Partys, bei denen Alkohol im Spiel war. Dass es überhaupt ein Massenbesäufnis oder feuchtfröhliche Abende gab, war an sich schon überraschend. Ich hatte einmal einen alkoholisierten Partyabend und ein Morgentraining kombiniert, und die Erfahrung war einprägsam genug gewesen, um mich für den Rest meiner Sportkarriere von ähnlichen Abfolgen abzuhalten. Dann wiederum …

»Habt ihr morgen Training?« Diesen Sport täglich auszuüben musste kräftezehrender sein als Eiskunstlauftraining, bei dem ich es auch einmal ruhig angehen lassen konnte.

Nash schüttelte den Kopf. »Nicht offiziell. Die meisten von uns gehen am Vormittag nach einem Spiel gemeinsam laufen, aber das ist freiwillig.« Er stieß mich leicht an. »Jedenfalls seitdem unser Kapitän lieber Eistanz übt, als uns ein gutes Vorbild zu sein.«

»Eiskunstlauf.«

»Alles dasselbe.«

Ich verdrehte die Augen. »Ich gebe dir *selbst ernannte Experten* als Stichwort.«

»Gestern ist unserem zweiten Goalie schwindelig geworden, und Frost hat ihn wie so ein Disney-Prinz vom Eis schieben wollen.« Er zwinkerte mir zu. »Du machst aus unserem Kapitän eine Ballerina. Sollte er uns zwingen, zum *Nussknacker* zu trainieren, oder selbst kunstvolle Sprünge ins Spiel einbauen, mache ich dich dafür verantwortlich.«

Das konnte er gerne tun. »Du klingst sehr eifersüchtig.« Ich zwinkerte zurück. »Die Grünen wären jedenfalls abgelenkt, wenn ihr plötzlich die Sportart wechseln würdet.«

»Das will ich sehen«, warf Maia ein und lachte.

»Reed als Primaballerina wäre nicht zu verachten.« Nash nickte. »Das machen wir irgendwann.«

Wer saß da neben mir, und was hatte er mit dem Eishockeyspieler, der Eiskunstlauf so abgelehnt hatte, gemacht? Dann wiederum saß ich neben ihm und hatte eben ein Spiel gesehen. Vielleicht war Nadias und Michaels Plan doch aufgegangen, und eine einzelne Freundschaft konnte für etwas mehr Offenheit auf beiden Seiten sorgen.

»Das können wir gerne machen«, bestätigte ich und patschte Maia auf das Knie. »Du bist auch dabei.«

»Mit Sicherheit nicht.« Entschieden schüttelte sie den Kopf. »Ich mache Fotos und sehe zu, aber Eis ist bösartig.«

Nash ließ den Blick über sie gleiten und zog eine Augenbraue nach oben. »Bist du dir sicher, dass das Eis das Problem ist? Brandon würde dich schon festhalten.«

»Oder wir leihen uns Jacks Pinguin aus.«

Sofort drehte Nash den Kopf zu mir. »Wessen was?«

»Jacks Pinguin. So groß wie ein Kindergartenkind, aus Holz, Laufhilfe für das Eis«, erklärte ich und zeigte die Größe mit der Hand an.

»Frost liebt das Teil abgöttisch. Er und sein Bruder haben damit Schlittschuhlaufen gelernt oder so. Woher weißt du von seinem Pinguin?«

»Ist das der, den du mal mitgebracht hast?«, fragte Maia und verwirrte Nash damit endgültig.

Ich berichtete von der Rettungsaktion und den Malen, die Jack das Holztier anschließend noch dabeigehabt hatte – und der Paarlaufaktion, die die beiden heute zusammen absolviert hatten und die ich für Aiden gefilmt hatte.

»Du weißt von Aiden?«

»Ja?«

»Der Kerl muss dich wirklich gernhaben. Soweit ich weiß, hat er zuvor noch keinem Mädchen von Aiden erzählt.«

Was ich darauf erwidern sollte, wusste ich auch nicht, also nickte ich nur. »Gehst du noch mit Brandon essen?«, wechselte ich das Thema.

Maia nickte. »Er hat eben geschrieben – er will Milchshakes. Plural.« Sie schnitt eine Grimasse. »Ich bin mehr für feste Nahrung, aber das wird sich organisieren lassen.«

»Wo Milchshakes sind, sind Burger nicht weit«, kam es von Nash, und ehe ich michs versah, waren die beiden in eine Fast-Food-Diskussion vertieft.

Keine Ahnung, was ich von heute Abend erwartet hatte. Aber dass ich zwischen einem Eishockeyspieler und einer Spielerfreundin im Stadion saß, ein Spiel genossen hatte und lächelte, war es sicher nicht gewesen.

Kapitel 15

Nash lotste uns zu einem separaten Wartebereich, den Brandon Maia als Treffpunkt vorgeschlagen hatte. Der Fakt, dass er bereits kurz nach einem Spiel daran gedacht hatte, sich bei ihr zu melden, sprach Bände. Die beiden waren einzeln schon Hälften eines furchtbar süßen Paars, ich war mir nicht sicher, ob ich sie in Kombination erleben wollte.

Sie allein auf ihren Freund warten zu lassen war allerdings auch keine Option, Nash hin oder her. Außer uns standen noch ein paar geschätzte Mittfünfziger, vermutlich Eltern, und Kleingruppen herum, aber niemand, den ich kannte.

»Wie lange dauert es ungefähr, bis deine Mannschaftskollegen kommen?«, erkundigte ich mich und begann, die Poster an den Wänden anzusehen. Eishockeyspieler in Lebensgröße und größer hingen in verschiedensten Feierposen an den Wänden. Ich hoffte, dass jeweils ein Tor der Auslöser für die teilweise kreativen Posen wie einen Ritt auf dem Schläger oder eine Haltung à la Superman gewesen war. Das würde sie zumindest rechtfertigen. Dagegen war Jack ziemlich zahm gewesen. Er hatte eine Faust in die Luft gestreckt und sich von seinen Kameraden umarmen lassen, dann war es zügig weitergegangen. Vermutlich gab es in jeder Mannschaft ein paar Scherzkekse. Dass Nash einer davon war, stand für mich außer Frage.

»Hoffentlich noch mindestens fünf bis zehn Minuten«, meinte er und folgte mir zu den Postern.

»Okay?« Wir hatten schon auf unseren Plätzen noch gewartet, irgendwann musste doch zumindest Brandon kommen.

»Das bedeutet, dass sie sich die Zeit nehmen, zu duschen.« Er grinste. »Alles andere willst du nicht riechen.«

Ich nickte. Die Antwort ergab Sinn. Ich hatte eine kurze Geruchsprobe von Jacks Tasche ohne frischen Schweiß und ohne komplette Ausrüstung gehabt; die Spieler konnten sich so viel Zeit unter der Dusche lassen wie nötig. Das wollte ich wirklich nicht noch mal riechen.

»Da drüben ist Reed. Erinnerst du dich an ihn?«

Wir hatten allein heute schon über Reed gesprochen. Natürlich erinnerte ich mich an ihn. Ich nickte und folgte Nashs ausgestrecktem Zeigefinger, der auf eines der Poster zeigte. Auf diesem Bild war Reeds Outfit zerschlissener als das, das er heute getragen hatte, vor allem aber in der falschen Farbe.

»Ich dachte, ihr seid die Roten?«

»Zu Hause schon.« Das Handy noch in der Hand, trat Maia zu uns. »Wenn sie irgendwo anders spielen, haben sie die blassen T-Shirts an.«

»Trikots«, Nash stöhnte, »nicht T-Shirts.«

Sie nickte bestätigend. »Für den Fall, dass mal zwei rote Teams aufeinandertreffen. Damit auch Leute wie wir dem Sport folgen können.«

»Danke.« Nachdem die Farbfrage geklärt war, fiel mir jetzt Reeds Haltung auf. Anstatt das Tor zu bewachen, lag er wie ein Model auf der Seite und nutzte das Tor als Hintergrundkulisse. Bisher hatte ich den Eindruck gehabt, der Wartebereich wäre eine Art Hall of Fame. Langsam kam er mir mehr wie eine Schnappschusssammlung vor. Nur die Qualität der Aufnahmen sprach dagegen.

»Das war nach seinem ersten Shutout«, erklärte Nash nicht ohne Stolz.

Und jetzt für die Laien unter uns? »Schön«, sagte ich und zog das Wort in die Länge.

»Das heißt, dass er kein Tor kassiert hat. Letzte Saison war er noch nicht der reguläre Goalie, sondern die Zweitbesetzung, also war es gleich doppelt gut. Danach hat der Coach ihn nicht mehr übersehen.«

Allein an der Art, wie er über Reed sprach, merkte man, wie eng die beiden befreundet waren und wie wichtig sie einander waren. Ich nickte zum Zeichen, dass ich ihn gehört und verstanden hatte, und schlenderte weiter herum, bis ich vor einem Bild, das Jack zeigte, stehen blieb. Es musste aus dieser Saison stammen, denn er trug bereits das C auf dem Trikot. Den Schläger in beiden Händen über den Kopf gestreckt, feierte er wohl ein Tor. Ein Lächeln schlich sich auf mein Gesicht.

»Dein Lieblingsspieler?«

Eine mir bekannte Stimme ließ mich herumwirbeln. Jack stand im Wartebereich, und – holy shit – Maia hatte nicht übertrieben, was ihn und nasse Haare betraf. Das Bild, das ich danach vor meinem inneren Auge gehabt hatte, war nahe an Jack jetzt dran gewesen, aber er sah gut aus. Ein bisschen müde, ein bisschen frisch geduscht und ein bisschen sehr gut. Ich strahlte ihn an und machte einen Schritt auf ihn zu. Dann stockte ich. Kannten wir uns gut genug für eine Umarmung? Er hatte die Arme schon um mich gelegt gehabt, wann immer wir Paarlauf ausprobiert hatten, aber es war nach dem Spiel und …

Er nahm mir die Entscheidung ab und zog mich kurz an sich, bevor er dem Poster einen genervten Blick zuwarf.

»Es wird nie weniger creepy, sich an der Wand hängen zu sehen.«

»Ich finde, es spricht für dich, dass sie dich aufgehängt haben.«

»Und du machst furchtbare Komplimente«, mischte sich Nash ein, wofür er nur ein Abwinken seines Kapitäns erntete.

»Du bist gekommen.« Jack wandte sich von dem Poster ab und mir ganz zu.

Ich nickte. »Danke für die Einladung. Und das Trikot.« Mit einem Mal wusste ich auch nicht, was ich Jack sagen sollte. Dass er großartig gespielt hatte? Dass er herausgestochen hatte? Dass ich ihn für einen Strategen oder Spielmacher hielt? »Du bist gut rückwärtsgelaufen.«

Wow. Von allen Komplimenten, die ich ihm hätte machen können, war das dasjenige, das ich aussprach?

»Danke?« Jack lachte.

Ich fuhr mir durch die Haare und band sie bei der Gelegenheit gleich zu einem Zopf. »Was ich meine, ist, ich bin beeindruckt, wie gut du gespielt hast.«

Das klang zumindest besser.

»Danke!« Diesmal machte Jack einen überzeugteren Eindruck. Hinter ihm trudelten weitere Spieler ein, unter anderem auch Brandon, auf den Maia sofort zusteuerte. Sie fiel ihm um den Hals und übersprang den Teil, in dem sie seine Fähigkeiten lobte, damit, dass sie ihn einfach gleich küsste.

»Hast du auf mich gewartet?« Er legte den Kopf schief.

Hatte ich? Ich hatte Maia begleitet und mit ihr gewartet. Aber jetzt, wo Jack auch hier war, war ich froh, es getan zu haben. »Ich war mit Maia da, und Nash hat uns das Spiel über adoptiert.«

Jack nickte langsam. »Das erklärt seine Nachrichten.« Er deutete auf mein Trikot. Sofort fühlte es sich wieder nach einem Kostüm an. »Ich freue mich, dass du gekommen bist«, meinte er und wischte sich die feuchten Strähnen aus der Stirn. »Hast du zufällig Lust, noch essen zu gehen? Ich verhungere langsam, und wenn ich heute noch mal Joghurt, Obst oder Wasser sehe ...« Er brachte den Satz nicht zu Ende.

Ich wusste genau, was er meinte. Direkt vor einem Wettkampf war das Essen eintönig, und was für den Zeitpunkt funktionierte, brauchte man kurz danach schon nicht mehr. »Milchshake?«, schlug ich vor. Brandon hatte den Wunsch geäußert, vielleicht war es auch etwas, was Jack mochte.

Er schüttelte den Kopf. »Mehr ... nahrhaft. Pizza. Burger.« Sein Blick suchte meinen. »Worauf hättest du Lust?«

Fast Food war nicht gerade das, was ich in meinen Essensplan aufnehmen sollte. Zum einen saugte es mir die Energie aus, zum anderen war eine wichtige Komponente in meinem Sport, dass ich mein Gewicht hielt. Aber mein Leben bestand gerade nicht nur aus meinem Sport. Das Konzept fühlte sich instabil und unsicher an. Jack zog mich aus der Blase aus Eiskunstlauf, in der ich existiert hatte, heraus und ins Leben. Er machte mein Leben instabil und sicher zugleich. Zu etwas, das zu erkunden sich lohnte. Vielleicht konnte ich eine Ausnahme machen.

»Pizza. Oder Burger. Du hast das Spiel gewonnen, du kannst aussuchen.« Ich lächelte über meine Unsicherheit hinweg. Ich konnte mich weder an das letzte Burgeressen noch an die letzte Pizza, die ich nicht selbst gemacht hatte, erinnern. Woher wusste ich, was besser war? Aus dem

Augenwinkel sah ich Maia, den Mund geöffnet, die mir beide Daumen nach oben zeigte.

»Burger«, entschied Jack dann und hielt mir den Arm hin, damit ich mich einhaken konnte. »Pizza hat zu viel Käse.«

»Das ist der beste Teil der Pizza.« Ich hakte mich unter und ließ mich von ihm in Richtung Ausgang dirigieren. Nash winkte ich zum Abschied zu.

»Ich sage nicht, dass Käse schlecht ist, aber er ist mit Sicherheit nicht der beste Teil der Pizza.«

Ich öffnete den Mund, um etwas zu erwidern, kam aber nicht dazu, denn Jack wurde von allen möglichen Leuten, die wir passierten, zum Spiel beglückwünscht. Nach einer Sportveranstaltung ein beinahe unsichtbares Dekoelement zu sein war ungewohnt, aber ich stellte fest, dass es mir nichts ausmachte, wenn Jack im Mittelpunkt stand. Er hatte die Leistung gebracht, und ich freute mich, dass sie gewürdigt wurde.

»Eh, Frost!« Ein junger Mann, dessen dunkle Haare dringend einen Schnitt und eine Bürste gebraucht hätten, hielt uns auf, zwei junge Frauen im Schlepptau. Sein Blick fiel auf mich, und er runzelte die Stirn. »Seit wann lässt du dich von Fans abschleppen? Sonst bist du der Erste, der sich allein aus dem Staub macht.«

»Sie ist k...«, setzte Jack an, wurde aber sofort unterbrochen.

»Erickson? Was für ein Spieler soll das sein?« Der leicht zottelige Typ, wohl ein Teamkollege, musterte den Rücken meines Trikots. »Sicher, dass sie nicht einfach irgendwas in Rot angezogen hat?«

»Ich stehe hier«, teilte ich ihm mit, »und kann dich hören.«

Er ignorierte mich und hielt den Blick weiter auf Jack gerichtet. Wer auch immer er war, die nächsten Gegner der Knights konnten ihn gerne etwas aufmischen. Solange er nicht verletzt wurde, würde ihm das nicht schaden.

»Erickson? Die 55?« Jack zwinkerte mir auf die Art zu, die nur ein Mann für unauffällig halten konnte. »Mein Lieblingsspieler. Fährt besser rückwärts als wir alle zusammen«, erzählte er seinem Bekannten.

Jetzt war ich froh, dass der junge Mann mich keines Blickes würdigte, denn nicht loszulachen gestaltete sich als schwierig. Während ich mich um eine neutrale Miene bemühte, versuchte der Spieler seine Verwirrung zu verbergen und seine Begleiterinnen mich mit ihren Blicken zu vertreiben.

»Gehen wir?«, schlug ich betont fröhlich vor und zupfte an Jacks Arm.

»Wir gehen«, bestätigte er und setzte sich wieder in Bewegung. »Wir sehen uns!« Er nickte dem dunkelhaarigen Mann zu.

Diesmal kamen wir immerhin ins Freie, bis wir das nächste Mal aufgehalten wurden.

»Jack!« Eine ganze Familie winkte ihn diesmal zu sich. An der Hand des Vaters versuchte ein Kind im Grundschulalter, sich loszureißen, und schaffte es schließlich, den Eltern zu entwischen.

In Windeseile fädelte Jack seinen Arm aus meinem und ging ein Stück in die Hocke, um das Kind mehr oder weniger reflexartig aufzufangen, als es sich in seine Arme stürzte. »Aiden?«

Der Ausruf klang verdächtig nach einer Frage. Das war also der kleine Bruder? Mein Trikot war etwas groß geraten, aber das, das Jacks Bruder trug, ähnelte eher einem Zelt, in das der Knirps gesteckt worden war.

»Was macht ihr hier?« Er klemmte sich das Kind unter den Arm und schleppte es zurück zu den beiden Erwachsenen, die dann wohl seine Eltern waren. »Ich wusste nicht, dass ihr kommt, sonst hätte ich euch Plätze reserviert.«

Der Mann winkte ab, und die Geste war so *Jack*, dass ich lächeln musste. »Ein spontaner Besuch. So spontan, dass wir Aidens Asthmaspray vergessen haben. Die Reserve müssten wir aus deiner Wohnung holen.«

»Gut hast du gespielt«, fügte die Frau hinzu. »Eigentlich wollten wir dich überraschen und zum Essen entführen, aber wie es aussieht, hast du schon Pläne.« Sie nickte in meine Richtung. Aufgrund der Dunkelheit konnte ich ihren Gesichtsausdruck nicht erkennen. Aber wenn sie Jack ein bisschen ähnlich war, lächelte sie.

Jack sah zu mir und zurück zu ihr.

»Wer ist das?« Aiden zupfte an Jacks Ärmel.

»Das ist Romy«, sagte er. »Romy, das ist mein Bruder Aiden.«

»Hi, Aiden.« Ich winkte. Winkte man Kindern in dem Alter noch? Die Stieftochter meiner Schwester war erst eins oder zwei, da winkte man. Aiden wirkte so, als hätte er die Schule schon von innen gesehen. War es uncool, ihm zu winken? Wie viel verstanden Kinder in dem Alter schon? Ich lächelte Jacks Bruder an.

»Hi, Romy.« Er lief einmal um mich herum, wie um mich in Augenschein zu nehmen oder meine Tauglichkeit als Jacks Begleitung zu bewerten. Der Blick eines unter Zehnjährigen kam mir mit einem Mal prüfender vor als der eines Wertungsrichters. »Ich mag deinen Haargummi.«

Na, wenn schon sonst nichts. Ich tastete nach dem Scrunchie, den ich in den Haaren trug. Passend zum Trikot war er rot.

»Sie hat immer coole Haargummis«, meinte Jack und legte Aiden einen Arm um die Schultern.

»Danke«, sagte ich und lächelte einmal mehr.

Die Eltern der beiden nickten mir zum Gruß zu, und ich erwiderte die Geste. »Deine Freundin kann gerne mitkommen.« Der vermutliche Vater winkte Aiden zurück zu sich.

»Romy?« Jack sah mich an und hob fragend die Augenbrauen.

»Geh ruhig mit ihnen essen.«

»Du kannst wirklich gerne mitkommen. Mom und Aiden werden wahrscheinlich das Spiel nachbesprechen, aber ich kann dir alles erklären, was du nicht verstehst.«

Ich schüttelte langsam den Kopf. Jack war eine Sache. Mit ihm wäre ich essen gegangen, ohne es zu sehr zu überdenken. Aber ich fand gerade erst heraus, wer ich abseits des Eises war, ich wollte nicht schon mit komplett Fremden, von denen ich bis zu einem gewissen Grad wollte, dass sie mich nicht hassten, ausgehen. »Danke, ich passe.«

»Bist du sicher? Wir können auch zu zweit …«

»Geh mit deiner Familie essen. Sollen wir morgen ausfallen lassen? Dann kannst …«

»Nein!« Jack fiel mir ins Wort. »Morgen, halb sechs, wie gewohnt. Okay?«

»Okay«, bestätigte ich.

»Wir holen den Abend nach, versprochen!«

»Ja.« Ich musste lachen. »Viel Spaß euch. Schön, dich kennengelernt zu haben, Aiden!« Mit einem Winken und einem letzten Abschiedsgruß ließ ich die vier allein.

Ohne es zu wollen, schließlich hatte ich die Einladung ausgeschlagen, war ich etwas enttäuscht. Ich hatte mich auf den spontanen Abend mit Jack gefreut. Dann wiederum waren seine Eltern und sein Bruder gekommen, um ihn zu überraschen, und er sah sie vermutlich seltener als mich. Ich konnte ihn morgen wieder für mich beanspruchen. Einen einzelnen Abend nach einem erfolgreichen Spiel an seine Familie abzutreten, war mehr als angemessen, er gehörte mir ja nicht.

Trotzdem wäre eine späte Nahrungsmittelsünde reizvoller gewesen als die Alternative, zurück zu Dan in die Wohnung zu fahren. Mein letztes Gespräch mit Jack war noch keine Minute her, aber ich vermisste ihn schon jetzt.

Kapitel 16

Ich packte mein vorbereitetes Frühstück vom Kühlschrank in die Seitentasche meiner Sporttasche, füllte meine Wasserflasche auf und schaltete das Licht in der Küche wieder aus. Seit Jack und ich angefangen hatten, unsere Einheit in die Länge zu ziehen, hatte ich kaum noch Gelegenheit, zurück nach Hause zu fahren und zu essen, bevor ich zu meinem eigentlichen Training erscheinen musste. Hätte mir jemand vor ein paar Wochen gesagt, ein zusätzlicher Sporttermin würde mein Leben entspannter machen, hätte ich es nicht geglaubt. Aber jetzt konnte ich dank eines Eishockeyspiels unausgeschlafen und trotzdem mit guter Laune viel zu früh aufstehen und in den Tag auf dem Eis starten.

Dass Jack ebenfalls auf dem Eis sein würde, spielte wahrscheinlich eine große Rolle dabei. Ich streifte meine Jacke über und zog meinen Zopf fester.

»Romy?« Dan steckte den Kopf aus seinem Zimmer in den Flur. Seine Frisur war halb Vogelnest, halb platt gelegen und ließ keinen Zweifel daran, dass er eben aus dem Bett gekrochen war. »Fährst du schon?« Sein Blick glitt über mich, und ich unterdrückte den Drang, die Jacke zuzuhalten. Es war nicht so, dass ich mich unter seinen Augen unwohl gefühlt hätte, aber die Berechtigung fehlte. Wir waren kein Paar mehr. Ich war froh, dass wir kein Paar mehr waren. Wir waren Sportpartner, aber Sportpartner sahen einander flüchtiger an, als Dan es eben getan hatte.

»Ja«, antwortete ich und rückte meine Tasche zurecht. »Jack und ich treffen uns. Wie jeden Morgen.«

»Kann ich mitkommen?«

Auf keinen Fall. Ich hatte mich auf heute Morgen gefreut. Der gestrige Abend hatte Jacks Familie gehört, aber jetzt war ich an der Reihe. Den Morgen mit Dan zu teilen würde ihn kaputt machen. Dan war das Gegenteil dessen, was Jack und ich auf die Eisfläche brachten. »Ich muss *jetzt* los«, betonte ich.

»Gib mir zehn Minuten.« Er gähnte.

»Dan, nein. Wir haben später Training«, sagte ich, als offensichtlich wurde, dass er meine Andeutung nicht verstand – oder verstehen wollte. »Da bekommst du ausreichend Gelegenheit, mich zu beobachten und zu kritisieren.«

Dan öffnete die Tür weiter und lehnte sich an den Türrahmen. »Ich war nicht so fair zu dir, wie es angemessen gewesen wäre.«

Ich zuckte mit den Schultern.

»Du hättest mehr Nachsicht gebraucht, und die habe ich nicht mit dir gehabt. Das tut mir leid.«

Ich sah auf. »Danke.« Dass Dan das eingestand, war mehr, als ich von ihm erwartet hatte. Ich nahm es als das Friedensangebot, das es war. »Wir sehen uns später, ja?« Ohne auf eine Antwort zu warten, nicht jedoch ohne ein Lächeln und ein Winken, schlüpfte ich in meine Schuhe und machte mich auf den Weg zur Eishalle.

Dort wartete Jack schon auf dem Parkplatz, etwas müde, aber mit seiner Thermoskanne in der Hand und einem Lächeln im Gesicht. Noch vor dem Aussteigen begann ich, die Miene zu kopieren.

»Guten Morgen!«, rief ich und ging zum Kofferraum, um meine Tasche herauszuziehen. »Hattet ihr einen schönen Abend?«

»Morgen.« Jack gähnte mit geschlossenem Mund. »Mein Bruder hat mehr Energie als ich. Aber ja, der Abend war schön.«

Dass Kinder Kraft raubten, glaubte ich ihm sofort. Meine Schwester musste meine Stiefnichte nur eine halbe Stunde bei mir abgeben, und ich brauchte länger, um mich davon zu erholen, als nach einem Training mit Nadia und Dan. Vielleicht war es anders, wenn man das jeweilige Kind gut kannte und eine engere emotionale Bindung zu ihm hatte, aber müde machten Kinder trotzdem. Vor allem, wenn sie sich nicht so austoben konnten wie Jack oder ich.

»Bist du zu müde für ein bisschen Eiszeit?«

»Nein.« Er schüttelte den Kopf. »Und selbst? Hast du dich gut von deinem ersten Spiel erholt?«

Ich lachte auf und nickte. »Es ist schwer, sich nicht in deinen Sport zu verlieben, wenn man mit den richtigen Leuten ein Spiel gesehen hat.« Und dass mein neuer Lieblingsspieler auch mitgemischt hatte, war nicht zu verachten.

Jack begann zu strahlen. »Das ist Eishockey!« Er schulterte seine Tasche, und wir schlugen den Weg in die Halle ein. »Was steht heute an? Hast du vor, deine Sprünge zu machen? Oder soll ich die Gehstöcke aus dem Auto holen?«

»Damit dein Lieblingsspieler zeigen kann, was in ihm steckt?«

»Charlie gestern ...« Jack schüttelte beinahe resigniert den Kopf. »Sorry, dass du das abbekommen hast.«

Ich zuckte mit den Schultern. »Genau genommen hatte er nicht unrecht. Ich bin als Fan gekommen, und ich habe dich abgeschleppt.« Auch wenn ich nicht weit gekommen war, bevor ich ihn hatte abgeben müssen.

»Genau genommen habe ich dich abgeschleppt«, korrigierte er und stieß mich leicht an.

»Genau genommen. Nash war ziemlich überrascht, dass wir uns verstehen.« Dass Jack mir gegenüber anders war, als Nash es von ihm gekannt und erwartet hatte.

Jack seufzte und stellte seine Sachen an ihrem gewohnten Platz ab. »Nash kennt das auch und ist davon genervt.« Er legte den Kopf schief. »Eishockey wird oft als vielversprechende, erfolgreiche Sportart angesehen, was bedeutet, dass gerade Spieler wie Nash, die sich nahbar geben, oder die vielversprechenderen Spieler Zulauf bekommen oder nach Dates gefragt werden.«

»Ja.« Das ergab Sinn. In abgeschwächter Form hatte ich das bei Dan erlebt, auch wenn Eiskunstlauf kaum als besonders traditionell maskulin oder populär galt.

»Ich will damit nicht sagen, dass sich uns ständig oberflächliche Leute an den Hals werfen«, fügte Jack hinzu und kratzte sich am Hinterkopf.

Ich hatte das Gefühl, dass er genau das sagen wollte. »Aber es ist schwer zu unterscheiden, wer nur wegen gewonnener Spiele und deinem Erfolg etwas von dir will und wer dich ernsthaft kennenlernen und um sich haben möchte. Und im Idealfall auch unabhängig von Siegen.«

Er nickte langsam und klatschte in die Hände. »Dein Mangel an Begeisterung für mich war anfangs nicht zu übersehen. Ich bin mir verhältnismäßig sicher, dass du nicht nur mit mir essen gegangen wärst, weil meine Mannschaft gestern gewonnen hat.«

Ich lachte. »Ich habe Nash und Reed kennengelernt, bevor ich überhaupt von dir wusste.« Damals – der Tag schien so lange her, auch wenn es kaum ein paar Wochen waren – war ich frisch von Dan getrennt gewesen. »Wenn ich mich recht erinnere, haben die beiden mir geraten, lieber Eishockeyspieler als Eiskunstläufer zu daten.«

Wir wechselten die Schuhe und begannen, unsere gewohnten Aufwärmrunden zu laufen.

»Daniel ist auch kein Maßstab.« Jack zog eine Augenbraue nach oben. »Ich traue dem Typen nicht.«

»Dan ist ehrgeiziger als ich.«

»Schwer vorstellbar. Ich habe dich gesehen, wie du Sprünge wieder und wieder versuchst, bis du eine Verbesserung siehst, die sonst niemand wahrnehmen kann. Ich finde, du springst immer gut.«

»Danke.« Dann wiederum bezweifelte ich, dass Jack mehr Kategorien als »gut« und »Sturz« kannte, wenn es um Eiskunstlauf-Elemente ging. Trotzdem war seine Wahrnehmung ehrlich und damit leicht anzunehmen. »Was ich meine, ist, dass er Bestleistungen bringt und auch von allen anderen einfordert. Man muss seine Zeit wert sein, auf dem Eis und privat.«

»Ich bin mir nicht sicher, ob du versuchst, ihn sympathischer wirken zu lassen. Falls das der Fall ist, erreichst du das Gegenteil.«

Ich zog meinen Zopf fester. »Maia und du, ihr würdet euch gut verstehen. Außerdem ist er mein Ex.« Diesmal endgültig. Mit Jack neben mir konnte ich mir kaum vorstellen, wie ich noch mal zu Dan zurückkehrte. Dan hatte mir das Leben gerettet. Ohne Eiskunstlauf war ich nichts gewesen. Ich verdankte ihm alles, und allein dafür würde ich ihm immer dankbar sein. Aber wir waren nicht gut füreinander. Jack … ich wusste nicht, ob Jack eine Alternative war oder sein wollte. Ich wollte ihn als Alternative. Als Zukunft.

»Dein Ex«, echote er.

»Mein Ex«, bestätigte ich und zog das Tempo an, um das Thema zu beenden. Ich hatte Dan nicht zu Hause gelassen, um den ganzen Morgen mit Diskussionen über ihn zu verbringen.

Jack passte sich mir an, und nach einer weiteren Runde beendeten wir den ersten Teil des Aufwärmprogramms. »Ich bin dir noch ein Abendessen schuldig«, sagte Jack zwischen zwei Dehnübungen.

»Schuldig bist du mir nichts.« Ich sah ihn an. »Aber zu einem Abendessen sage ich trotzdem nicht Nein.«

»Burger King?«

»Vielleicht kein Fast Food.«

»Du bist disziplinierter als ich.«

»Du wirst auch nicht täglich hochgehoben und durch die Luft gewirbelt oder geworfen.« Wenn Dan plötzlich die Kraft verließ, konnte das sehr schnell gefährlich werden.

»Ist das eigentlich schwer?«

»Hebungen?«

Er nickte, und ich zuckte mit den Schultern. »Normalerweise hebe ich Dan nicht hoch«, meinte ich. »Das kann ich nicht beantworten.«

»Könnte ich eine Hebefigur machen?«

»Dich kann ich auch nicht heben.«

Jack verdrehte die Augen. »Könnte ich dich gefahrlos heben?«

Gefahrlos nicht. Gefahrlos gab es nicht. Ich musterte ihn. Jack sah nicht so aus, als wäre er unfähig, mich zu halten. Trotzdem wäre es Wahnsinn, mit ihm auf dem Eis etwas in die Richtung zu versuchen. »Wir müssten mit Trockenübungen anfangen«, antwortete ich langsam. »Und dann sehen, wie es läuft.«

Vielleicht konnte er mich auf Hüfthöhe heben oder einen ersten Wurf versuchen. Definitiv erst nach den Trockenübungen.

Die Begeisterung in Jacks Miene war unübersehbar. Dennoch hielt er plötzlich inne. »Romy?«

»Jack?«

»Ist es für dich in Ordnung, das zu versuchen?« Er fing meinen Blick auf. »Du bist diejenige, die das Risiko eingeht. Ich will dich zu nichts drängen, nur weil ich neugierig bin.«

Er fragte nach. Dass ein Partner vor einer Figur fragte, ob ich überhaupt wollte, war etwas, das Dan mittlerweile übersprang. Die Notwendigkeit gab es nicht mehr, und spätestens seit Nadia und ein Choreograf die Elemente diktierten, waren sämtliche Absprachen zwischen Dan und mir überflüssig. Trotzdem sorgte es dafür, dass ich mich bei Jack sicher und gut aufgehoben fühlte.

»Bei den ersten Übungen kann nichts passieren«, erklärte ich. »Und alles andere sehen wir dann.«

Jack wirkte nicht überzeugt.

»Ich habe keine Angst, und wir sehen, wie weit wir kommen.« Ich lächelte ihm zu, dann ließ ich ihn sich auf den Boden legen.

»Und jetzt?«

»Tust du so, als würdest du Sit-ups machen wollen, nur mit angehobenen Armen.«

Jack winkelte die Knie an und hob die Arme ein Stück. »So?«

»Genau.« Ich stellte mich über ihn. »Du nimmst die Hände an meine Hüften, streckst die Arme durch und versuchst, mich zu halten. Wenn du das Gefühl hast, ich werde dir zu schwer, schiebst du die Arme wieder in Richtung Knie, dann falle ich dir nicht ins Gesicht. Okay?«

»Wie balanciere ich dich aus?«

Nach Körpergefühl eben. »Für den Anfang behalte ich die Hände an deinen Armen, aber das Gleichgewicht ist heute komplett meine Aufgabe.«

»Kann ich dir wehtun?«

Sollte er Panik bekommen und reflexartig zupacken, würde er mir wehtun. Das gehörte zum Sport dazu. »Nein«, sagte ich trotzdem. Für den Moment war es mir lieber, er bohrte mir die Finger in den Körper, hielt mich aber fest, als dass er zu sanft war und keinen festen Griff hatte. »Bereit?«

Jack schluckte, nickte aber.

»Ich lehne mich nach vorn, du musst nur halten.«

Die ersten Sekunden waren eine Herausforderung für uns beide. Für Jack, weil er zum ersten Mal versuchte, mich zu halten; für mich, weil ich Dans und meine eingespielte Balance gewohnt war. Wir reagierten automatisch auf jede Bewegung oder Gewichtsverlagerung des anderen und hatten eine Sicherheit, die nur Jahre an gemeinsamem Training bringen konnten. Eine Sicherheit, die sich hier nicht einstellen würde, wenn meine Gedanken mehr um Jacks Hände an mir kreisten als um Gleichgewicht. Unter meinen eigenen Händen war er warm, seine Muskeln fest von der Anstrengung des versteckten Krafttrainings in der Übung. Ich widerstand dem Drang, mit den Fingern über seine Arme zu streichen – wenn auch nur, weil die Ablenkung für uns beide gefährlich gewesen wäre.

Dann übernahm die Sportlerin in mir wieder das Kommando, und ich zwang mich, das falsche Gefühl von Sicherheit und die Wärme, die Jack mit seiner Berührung in mir auslöste, in den Hintergrund zu schieben. Jetzt hatte der Sport Priorität.

Nach dem ersten Wackeln begann Jack, gleichmäßig zu atmen, und ich ließ seine Arme los, um ihm die Position zu zeigen, die ich für seine erste richtige Trockenübung im Sinn hatte.

»Hat was von *Dirty Dancing*«, kommentierte er und setzte mich wieder ab.

Ich trat zur Seite und bot ihm eine Hand zum Aufstehen an. »Ungefähr so kannst du dir den nächsten Schritt auch vorstellen.«

Jack ließ sich hochziehen und klopfte sich die Hose ab. »Über Kopf?«

»Wenn du das möchtest«, schob ich hinterher. »Du hast dich gerade gut gemacht.« Dass er erst ein Gespür für die Sache entwickeln musste, stand außer Frage. Gerade dafür hatte er keine schlechte Figur gemacht.

»Ich glaube nicht, dass das für dich sicher ist.« Er schüttelte den Kopf. »Heben kann ich dich, aber ich weiß nicht, wie ich für uns beide das Gleichgewicht halten soll. Das Risiko gehe ich nicht ein, wenn du involviert bist.«

Ein Gefühl der Erleichterung durchströmte mich, ohne dass ich es wollte. So gut die Vorübung geklappt hatte, so unsicher waren die ersten wirklichen Versuche, egal, bei wem. Das aufzuschieben war keine schlechte Idee. Und es ehrte Jack, zuzugeben, wenn er sich etwas nicht oder noch nicht zutraute. Die Ehrlichkeit vor sich selbst war etwas, das ich schätzte.

»Kein Problem«, sagte ich und holte mir meine Wasserflasche. »Ich würde die Sprünge durchgehen, wenn das für dich in Ordnung ist.«

Jack warf mir einen eindeutigen Blick zu. »Selbstverständlich ist das in Ordnung.«

Ich ging auf die Eisfläche und lief mich auch dort warm, bevor ich mit einfachen Sprüngen begann und dann die Schwierigkeit erhöhte. Zuletzt nahm ich mir den Axel vor. Ich atmete tief durch, stellte aber fest, dass ich die kurze Fokussierung nicht brauchte. Die Technik konnte ich im Schlaf. Eben hatte ich ihn zweifach ohne Probleme gestanden. Keiner der letzten Versuche hatte mich auch nur straucheln lassen. Und für den Fall, dass ich tatsächlich stürzte, musste nichts passieren. Ich konnte wieder aufstehen und weitermachen. Wenn ich Angst bekäme, wäre Jack da, um mich zu halten. Wenn er nicht perfekt war, würde ich darüber lächeln können und es noch mal versuchen. Aber ich konnte es versuchen, ohne zu erstarren oder mich schon zuvor zu sträuben.

Ich lief den Sprung an, drückte mich vom Boden ab, drehte mich und landete. Nicht ganz so stabil, wie es ideal gewesen wäre, aber ich stand den Sprung.

»Das sah gut aus«, rief mir Jack zu – und ausnahmsweise war ich mit seiner Kategorisierung einverstanden. Ich musste nur die Landung noch perfektionieren, aber meine Haltung und die Rotation hatten sich richtig angefühlt.

Sicher.

Ich stand den Axel wieder. Ohne Dan. Ohne Jack. Und ohne Angst.

Die Erkenntnis, dass ich geschafft hatte, wofür ich die letzte Zeit gearbeitet hatte, sorgte dafür, dass meine Knie weich wurden und mir die Tränen in die Augen schossen.

Ich stand den Axel wieder. Ich funktionierte wieder. Ich war nicht mehr kaputt, ich konnte wieder vernünftig mit Dan trainieren und weitermachen. Ich war wieder ich.

Diese Erkenntnis fühlte sich falsch an. Als würde mein neues Ich nicht mehr in den Rahmen, den ich repariert hatte, passen. Das Gefühl, falsch zu sein, ließ die Tränen überlaufen und mich zittern. Ich biss mir auf die Lippe.

»Romy?« Kratzen von Kufen auf Eis. »Ist alles in Ordnung?« Jack bremste vor mir ab und ließ eine kleine Wolke aus abgeschabtem Eis auf mich regnen.

Nein. Ich war in Ordnung, und nichts war in Ordnung. Ich wischte mir über die Wangen und sah zu Jack auf.

»Hast du dich verletzt?« Seine Hände zuckten in meine Richtung, blieben aber zwischen uns in der Luft stehen.

»Nein.«

Er atmete hörbar auf. »Heilsamer Moment?«

»So ungefähr.« Ich holte etwas zittrig Luft. »Ich weiß gerade nichts mit mir anzufangen.« So wackelig, wie ich jetzt war, wären weitere Sprünge kein Zeichen von Risikobereitschaft, sondern unvernünftig. Pirouetten hatte ich die letzte Zeit ausreichend geübt. Dafür, etwas Neues zu lernen, war ich zu durcheinander.

»Ich schlage vor, dass du erst mal aufstehst, bevor du zu nass wirst.« Er hielt mir eine Hand hin und zwinkerte. »Beziehungsweise schlage ich es nicht vor, sondern ordne es als dein Kapitän an.«

Ich lachte und ließ mir aufhelfen. »Zu Befehl!«

»Ich wünschte, die Jungs wären genauso gehorsam.« Jack hob den Arm, mit dem er mich hochgezogen hatte und an dem ich noch immer hing. Mit der anderen Hand zeigte er eine Drehbewegung an, der ich folgte.

Im Laufe der Jahre hatten Gesten wie diese das Prinzessinnengefühl, das kleine Mädchen bekamen, wenn sie in eine Pirouette geführt wurden, schwinden lassen. Ich war nicht Dans Prinzessin, ich war seine Kollegin. Es war nichts Märchenhaftes am Sport. Mit Jack dagegen schon.

»Eiskunstlauf macht überraschend viel Spaß«, meinte er. »Ich weiß, dass ich nur an der Oberfläche kratze, aber ich spiele mit dem Gedanken, das weiterzuverfolgen.«

»Ernsthaft?«

»Nein.« Jack schüttelte den Kopf. »Ich bleibe beim Eishockey. Nichts gegen Ausflüge zum Eiskunstlauf, wenn du dabei bist, aber ich hätte nicht die Nerven, dich auf dem Eis in die Luft zu werfen.« Er zog den Kopf leicht ein. »Und ein bisschen albern komme ich mir auch vor, wenn ich mich drehe und in der Bewegung stecken bleibe.«

Ich musste schmunzeln. Mit seiner üblichen Souveränität auf dem Eis hatte es wenig gemein, wenn er den Schwung verlor und stehen blieb – aber wir lachten beide darüber, und wann immer ich unfreiwillig Fangen mit dem Puck spielte, gab ich auch kein besseres Bild ab.

»Albern ist nicht schlecht«, hörte ich mich sagen – und verstand, warum ich mich vorhin falsch gefühlt hatte. Das Eis war wieder zu einem Ort für Training, Leistungssport und auch Spaß geworden.

»Sollen wir es für heute gut sein lassen?« Jack sah zu unseren Händen, die immer noch verschränkt waren. Keiner von uns machte Anstalten, den anderen loszulassen. Wirklich glücklich wirkte er nicht mit dem Vorschlag.

Ich folgte seinem Blick. Dass ich von der Idee, jetzt schon aufzuhören, angetan war, konnte ich auch nicht behaupten. »Und abends zusammen essen?«

»Wenn du dich entscheiden kannst, wohin wir gehen sollen?« Er lief in Richtung Bande und zog mich mit.

»Andernfalls besorge ich Walmart-Sandwiches, und wir machen Picknick auf dem Parkplatz.«

Seinem Tonfall nach meinte er den Vorschlag nicht allzu ernst – aber ich konnte nicht anders, als mich in die Idee zu verlieben. Der Plan war anders, lustig ... und mit Jack war es mir egal, was wir unternahmen, weil alles Spaß versprach.

»Walmart klingt perfekt.«

Kapitel 17

»Konzentriere dich«, erinnerte mich Nadia. »Und atme. Du musst die Sprünge nicht heute dazunehmen, wir können warten, bis du dich sicher fühlst.«

Ich fühlte mich sicher. Aber das würde sich bald ändern, wenn Dan und sie nicht aufhörten, Aufheben darum zu machen, dass ich mich Dans Trainingsprogramm anschließen wollte.

»Ja, Nadia«, entgegnete ich und lächelte sie an. Dass sie gewillt war, mir direkt vor den Wettkämpfen noch ein paar Tage Zeit zu geben, machte sie zu einer empathischeren Person, als man von einer Trainerin erwarten würde. Aber gerade wollte ich nicht umsorgt und mit Geduld bedacht werden, ich wollte zeigen, was ich mir mit Jacks Unterstützung erarbeitet hatte. Dass ich mich zurückgekämpft hatte. Nach heute Morgen fühlte sich der Schritt aufs Eis und auf den Axel zu nicht bedrohlich, sondern beinahe normal an. Ungewohnter als zuvor, aber mehr nach Rückkehr aus einem freien Wochenende als nach erstem offiziellen Anlauf nach Unfallpause.

»Bist du s...?«

»Ich kann das, Dan«, unterbrach ich ihn mit so viel Überzeugung in der Stimme, dass ich selbst von mir überrascht war.

Mit einem finalen Nicken gab Nadia ihr Okay, und ich wiederholte das Element mit derselben Sicherheit wie vorhin. Die Landung war ein Stück stabiler als bei meinem letzten Versuch, und ich lief den Sprung mit einem Lächeln auf den Lippen aus.

Ein ähnliches Lächeln breitete sich auf Nadias Gesicht aus, und sogar Dan zog beide Mundwinkel nach oben, als ich zu ihnen zurückkam.

»Sehr gut, Romy«, lobte sie und tätschelte mir die Schulter. »Deine Landung ist nicht sauber. Du bist zu fest im Knie und federst nicht.«

»Ja, Nadia.«

»Noch mal.« Sie sah zu Dan. »Du auch.«

Wir suchten uns Plätze auf dem Eis, auf denen wir niemandem im Weg waren, und machten uns daran, den Axel Mal für Mal zu wiederholen. Einmal stand ich ihn so, dass sie zufrieden war, die restlichen Male sah sie Potenzial nach oben. Dan neben mir erging es nicht anders.

Und schon wurde der Sprung wieder zum aktuell größten Problem meines Lebens. Dicht gefolgt von Nadia, die – kaum, dass sie sich von meiner Konstanz in Sachen Selbstbewusstsein und meiner Belastbarkeit überzeugt hatte – das Tempo anzog und keinen Zweifel daran ließ, dass die Zeichen jetzt auf Wettkampf standen.

»Morgen lauft ihr das Kurzprogramm komplett«, teilte sie uns mit, als wir eine kurze Pause machten, um etwas zu trinken.

»Warum nicht heute?« Ich schraubte den Deckel zurück auf meine Flasche. Dan und ich waren beide nicht zu erschöpft, unser Training war bisher gut gelaufen, und Zeit hatten wir auch noch genügend.

»Damit ihr heute auf festem Boden üben könnt.«

»Das Kurzprogramm?« Ich sah zu Dan, ob er ebenfalls überrascht war. Unser Kurzprogramm war einfacher als die Kür und saß dementsprechend sicher. Wir konnten es durchlaufen – auch ohne es noch mal fernab der Eisfläche durchgegangen zu sein. »Das könnten wir gleich laufen.«

Nadia bedachte mich mit einem mahnenden Blick.

»Wenn Romy sagt, dass sie es sich ohne Trockenübungen zutraut, traue ich es ihr auch zu«, meinte Dan, und ich zog eine Augenbraue nach oben. Wie es aussah, hatte er unser morgendliches Gespräch nicht schon vergessen. Dass er mich unterstützte, war nicht vollkommen ungewohnt gewesen. Dass er es nach der letzten Zeit tat, schon. Diese Art von ungewohnt mochte ich. Dan und ich tauschten ein vorsichtiges Lächeln, und mit einem Mal hatte ich das Gefühl, dass sich die Wogen zwischen uns glätten würden.

»Morgen«, betonte Nadia. »Heute trainiert ihr die Würfe ohne Eis.« Ihr Ton implizierte, dass es keinen Raum für Widerstand oder Verhandlungen gab.

Dan und ich nickten, dann begann unsere Trainerin, den Plan für den restlichen Tag auszuführen. Klassische Wettkampfvorbereitung. Von der Bande verdeckt nahm Dan meine Hand und drückte sie.

Was er vergaß, war, sie wieder loszulassen. Ich zog meine Finger aus seinen und widerstand dem Impuls, sie an der Hose abzuwischen. Dans Hand zu halten fühlte sich falsch an – besonders, wenn ich abends mit einem anderen ausging und er mein Ex-Freund war.

Nadia beendete ihren Überblick und scheuchte uns zurück in die Mitte der Halle. »Romy, bleib bitte noch kurz.«

Dan und ich tauschten einen schnellen Blick und ein Schulterzucken. Ich drehte mich zurück zu Nadia. »Ja?«

»Deine Rotation ist perfekt«, sagte sie, und das Lob ließ mir Wärme in die Wangen schießen. Sie lobte nicht viel, aber wenn sie es tat, wusste ich, dass sie es ernst meinte.

»Die Einheiten mit deinem Eishockeyspieler haben dir gutgetan.«

Mein erster Instinkt war, ihr zu widersprechen und zu sagen, Jack wäre nicht *mein* Eishockeyspieler. Doch eigentlich hatte sie nicht unrecht. Jack war gewissermaßen zu meinem Eishockeyspieler geworden, so wie ich keinen Grund sah, nicht seine Eiskunstläuferin zu sein. Wir waren Freunde, vielleicht mehr – und ich konnte es kaum erwarten, es herauszufinden. Allein der Gedanke an unser Picknick heute Abend ließ mich lächeln. Ich nickte Nadia zur Antwort zu.

Sie lächelte ebenfalls. »Es freut mich, dass Michaels und mein Experiment geglückt ist. Eure Pflicht, Zeit miteinander zu verbringen, ist natürlich aufgehoben.«

»Und Jacks Mannschaft?«

»Wird nicht gesperrt.« Sie sah zu Dan. »Über das Ende der Dienste mit dem Eismeister soll er selbst entscheiden.«

Ich sollte erleichtert sein. Nicht nur um meinetwillen, sondern auch für Jack, Nash und die anderen. Die Saison würde ihnen erhalten bleiben, Jack und ich hatten es geschafft. Trotzdem fühlte sich der Erfolg wie Verlieren an. »Ja«, sagte ich und kämpfte darum, meine Mundwinkel an Ort und Stelle zu belassen. »Den Schlüssel kann ich heute abgeben.«

»Das eilt nicht.« Sie zwinkerte mir zu. »Du hast von der zusätzlichen Eiszeit, allein oder zu zweit, sehr profitiert. Diese positive Entwicklung möchte ich nicht stören.«

Oh. Sofort war es leichter, ehrlich zu lächeln. »Da…«

Sie schüttelte den Kopf. »Und bedanke dich nicht. Probleme hier«, sie tippte sich an den Kopf, »und hier«, sie fasste sich ans Herz, »lassen sich nicht immer konventionell mit mehr Training beheben. Es ist gut, dass du einen Weg gefunden hast – und vielleicht auch einen neuen Freund.« Nadia klatschte in die Hände. »Bedanke dich, indem du weiterhin auf dem Eis dein Bestes gibst.«

Damit konnte ich leben. »Danke«, flüsterte ich trotzdem, als ich schon auf dem Weg zu Dan war.

Ich kassierte einen enttäuschten Blick von Jack, als ich aus meinem Auto stieg, bevor er die Gelegenheit hatte, mir die Tür zu öffnen. Er war schon in meine Richtung gejoggt, den Arm ausgestreckt – und doch zu spät.

»Danke«, sagte ich, auch wenn seine Geste mich nie erreicht hatte. Der Wille zählte, und auch wenn ich ihn nicht hatte gewähren lassen, wurde mir warm ums Herz.

Jack zuckte mit den Schultern und deutete auf seinen Wagen. Um die Uhrzeit war der Parkplatz beinahe leer, sodass um Jacks Auto herum niemand parkte. Beide gingen wir zu dem Fahrzeug.

»Wir haben das nicht durchdacht.« Ich drehte mir eine Haarsträhne um den Finger und sah zu Jack. »Wollen wir im Kofferraum essen?« Oder auf der Rückbank? Das klang weder sinnvoll noch gemütlich.

»Unterschätz mich nicht.« Er lachte, nahm meine Hand und führte mich um das Auto herum. Auf dem freien Parkplatz daneben lag eine Picknickdecke auf dem Teer; klischeehaft rot-weiß kariert. Eine Auswahl an Fertigprodukten aus dem Supermarkt, zwei große Flaschen Pepsi und ein Blumenstrauß, von dem ich nicht wusste, welche Traumata er hatte durchleben müssen, um in diesem Zustand hier anzukommen, waren in der Mitte der Decke platziert.

»Tut mir leid, ich weiß, es ist nicht per…«, setzte Jack an, bis ich ihn mit einem festen Händedruck und einem Kopfschütteln unterbrach.

»Es ist perfekt!« Ich stellte mich auf die Zehenspitzen, um ihn ordentlich umarmen zu können. Von allen Ideen, die es für gemeinsame Abende gab, war ein Picknick auf dem Parkplatz, unperfekt perfekt, wie es aussah, die, von der ich nicht hatte ahnen können, wie sehr ich sie gewollt hatte – und wie sehr ich sie liebte. Wie sehr ich liebte, was Jack auf die Beine gestellt hatte. Wie sehr ich liebte, mit ihm hier zu sein.

Jack runzelte die Stirn, dann entspannten sich seine Gesichtszüge, und er zog mich etwas mehr an sich. Es war wie Ankommen – und als wir uns voneinander lösten, hatte es den Beigeschmack von Aufbruch. Anstatt einander gegenüber setzten wir uns nebeneinander auf die Decke, Knie an Knie.

»Die sind für dich.« Er machte eine Handbewegung in Richtung der Blumen, die in einer Plastikschale mit etwas Wasser lagen.

»Danke.« Ich lehnte mich nach vorn und nahm sie in die Hand – nur um festzustellen, dass der Hälfte der Stiele die Blüten fehlten. Mit dem Finger fuhr ich über die lädierten Blütenblätter und Stiele. Es waren die schönsten Blumen, die ich bisher bekommen hatte.

»Eigentlich hatte ich das anders geplant.« Jack kratzte sich am Hinterkopf. »Servietten statt einer Küchenrolle, eine Vase und vor allem weniger lädierte Blumen als die hier.« Er nickte in Richtung des Straußes, der noch die Walmart-typische Schutzhülle trug. Viel Schutz schien sie ja nicht geboten zu haben. »Und dann habe ich sie in den Kofferraum gelegt, und mein Pinguin ist über sie gerollt.« Er schnitt eine Grimasse. »Mehrfach.«

»Ich finde sie perfekt.« Ich biss mir auf die Lippe, als mein Gesicht ungewohnt warm wurde. »Danke.«

Jack zuckte mit den Schultern. »Hast du Hunger?« Er schob die Sandwiches näher an mich heran. »Ich wusste nicht, was du magst, also habe ich von allem etwas genommen.«

Das erklärte die Mengen an Essen – und ließ einen Insektenwandertag in mir ausbrechen. Wann hatte sich das letzte Mal jemand, der mir nichts schuldig war, solche Mühe gemacht? Egal, was er sagte, Jack schuldete mir kein Abendessen. Und trotzdem saßen wir hier, ein perfekt unperfektes Picknick um uns herum, und ... ich wusste nicht, wann ich mich zuletzt so geschätzt gefühlt hatte. Ich legte die Blumen zurück in ihre Schüssel und nahm mir ein beliebiges Sandwich. »Ich bin nicht wirklich wählerisch«, meinte ich. »Danke.«

Neben mir nahm Jack augenscheinlich ebenfalls willkürlich ein Sandwich und packte es aus.

»Hast du deinen trainingsfreien Tag genossen?«, fragte ich zwischen zwei Bissen und sah zu ihm.

Gerade war er dabei, grüne Paprika zwischen Toastscheiben hervorzuziehen und zurück in die Verpackung zu schieben. Als er meinen Blick bemerkte, liefen die Spitzen seiner Ohren rot an und er hielt in der Bewegung inne.

»Ich habe gelbe Paprika – wir können tauschen, wenn du möchtest«, bot ich an und lächelte. Ich wollte ihm die Verlegenheit nehmen und ihm sagen, dass ich dieses Detail an ihm so sympathisch und liebenswert fand wie den Rest, aber konnte meine Lippen nicht dazu bewegen, die Worte zu bilden. Das änderte nichts daran, dass ich sie fühlte.

»Danke, ich glaube, ich habe alles erwischt.« Er biss sich auf die Lippe. Für einen Eissportler hatte er erstaunlich gepflegte Lippen. Wann immer ich Dan während der Saison gek…

Nein. Ich war mit Jack hier, Dan, Dans trockene Lippen und seine Küsse hatten nichts in meinen Gedanken verloren.

»Okay.« Noch immer Knie an Knie aßen wir die Sandwiches. »Wie war dein Tag?«, wiederholte ich meine Frage von eben.

»Zäh.« Jack verdrehte die Augen. »Mein Dozent hat beschlossen, uns altenglische medizinische Texte übersetzen zu lassen.« Er schnitt eine Grimasse. »Dachszähne als Wunderheilmittel.«

Klang ja interessant. Ich nickte und ließ mir alles über die Beschaffung und Nutzbarmachung der Zähne erzählen. Wie Menschen auf einem anderen Kontinent vor zu vielen Jahren gedacht hatten, Wetter und Krankheiten abzuwehren, war nichts, was ich zu irgendeinem Zeitpunkt meines Lebens als wissenswert erachtet hatte. Aber wenn Jack davon sprach, rückte das in den Hintergrund, und Dachszähne wurden zu einem Thema, das mich fesselte. Ich wollte ihm zuhören und wissen, womit er seinen Tag füllte, was ihn beschäftigte und begeisterte. Oder auch mäßig begeisterte. Altenglisch schien nicht sein Lieblingskurs zu sein.

Wir unterhielten uns, aßen nebenbei, ließen die Kälte des Bodens durch die Decken und unsere Kleidung auf uns übergehen und spülten die Reste unseres Abendessens mit Pepsi herunter. Dass er sich gemerkt hatte, welchen Softdrink ich favorisierte … ich konnte nicht anders, als dem Impuls, seine Hand zu nehmen und zu drücken, zu folgen. Das hier, mit Jack, war perfekt.

»Genug von Dachsen.« Jack drückte meine Hand. »Erzähl mir von deinem Training. Haben deine Sprünge funktioniert?« Wenn möglich, war sein Lächeln noch breiter geworden. Er freute sich ehrlich über den Erfolg, das war nicht zu übersehen.

Das hier, mit Jack, war perfekt. Und endlich. Mit einem Mal war meine Kehle wie zugeschnürt. Ich wollte ihn nicht verlieren. Nicht, nachdem wir uns zusammengerauft hatten, dem anderen eine Chance gegeben hatten, einen Rhythmus gefunden hatten. Nicht, nachdem das Eis plötzlich wieder Spaß gemacht hatte, wir einander die eigene Sportart gezeigt hatten.

Nicht, nachdem zwischen uns etwas entstanden war, das Raum für personalisierte Trikots und Picknicks auf dem Parkplatz hatte.

Nicht, wenn ich mich langsam, aber sicher in Jack verliebt hatte.

»Gut«, quetschte ich um den Kloß in meinem Hals herum heraus. Ich schluckte. »Die Axel waren gut. Meine Trainerin war mehr als zufrieden. Das ist gut.«

»So siehst du gerade nicht aus«, sagte Jack. »Hat sich Daniel danebenbenommen?«

Ich beeilte mich, den Kopf zu schütteln. »Es ist gut«, betonte ich. »Vor allem, dass deine Mannschaft nicht mehr gesperrt werden kann. Jedenfalls nicht wegen mir.«

»Das *ist* gut!« Jack strahlte mich an. »Danke, Romy.«

Ich zuckte mit den Schultern. Was hatte ich groß beigetragen? »Unsere Pflichttreffen sind damit natürlich auch beendet. Ab sofort.«

»Das ist wunderbar!« Jack ließ meine Hand los, um mir auf die Schulter zu klopfen. Die Geste war so freundschaftlich, dass ich wünschte, er hätte es bleiben lassen. Dann wiederum machte es keinen Unterschied. Er freute sich deutlich mehr über das Ende der morgendlichen Einheiten als ich. »Dann können wir uns auch ein bisschen später treffen. Nach dem Kaffee oder so.«

Oh. Ja. Meine Schultern entspannten sich etwas. »Du bist kein Frühaufsteher, oder?«

Er schüttelte entschieden den Kopf.

»Du bist trotzdem freiwillig jeden Morgen vor sechs Uhr gekommen.«

»Ich würde es nicht freiwillig nennen. Meine Mannschaft war von der Laune einer Eisprinzessin abhängig, und als Kapitän ...« Jack beendete den Satz nicht.

Ich biss mir auf die Lippe. Das musste furchtbar gewesen sein – *ich* musste furchtbar gewesen sein. Zu wissen, dass eine Fremde, die jegliche Hilfe ablehnte, für die eigene sportliche Zukunft verantwortlich war, musste ihn einige Nerven gekostet haben. »Das tut mir leid.«

»Muss es nicht«, meinte Jack. »Ein paar meiner Kollegen sind deutlich zu weit gegangen, als Verletzungsrisiken im Spiel waren. Egal, wie du reagiert hättest, irgendwie hätte ich es verstehen können.«

Langsam streckte er eine Hand nach meinem Kopf aus, und ich ließ ihn gewähren, als er langsam über die Haare über der Narbe fuhr. Es hatte beinahe etwas Intimes. Ich mochte es nicht, die Stelle selbst zu berühren, aber wenn Jack es tat, war es anders. Mit Jack war alles anders.

»Das macht es nicht fairer.«

»Mach dir keine Gedanken.« Er ließ die Hand etwas sinken und drehte eine Haarsträhne zwischen seinen Fingern. »Wir haben uns gut zusammengerauft.«

»Ja.« Ich legte den Kopf auf seine Schulter. »Das haben wir.« Weil Jack nicht nachgetreten hatte, als ich an meinem Tiefpunkt angekommen war. Und als wir einmal ein friedliches Gespräch begonnen hatten, war es nie abgebrochen – bis jetzt nicht. Wir hatten es pausiert, ja, aber nie beendet.

»Erzähl mir etwas über dich, was ich noch nicht weiß«, sagte Jack irgendwann, die Finger noch immer in meinem Haar.

Ich zuckte mit den Schultern. »Bis ich vierzehn war, bin ich im Einzel gelaufen und gestartet. Danach habe ich zum Paarlauf gewechselt.«

»Weil du Daniel kennengelernt hast?«

»Ich bin unglücklich gestürzt und habe mir den Knöchel gebrochen. Als ich wieder aufs Eis durfte, hatte ich Panik, zu springen.« Ich sah auf meine Füße, als könnte ich durch die Hose hindurch den ehemals kaputten Fuß sehen. »Kommt dir bekannt vor, oder?«

»Du hast das alles schon das zweite Mal durchgezogen?« Jack klang nicht per se ungläubig. Mehr ... beeindruckt. Es war ungewohnt, jemanden so auf die Zeit, die ich als Versagen empfand, reagieren zu sehen. Oder zu hören.

Das erste Mal war ich davongelaufen, direkt in Dans Arme. Erst diesmal hatte ich mich – mit Hilfe – selbst zurückgekämpft. Ich zuckte mit den Schultern.

»Du bist einer der stärksten Menschen, die ich kenne.«

Das sagte er nur, weil er glaubte, ich hätte mich dafür entscheiden müssen, zu kämpfen. Er hatte selbst gesagt, als Freizeitsportler auch glücklich sein zu können, aber für mich gab es die Option nicht. Ich hatte mich nicht entschieden. Eiskunstlauf war wie Atmen. Ohne funktionierte ich nicht.

»Danke«, sagte ich trotzdem und sah zu ihm auf. »Jetzt du. Was weiß ich nicht über dich, oh Captain, mein Captain?«

Jacks Mundwinkel zuckten, und ein amüsiertes Funkeln trat in seine Augen. »Sag das besser nicht zu oft, weil ich es ziemlich heiß finde.«

Nun war ich es, deren Lippen sich zu einem Lächeln verzogen. »So heiß wie ich dich mit nassen Haaren?«

Er zog eine Augenbraue nach oben. »Vermutlich ist es vergleichbar.«

Wir lachten, sahen einander an und verstummten. Mit einem Mal war die freche Stimmung zwischen uns in sich zusammengefallen. Selbst wenn ich es gewollt hätte, hätte ich den Blick nicht von Jack lösen können. Er war schön, auch wenn das wahrscheinlich nicht das konventionelle Wort war, mit dem man ihn beschreiben würde. Jack war athletisch, trainiert, heiß – für mich war er schön. Wärme auf dem kalten Eis, ein Lächeln in der Angst, ein Ankerpunkt.

Wir sahen einander an, bis alles, worum meine Gedanken kreisten, Jacks Aussage, es wäre heiß, ihn Captain zu nennen, war. Jack nickte in Richtung unserer Hände, die irgendwie ineinander verschränkt und an den jeweils anderen gelegt waren, und vergewisserte sich, dass wir das gerade gleichermaßen wollten. Der schiere Respekt, der jede seiner Handlungen untermalte, machte Jack noch anziehender. Falls das überhaupt möglich war.

Als sich unsere Blicke das nächste Mal trafen, waren keine weiteren Absprachen nötig. Ich krallte die Finger in seine Jacke und zog ihn im selben Moment näher an mich, in dem er seine Lippen auf meine legte. Unsere Köpfe trafen mit zu viel Schwung aufeinander, und bevor wir wirklich beim Küssen angelangt waren, lösten wir uns wieder voneinander, sahen einander an und lachten.

»Kaum zu glauben, dass wir Sportler mit Körperbeherrschung und Eleganz sein sollen«, murmelte Jack. Seine

Hand in meiner zuckte, als wolle er sich instinktiv durch die Haare fahren, blieb aber doch, wo sie war. Stattdessen lächelte er schief.

»Deine Spieler haben Trainingsbedarf ... Captain«, sagte ich und fand meinen Kommentar schon im selben Moment albern. Ich kniff die Augen zusammen, als meine Wangen zu glühen begannen.

Aber Jack lachte nur und festigte seinen Griff um meine Taille. »Dann sollte ich ein Sondertraining anordnen. Am besten sofort. Open end.«

Als unsere Lippen diesmal aufeinandertrafen, war es etwas sanfter, genauso überfällig und noch perfekter, als ich es mir hätte wünschen können. Wärme breitete sich in mir aus. Hier, mit Jack, auf der Picknickdecke auf dem Parkplatz, zwischen Walmart-Essen und Pepsiflaschen, war ich so glücklich wie nie. Ich war angekommen.

Kapitel 18

Am nächsten Morgen spürte ich Jacks Lippen noch immer auf meinen – weich, warm und Jack. So unaufgeregt der Kuss auch gewesen war, er ging mir nicht aus dem Kopf. Ich fühlte mich beinahe wie ein Teenagermädchen, dessen Schwärmerei erstmals erwidert wurde und das den ersten Kuss gedanklich wieder und wieder durchspielte. Und das sich vor Schmetterlingen im Bauch kaum retten konnte, sobald es allein war.

»Romy!«

Vielleicht konnte ich mich doch vor den Schmetterlingen retten, wenn Dan in der Nähe war. Nichts beendete eine Phase wie diese schneller als ein Ex-Freund, der zehn Minuten zu spät zum Nachmittagstraining kam.

»Dan.« Ich machte mir nicht die Mühe, aufzusehen, und zog die Schnürsenkel meiner Schlittschuhe fest. »Du bist zu spät.«

»Tut mir leid«, sagte er und kam den Schritten nach auf mich zu. »Wir können die zehn Minuten anhängen.«

Konnten wir nicht. »Ich muss pünktlich weg, ich bin verabredet.« Ich band eine Schleife und stand auf.

»Oh.« Dan klang enttäuscht. »Ich habe eingekauft, ich dachte ...« Er unterbrach sich, und damit erregte er meine Aufmerksamkeit. Dan druckste nicht herum. Dan wusste, was er wollte. »Ich dachte, wir könnten zusammen zu Abend essen. So wie früher.«

Das schlechte Gewissen, das ich sogar, kurz nachdem er mit mir Schluss gemacht hatte, gehabt hätte, wenn ich einen der seltenen Abende, an denen Dan sich etwas für uns überlegt hatte, absagte, stellte sich nicht ein. Ich biss mir auf die Lippe und zog meinen Pferdeschwanz fester. »Ich bin schon verabredet«, wiederholte ich. »Aber Amber freut sich sicher, wenn ihr die Wohnung für euch habt.«

»Amber und ich sind nicht mehr zusammen.«

Diese Aussage brachte mich dazu, mich ihm zuzuwenden. Wie, Amber und er waren nicht mehr zusammen? Die beiden waren beinahe aneinander festgesaugt gewesen. Ich hatte sie abseits des Eises fast nur zusammen gesehen, und dann, als ich selbst beschäftigt gewesen war, gar nicht mehr. Dan ließ die Schultern hängen, einen Strauß Blumen in den Händen.

»Die sind für dich«, sagte er, sobald er meinen Blick bemerkte. »Wie die Einladung auch.«

Der Strauß war schön – ein Winterstrauß, viel Grün, Rot und Weiß. Er war auch intakt. Trotzdem war er ein schwacher Abklatsch dessen, den ich gestern Abend mit nach Hause gebracht hatte. Ich wollte ihn nicht haben. Dan war niemand, der grundlos Blumen verschenkte. Die Male, als er es getan hatte, konnte ich beinahe an einer Hand abzählen. Nach unseren Trennungen, einmal nach unserem ersten gewonnenen Wettkampf, sonst nicht.

Diesmal würde sein Strauß nichts bringen. Ich würde nicht wieder zu ihm zurückgehen, nur weil er von Amber gelangweilt war.

»Danke.« Ich lächelte leicht. »Wärmst du dich auf? Nadia kommt gleich, und dann sollten wir auf dem Eis stehen. *Beide.*«

Dan zog die Augenbrauen zusammen, legte seinen Strauß aber ab und begann, um die Eisfläche zu joggen. Währenddessen setzte ich meine Routine auf dem Eis fort. Als ich fertig war, hatte Dan noch nicht aufgeholt, sodass ich die Zeit, in der er sein Aufwärmprogramm beendete, dazu nutzte, ein paar der Bewegungsabläufe, die ich mir von Jack abgeschaut hatte, auszuprobieren. Obwohl ich schon einige Versuche, das Laufen als Mittel zum Zweck zu nutzen, hinter mir hatte, war es nach wie vor ungewohnt, die Geschwindigkeit der Eleganz vorzuziehen. Ich hielt etwa zwei Minuten durch, dann hatte ich mich erfolgreich daran erinnert, warum ich keinesfalls zum Eishockey wechseln wollte. Und warum die Spieler ungern zwei Minuten am Stück ernsthaft spielten und es für eine Mannschaft von Nachteil war, wenn die Situation ein Auswechseln verbot.

»Was wird das?« Dan kam nun auch auf die Eisfläche und drehte seine Runden.

»Nichts Wichtiges«, meinte ich und schloss zu ihm auf.

»Gut. Sollen wir? Richtigen Eiskunstlauf trainieren, meine ich.« Er hielt mir die Hand hin. Ich legte meine mit einem Nicken in seine. Die nächsten Minuten verbrachten wir damit, das Kurzprogramm – noch ohne Wurfelemente – durchzugehen. Nadia hatte uns heute Vormittag die Elemente einzeln üben lassen und angekündigt, sie in der zweiten Einheit in die Gesamtchoreografie einpflegen zu wollen. Es konnte nicht schaden, das Programm vorher einmal zu laufen.

Wenig später kam Nadia und zog sowohl das Tempo als auch die Schwierigkeit des Trainings an, bis wir am Ende der Einheit beide verschwitzt und außer Atem waren. War ich vorhin noch zuversichtlich gewesen, was unseren ersten Wettkampf am Wochenende betraf, sah ich die

Dinge jetzt deutlich ernüchterter. Der Aufgang wirkte zu wackelig, Dans Sprünge waren einen halben Schlag hinter der Musik, meine Haltung in der Pirouette war zu steif ... und wenn sie das sah, würden es auch die Wertungsrichter sehen. Den Rest der Woche hatten wir noch einiges an Arbeit vor uns, wenn wir das vor Samstag korrigieren wollten.

Als Nadia mir den Schlüssel für die Halle gelassen hatte, hatte sie vermutlich weitere gemütliche Trainingseinheiten allein oder mit Jack im Sinn gehabt. So wie ich. Eiszeit mit meinem Freund war immer gut. Womit wir beide nicht gerechnet hatten, war, dass sich ein halbes Eishockeyteam inklusive Schläger, Pucks und tragbaren Kinderfußballtoren anschloss, wenn der Kapitän eine private Verabredung auf dem Eis hatte.

»Romy!« Nash ließ seine Schlittschuhe, den Schläger und ein Paar Handschuhe auf der nächstbesten Bank zurück, kam auf mich zu und zog mich in eine seitliche Umarmung. »Hast du dich gut von deinem ersten Spiel erholt?«

Ich lachte und tätschelte ihm den Arm. »Habe ich. Was macht deine Schulter? Darfst du wieder spielen?«

»Morgen, ja.« Er zog einen Mundwinkel nach oben. »Kommst du auch?«

Unwahrscheinlich. Selbst wenn ich nicht ausgeschlafen sein sollte, wenn ich vorhatte, das meiste aus dem Rest meiner Woche herauszuholen, wollte ich Jack nicht erdrücken. Die Antwort blieb ich ihm schuldig, denn im nächsten Moment reichte Nash mich an seinen Mannschaftskollegen weiter, und ich fand mich in einer kurzen Umarmung mit Reed wieder.

»Hey«, sagte er und ließ mich los, bevor die Geste unangenehm wurde. »Nette Halle.«

»Finde ich auch.« Und für gewöhnlich bevorzugte ich sie ohne Eishockeyspieler, die sich selbst einluden. Sie hatten Glück, dass ich sie mochte. Einen besonders. »Du hast vorgestern gut gespielt«, meinte ich, um nicht nichts zu sagen. Weder Jack noch Nash hatten einen gegenteiligen Kommentar abgegeben, und Maia hatte auch nichts dergleichen berichtet. Wobei Maia kein Maßstab war. Als ich mich vorhin mit ihr getroffen hatte, hatten wir zwar sowohl Brandon als auch Jack thematisiert, allerdings nicht in Bezug auf ihre Qualitäten als Sportler.

Reed lachte mich offen an. Oder aus, falls ich ihn zu Unrecht gelobt hatte. Letzteres konnte ich mir schwer vorstellen. Nach Jacks Einsteigerkurs, Nashs zusätzlichen Informationen und dem, was ich im Internet gelesen hatte, traute ich mir zu, einem Goalie, der wenige Tore kassiert hatte, ein Kompliment dafür machen zu können.

»Hi.« Jack ging an den beiden weiteren Spielern, die er im Schlepptau hatte, vorbei und drückte mir einen Kuss auf die Lippen.

Ich zog eine Augenbraue nach oben, als Nash durch die Zähne pfiff, dafür einen Klaps auf den Hinterkopf von Reed kassierte, und die anderen Eishockeyspieler nur riesige Augen bekamen. Markierte er sein Revier, signalisierte er den anderen, dass er derjenige war, der auf mich zuging, und nicht ich ihn hergezerrt hatte, oder war das eine neue Art der Begrüßung?

Jack grinste schief. »Sorry, sie haben sich nicht abschütteln lassen«, flüsterte er.

Das war schwer zu übersehen. »Hey«, sagte ich zu den beiden mir fremden Spielern.

»Romy, das sind Dylan und Blaine«, mischte sich Nash ein. »Und das ist Romy.«

»Hey.« Ich hob die Hand zum Gruß. So hatte ich mir den Abend nicht vorgestellt. Eigentlich hatten Jack und ich eine ruhige Stunde nach dem Abendessen im Sinn gehabt, um einen Plan für die nächsten Tage zu erstellen. Wie es aussah, hatte sich das geändert, und ich war auf einem Spieleabend gelandet. Einem Spieleabend nach Eishockeyspielerverständnis. Grundsätzlich verstand ich das Bedürfnis, möglichst viel Zeit auf dem Eis zu verbringen. Dass das ausgerechnet meine Eisfläche betreffen musste, sah ich deutlich weniger ein. »Was habt ihr damit«, ich machte eine Handbewegung zu der Ausrüstung, die die jungen Männer angeschleppt hatten, »im Sinn, wenn ich fragen darf?«

»Hockey.« Blaine sah mich an, als wäre allein die Frage ein Zeichen meiner Unwissenheit. Es fehlte nur noch, dass er die Augen verdrehte und vollkommen deutlich machte, dass er mich nicht ernst nahm.

Instinktiv verschränkte ich die Arme vor der Brust. Den Ton konnte er sich sparen. Er war hier in meine Halle zu meiner Eiszeit mit meinem Eishockeyspieler gekommen, ohne eingeladen worden zu sein. Grundsätzlich hatte er gar nichts zu melden. »Damit ihr mir Schluchten in das Eis schneidet, wenn ihr abbremst?«

Jack legte mir eine Hand auf den Arm. »Die Eismaschine glättet das wieder.«

»Anders als die Kerben, die ich bei Sprüngen schlage, ja.« Ich seufzte, während Nash und Reed auflachten. Ich sah zu Jack. »Wie lange bleibt ihr? Ich muss nach uns absperren und wollte nicht zu lange aufbleiben.«

Er nickte und sah jedem seiner Mitspieler einmal ins Gesicht. »Jungs, eine Stunde, nicht länger. Ich habe es vorhin schon gesagt, aber ich erinnere noch mal daran, dass das hier keine Dauereinladung bedeutet. Auf diesem Eis hat sie das Sagen.«

»Macht mich das zu deinem Captain?«, murmelte ich und nahm mit einem Lächeln zur Kenntnis, wie Jack mehr oder eher minder erfolgreich versuchte, nicht loszulachen und die Wirkung seiner vorigen Worte abzuschwächen.

»Hast du Lust, mitzuspielen?« Reed legte den Kopf schief. »Drei gegen drei?«

Ich? Das wäre ein Vorteil für das gegnerische Team. »Ihr habt in Unterzahl bessere Chancen als mit mir in einem ausgeglichenen Team.«

»Ich habe nicht gefragt, ob du gut spielst, sondern ob du mitspielen möchtest«, meinte er. »Ich bin gut im Tor, und ich mag den Nervenkitzel gegnerischer Powerplays.«

Gegnerische Powerplays? Was auch immer es war, es klang nach unangenehmen Situationen. Er mochte Machtspielchen mit Gegnern? Oder ließ er sich einfach gerne abschießen? Was auch immer es war, es war seltsam. Ich tauschte einen Blick mit Jack.

»Powerplay bedeutet Überzahl der Gegner«, erklärte er leise. »Und außer Reed findet das niemand gut. Goalies sind ...« Sein Blick sagte alles.

Leider sagte er nicht nur mir alles, sondern auch Reed, der sich berufen fühlte, eine Diskussion mit Nash zu beginnen, der ihn ungeniert auslachte.

»Ich setze trotzdem aus«, sagte ich. »Ihr schießt mir zu hart, und ich würde mir vor den Wettkämpfen lieber nichts brechen.« Am allerwenigsten den Hals.

Reed zuckte mit den Schultern. »Wir haben alle keine Ausrüstung dabei. Der Coach würde uns eine Standpauke halten, wenn er wüsste, dass sie auf mich schießen, wenn ich ohne Schoner im Tor stehe.«

Nash stieß ihn mit dem Ellenbogen an. »Er würde mit dir schimpfen, weil du dich ohne Ausrüstung ins Tor stellst und abschießen lässt. Bist du masochistisch veranlagt? Goalies sind masochistisch veranlagt, oder?«

Bevor eine weitere Debatte zwischen den beiden starten konnte, brachte Jack sie zum Schweigen. »Romy hat recht, niemand will sich verletzen. Ohne Schoner kein Spiel.«

Dylan stöhnte und lehnte sich an die Bande. »Wir spielen ständig ohne Schoner. Gentlemen's Agreement, schon vergessen? Was sollen wir dann hier?«

Das fragte ich mich auch. Dass sich Nash und Reed anschlossen, weil sie mich flüchtig kannten oder neugierig waren, verstand ich bis zu einem gewissen Grad. Aber zwei Fremde, die es für angemessen hielten, einfach in die Eiskunstlaufhalle zu kommen und sich dann darüber zu beklagen, dass der Abend nicht nach ihrem Geschmack verlief, fand ich unverschämt.

»Sollen wir mit der Eisprinzessin trainieren?« Blaine rümpfte die Nase.

»Oder mit dem Schläger und einem Puck, das ist dir überlassen.« Jack sah mich entschuldigend an. »Macht, was ihr wollt, aber ein Spiel kommt nicht infrage.«

Nach einem letzten strengen Blick zu seinen Mannschaftskollegen nahm Jack mich zur Seite. »So hattest du dir den Abend nicht vorgestellt. Es tut mir leid, ich hätte sie nicht mitbringen sollen.«

Ich zuckte mit den Schultern. Ich hatte nicht vorgehabt, ernsthaft zu trainieren, so schlimm war es nicht. Aber ich hatte mich auf einen ruhigen Abend gefreut. »Halb so wild«, sagte ich, und erst als ich es aussprach, bemerkte ich, dass meine Antwort komplett von Jack beeinflusst war. Dan hätte sich nicht dafür entschuldigt, Pläne kurzfristig zu ändern, und es hätte mich gestört. Mit Jack neben mir machte es mir nichts aus. Vielleicht, weil ich entspannter war – weil Jack mich entspannter machte.

Aus dem Augenwinkel sah ich, wie Reed Blaine die Hand auf die Schulter legte. »Pass auf, was du sagst, sie ist Frosts Freundin. Ich glaube nicht, dass er es schätzt, wenn du sie anmaulst. Ich übrigens auch nicht.«

Wider Willen musste ich schmunzeln. Nash und Reed waren nett. Für Eishockeyspieler. Kein Wunder, dass Jack ihnen unsere Beziehung bestätigt hatte, kaum dass wir uns selbst als Paar verstanden hatten. Ich zog einen Scrunchie aus der Tasche meiner Weste und band meine Haare zusammen.

»Romy?«

»Jack?«

»Wie viele von den Dingern hast du?« Er deutete auf meinen Zopf. »Hast du Haargummis für jedes Outfit?«

»Fast«, antwortete ich. Meine Schwester hatte in ihrer Teenagerzeit einen Haartick entwickelt und recherchiert, welche Art Haargummi am wenigsten schädlich war. Erst metallfreie, dann Scrunchies, und als sie auf geringelte Gummis umgestiegen war, hatte sie mir ihre Sammlung bunter Scrunchies vererbt. Und ich war nie wieder davon losgekommen.

Er nickte und machte sich daran, seine Schlittschuhe anzuziehen.

»Ziehst du immer erst den linken an?« Seit ich Jack wirklich sah, fielen mir Unmengen an Details auf, die sich durch den Alltag zogen, ohne eine Rolle zu spielen.

Jack nickte. »Die meisten von uns«, er machte eine Geste, die seine Spielerfreunde mit einschloss, »sind ziemlich abergläubisch, was das betrifft. Vor dem Spiel ist es besonders schlimm.«

Das konnte ich gut nachvollziehen. An Wettkampftagen war ich auch wie ferngesteuert und von Routinen abhängig.

»Ich weiß nicht, ob du es beim Aufwärmen vor dem Spiel gesehen hast, aber Reed ist der Erste, der auf unser Tor schießt. Erst wenn er an der Reihe war, geht er ins Tor, und wir schießen ihn ein.«

»Auf das leere Tor schießt, wohlbemerkt«, fügte Nash hinzu. »Weil er sonst nichts trifft.«

Reed schnaubte.

»Du bist nicht grundlos im Tor geparkt«, erinnerte Nash ihn, und etwas an dem Gespräch kam mir bekannt vor.

Die beiden verlagerten ihr Geplänkel auf das Eis, ihre zwei Mannschaftskameraden nahmen sich ihre Schläger und einen Puck mit, und Jack und ich blieben an der Bande zurück. Dylan lief auf Blaine, der wohl ein imaginäres Tor verteidigen wollte, zu.

»Was macht er da?«, fragte ich, als Blaine versuchte, rückwärts anzulaufen, und etwas zur Seite abdriftete. Es sah nicht so aus, als würde er absichtlich ausweichen, um Dylan mehr Raum zu lassen.

»Rückwärtslaufen«, entgegnete Jack. »Blaine und Dylan spielen als Flügelstürmer. Wenn Brandon nach vorn geht, um ein Tor zu schießen, muss die Lücke nach hinten geschlossen werden. Du erinnerst dich? Das trainieren sie.«

Ich winkte ab. »Das sehe ich auch. Aber soll er Dylan den Weg zum Tor erweitern?«

»Nein. Wie kommst du darauf?«

»Läuft er immer so?«

Jack zuckte mit den Schultern. »Blaine, kannst du noch mal aus dem Stand rückwärts loslaufen?«

Der junge Mann hielt an und startete erneut. Wieder hatte er einen Rechtsdrall. »Du siehst das auch, oder?«, fragte ich.

»Ja.«

Blaine lief ein drittes Mal los, und spätestens jetzt war ich mir sicher, dass er unabsichtlich zur Seite lief.

»Er macht zu viele Schritte«, sagte ich. »Wenn du läufst, brauchst du einen oder maximal zwei Schübe, bis du genügend Schwung für die nächste Bewegung hast. Blaine drückt sich links ab, zieht mit dem rechten Bein nach und schiebt den linken Fuß wieder stark nach außen. Das kostet Zeit und gibt Dylan eine freiere Bahn.«

»Das siehst du?«

»Das siehst du auch.« Ich hatte es nur zufällig bewusst wahrgenommen. »Schau, Nash bewegt sich auch gleichmäßig.« Der Verteidiger war dazu übergegangen, rückwärts vor Reed herzufahren, um sich angeregt mit ihm unterhalten zu können. Letzterer lief ... atypisch. Breitbeiniger als alle Läufer, die ich kannte, aber zugleich mit der Sicherheit eines Profis. Einen Moment lang folgte ich seinen Bewegungen. Vielleicht lag es daran, dass er die meiste Zeit riesige Schoner trug, die ihn und sein Muskelgedächtnis beeinflussten.

»Okay.« Jack nickte und winkte Blaine zu sich und berichtete ihm von den Beobachtungen. Die beiden begannen ein Gespräch über mögliche Trainingseinheiten, und ich gesellte mich zu Nash und Reed, die mittlerweile dazu übergegangen waren, ihre eigenen Versionen von Eiskunstlauf zum Besten zu geben.

»Streck das Bein durch«, kommentierte ich und lief zu ihnen. »Sonst bleibt Jack der einzige Disney-Prinz auf dem Eis.«

Kapitel 19

Ich konnte über Dan sagen, was ich wollte, aber wenn es Tage gab, an denen ich dankbar war, ihn an meiner Seite zu wissen, dann waren es Wettkampftage während der Qualifikationsphase. Im Gegensatz zu mir war er nicht zu fahrig, um Auto zu fahren, zu aufgeregt, um das übliche Wettkampftagessen herunterzuwürgen, und dazu in der Lage, mir alle paar Minuten mitzuteilen, dass wir gut vorbereitet waren und den Tag meistern würden.

Nadia hatte uns gestern gute Chancen in der Saison bescheinigt; wenn ich die Programme lief, war ich mir sicher, nicht selbstbewusster sein zu können, ohne unvorsichtig zu werden, und es gab keinen Grund, heute nicht die gleiche Leistung abzurufen wie die Tage zuvor. Trotzdem nahm die Aufregung nie ab. Im Gegenteil – je älter ich wurde, desto näher kamen wir dem großen Ziel internationaler Wettkämpfe und Team USA. Es stand mehr auf dem Spiel, es sahen wichtigere Leute zu, und das Niveau stieg von Jahr zu Jahr.

Wie Dan das gelassen hinnehmen konnte, war mir ein Rätsel. Im Gegensatz zu mir hatte er nie nicht erreicht, was das Ziel gewesen war, vielleicht spielte das eine Rolle. Er sah Scheitern oder Aufgabe nicht als mögliche Ausgänge des Ganzen. Für ihn gab es keinen Grund, nicht vollkommen zuversichtlich zu sein.

»Lass mich nicht fallen«, murmelte ich und schüttelte Arme und Beine noch mal aus, bevor unsere Namen angesagt wurden und wir die Eisfläche betraten.

»Nie«, erwiderte Dan und griff nach meiner Hand, damit wir gemeinsam einlaufen konnten.

Unnötig zu sagen, dass er sein Versprechen hielt. Wir kamen gut durch unsere Elemente, ich stand meine Sprünge stabil und mit der richtigen Rotation, und wenn die nächsten Wettkämpfe ähnlich liefen, waren die Nationals eine reelle Option. Was den Druck für die Sectionals nur erhöhte. Wir würden weitermachen wie bisher, und ich würde versuchen, in der Zwischenzeit nicht die Nerven zu verlieren.

Nach dem Wettkampf, der uns auf einem soliden zweiten Platz positioniert hatte, was zu meiner Überraschung weder Dan noch ich als Misserfolg gewertet hatten und zu dem Jack per Instagram gratuliert hatte, entließ uns Nadia in unsere Ein-Tages-Trainingspause. Wochenlang durchzutrainieren machte mehr kaputt, als es nützte. Meistens jedenfalls. Als ich mein Sicherheitsgefühl zurückerobert hatte, hatte ich die täglichen Einheiten auf dem Eis gebraucht, vor allem den Spaß mit Jack, um mich zu erinnern, wofür ich mich durchbiss. Jetzt war ich um die freie Zeit heute und auch morgen froh. Meine Laborprotokolle, die nicht ganz so weit ausformuliert waren, wie sie sein sollten, auch.

»Du warst heute sensationell«, sagte Dan, als wir im Auto saßen und zurück nach Hause fuhren. »Beinahe perfekt.«

Ich lächelte. »Danke. Du warst auch nicht schlecht. Ich schätze, unser Training hat sich bezahlt gemacht.«

»Ja.« Er sah sich kurz um und wechselte die Spur. »Darauf können wir aufbauen, wenn wir uns konzentrieren. Wir dürfen unsere Energie nicht verschwenden.«

»Uni ist nicht ganz optional«, warf ich ein. Dass ich die letzte Zeit abends noch für die akademische Seite meines Lebens gearbeitet hatte, hatte Dan auch mitbekommen – und mit Seufzern sowie vorbeigebrachten Coca-Cola-Flaschen quittiert.

»Eishockeyspieler schon.«

Ich sah aus dem Fenster, damit Dan nicht bemerkte, wie ich die Augen verdrehte. »Jack ist auch nicht optional.« Nicht, wenn ich ihn wirklich mochte, mich in seiner Gegenwart wohlfühlte und wir direkt auf eine exklusive Beziehung zusteuerten. Nicht, wenn ich morgen zu seinem nächsten Heimspiel eingeladen war.

»Er ist kein netter Mann, Romy.«

»Was willst du damit sagen?«

»Er hat Willow, Sabrina und Becca zum Weinen gebracht.«

Dass Jack irgendjemanden zum Weinen brachte, vor allem Willow, die von den genannten Eiskunstläuferinnen die freundlichste war, konnte ich mir schwer vorstellen. Und wenn er es getan hatte, hatte er sicher einen Grund gehabt. Mir gegenüber hatte er bisher keine Anstalten gemacht, etwas Verletzendes zu sagen.

»Eishockeyspieler sind alle gleich, Romy.« Dan sah kurz zu mir, bevor er den Blick wieder auf die Straße richtete. »Solange du dekorativ und nützlich bist, sind sie nett. Sobald dein neuer Freund das Interesse verliert, lässt er dich fallen.«

Versuchte Dan gerade, Jack schlechtzumachen oder auf mich aufzupassen? Letztlich war es egal. Dan konnte nett sein, aber er war unberechenbar und besitzergreifend genug, dass ich zunehmend das Gefühl hatte, ein Schleudertrauma zu bekommen. Ich wollte meine Zeit nicht damit verbringen, in seiner Gegenwart übervorsichtig zu sein und doch nie zu wissen, wo die Grenze war, ab der er mich für ungenügend oder problematisch hielt. Nicht, wenn ich bei Jack einfach ich sein konnte – wer auch immer das genau war. Ohne Angst haben zu müssen, ihn mit einem Leistungseinbruch zu verlieren.

»So wie du?«, konterte ich und überschlug die Beine. »Ich glaube nicht, dass du irgendein Mitspracherecht hast, was meine Beziehungen angeht.«

»Ich mache mir nur Sorgen um dich. Ein Eishockeyspieler ist nicht gut für dich und deine Karriere.«

Wegen seiner Sportart oder einfach, weil es nicht Dan war, der diesen Teil meines Lebens einsehen und mitgestalten konnte? Ich warf Dan einen Blick zu, der ihm eindeutig sagte, wie wenig ich von seiner Einmischung hielt, und antwortete nicht mehr. Dan konnte sagen, was er wollte; ich hatte nicht vor, mir in mein Liebesleben hineinreden zu lassen.

»Kommst du später nicht mit zur Party?« Maia nickte in Richtung meines Pullovers, den ich unter mein Trikot anziehen wollte. Im Stadion war es zwar nicht unendlich kalt, aber wenn ich eine Weile nur still saß, würde ich trotzdem so auskühlen, dass ich einen Fleecepulli einem hübschen Jäckchen vorzog.

»Ich dachte, sie feiern nicht, wenn die Rookies dabei sind.«

»After-Party ohne Rookies.« Sie grinste mich an. »Sieht so aus, als müsstest du dich umziehen.«

Das befürchtete ich auch. Jack hatte mich eingeladen, natürlich würde ich mit zu einer After-Party gehen, wenn es denn eine gab. Auch wenn das bedeutete, dass ich meinen bequemen Pullover gegen ein etwas weniger bequemes, hübsches Top tauschen würde. Was genau Eishockeyspieler unter einer After-Party verstanden, wusste ich nicht – ob Bar, Hausparty oder Club auf dem Programm standen, hatte bisher niemand gesagt. Maia trug allerdings ein eng anliegendes Spitzentop mit Jeans, also konnte ich diesen Stil einfach kopieren.

Ich tauschte den Pullover gegen ein nettes Oberteil und eine Jeansjacke, damit ich nicht zu sehr fror, und hängte das Trikot über die Tasche.

»Bist du gut mit deinen Protokollen vorangekommen?«, fragte Maia, als wir uns auf den Weg in Richtung Stadion machten.

»Nicht so gut, wie ich es mir gewünscht hätte«, meinte ich und verdrehte die Augen. Ich hatte keine Ahnung, wie ich es jeden Winter schaffte, halbwegs pünktlich mit meinen Unileistungen fertig zu werden, aber bisher hatte es irgendwie funktioniert. Mit etwas Glück würde das so weiterlaufen. »Und du? Wie war dein Tag?«

Sie rümpfte die Nase. »Langweilig. Ich warte auf das Feedback meines Profs zu Penny, Brandon war vormittags bei irgendeinem Training ohne Training, und du hattest auch keine Zeit.«

Wir unterhielten uns über einzelne Bestandteile unseres Tages, das anstehende Spiel und meinen Wettkampf gestern. Dan und ich hatten nicht gewonnen, was allem widersprach, was er sich für den Saisonauftakt gewünscht hatte. Aber angesichts der Tatsache, dass unsere Trainingszeit erheblich reduziert und umgestaltet worden war, hatten wir uns gut geschlagen, waren gut gelaufen und hatten den ersten Platz nicht um Welten verpasst. Wie Nadia uns eingebläut hatte, war das ein Grund, sich zu freuen und für den Moment zufrieden zu sein. Die Bestplatzierungen konnten wir bei den nächsten Wettkämpfen noch immer erreichen.

Als wir das Stadion betraten, lief das Aufwärmen schon. Maia lotste uns zu unseren Plätzen, von denen aus wir die leeren Spielerbänke sowie die Eisfläche gut im Blick hatten.

»Maia!« Eine junge blonde Frau stand auf und begrüßte sie mit einer Umarmung. »Nash hat schon gesagt, dass du auch kommst.« Sie klopfte auf den Plastiksitz neben sich, um Maia zu animieren, sich in die Mitte zu setzen.

»Christina«, erwiderte Maia den Gruß und setzte sich zwischen die junge Frau und mich. »Romy, das ist Christina, Christina, das ist Romy.«

»Hi.« Wir tauschten ein Nicken aus.

»Woher kennt ihr euch?«, fragte ich.

»Spielerfrauen«, sagte Christina, und Maia prustete los.

»Von der letzten After-Party«, präzisierte Maia. »Sie ist Nashs Freundin. Als wir das letzte Mal hier waren, war sie nicht da.«

Christina nickte. »Ich studiere nicht in Maple Hills«, erklärte sie. »Das macht es schwer, die Spiele anzusehen.«

Heute schien es funktioniert zu haben. Ich nickte zum Zeichen, dass ich sie gehört hatte, und suchte das Eis nach Jack ab. Heimspiel bedeutete bunte Trikots, aber seine Nummer fand ich dennoch nicht auf Anhieb. Erst als die Spieler begannen, die Pucks einzusammeln, entdeckte ich ihn in Reeds Nähe.

Ich stellte meine Tasche vor mir auf dem Boden ab und sah zu, wie die Spieler das Eis verließen und der Eismeister es glättete. Mit diesem Wochenende endete auch Dans Dienst beim Eismeister – was vermutlich eine Erleichterung für sie beide war.

»Und du magst Eishockey? Oder begleitest du Maia?«

Christinas Stimme ließ mich aufsehen. »Beides.« Ich lächelte.

»Sie ist Jacks Freundin«, warf Maia ein.

So vorgestellt zu werden, war noch ungewohnt. Bei Dan hatte ich es gehasst, die »Freundin von« zu sein, bei Jack machte es mir überraschend wenig aus. Mit einem Mann wie ihm in Verbindung gebracht zu werden, war nichts, was ich nicht mochte, also lächelte ich und nickte, während Christina nur die Stirn runzelte und Maia fragend ansah.

»Jack? Wer ist das?«

»Frost?«, schlug ich vor. Nash hatte Jack immer mit seinem internen Spitznamen angesprochen und auch über ihn nur als Frost geredet. Vielleicht hatte er es seiner Freundin gegenüber ähnlich gemacht. Ich musterte Christina kurz. Ich konnte mir kaum vorstellen, dass Nash eine Freundin hatte, die ihr Trikot mit einer roséfarbenen Hose und Stiefeln mit Absätzen kombinierte, während er in Jogginghose und Sweatshirt hier gesessen hatte. Dann wiederum sollte es eine After-Party geben, und sowohl Maia als auch ich waren mehr zurechtgemacht als sonst.

»Frost!« Erkenntnis huschte über ihr Gesicht, und sie musterte mich ihrerseits. »Nash hat erzählt, dass er jemanden datet. Schön, dich kennenzulernen.« Sie streckte eine Hand über Maia hinweg zu mir aus, und ich schüttelte sie kurz.

Dann zog die Eisfläche meine Aufmerksamkeit auf sich, als die Spieler einliefen und kurz darauf das Spiel begannen. Um die Spielzüge zu verstehen, hatte ich zu wenig Ahnung, aber diesmal hatte ich immerhin weniger Schwierigkeiten, dem Puck zu folgen. Oder Jack. Wann immer er nicht auf dem Eis war, rückte das Spiel in den

Hintergrund, und ich amüsierte mich über das Kind ein paar Reihen hinter uns, das mit einem Elternteil über die Notwendigkeit von Pommes zum Abendessen diskutierte, oder verfolgte die Debatte ein Stück links von mir, die Jacks Chancen bezüglich irgendwelcher anwesenden Scouts thematisierte.

Wie es aussah, hatte das ein oder andere Team ein Auge auf ihn geworfen und beobachtete ihn. Wusste Jack davon? Vermutlich. Angemerkt hatte ich ihm die ständige Aufmerksamkeit derer, die über seinen endgültigen Wechsel in den Profisport entscheiden durften, nicht. An seiner Stelle hätte ich längst die Nerven verloren, er dagegen zeigte sich in keinem Moment verunsichert oder unter Druck. Aber wenn ich ihn jetzt ansah, auf der Bank und mit dem Rücken zu mir, bildete ich mir beinahe ein, eine Anspannung zu sehen, die ich bis eben nie bemerkt hätte.

Ich schüttelte den Kopf. Jack war alt genug, um selbst entscheiden zu können, wie er mit der Situation umging. Ich verstand ohnehin zu wenig von Eishockey als System, um aus den Gesprächsfetzen, die ich heute mitbekam, die richtigen Schlüsse zu ziehen. Bei Gelegenheit würde ich mich informieren und dann das Thema ansprechen, das brachte mehr, als jetzt stellvertretend für Jack nervös zu werden.

Und trotzdem wippte mein Knie unruhig auf und ab, wann immer Jack spielte und versuchte, seine Präsenz zu nutzen, um ein Tor zu schießen oder einem Mitspieler dabei zu helfen. Er schob gegnerische Spieler aus dem Weg, nahm den blauen Goalie unter Beschuss und verschwand wieder auf die Spielerbank. Wie jemand in seinem Alter so kompetent spielen konnte, war mir ein Rätsel. Ich hatte nichts mit seinem Erfolg zu tun, kam aber nicht umhin, stolz auf ihn zu sein. Stolz zu sein, dass er *mein* Eishockeyspieler war. Dass ich Zeit mit ihm verbringen durfte.

»Gut so, Nash, weiter so!«

Christinas Schrei ließ sowohl Maia als auch mich zusammenzucken und zu besagtem Spieler sehen, der eben einen gegnerischen in die Bande rammte. Wir tauschten einen Blick. Diese Seite des Sports, die mehr rohe Kraft als schöne Pässe beinhaltete, war etwas, an das ich mich noch nicht gewöhnt hatte. Als aber kurz darauf derselbe blaue Spieler Reed aufmischte und Nash ihn sich erneut vornahm, wandelte sich meine befremdete Haltung in Verständnis. Während des Spiels war das Team eine Familie. Wurde einer attackiert, ließ der Konter nicht auf sich warten. Und Nash nahm seine Rolle als Reeds Bodyguard sehr ernst. Wenn er die gegnerischen Stürmer mit einer Art Schulterzucken abwehrte, hatte es beinahe etwas Elegantes.

Das Spiel verlief ausgeglichen, wurde zunehmend körperbetonter, und gegen Ende raste Jack über das Eis, zwischen anderen jungen Männern hindurch, bis er irgendwann so positioniert war, dass der Puck genau im richtigen Moment zu ihm geschossen wurde und er ihn im Tor der Gegner platzierte. Die anderen beiden und ich klatschten einander ab.

Wenig später beendete eine Mischung aus Summer und Tröte das Spiel, und ich grinste, als der Kader der Knights aufs Eis strömte und von Individuen zu einem Pulk von Spielern wurde. Mac klopfte Jack auf die Schulter. Dessen Blick fiel auf die Zuschauerränge, und sein Blick traf meinen. Ich hob die Hände etwas an, damit er meinen Applaus sehen konnte, bis er in die Mannschaftsumarmung zurückgezogen wurde und den Blickkontakt unterbrach.

Damit konnte ich leben. Ich würde ihn ohnehin bald sehen – bis er frisch geduscht und umgezogen war, konnten seine Mitspieler ihn gerne behalten. Danach war ich an der Reihe.

Kapitel 20

Wie das letzte Mal auch, warteten wir erst auf unseren Plätzen und dann in der Postergalerie auf unsere Verabredungen, die diesmal im Pulk und mit bester Laune aufliefen. Neben Reed und Mac erkannte ich noch Dylan in der Gruppe, der es tunlichst vermied, mich anzusehen. Das sollte mich nicht stören, ich fand ihn auch nicht interessanter als er mich.

Nash nahm Christina in den Arm, während Maia Brandon Schnappschüsse des Spiels zeigte. Ich sah mich nach Jack um und entdeckte ihn schließlich, wie er an der Wand, die am weitesten von seinen Mitspielern entfernt war, stand. Er hatte Kopfhörer auf und hob nicht einmal den Kopf, als ich näher kam. Der Kontrast zu Brandon und den anderen, die lachten und sich unterhielten, hätte kaum offensichtlicher sein können. Statt amüsiert wie beim letzten Mal, als ich zu einem Spiel gekommen war, war seine Miene heute beinahe verkniffen. Das oder das Licht ließ ihn angeschlagen und müde wirken.

»Hey«, sagte ich und berührte ihn am Ellenbogen.

Jack blinzelte und brauchte einen Moment, bis sich sein Blick auf mich fokussierte. Er nahm die Kopfhörer von den Ohren und lächelte schief. »Hey«, erwiderte er und zog mich kurz an sich. Bei der Gelegenheit stellte ich fest, dass ich sein Duschgel mochte. Frisch, eine Spur Minze, und etwas, das ich nicht benennen konnte, aber gut roch. »Schön, dass du gekommen bist.«

»Ich wollte dein Spiel nicht verpassen.« Ich strich mir eine Haarsträhne aus dem Gesicht und konnte nicht verhindern, dass ich ihn anstrahlte. »Du warst toll!«

Ehe Jack darauf antworten konnte, war einer seiner Teamkollegen zu uns gekommen und hatte ihm einen Arm um die Schultern gelegt. »Eh, Frost, in zwanzig Minuten in der Bar.«

»Mal sehen. Ich denke, ich passe.«

Er passte? Ich hatte den Eindruck, irgendetwas Wichtiges versäumt zu haben. Der Jack, mit dem ich heute Morgen kurz geschrieben hatte, war noch fest davon ausgegangen, den Abend nach dem Spiel angenehm ausklingen zu lassen.

»Wegen ihr?« Der andere Spieler nickte in meine Richtung. Als wäre ich nicht mehr als ein Accessoire, das sich wegen seiner Leistung an Jack gehängt und nicht einmal einen Blick verdient hatte. Dabei war ich mittlerweile nummeriert und beschriftet.

Jack rieb sich das Gesicht.

»Sie ist süß, bring sie mit.«

Bitte? Ich zog eine Augenbraue nach oben. Ich hatte jede Absicht, mitzukommen, aber nicht, weil Jack mich mitbrachte, sondern weil ich ihn begleitete. Die Diskussion wollte ich aber auch nicht anfangen, also hielt ich den Mund und überließ es Jack, mit seinem Bekannten oder Freund zu sprechen.

»Mal sehen«, wiederholte er und schüttelte den Arm ab.

»Alles okay?«, fragte ich, sobald der Spieler wieder gegangen war, um sich mit den geselligeren Mannschaftsmitgliedern zu unterhalten.

Jack zuckte mit den Schultern. »Kopfschmerzen, jetzt nach dem Spiel sind sie nicht besser geworden.«

Er hatte das Spiel über auch Kopfschmerzen gehabt? Und so gespielt? »Hast du nichts dagegen genommen?« Regelmäßige Dopingkontrollen hin oder her, irgendwas musste es doch geben, damit die Topspieler sich nicht durch das Spiel quälten.

»Nichts«, antwortete Jack und verzog das Gesicht, als eine Reihe jüngerer Spieler die wartenden Familien lautstark begrüßte.

»Sollen wir nach draußen gehen?«

Er nickte, und wir bahnten uns einen Weg bis hin zum Parkplatz, wo Jack sein Auto ansteuerte, es aufsperrte und sich auf den Fahrersitz fallen ließ. Vielleicht war es vorhin auch nicht nur das Licht gewesen, das ihn so bleich aussehen ließ. Ich setzte mich neben ihn und holte eine Wasserflasche aus meiner Tasche, die ich zwischen uns auf der Mittelkonsole platzierte. So wie er jetzt aussah, wunderte es mich nicht, dass er den Abend nicht feiernd ausklingen lassen wollte. Meine Hand zuckte in seine Richtung, aber ich konnte nicht abschätzen, ob er den Kontakt wollte oder nicht.

»Kann ich etwas für dich tun?«

Jack schüttelte den Kopf, murmelte ein »Gib mir zwei Minuten« und nestelte an seiner Jackentasche herum, bis er sein Handy herausgezogen hatte und Musik startete. Oder das, was faktisch unter Musik lief. In der Realität klang es, als würde in unmittelbarer Nähe ein Ufo zum Landeanflug ansetzen.

Ich zog die Augenbrauen nach oben, schwieg aber, solange Jack seine galaktischen Schwingungen hörte und zu meiner Überraschung bald aufhörte, die Zähne zusammenzubeißen. Kurz darauf entspannten sich seine Gesichtszüge, und er richtete sich langsam auf.

»Besser«, verkündete er, schaltete die Musik aber nicht ab.

Ich hatte ihn nicht für einen alternativmedizinisch offenen Menschen gehalten – allerdings hatten wir bisher nie darüber gesprochen. »Hilft die Musik?«

Er zuckte mit den Schultern. »Ein bisschen?«

Wenn er meinte. Für ihn musste es funktionieren.

»Du hast an Nash gesehen, wie schnell alte Verletzungen wieder zum Problem werden können«, fügte Jack hinzu. »Und ich muss dir nicht erklären, dass allein vom exzessiven Schlittschuhlaufen immer irgendwas wehtut. Wenn ich wegen jeder Prellung oder jeden Kopfschmerzen zu Schmerzmitteln greifen würde, würde es sich spätestens beim Sprung in die Profiliga bald abnutzen, und nicht alle stärkeren Sachen darf ich auch einwerfen.«

Das war erstaunlich durchdacht. Und es ergab Sinn. Die Art Sport, die Jack ausübte, erhöhte das Verletzungsrisiko ungemein. Kein Wunder, dass er langfristig dachte. Ich nickte, damit er wusste, dass ich ihm zugehört hatte. »Willst du dich zu Hause hinlegen? Du musst dich nicht wegen mir durch einen Abend quälen, egal, ob auf einer Party oder zu zweit.«

»Nein, danke. Die Jungs warten auf mich – und dich, denke ich.« Er lachte und schüttelte den Kopf. »Langsam glaube ich, Nash und Reed mögen dich lieber als mich.«

Nachdem ich nicht ihr Kapitän und damit quasi Klassensprecher war, war ein bisschen Wahrheit in der Aussage nicht auszuschließen. »Wie du möchtest. Wir können jederzeit gehen.«

»Danke.« Jack legte seine Hand auf mein Knie. »Ich weiß das zu schätzen.«

Beim Ausparken verzog Jack noch mal das Gesicht, entspannte sich aber, noch bevor wir den Parkplatz verließen. Wir fuhren zu der Bar, die die volljährigen Mitglieder ausgewählt hatten, Jack parkte, und wir betraten den Raum. Ich hatte etwas Dunkles, Düsteres erwartet, keinen gut beleuchteten, hellen Raum.

»Romy!«, grüßte Nash über Christinas Schulter hinweg, ein Bier in der einen, sein Handy in der anderen Hand.

Jack stieß mich leicht an und formte »Habe ich doch gesagt« mit den Lippen. Ich hakte mich bei ihm unter und zog ihn in Richtung Nash, Reed und Christina, kam aber nie dort an, denn der Spieler von vorhin hatte uns ebenfalls entdeckt.

»Frost, hier drüben!«, rief er und winkte ihn zu sich. Da ich direkt an ihm hing, ging ich mit ihm zu dem jungen Mann, der mit zwei weiteren Männern und einer jungen Frau am Tresen stand und ebenfalls das Handy gezückt hatte.

Was brachte es, in eine Bar zu gehen, wenn man doch die ganze Zeit an seinem Smartphone festklebte? Dann hätte es ein Sofa zu Hause auch getan.

»BU gegen Minnesota«, kommentierte Blaine, den ich erkannte, sobald er den Kopf von seinem Handy hob. »Letztes Drittel, vier zu drei.«

Jack nickte und ließ sich in die Analyse dessen, was ich im Verlauf des Gesprächs als Eishockeyspiel enttarnte, ziehen. Ihn über etwas sprechen zu hören, das er mochte und genoss, war ansteckend. Dennoch hatte ich gerade erst ein Spiel gesehen und war von der Lautstärke und dem hohen Tempo noch zu überfahren, als dass ich der Debatte auch nur ansatzweise folgen konnte. Als die Truppe kollektiv über einen der Spieler, Keating oder so ähnlich, zu schimpfen begann, löste ich mich von Jack und gesellte mich zu Christina, die ihren Begleiter ebenfalls an das laufende Spiel verloren hatte. Wir tauschten einen Blick und trafen uns am Tresen, wo wir uns jeweils ein Bier bestellten.

»Auch keine Sportlerin?« Christina stützte einen Arm auf der Bar auf und pustete sich eine blonde Strähne aus dem Gesicht. »Nash hat eine eiserne Ein-Bier-pro-Woche-Regel, besser gar kein Alkohol.« Sie zuckte mit den Schultern. »Das macht ihn zu einem guten Fahrer, wenn wir ausgehen. Sofern er dafür Zeit hat. Aber wem erzähle ich das?«

»Eiskunstlauf, also auch eher weniger Alkohol als mehr«, meinte ich und nippte an meinem Getränk. Der Geschmack war ungewohnt. Manchmal fragte ich mich, ob ich etwas verpasste, wenn ich meine Jugend und Studienzeit dem Sport widmete. Ob ich eine Zeit mit Training füllte, die mir in zehn oder zwanzig Jahren als Erfahrung fehlen würde. Ob es ein Fehler war, die klassische Collegeerfahrung nicht mitzunehmen. Aber würde ich versuchen, mich in die Rolle einer Nullachtfünfzehn-Studentin zu fügen, wäre das Ergebnis eine Studentin – nicht ich.

Christina nickte anerkennend. »Power Couple also. Frost als Eishockeytalent, du auch auf dem Eis. Machst du das professionell?«

Ich nickte langsam.

»Wie wollt ihr das machen? Nash meint, Jack ist in den Top 3 der NCAA. Wenn er irgendwo verpflichtet wird, ziehst du dann mit ihm mit?«

So weit hatte keiner von uns gedacht. Wir waren ein frisches Paar, Umzüge und Karrierepläne hatten wir nicht besprochen – warum auch? Noch hatte die Saison kaum begonnen – und ich kannte mich noch immer zu wenig mit Eishockey aus, um Talent zu erkennen und daraus Schlüsse zu ziehen. Jacks Performance auf dem Eis sah gut aus, das sah ich. Aber für mich sah Jack in jeder Lebenslage gut aus, also war ich kein Maßstab. Ich zuckte mit den Schultern. »Das sehen wir dann, denke ich. Und du? Nash ist auch gut.« Hoffte ich zumindest.

Sie lachte. »Ich arbeite mit Kindergartenkindern, da gibt es überall Jobs. Ich denke, ich folge Nash dahin, wo er hoffentlich unter Vertrag genommen wird.« Christina nahm einen Schluck von ihrem Bier. »Er hofft, nach einer Saison in einem Farm Team in der AHL aufsteigen zu können. Die Zeit braucht er, meint er.« Sie lächelte mich an. »Ich stehe so oder so hinter ihm. Wegen mir muss er nicht in die NHL, ich will nur, dass er glücklich wird. Aber wem sage ich das?«

NHL sagte mir etwas. AHL weniger. Ich war eine furchtbare Freundin für einen aufstrebenden Eishockeyspieler. Nachfragen wollte ich auch nicht, also nickte ich und hoffte, dass mich niemand nach Farm Teams fragen würde. Ich kannte das Wort »Farm«, und der Begriff »Team« sagte mir auch etwas, aber dass wild gewordene Hühner eine Mannschaft bildeten und irgendetwas taten, war unwahrscheinlich. Das würde ich später nachlesen müssen. »Das wünsche ich Jack auch.« Dass er nach seinem Studium in der Position spielen durfte, die er sich wünschte. Dass er es wollte, daran zweifelte ich nicht. Niemand würde so langfristig mit Medikamenten haushalten, wenn es keinen Zweck hätte.

Glücklicherweise wechselte das Thema weg von Eishockey und hin zu Eiskunstlauf, wo ich ein sichereres Vokabular hatte. Christina hatte Ballettvorerfahrung, was eine Gesprächsbasis abseits unserer Kontakte in die Spielergruppe lieferte. Mein Sport erforderte Beweglichkeit und ein gutes Körpergefühl, was für mich bedeutet hatte, dass ich meine erste Karriere mit Ballettstunden gestützt hatte. Das und Christinas Erfahrungen als gelegentliche Vertretung als Ballettlehrerin ergaben ein nettes Gespräch. Nash konnte seine Freundin gerne häufiger zu Spielen einladen.

Pfiffe und Johlen aus dem Eck, in dem ich Jack vorhin zurückgelassen hatte, zogen meine Aufmerksamkeit von Christinas Geschichte und auf die jungen Männer, die sich zu einer größeren Gruppe zusammengeschlossen hatten und jetzt miteinander anstießen.

Ich nahm mein Glas und gesellte mich wieder zu ihnen, um mit auf das gewonnene Spiel zu trinken. Als ich jedoch Jacks Blick suchte, war klar, dass ich die Situation vollkommen falsch eingeschätzt hatte. Seiner Miene nach war die Feierlaune nicht angebracht, und auch wenn Nash, Reed und den anderen das Gegenteil ins Gesicht geschrieben stand, nahm ich sofort Jacks Haltung ein und ließ die Mundwinkel sinken.

»Was gibt es zu feiern?« Christina kam ebenfalls zu uns und lehnte sich an Nash, der ihr das Bier aus den Händen nahm und es mit zwei Schlucken beinahe halb leerte, bevor er es ihr zurückgab.

»Keating hat einen fiesen Check bekommen und ist liegen geblieben.« Der Typ, der Jack unbedingt hatte dabeihaben wollen, klatschte einen anderen Spieler ab. »Der steht so schnell nicht mehr auf dem Eis.«

»Keating ist der, der dich verletzt hat«, folgerte Christina, und ein Lächeln breitete sich auf ihrem Gesicht aus. »Da hat es den Richtigen getroffen.«

»Ganz deiner Meinung!« Blaine stieß mit ihr an. »Noch besser ist, dass wir die BU damit schnell ausschalten können.«

Eine neuerliche Diskussion entbrannte, die ich nur am Rande verfolgte. Interessanter war, dass Jack sein Bier zur Seite stellte und sich von seiner Mannschaft distanzierte, bis er allein am Tresen stand.

»Kopfschmerzen?«, fragte ich und gesellte mich zu ihm.

Er winkte ab. »Nicht schlimm.«

»Was ist dann los?«

Jack seufzte. »Keating ist ein Arsch, und ich würde lügen, würde ich behaupten, ich könnte ihn ausstehen. Er hat mehr Spieler unfair gecheckt, als ich zählen kann, und er knöpft sich gerne Rookies vor.« Er sah mich an. »Das ist etwas, was keine Mannschaft gerne sieht. Wir passen auf unsere jüngeren Spieler auf. Jedenfalls ist er kein sympathischer Typ, aber ein guter Spieler. Hoher Hockey-IQ, kreativ und technisch begabt, ehrgeizig und alles. Ich habe ihn sicher in der NHL gesehen, aber der Check war fies.« Jack fuhr sich über das Gesicht.

»Und das bedeutet?«

»Er ist vom Eis getragen worden, und die Schulter sah übel aus. Wenn er Pech hat, kann er damit eine Profikarriere vergessen.«

»Aber für euch ist es gut?«

»Sicher.« Er zuckte mit den Schultern, als wäre das das Letzte, an das er gerade dachte. Vielleicht stimmte das sogar. »Keating ist auch Kapitän und ein Angstgegner, wenn man so will. Für uns alle macht es die Saison leichter, wenn er nicht spielt. Aber wenn ein Sportler wie er, der vielleicht im Alter ruhiger wird, wegen einer Uni-Verletzung die Karriere beenden muss, bevor sie überhaupt richtig anfängt ...« Sein Blick huschte zu den lachenden Mannschaftskameraden. Er seufzte. »... das feiert man nicht. Dafür ist es zu traurig.«

Ja, das war es. Ich nickte und stellte mein eigenes Bier weg. Die Feierlaune war auch bei mir verschwunden. Ich wollte mir nicht vorstellen, wie es dem Spieler gehen musste. Egal, wie unsympathisch er war, die Ungewissheit zwischen einem möglichen Karriereende und dem verzweifelten Klammern an Hoffnung hatte ich einmal erlebt, und ich wünschte sie niemandem. Die Zeit, bis festgestanden hatte, dass ich den kaputten Knöchel wieder für Leistungssport nutzen durfte, war etwas, das ich gerne verdrängte. Auch die abgeschwächte Version des Ganzen, vor ein paar Wochen, war so schlimm gewesen, dass ich zu den anderen sah und nicht verstand, wie um alles in der Welt sie feiern konnten, wenn die Welt eines anderen in Scherben lag. Jack verstand.

»Ich muss bei so was immer an Aiden denken«, gestand Jack irgendwann, die Stimme gesenkt. »An den Spieler, der er vielleicht geworden wäre, wenn er nur die Chance dazu gehabt hätte.«

»Ja«, sagte ich, weil ich nicht wusste, was ich sonst sagen sollte. Jack so niedergeschlagen zu sehen, machte mich hilflos.

»Ich wünschte, ich könnte es ihm abnehmen.«

»Aber das kannst du nicht.«

»Nein.« Er schüttelte den Kopf. »Aber ich kann alles tun, um mein Risiko, meine Karriere zu gefährden, zu minimieren. Und dann zu sehen, wie schnell trotzdem alles vorbei sein kann ...« Jack schluckte und nahm meine Hand. »Wäre es für dich in Ordnung, hier einen Schlussstrich für heute zu ziehen und nach Hause zu fahren?«

Natürlich war es das.

Kapitel 21

»Sei froh, dass mir beim Autofahren mit geschlossenen Augen nicht schlecht wird«, kommentierte ich und rückte den Schal – meinen Schal; Jacks Schal war zu dick und roch streng nach Sporttasche – über meinen Augen zurecht.

»Ja.« Jack lachte und tätschelte mir das Knie, bevor er sich wieder auf die Straße konzentrierte.

»Du könntest mir sagen, wohin wir fahren.«

»Das könnte ich«, bestätigte er, schwieg dann aber. Einen Eishockeyspieler als Freund zu haben war perfekt: Wir verstanden, dass Trainingszeiten Fixpunkte im Alltag waren, hatten keine Probleme, Gesprächsthemen rund um das Eis zu finden, und konnten einander vor und nach Wettkämpfen oder Spielen unterstützen. Der Nachteil war, dass wir uns phasenweise kaum sahen. Jack haderte offenbar mehr damit als ich, dass wir uns in der letzten Zeit nicht mehr zu außerplanmäßigen Eiszeiten getroffen hatten. Erst hatten wir beide über Thanksgiving Wettkämpfe beziehungsweise Spiele, Training und ein kurzes Essen mit der jeweiligen Familie jongliert, dann waren wir direkt in den Rhythmus aus Trainingszeiten, die sich kaum überschnitten, und weiteren Wettkämpfen gerutscht.

Heute war der erste Spätnachmittag seit einer gefühlten Ewigkeit, an dem nicht einer von uns verhindert war.

Wahrscheinlich war das der Grund dafür, dass Jack die Gelegenheit genutzt und mich in sein Auto verfrachtet hatte. Vierzig Minuten Fahrzeit und jede Menge Versuche meinerseits, das Ziel unseres Trips herauszufinden, später wurde Jack langsamer, bog mehrmals ab und parkte schließlich irgendwo.

Wo auch immer es war, mit Jack zweifelte ich keine Sekunde daran, dass wir Spaß haben würden.

»Darf ich den Schal abnehmen?«, fragte ich und schob einen Finger unter den roten Stoff.

»Darfst du.«

Ohne mir die Mühe zu machen, den Knoten zu lösen, riss ich mir den Schal vom Kopf, nur um zusammenzuzucken, als er in meinen Haaren hängen blieb. So wie es sich anfühlte, hatte Jack die Hälfte meiner Haare mit in die Augenbinde geknotet. Einfach daran zu ziehen war keine gute Taktik, um sie loszuwerden.

Neben mir lachte Jack und lehnte sich zu mir, um meine Haare Strähne für Strähne zu befreien. »Sorry.«

»Männer und Haare, echt«, meckerte ich noch vor mich hin, musste aber selbst lachen. Die Zeit, die Jack das Gewirr an meinem Hinterkopf sortierte, nutzte ich, um mich etwas umzusehen. Ein Parkplatz, Kies, jede Menge Tannenzweige. »Ein Weihnachtsmarkt?«, rief ich.

»Ein Weihnachtsmarkt.« Jack seufzte. »Mein Coach hat heute bekannt gegeben, dass wir die Weihnachtszeit über durchtrainieren und zwischen den Jahren spielen. Ich fahre wahrscheinlich nur über die Feiertage nach Hause. Vorher wollte ich zumindest einmal mit dir auf einem Weihnachtsmarkt gewesen sein.«

Vorher war dann wohl November. Allein die Tatsache, dass er sich darüber Gedanken gemacht hatte, ließ mir warm ums Herz werden. Vorsichtig, damit ich mir nicht noch mal an den Haaren herumriss, drehte ich mich zu ihm und drückte ihm einen Kuss auf die Lippen. Sie waren überraschend warm und weich, wenn man unsere Sportarten beachtete. Warm, weich, vertraut – und Teil des Mannes, in den ich mich verliebt hatte. Und der die besten Ideen hatte, wenn es darum ging, gemeinsame Zeit zu perfekten Momenten zu machen. »Ich möchte auch mir dir auf einem Weihnachtsmarkt gewesen sein«, sagte ich und lächelte ihn an. »Sobald meine Haare wieder frei sind.«

»Das wäre alles nicht passiert, wenn du einen deiner absurd vielen Haargummis tragen würdest.«

Wie zum Beweis streckte ich ihm mein Handgelenk entgegen, an dem ich einen meiner Scrunchies trug. Jack verdrehte die Augen und drehte mich so, dass er damit fortfahren konnte, den Schal von genügend Strähnen zu befreien, um den Knoten lösen zu können.

»Deine Feinmotorik ist gut«, meinte ich, als mir langweilig wurde.

An meinem Hinterkopf hielt Jack kurz inne. »Du meinst für jemanden, der beruflich andere Leute umfahren will?«

Nicht loszuprusten war schwieriger als gedacht. Meine Schultern bebten, und es war, als hätte ich damit Jacks Ehrgeiz geweckt, mich dazu zu bringen, laut zu lachen.

»Während er sich auf einen Gehstock stützt.«

Noch hielt ich durch.

»Nur um einer Gummischeibe nachzujagen.«

Damit hatte er mich, und ich konnte nicht anders, als in Gelächter auszubrechen und es meinem Freund schwer zu machen, mich von dem Schal zu befreien. Irgendwie gelang es ihm doch, und ich wickelte ihn mir um den Hals, als wir vom Parkplatz auf den Markt gingen. Obwohl wir unter der Woche und etwas zu früh für wirkliche Weihnachtsstimmung unterwegs waren, waren die ersten Stände gut besucht. Ich griff nach Jacks Hand und verschränkte meine Finger mit seinen. Vier Stände später waren sie eiskalt.

»Du frierst wirklich schnell.« Ich schüttelte den Kopf. Dass Jack lieber eine Jacke mehr als weniger trug, hatte ich mitbekommen. Auch dass er das Eis nur verlassen musste, um zu frösteln. Aber dass er so verfroren war, war immer wieder eine Überraschung für mich. Ich rieb seine Hand zwischen meinen und steckte sie dann in seine Jackentasche. Bevor ihm einzelne Finger abfroren und er seinen Schläger nicht mehr halten konnte, würde ich mich auch damit zufriedengeben, mich bei ihm unterzuhaken. Hauptsache, wir waren gemeinsam hier.

Jack grummelte etwas in seinen nicht existenten Bart und wich mit mir zwei älteren Herren aus, die offenbar dachten, der Weg wäre nur für sie bestimmt. »Möchtest du etwas trinken?«, fragte er und nickte in Richtung eines Stands, der Punsch und Glühwein anbot.

»Nicht wirklich.« Für Punsch war ich noch nicht durchgefroren genug, und Glühwein schmeckte ekelhaft. »Glühwein ist für mich wie grüne Paprika für dich.«

»Das hast du dir gemerkt?«

Was für eine Frage! »Natürlich habe ich mir das gemerkt.« Der Abend war wunderschön gewesen. Dan zu daten war nebeneinanderher zu leben gewesen. Gelegentlich Blumen, festgelegte Aufgabenbereiche, keine Absprachen nötig. Es hätte Sicherheit geben können, wären wir sicher füreinander gewesen. Meine Beziehung mit Jack war oft spontan, meistens voller unkonventioneller Treffen, aber mit blindem Vertrauen. Ich wollte mir Details merken, die ihn betrafen, weil sie wichtig waren. Weil er mir wichtig war. Ich wollte in uns investieren, auch wenn wir nicht wussten, wohin unsere Karrieren uns bringen würden.

Jack schüttelte den Kopf, ein Lächeln auf den Lippen.

»Was?«

Er zuckte mit den Schultern. »Das hat sich außer meiner Mom nie jemand gemerkt.«

Einem Impuls folgend drückte ich seinen Arm und ging ein Stück näher neben ihm. »Als deine Freundin sollte ich das wissen, Jack Boyd. Ich bin froh, das zu wissen.« Das und eine Million anderer Details, die ich kannte und kennenlernen würde.

Jack nahm seine Hand aus der Jackentasche und legte mir den Arm um die Taille. »Du siehst mich als Mensch und nicht nur als Sportler, der nur interessant ist, solange er erfolgreich ist.«

»Und daran wird sich auch nichts ändern.« Man musste keine Hellseherin sein, um zu sehen, dass Jack noch immer die Mädchen, denen mehr an einem Starspieler als an ihm gelegen hatte, im Kopf hatte. So wie ich Dan immer präsent hatte. »Ich habe nicht vor, zu gehen.«

Jacks Arm um mich festigte sich. »Ich bin froh, dich zu haben, Romy. Ehrlich. Du hast keine Ahnung, wie wichtig du mir bist.«

Als ich aus dem Augenwinkel den Blick sah, mit dem er mich bedachte, bekam ich eine gute Idee, wie wichtig ich ihm geworden war. Auch wenn ich ihn häufig um mich hatte, schwand die Freude, ihn zu sehen und in seiner Gesellschaft zu sein, kein Stück. Trotzdem tat es gut, zu hören, dass meine Gefühle auf Gegenseitigkeit beruhten. Dass er so verliebt war wie ich. Dass mein Status in seinem Leben seinem in meinem entsprach. Dass er so glücklich war wie ich.

»Das gebe ich so zurück.« Ich legte ihm meinerseits einen Arm um die Taille und lehnte den Kopf an seine Schulter, während wir über den Markt schlenderten. Hin und wieder beugte er sich zu mir herunter und drückte kleine Küsse auf meine Haare, auf die längst verheilte Wunde, auf meine Stirn und meine Lippen. Normalerweise mochte ich meine Größe; heute wünschte ich mir jedoch mindestens fünfzehn Zentimeter mehr, um Jacks Gesten erwidern zu können. Damit er sich genauso geschätzt, geliebt und begehrt fühlte, wie ich es gerade tat. So blieb es mir nur, seine Hand an die Lippen zu führen.

Jack sah zu mir, die Augen weit aufgerissen und die Wangen gerötet. »Ich fühle mich wie eine Disney-Prinzessin.«

»Solange ich dich nicht vor bösen Stiefmüttern retten muss.« Ich grinste ihn an und küsste seinen Handrücken erneut.

»Nur vor bösen Stieftrainerinnen.«

»Damit kann ich leben. Ich rette dich vor grüner Paprika und bösen Stieftrainerinnen, oh Captain, mein Captain.«

Mein Freund prustete los. »Romy«, sagte Jack zwischen zwei Lachern, »ich liebe dich.«

Die Welt blieb stehen. Ich hatte nie erwartet, eines der Mädchen zu sein, die diese Aussage magisch fanden. Offenbar hatte ich mich in mir ebenso getäuscht, wie ich mich in Eishockeyspielern geirrt hatte. Ich hatte einen von ihnen neben mir und konnte mir nichts Schöneres vorstellen. Nichts Schöneres, als Zeit mit ihm zu verbringen und … von ihm geliebt zu werden. Mir wurde warm ums Herz.

»Jack«, entgegnete ich und wartete, bis er mir in die Augen sah. »Ich liebe *dich.*«

Und dann war der Größenunterschied egal, und ich zog Jack zu mir herunter und sagte alles, wofür es keine Worte gab, mit einem Kuss.

Außer uns waren vor allem Familien hier, was eine Hintergrundkulisse eines beleuchteten Weihnachtsmarkts mit passender Musik aus Kinderkreischen und weinenden Babys ergab. Irgendwo lief *Last Christmas*. Es war mit Abstand das romantischste Weihnachtsmarktdate, das ich mir wünschen konnte.

Die nächste halbe Stunde verbrachte Jack damit, immer weiter zu frieren, während ich mich von Stand zu Stand hangelte und die Waren ansah. Kaufen wollte ich nichts, dafür kannte ich diejenigen, denen ich den Kram dann schenken würde, zu gut. Sie würden sich freuen, den Tand in die Ecke stellen und vergessen. Das brachte keinem von uns etwas.

»Romy?«

Jacks Tonfall ließ mich aufhorchen. So hatte er geklungen, als er sich letztens eingebildet hatte, er könne eines meiner frühesten Programme laufen, nachdem er eine längst vergessene Aufnahme auf Instagram gefunden hatte. Oder als er versucht hatte, mich mit seiner Eishockeyausrüstung zu verkleiden, weil er keine Lust auf Sonderreihentraining gehabt hatte. Meine Definition des Begriffs hatte ihn allerdings schnell davon überzeugt, dass er lieber selbst gehen sollte, bevor ich seine Mannschaft vollends verwirrte.

»Jack?«, erwiderte ich im selben Tonfall.

»Wir können Schlittschuhlaufen gehen.« Er deutete auf eine Fläche inmitten des Markts, die ich bisher nicht bewusst wahrgenommen hatte. Auf dem Eis tummelten sich überwiegend Kinder ... und Pinguine. Das erklärte Jacks Strahlen.

»Wir haben auch Eis am College«, erinnerte ich ihn, riss mich aber von den Glaswaren, die ich mir bis eben angesehen hatte, los. »Gehen wir.«

»Hier?« Jack zog eine Augenbraue hoch.

»Hier.« Ich nahm seine Hand und zog ihn zum Schlittschuhverleih. Anzustehen und dafür zu bezahlen, dass man etwas bekam, was sonst zur Grundausstattung gehörte, war seltsam. Die Schuhe waren noch seltsamer. Mit gezackten Spitzen, aber kurzen Kufen sahen sie wie eine Mischung aus Jacks und meinen Schlittschuhen aus. Nur in Blau. Wirklich hygienisch konnte es nicht sein, zumindest dem Geruch zufolge. Egal. Jack und ich würden uns schon amüsieren.

»Sieh dir den Schliff an.« Jack streckte mir einen seiner Schlittschuhe entgegen. »Da ist nichts.«

Ich fuhr mit dem Finger über die Kufe und nickte. In diesen Schlittschuhen auf dem Eis Halt zu finden, würde eine Herausforderung. Ich war froh, dass uns niemand hier kannte. Einen Eishockeystar und eine Eiskunstläuferin, die für ihre Verhältnisse fast über die Eisfläche stolperten, würde niemand mehr ernst nehmen. Als ein Kind das Eis verließ, angelte ich mir den zurückgelassenen Pinguin und schob ihn zu Jack. »Deiner ist schöner, ich weiß. Aber wollen wir?«

Jack nickte, und wir schoben das Holztier zwischen uns, jeder eine Hand am Griff an seiner Seite. »Vater-Mutter-Kind«, kommentierte er und schnitt eine Grimasse. Das belustigte Funkeln in seinen Augen und die Tatsache, dass hier kein Profi auf dem Eis stand, sondern ein junger Mann, der mit seiner Freundin Spaß zu haben bereit war, ließen ihn nur noch attraktiver wirken. »Wir haben ein hübsches Kind.«

Der Kommentar war ein Scherz, aber in dem Moment, in dem Jack ihn von sich gab, sah ich eine Zukunft, die uns in einer ähnlichen Situation beinhaltete. Idealerweise mit einem menschlicheren Kind als dem zwischen uns, aber mindestens genauso glücklich. Die Erkenntnis, dass ich meine Zukunft wirklich an Jacks Seite sah, ließ mich kurz blinzeln, dann kam ich wieder im Hier und Jetzt an. Vater-Mutter-Kind. Ein Date. Spaß.

»Vater-Mutter-Pinguin«, korrigierte ich und tätschelte dem Tier den Kopf. »Aber er hat deine Augen.«

Jacks Augen zeigten mir sehr genau, was er von der Aussage hielt. »Die Größe hat er von der Mommy geerbt.«

Wir machten uns einen Spaß daraus, die Genetik des Pinguins aufeinander zu verteilen, bis ein neues Kind das Eis betrat und wackeliger lief als wir. »Sollen wir?« Jack deutete von der Laufhilfe zu dem Jungen, der das Tier nötiger hatte.

Ich nickte und reichte unser Pinguinkind an ihn weiter. »Gut, dass du zu Hause auch einen hast«, sagte ich und wickelte die Arme um mich. »Ich vermisse das Ding jetzt schon.«

»Sag bloß, du hast Muttergefühle entwickelt.«

»Und wenn? Ich mag Kinder.«

»Willst du welche? Eigene, meine ich.« Jack griff nach meiner Hand und lief neben mir her. »Ich schon, irgendwann. Zwei oder drei wären toll, aber nachdem ich sie nicht bekommen muss …« Er deutete den Weg einer natürlichen Geburt an. »Darum beneide ich euch nicht.«

Ich uns auch nicht. »Irgendwann, ja. Nach dem Sport, denke ich, wann auch immer das ist.« Wenn ich mit Anfang oder Mitte dreißig nicht mehr aktiv lief, konnte ich den Raum neu füllen, schätzte ich. »Auch mehr als eins, zwei oder drei klingen gut.«

Jack nickte das Thema ab. »Wie sicher stehst du auf den Kufen?«

Ohne irgendwelchen Halt unter den Füßen? »Warum fragst du? Nicht sicher genug für schwere Sprünge, aber okay für die Basics, wenn du damit etwas anfangen kannst.« Die kurzen Kufen auszubalancieren war nicht schwer, aber ungewohnt. Ich hatte den Körperschwerpunkt weiter nach vorn verlagert als sonst, das schränkte mein Sicherheitsgefühl etwas ein.

»Stell dir vor, wie die Leute schauen würden, wenn dasselbe Mädchen, das eben am Pinguin hing, jetzt Eiskunstlauf macht.«

»Und du? Wir haben leider keinen Schläger für dich.« Ich sah mich nach einer Alternative um, mit der wir uns beschäftigen konnten, ohne den anderen im Weg zu sein. Eiskunstlauf und aufsehenerregende Drehungen waren schön, aber mit Jack einfach als Paar und nicht als Profis Spaß zu haben, war reizvoller. Und mit den stumpfen Kufen vermutlich auch sicherer. Ich wollte nicht diejenige sein, die unseren Trainern erklären musste, warum sich sowohl der Kapitän des Eishockeyteams als auch die Partnerin des besten Paarläufers der UMMH irgendwelche Knochen gebrochen hatten. Einen Alltagsunfall würden sie bedauern, aber durchwinken. Eine Panne auf dem Eis, weil wir einige Risikos zu viel eingingen ... weniger. Auch nach zwei Runden, die wir nur im Kreis gelaufen und Kindern mit Pinguinen ausgewichen waren, hatte nichts meine Aufmerksamkeit erregt. Also vielleicht doch ein paar Drehungen, die Jack mittlerweile auch gelernt hatte.

»Sind das ausrangierte Tore?« Jack stieß mich an und lenkte meine Aufmerksamkeit auf ein paar neue Laufhilfen, die eine Gruppe Erwachsener in die Hand gedrückt bekam. Die Gestelle erinnerten an Fußballtore, die man mit Plastikröhren verkleidet hatte, hatten aber eine Größe, die ausgewachsenen Menschen mehr entgegenkam.

Ich zuckte mit den Schultern. Diese Art von Stütze hatte ich auch noch nie gesehen. Aber sie war genau das neue Element, das wir brauchen konnten. Der Herr, der sie verteilt hatte, ließ sich leicht eines für uns abschwatzen, auch wenn er mir das Tor mit einem fragenden Blick auf die Eisfläche hob. Wir mussten seltsam auf ihn wirken: offensichtliche Lauferfahrung und trotzdem Stützbedarf. Ich lächelte ihn an und schob das Tor wie einen Einkaufswagen vor mir her. Ein paar Meter sah Jack nur amüsiert zu, dann lief er hinter mir und griff um mich herum nach dem Tor.

»Lass das Teil mal los, ich schiebe uns weiter an.«

»Was wird das?«

»Siehst du gleich.«

Wenn er meinte. Ich ließ das Tor los, und im selben Moment drückte Jack seine Arme an meine Seiten, um mich stabil mitzuschieben.

»Jetzt die Arme zu den Seiten.«

Von mir aus auch das. Ich schüttelte den Kopf, lachte, tat aber, was er gesagt hatte. »Stellen wir *Titanic* nach?«, fragte ich. Jetzt hatte ich Paarlauferfahrung und war es gewohnt, meine Extremitäten in sämtliche Richtungen zu strecken, aber dennoch war es seltsam, es auf einer öffentlichen Fläche zu tun.

»Ich weiß, dass du den Namen hasst, aber Rose, Jack und eine passende Gelegenheit musste ich nutzen.« Er lachte, und sein warmer Atem kitzelte im Nacken.

Die Aktion war albern. Albern und so typisch Jack, dass ich sie lieben musste. Mein Lachen wurde eine Spur echter, und ich nutzte meine freien Arme, um eine Mutter, deren Kinder einigermaßen selbstständig laufen konnten, auf uns aufmerksam zu machen. Ob es daran lag, dass wir kaum auffälliger sein konnten, oder ich einfach nur Glück hatte, sie bemerkte mich schnell. »Könnten Sie vielleicht ein Foto von uns machen?«

Die Frau nickte und ließ sich mein Handy in die Hand drücken. Sie schoss einige Bilder von Jack und mir in zunehmend filmgetreuen Posen und gab mir das Smartphone zurück.

»Vielen Dank! Viel Spaß noch!« Ich drehte mich zu Jack und grinste ihn an. »Das war eine deiner besseren Ideen.«

Er grinste zurück und legte den Kopf schief. »*Titanic?* Oder Schlittschuhlaufen zu gehen? Der Weihnachtsmarkt?«

»Alles!« Ich jubelte das Tor einer nichts ahnenden Teenagergruppe unter, die vorbeifuhr, aber sofort ähnlich viel Unsinn damit anstellte wie wir. »Alles.« Ein Kind mit Pinguin fuhr mir von hinten gegen die Beine und ließ mich effektiv in Jacks Arme fallen. Es war beinahe wie in einem der kitschigen Filme, die Maia und ich gesehen hatten, als wir einander ansahen und Jack – perfekt, wie er war – mich auf die Stirn küsste. »Jack?«

»Romy?«

»Ich kann mich nicht erinnern, wann ich das letzte Mal so glücklich war.«

Seine Wangen liefen leicht rot an, und er schob einen echten Kuss hinterher. »Ich bin froh, dass deine Trainerin und mein Coach uns zusammengeworfen haben. Das war die beste Strafzeit, die ich je bekommen habe.«

Diesmal war ich es, deren Gesicht warm und vermutlich rot wurde, aber vor Jack war es mir nicht unangenehm. Vor Jack musste mir nichts unangenehm sein. Er hatte mich an meinem Tiefpunkt gesehen und akzeptiert, nichts würde das absolute Vertrauen, das ich ihn setzte, ins Wanken bringen können. Schon gar kein roter Kopf.

Jack und ich kamen lachend und Hand in Hand bei mir zu Hause an. Er hatte mich nach oben begleitet und nahm mir die Tüte mit dem Brot ab, das wir auf dem Heimweg eingekauft hatten, damit wir uns mit dem vorbereiteten Salatteller, den ich heute auf dem Plan hatte, und hart gekochten Eiern, die wir noch zubereiten mussten, ein halbwegs vernünftiges Abendessen zusammenstellen konnten. Es war nicht so, als hätte Jack nicht selbst Lebensmittel zu Hause oder wäre so unfähig in der Küche wie Dan. Aber unser Date war schön gewesen, und keiner von uns war schon bereit, es zu beenden. Nicht, wenn gemeinsame Zeit ohnehin rar gesät war. Und wüsste ich es nicht besser, würde ich zum Teil Dan dafür verantwortlich machen. Mit seiner Besessenheit, jede freie Minute mit Extraeinheiten oder Videoanalysen vergangener Läufe zu füllen, raubte er mir langsam, aber sicher den letzten Nerv. Und auch jetzt machte er keine Ausnahme.

»Wo warst du?« Dan verschränkte die Arme vor der Brust und fixierte mich, kaum dass ich die Wohnungstür aufgeschlossen und einen Fuß in den Flur gesetzt hatte.

»Unterwegs.« Ich verdrehte die Augen und lehnte mich in die Berührung, als Jack mir eine Hand auf die Schulter legte. Dan war nicht mehr mein Freund. Wenn es nicht die Wohnung oder unser Training betraf, ging ihn das nichts an. Daran musste ich mich manchmal aktiv erinnern. Er hatte keinen Zugang zu jedem Bereich meines Lebens, nicht mehr.

»Mit deinem Eishockeyspieler?« Dan rümpfte die Nase. Offenbar hatte er noch nicht gesehen, dass Jack mich begleitete und halb hinter der Tür stand. »Komm schon, du kannst deine Zeit besser investieren.«

»In dich?«

»In dich«, erwiderte er. »Wir sind ein Team, Romy, du hast dir gegenüber dieselbe Verantwortung wie mir. Ich gebe hundert Prozent für die Wettkämpfe, die wir gewinnen müssen. Oder müssten. So sehr wie dieser Eishockeyspieler dich ablenkt, steuerst du direkt auf Versagen zu.«

Sein »Mal wieder« blieb ungesagt und stand doch zwischen uns. Jacks Hand auf meiner Schulter verkrampfte sich, aber er schritt nicht ein. Das rechnete ich ihm hoch an. Ich war alt genug, meinem Ex-Freund allein gegenüberzutreten und nach Hilfe zu fragen, wenn ich sie brauchte. Dass ich sie bei Jack bekommen würde, stand außer Frage.

»Er will dich nur ablenken. Die Eishockeyspieler hassen uns, sie wollen, dass wir versagen, weil du dir den Kopf verdrehen lässt. Hat er dir Komplimente gemacht? Dir Blumen geschenkt? Ich bitte dich, wach auf. Niemand will seine Konkurrenz ernsthaft daten, so was ist immer mit egoistischen Motiven verbunden.«

Dans Worte trafen Narben, hinter denen sich ehemals tiefe Wunden verbargen. Dan und ich waren wie ein Puzzle gewesen, das perfekt zusammengepasst hatte, aber ein grausames Bild ergeben hatte. Wir waren nicht gut füreinander, nicht im Privaten. Ich konnte nicht sein, was er suchte, und er konnte mich nicht akzeptieren, wie ich war. Dennoch aneinander festzuhalten, tat niemandem gut.

»Ich will keine Beziehungsratschläge von dir, Dan«, sagte ich, ohne auf all die Punkte, die er zweifelsohne bewusst angesprochen hatte, einzugehen. Ich würde genug Zeit damit verbringen, sie für mich allein zu überdenken oder mit jemandem, dem ich vertraute, zu diskutieren. Dan gehörte nicht zu diesem Personenkreis. »Ich habe meinen Freund dabei, wir sind in der Küche.«

»Also warst du lieber mit *ihm*«, er streckte sich, um Jack einen abschätzigen Blick zuzuwerfen, »unterwegs, als mit mir zu trainieren?«

»Weißt du was, Dan?« Ich sah ihn direkt an. »Du hast vollkommen recht. Ich war lieber mit *Jack* aus. Wir sehen uns morgen beim Training. Gute Nacht.«

Jack folgte mir ins Innere der Wohnung, wo wir unsere Schuhe auszogen und in die Küche gingen. Er stellte das Brot auf der Arbeitsplatte ab. »Daniel ist sehr direkt«, sagte er und lehnte sich gegen den Kühlschrank, nur um dann umsiedeln zu müssen, als ich die Eier aus dem Fach holen wollte.

Ich suchte meine Utensilien zusammen. »Das ist diplomatisch ausgedrückt. Kannst du Salatdressing zusammenmischen? Joghurt ist im Kühlschrank, der Rest im Schrank daneben.«

Er nickte und machte sich daran, ein Dressing zusammenzurühren. »Spricht er immer so mit dir?«

»Nur, wenn er gestresst ist. Er will unbedingt zu den Nationals.« Ich zuckte mit den Schultern und begann, zu kochen. »Ich auch, so ist es nicht. Jede Eiskunstläuferin will zur Landeselite gehören. Aber ich will nicht mehr ausschließlich trainieren. Dan schon, das sorgt für Konflikte.« Dass wir eine Vorgeschichte hatten und die Grenzen dessen, was wir uns beieinander erlauben konnten, verschwammen, machte die Situation nicht einfacher. Auch nicht für Jack. Ich konnte mir nicht vorstellen, dass er davon begeistert war, dass Dan und ich nach wie vor in derselben Wohnung lebten. Zwar nur als Mitbewohner, die nebeneinanderher lebten, aber dennoch trug es nicht dazu bei, dass sich die Situation zwischen den beiden entspannte.

»Du weißt, wie ich darüber denke.« Mit einem schiefen Lächeln begann er, das Brot aufzuschneiden. »Mir gefällt nicht, wie viel Anspruch er auf dich erhebt. Und wie sehr er mich zum Feind macht.«

Ich sah zu ihm auf. »Mir auch nicht. Aber Dan ist Dan, vermutlich ist er eifersüchtig, und wir sind alle gestresst.« Ich stockte. »Er ist unhöflich, das stimmt. Aber er ist ein guter Sportpartner. Er will nur, dass wir in Bestform sind.«

Dan in Schutz zu nehmen, war etwas, was ich immer getan hatte, ohne darüber nachzudenken. Einfach, weil er es verdient hatte – als Sportler und als Freund. Heute fühlte es sich zum ersten Mal falsch an.

»Ich traue ihm nicht.« Jack nahm meine Hand und drückte sie kurz. »Alles, worum ich dich bitte, ist, vorsichtig zu sein.«

Das sollte ich hinbekommen.

Kapitel 22

»Willst du das wirklich trinken?« Dan besah sich meine Flasche und hielt sie gegen das Licht. Er sah aus wie ich an meinem ersten Tag im Labor, als ich jedes Reagenzglas genauestens betrachtet hatte, ohne irgendetwas zu erkennen, nur um mich intelligent und kompetent zu fühlen.

Mit einem Nicken nahm ich ihm die Flasche aus der Hand und schraubte sie auf. Jacks Mom war letztes Wochenende auf der Durchreise hier gewesen und hatte ihren Sohn genötigt, Unmengen an Punsch zu machen. Einige der Flaschen hatte ich abbekommen und ihn schnell zu meinem morgendlichen Getränk gemacht. Orangensaft konnte ich nach Weihnachten wieder trinken, gerade war kalter Punsch mein Favorit. Vor allem, wenn mein Freund ihn mir geschenkt hatte.

»Bist du sicher, dass das eine gute Idee ist?« Eine vage Handbewegung fing sowohl den Punsch als auch mich ein. »Wer weiß, was da drin ist.«

»Apfelsaft, Orangensaft, Gewürze, Honig«, antwortete ich und setzte sie an.

Dans »Nicht!« ließ mich dennoch innehalten und ihn ansehen.

»Ich meinte nicht die üblichen Zutaten. Die legalen.«

Ich ließ die Hand, in der ich den Punsch hielt, sinken und zog eine Augenbraue nach oben. »Was willst du damit sagen?« Was sollte in dem Punsch schon drin sein? Von absurden Mengen an Kalorien abgesehen.

Er lehnte sich gegen sein Auto, mit dem wir zum heutigen Wettkampf fahren wollten. Der Kofferraum war schon bestückt, und trotzdem hatte ich den plötzlichen Drang, allein anzureisen und ihn erst dort zu treffen. Wenn mein Sportpartner nichts Nettes über meinen Partner zu sagen hatte, konnte er auch einfach nichts sagen.

»Nur, dass es auffällig ist, wie leistungsstark er letztens gespielt hat. Dem Flurfunk nach hat er einen deutlichen Entwicklungssprung gemacht und bringt neue Energie auf das Eis.«

Flurfunk. Sicher. Internetartikel zu Jack als vielversprechendem Kandidaten für Gespräche mit NHL-Teams häuften sich, besonders seit die ersten Scouts angefangen hatten, Interesse zu zeigen. Wenn er heute im Auswärtsspiel gut war, erwartete sein Coach wohl Gespräche nach dem nächsten Heimspiel, das gegen die Keating-lose BU als sicherer Sieg galt. Sogar mir war aufgefallen, wie effizient und klug Jack spielte. Dan brauchte keinen Flurfunk, um vom Stolz der Wintersportabteilung der Uni zu erfahren.

»Und ich habe mehrfach gehört, dass er sich dabei ... unterstützt.« Er deutete auf meine Flasche. »Da liegt es nahe, dass er seiner aktuellen Flamme ebenfalls zu helfen versucht. Trink das nicht. Du riskierst nicht nur deine Karriere, sondern auch meine.«

Im ersten Moment wusste ich nicht, ob ich befremdet oder wütend sein sollte. Im zweiten jedoch überwogen Ärger und Zorn, dass Dan es wagte, Jack zu unterstellen, sich seinen Erfolg nicht ehrlich verdient zu haben. Er hatte Talent, steckte beinahe jede freie Minute ins Eishockey und wollte den Sprung in die Profiliga wirklich schaffen.

Niemals würde er das für ein paar Spiele in der NCAA riskieren, Scouts hin oder her. Niemand, der Jack auch nur kurz erlebte, würde ihn für etwas anderes als ehrlich arbeitend halten.

Niemand – außer Dan.

»Hörst du dich eigentlich selbst reden?«

»Ich mache mir Sorgen um dich.« Dan besaß die Frechheit, mich anzulächeln und eine Hand nach mir auszustrecken. Ich wich zurück. »Und um unsere Karriere.«

»Um die kannst du dich auch sorgen. Wenn du so weitermachst, wird uns niemand die Harmonie auf dem Eis abkaufen. Also schlage ich vor, dass du deine Verschwörungstheorien für dich behältst, anstatt wie ein eifersüchtiger Ex falsche Gerüchte über meinen Freund zu verbreiten.« Demonstrativ nahm ich einen Schluck meines Punschs und schraubte dann die Flasche zu. Ich setzte mich ins Auto, verkabelte mich mit meinem Handy und hörte die Fahrt über unsere Musik. Mit etwas Glück erinnerte sie mich genug daran, dass ich meinen Sport liebte und erfolgreich sein wollte; die Programme mit Dan gefühlvoll genug präsentieren wollte, um die nächsten Wettkämpfe nicht zu gefährden.

Einfach machte er es mir dabei nicht.

»Boyd ohne Keating.« Der Mann neben mir, mit Trainingsjacke und Klemmbrett wohl Sportreporter oder engagierter Fan, drehte sich zu seinem anderen Nachbarn um und klickte mit dem Kugelschreiber herum. Wenn er damit weitermachte, würde ich noch aggressiv werden. Dennoch konnte ich ihn nicht ausblenden, wenn er Jacks Namen in Verbindung mit dem längerfristig ausfallenden Spieler, dessen Schulter wohl ernsthaften Schaden genommen hatte, nannte. »Das ist, als würden die Knights auf ein leeres Tor schießen. Keating konnte Boyd etwas entgegensetzen, so wird es schwer.«

Der andere Mann, selbst mit einer dunklen Kappe ausgestattet, die ein goldenes Rad und ein B zeigte, das weder zu unserem noch zu dem gegnerischen Team gehörte, lehnte sich in seinem Sitz zurück und zuckte mit einer Schulter. »Die BU hat starke Verteidiger, die nicht zimperlich sind.«

Ich hoffte sehr, dass die Verteidiger Jack intakt lassen würden. Andernfalls würde sich unser Plan, anschließend noch essen zu gehen, schwer umsetzen lassen. Ich öffnete wahllos eine App auf meinem Handy, um nicht zu auffällig zuzuhören. Die beiden klangen, als wüssten sie, wovon sie sprachen. Wie sie mehr als offensichtliche Taktiken wie »Alle schützen das Tor in Unterzahl« erkennen konnten, war mir nach wie vor schleierhaft. Im Spiel konnte ich froh sein, wenn ich zwischenzeitlich mitbekam, wer eher offensiv und wer eher defensiv war. Nichtsdestotrotz ging ich gern zu Jacks Spielen.

»Außerdem«, fuhr der Kappenmann fort, »weiß er, dass er uns beeindrucken muss.« Er hob seine Kopfbedeckung an, um sich die Haare glatt zu streichen, und setzte sie wieder auf. »Es wird interessant, zu sehen, wie er sich unter Druck präsentiert.«

Der Klemmbrett-Typ nickte und sah aufs Eis, wo sich Jack mit den anderen Spielern aufwärmte. Egal, wie ernst ich ihn und seinen Sport nahm, es würde nie nicht lustig sein, erwachsene Männer in Unmengen an Polstern und Schonern dabei zu beobachten, wie sie Yoga-on-Ice präsentierten.

Die Männer neben mir begannen, über einen der Spieler des gegnerischen Teams zu sprechen, und ich schickte Maia ein kurzes Update, während sich die Mannschaften wieder in ihre Kabinen zurückzogen. Eigentlich hatte sie heute mitkommen wollen, sich aber mit dem Infekt, der in ihrem Kurs umgegangen war, angesteckt, sodass sie lieber zu Hause geblieben war. Sämtliche Sportler in ihrem Umfeld, die sich nicht anstecken und ihre nächsten Wettkämpfe verpassen wollten, waren ihr dafür dankbar.

Der Nachteil des Ganzen war, dass ich heute zum ersten Mal allein im Stadion zusah, was meinem Verständnis nicht helfen würde. Immerhin hatte ich Experten neben mir. Solange sie Jack für gut hielten, konnten sie weiterreden. Nach einigen Minuten, in denen mir unbekannte Spieler auf ihre Statistiken hin geprüft und bewertet wurden, nahmen die beiden Männer Jacks Statistik unter die Lupe. Ich fand, dass er toll spielte, egal, was irgendwelche Torquoten sagten. Er sammelte Punkte, das hatte ich mitbekommen, auch wenn er nicht jedes Tor selbst schoss. Seine Checks, wie er das Rammen anderer Spieler nannte, wirkten wenig um des Checkens willen ausgeführt, sondern sinnvoll eingesetzt. Und anders als ein paar seiner Kollegen warf er auch nicht jedem Spieler, der ihn aufzuregen schien, seine Handschuhe ins Gesicht. Für mich war er der beste Spieler auf dem Eis.

Von abseits des Eises ganz zu schweigen.

Das Spiel begann, und auch wenn ich Maias Fragen zu Brandons Eiszeit und seiner Leistung nicht beantworten konnte, weil die Spieler in Rot im Gedränge heute alle gleich aussahen, war es ein netter Austausch von Schnappschüssen und Kommentaren. Die BU, die ihren Kapitän augenscheinlich schmerzlich vermisste, versuchte mehrfach, bis zu Reed durchzukommen, scheiterte aber die meiste Zeit. Den Männern neben mir zufolge lag das ausschließlich an den stark zusammenspielenden Reihen.

Im zweiten Drittel stellten sie sich neu auf und nahmen Jack ins Visier. Jack war der einzige Spieler, den ich immer wiederfinden würde. Vielleicht weil mir seine Bewegungen mittlerweile so vertraut waren oder weil er meinen Blick immer auf sich zog, egal, ob er sich mitten im Wohnzimmer umkleidete oder nur Karotten schälte. Wahrscheinlich hatten die Verteidiger, von denen der Kappenmann gesprochen hatte, die Hoffnung, Jack mit genügend harten Checks verunsichern zu können. Würde ich jedes Mal angegangen werden, wenn ich mich einem Tor auch nur näherte, wäre ich bald nicht mehr geneigt, das zu riskieren. Zum Glück für die UMMH war Jack weniger empfindlich als ich und brachte den Puck einmal ins gegnerische Netz. Als die BU-Spieler nach einigen Wechseln wieder mit Jack zu tun hatten, hatte er einen anderen Spieler an seiner Seite. Das oder einer seiner Mitstürmer hatte die Taktik geändert und sich die Verteidiger vorgenommen. Irgendwann flogen Handschuhe, weitere Spieler mischten sich ein, und Jack musste mit einem der absurd vielen Schiedsrichter diskutieren.

Nash wanderte dennoch auf die Strafbank, genau wie Mac und einer der Gegner. Wirklich verstanden, was passiert war, hatte ich trotzdem nicht. Musste ich aber auch nicht, denn in der nächsten Pause fachsimpelten die Herren weiter und lobten die strategischen Entscheidungen beider Teams. Mac war anscheinend eine Pest oder hatte die Pest, was ich zumindest nicht hoffte, während Jacks starke Nerven in der Sonderreihe wohl von herausragender Qualität waren.

Das wollte ich wohl meinen. Jack hatte ausschließlich herausragende Qualitäten, wenn man mich fragte. Es war gut, dass die beiden das auch erkannten.

»Weiß man schon, mit wem er sprechen will?«, fragte der Klemmbrett-Typ und begann wieder, mit seinem Kugelschreiber zu klicken.

Der Kappenmann schüttelte den Kopf. »Ich habe gehört, dass er die Eastern Conference vorziehen soll.« Er tippte sich an die Kappe und zog einen Mundwinkel nach oben.

Der Klemmbrett-Typ sah ihn fragend an.

»Er stammt aus Detroit und hat Familie hier. Wer ihn verfolgt, sieht, dass ihm das wichtig ist. Vermutlich ließe er sich leicht hierbehalten.«

»Das werden die Kollegen aus dem Westen anders sehen. Edmonton und Winnipeg haben ein Auge auf ihn geworfen.« Er deutete nach links unten, wo weitere Männer mit Klemmbrettern und Kappen saßen.

Wie es aussah, war ich doch nicht neben zwei Pressemenschen gelandet, sondern saß inmitten der Scouts, die sich zunehmend mit den Spielern beschäftigten. Neugierde und Stolz mischten sich, als ich sie über ihre Chancen, Jack für sich zu gewinnen, sprechen hörte. Von Städten und Mannschaften verstand ich nichts, aber Ost und West konnte ich auseinanderhalten. Das Fazit der Drittelpause war, dass Jack begehrt war, weitere Spieler mindestens interessant, was mich für Brandon und Nash freute, und Reed sie mit seiner Leistung bisher überrascht hatte. Wenn das kein gelungenes Spiel für die Knights war, wusste ich auch nicht.

Als wüsste er, dass er zumindest die zwei Menschen in meiner Nähe, die mit Sicherheit weniger frei sprechen würden, wenn ihnen klar wäre, dass ich beabsichtigte, Jack all ihre Kommentare weiterzuleiten, schon um den kleinen Finger gewickelt hatte, steigerte er sich im letzten Drittel noch mal. Es war, als hätte er im Gegensatz zu den anderen Spielern nicht schon zwei kräftezehrende Einheiten hinter sich, sondern käme frisch aus der Sommerpause zurück. Mit einer Energie, von der ich keine Ahnung hatte, woher er sie nahm, nahm er es mit den Gegnern und deren Torwart auf, bis er nach Pässen aus den interessantesten Positionen ein zweites Tor schoss.

Jack zuzusehen war eine wahre Freude. Er brillierte auf dem Eis, und auch wenn mir das Spiel zu schnelllebig war, um es über die Basics hinaus zu verstehen, sah ich, dass Jack überall war, wo er gebraucht wurde, und nicht spielte, um sich zu profilieren, sondern um innerhalb des Teams zu agieren. Wenn ihn nach dem heutigen Spiel niemand sofort unter Vertrag nehmen wollte, wusste ich auch nicht. Zumindest die Männer neben mir sahen das ähnlich, denn noch bevor die letzte Minute abgelaufen war, waren sie schon aufgestanden, um, ihren Gesprächen nach, seinen Coach zu suchen. Ein irrationaler Stolz breitete sich in mir aus. Jack hatte sich jedes bisschen Anerkennung, das er bekam, verdient. Wer so hart trainierte wie er, sollte ruhig dafür belohnt werden. Nach dem Abpfiff steuerten auch die anderen Männer mit Klemmbrettern auf die Spielerbank mit Jacks Coach zu, während ich meinen gewohnten Weg zum Wartebereich einschlug. Den Abend mit Jack konnte ich wohl vergessen – wenn er so gefragt war, sollte er die Interessenten nicht warten lassen. Ich war morgen auch noch da. Und für einen Grund wie diesen verzichtete ich gerne auf eine gemeinsame Mahlzeit.

Dass Jack gestern phänomenal gespielt hatte, bewiesen die Scouts, die sich um Gesprächstermine mit ihm gerissen hatten. Aber auch wenn man weder das noch die Ausschnitte in den Instagram-Storys des Teams mitbekommen hatte, waren die Pressestimmen zum Spiel Zeugnis dessen, wie gut mein Freund war – mein Freund, der von der schieren Menge an Möglichkeiten erschlagen neben mir auf zwei der Sitzplätze in der Eishalle saß und an seinem Punsch nippte.

»Was denkst du?«

Dass das Logo mit dem geflügelten Zahnrad auf dem Klemmbrett schöner gewesen war als das Rad mit dem B und dass ich keinen qualifizierten Kommentar abgeben konnte. »Gestern Abend saßen zwei Scouts neben mir. Beide waren ziemlich von dir überzeugt, schätze ich.« Zwischen Sonderreihen und Statistiken hatte ich das gut heraushören können. »Ich übrigens auch.«

Jack lächelte und gähnte. »Danke.«

Ich fasste ihm die Beobachtungen der Experten zusammen und hoffte, dass er mehr aus ihren Kommentaren ziehen konnte als ich. Je länger ich sprach, desto mehr veränderte sich sein Lächeln. Es wurde nicht breiter oder größer, sondern tiefer, und mit jedem Lob, das er aus den Anmerkungen heraushörte, wuchsen sein Stolz und meine Freude. Hätte mir jemand Anfang des Semesters gesagt, dass ich einem anderen Athleten von Herzen eine makellos perfekte Karriere wünschen würde, hätte ich gelacht. Der Sport ließ Raum für Freundschaften und gelegentlich Beziehungen, aber eine gewisse Konkurrenz schwang immer mit. Wenn ich jetzt erlebte, wie Jack nach dem, was mehrere Artikel als »das Spiel seines jungen Lebens« bezeichnet hatten, mit positivem Feedback und Gesprächen mit NHL-Teams überschüttet wurde, war kein Stück Neid in mir. Nur Stolz und Freude.

Irgendwann während meiner Erzählungen zum letzten Drittel, kurz nachdem ich einen Schluck Punsch getrunken hatte, nahm Jack meine Hand und ließ sie nicht los, bis ich geendet hatte.

»Wow«, sagte er dann.

Die Einschätzung der beiden Scouts musste wohl gut gewesen sein. Jacks Gesichtsausdruck erzählte von Ungläubigkeit, Freude und einer Spur Überforderung.

»Was denkst du?«, richtete ich seine Frage von eben zurück an ihn.

Er zuckte mit den Schultern. »Die Eastern Conference hat für mich, rein geografisch, Vorteile. Ich wäre nicht zu weit von zu Hause entfernt, fast wie jetzt. Aber das ist kein Argument gegen die Western Conference.«

»Und in der Nähe zu bleiben ist dir wichtig?«

Jack nickte. »Ich bin mir sicher, dass du das im Internet nachlesen könntest, wenn es dich interessieren würde, aber ich habe vor der Uni im Jugendbereich Hockey gespielt.«

Ich nickte. So weit konnte ich folgen. Dass wir beide die klassischen Alters- und Schwierigkeitsgruppen durchlaufen hatten, die es in unserem Sport gab, hatten wir einmal kurz angeschnitten. Jack musste sich nicht mit Qualifikationen für Schüler im Eiskunstlauf auskennen, und ich musste die Reihenfolge der Jugendmannschaften nicht wiedergeben können. Wichtig war für uns, einander im Jetzt zu unterstützen.

»Wenn man als Spieler für die großen Teams, das heißt in der NHL und AHL, interessant genug ist, kann man gedraftet werden.« Er sah zu mir und lächelte, als ich den Kopf schief legte. »Es gibt einen Stichtag, an dem Teams in vorher festgelegter Reihenfolge reihum junge Spieler unter Vertrag nehmen können, um ihre Reihen aufzufüllen. Das ist ein feststehendes System. Jedenfalls hatte ich ziemlich gute Chancen, statt in die NCAA direkt in die

Profiligen einzusteigen.« Er schluckte. »Und ungefähr ein halbes Jahr vorher haben wir das mit Aidens Herzproblemen herausgefunden.«

Ich nickte langsam. »Und der Gedanke, vielleicht in die Western Conference gewählt zu werden, war plötzlich mehr Albtraum als Traum?«

»Genau.« Jack nickte und zog ein Knie ans Kinn, um es darauf stützen zu können. »Ein Stipendium hier zu bekommen war nicht zu schwer, und ich bin keine drei Stunden von Aiden entfernt, was mich als großen Bruder beruhigt.«

Möglich. Von Liz und mir war ich die Jüngere, aber wir waren auch nie eng verbundene Schwestern gewesen. »Hat die Entscheidung sportliche Nachteile?« War er ein Risiko eingegangen, indem er sein Direktticket abgelehnt hatte? Wenn man einmal in der Profiliga war, war es gut. In Vorbereitungsphasen wie NCAA oder einem weiteren Jahr Jugendbereich konnte viel passieren – dieser Keating-Spieler war das beste Beispiel dafür. Aber ich kannte Jack. Aiden und das Eishockey waren das Wichtigste in seinem Leben – in dem er irgendwie einen Platz für mich gefunden hatte.

»Vielleicht? Ich wäre nicht der jüngste Spieler in einem Profiteam, dafür habe ich hier Erfahrungen gesammelt, viel gespielt und letztlich auch einen Abschluss gemacht.«

Ich lächelte ihn an. »Und im Moment sieht es so aus, als hätten die Teams von damals immer noch großes Interesse an dir.«

»Ja.« Er fuhr sich durch die Haare. »Die Chance habe ich ganz gut genutzt, schätze ich.«

Das stimmte. Wir saßen nebeneinander, tranken Punsch aus seiner Thermoskanne und genossen den ruhigen Morgen, bevor wir beide in unsere durchgetakteten Tage starteten.

»Wann hast du deinen nächsten Wettkampf?«

»Am Wochenende, aber diesmal fahren wir schon am Freitag los.« Ich zuckte mit den Schultern. »Tut mir leid, dass ich dann dein nächstes Spiel verpasse.«

Jack verdrehte die Augen und stieß mich leicht an, bevor er seine Hand auf mein Knie legte. »Mir tut es leid, dass ich dich nicht begleiten kann. Eigentlich wollte ich ...« Er verstummte, als sein Handy zu klingeln begann. »Das ist mein Trainer, da muss ich rangehen.« Mit einer Grimasse nahm er den Anruf an und hielt sich das Smartphone ans Ohr.

Erst wich ihm das Blut aus den Wangen.

Dann begannen seine Finger zu zittern, und die Hand rutschte von meinem Bein.

Dann erstarrte er, bevor er ruckartig aufstand. »Ich komme sofort«, brachte er heraus, aber es war, als müsste er sich zu den Worten zwingen.

Dann ging er; der Punsch, seine zweite Jacke und seine Freundin waren vollkommen vergessen.

Kapitel 23

Den Rest des Tages versuchte ich, Jack zu erreichen, wann immer ich zwischen meinen Kursen und dem Training mit Dan einen Moment Zeit hatte. Ohne Erfolg. Wirklich auf mein eigenes Tagesprogramm konzentrieren konnte ich mich nicht. Nicht, wenn Jack gerade irgendwas durchstand und ich weder eingeweiht noch vor Ort war.

»Romy, willst du dich eigentlich umbringen? Oder mich?« Nach einer Hebung, die wir nur dank Dans schneller Reaktion nicht mit einem Sturz beendet hatten, stellte er mich auf dem Eis ab und rüttelte leicht an meinen Schultern. »Was ist los mit dir? Du hast gerade wieder angemessene Leistungen gebracht und jetzt das!«

»Sorry.« Ich strich mir die Strähnen, die sich aus meinem Zopf gelöst hatten, aus dem Gesicht. Wenn Jack weder auf Anrufe noch auf Nachrichten reagierte, musste es eine größere Katastrophe gegeben haben. Verletzt hatte er vorhin nicht gewirkt, im Gegenteil, also blieben nicht viele Dinge, die Jack so aus der Bahn werfen konnten, dass er sowohl sein Kälteempfinden als auch seine Freundin vergaß. Weder Brandon noch Nash, die ich über ihre Freundinnen erreicht hatte, wussten etwas. Natürlich. Am Tag nach einem Spiel wie gestern hatten die Spieler frei, sodass niemand Jack vermisste. Seine Eltern kannte ich nicht, sodass ich auch nicht dort anrufen konnte. Und wenn das, was neben Karriereschäden noch blieb, der Grund für Jacks Reaktion gewesen war, hatten Jacks Eltern andere Sorgen, als die Freundin ihres Sohnes zu beruhigen.

Dan seufzte und lockerte seinen Griff um mich. »Ist es wegen deinem Eishockeyspieler? Hat er etwas gesagt?«

»Nein.« Ich schüttelte den Kopf. »Also ja. Irgendwie.«

Mit einer Handbewegung signalisierte Dan Nadia, dass wir eine kurze Auszeit brauchten, und nahm mich mit zu einer der Spielerbänke, wo wir uns hinsetzten. »Was ist los? Normalerweise muss ich keine Angst haben, dass mir deine Kufen gefährlich werden. Was hat der Kerl getan?«

»Nichts«, sagte ich und spielte mit den Spitzen meiner Handschuhe. »Er ist vorhin einfach gegangen, und ich kann ihn nicht erreichen, aber …«

»Aber?«, fiel Dan mir ins Wort und zog die Augenbrauen nach oben.

»Aber er hat mit Sicherheit einen guten Grund dafür. Ich mache mir nur Sorgen.«

Warum erzählte ich Dan das? Nach der Ansage vor ein paar Tagen hatten wir uns gut miteinander arrangiert, aber ich hatte keine Ahnung, was wir waren. Freunde? Kollegen? Irgendwas dazwischen? Er war jedenfalls niemand, mit dem ich meine Beziehung und deren sämtliche Auswirkungen auf mein Leben besprechen wollte. Dann wiederum hatte ich ihn beinahe filetiert.

»Du machst dir Sorgen, ob er zurückkommt? Ob er dich abserviert hat? Oder ob etwas Schlimmes passiert ist? Ich kann mir keinen akzeptablen Grund dafür vorstellen, dass er kommentarlos abgehauen ist.« Er zuckte mit den Schultern und schnitt eine Grimasse.

Ein »Ich habe dich gewarnt« schwang stumm mit, und anders als sonst konnte ich es ihm nicht übel nehmen. Er hatte nicht gesehen, wie Jack auf den Anruf reagiert hatte, wie blass er geworden war und wie er geflohen war.

Ich wünschte nur, ich wüsste, ob er zu jemandem oder vor etwas floh.

Meine Gedanken kreisten um Auslöser und kamen immer wieder zu der einzigen Schnittstelle aus seinem Privatleben und dem Sport zurück: Aiden. Ich wollte mir nicht ausmalen, was bei einem Kind, dessen Herz nicht so funktionierte, wie es sollte, und das ihm so viel bedeutete, dass Jack die Nähe zu ihm einer rasanten Profikarriere vorgezogen hatte, passieren konnte. Liz' Stieftochter war meines Wissens bei guter Gesundheit, zumindest hatte meine Schwägerin nie etwas Gegenteiliges verlauten lassen, und trotzdem wurde die Kleine ständig krank. Wenn schon der Hauptmotor im Körper empfindlich war, konnte bei Aiden sicher jeder Infekt sehr schnell sehr ernste Folgen haben.

Ich kannte Aiden kaum. Einmal hatte er seinen Bruder angerufen, als ich gerade bei Jack auf dem Bett gesessen hatte, und damit uns beide vor der Kamera gehabt. Ein anderes Mal hatte ich für meine Schwester und ihre Familie Bilder von Wettkämpfen und eines von Jack direkt nach einem seiner Spiele ausgedruckt und auch eines für Aiden gerahmt, sodass er ein aktuelles Bild seines Bruders hatte. Zum Dank war ein einzelner Scrunchie »für ihre Haargummi-Sammlung« zurückgekommen. Nach einem anstrengenden Trainingstag war das eine schöne Überraschung gewesen. Jack hatte mich geküsst und mich mit einer Selbstverständlichkeit, die nur er langsam selbstverständlich auf mich wirken ließ, daran erinnert, dass ich mehr als meine Leistung auf dem Eis war – für seinen Bruder definierte ich mich über Scrunchies. Dementsprechend hatte sich Aiden auch unabhängig davon, dass er

Jack wichtig war, in mein Herz geschlichen. Der Gedanke, ihm könnte etwas passiert sein, war so unerträglich für mich wie die Ungewissheit, wie es Jack ging.

»Ich bin mir sicher, dass er einen Grund hatte«, sagte ich und biss mir auf die Lippe. »Es tut mir leid, das hat nichts auf unserem Eis verloren.«

Dan legte mir eine Hand aufs Knie, und die Geste war der von Jack heute Morgen so ähnlich, dass sich mein Herz kurz zusammenzog. »Es ist verständlich, auf die Situation zu reagieren. Versuch trotzdem, dich zu konzentrieren, okay?«

So empathisch kannte ich Dan nicht, jedenfalls nicht in letzter Zeit. Trotzdem nickte ich und stand wieder auf. »Versuchen wir es noch mal?«

Ein Blick zu Nadia bestätigte, dass sie der Meinung war, dass unsere Pause schon zu lange ging. Wir wagten uns zurück aufs Eis und kamen diesmal durch die Elemente, ohne haarscharf an Unfällen vorbeizuschlittern. Auch in der nächsten halben Stunde meldete sich Jack nicht, und als ich am Spätnachmittag nach Hause fuhr, packte ich seine zurückgelassenen Sachen einfach in mein Auto, damit sie aufgeräumt und zugänglich waren.

»Ist mit Aiden alles okay?«, platzte ich heraus, sobald ich Jack am selben Abend in der Leitung hatte. Ich hatte mich gerade unter die Dusche gestellt und das Handy ausnahmsweise mit ins Badezimmer genommen, als der Klingelton, den ich für ihn reserviert hatte, das Prasseln des Wassers übertönte. Mit dem Handtuch schirmte ich mein Handy vor den meisten Tropfen, die meine Haare auf dem Display verteilten, ab, bis ich es auf Lautsprecher gestellt und in Sicherheit gebracht hatte.

»Aiden?« Jack klang verwirrt. Ich wusste nicht, warum mir das zuerst auffiel, wenn seine Stimme belegt und rau war. In jedem Fall war seine Antwort nicht, was ich erwartet – oder befürchtet – hatte. »Ist etwas mit Aiden?«

»Nein!«, beeilte ich mich zu sagen. »Nein. Ich dachte nur ... du warst ...« Ich verstummte. »Ist alles okay, Jack?«

Schweigen.

Ein Schniefen.

Jacks Schniefen?

Egal, war passiert war, es musste bedeutsam sein, wenn Jack so reagierte. Er war niemand, der Menschen einfach stehen ließ, dafür war es ihm zu wichtig, nicht selbst als vernachlässigbar behandelt zu werden. Es musste bedeutsam sein, wenn er schniefte. Es musste bedeutsam sein, wenn jetzt das erste Schluchzen zu hören war, gefolgt von einem »Kannst du vorbeikommen?«.

Die Kälte, die mir bei jedem Sprung nach dem Sturz durch die Knochen geschossen war, war nichts gegen die stellvertretende Angst, die mich jetzt erfasste. »Natürlich«, versprach ich und wickelte meine Haare in das Handtuch, um mich schnell anziehen zu können. »Ich fahre sofort los.«

Ich behielt Jack in der Leitung, als ich meine Sachen nur kurz in mein Zimmer brachte, mir den Autoschlüssel schnappte und die zwölf Minuten zu seiner Wohnung fuhr. Wir sprachen nicht miteinander, hin und wieder hörte ich ihn im Hintergrund in ein Taschentuch schnäuzen, bis ich endlich parkte und zu ihm joggte. Klingeln musste ich nicht, und erst als ich Jack die Wohnungstür öffnen sah, beendete ich das Telefonat.

Mein Freund sah furchtbar aus. Bleich, in einem ausgewaschenen Uni-Sweatshirt und Jogginghose, aber, schlimmer noch, geschlagen. Als hätte ihm jemand die Luft aus den Lungen geraubt und eine leere Hülle zurückgelassen. Vor mir stand nicht Jack, der Starathlet der UMMH, sondern ein Schatten des Sportlers – des Menschen, an dem mir lag.

Wollte er umarmt werden? Was sollte ich sagen? Weiter als bis zu meiner Ankunft hier hatte ich nicht gedacht. Ich blieb einen Schritt von ihm entfernt stehen und breitete die Arme aus, sodass er entscheiden konnte, welche Reaktion er von mir wollte oder brauchte.

Auf die Kraft seiner Umarmung war ich nicht vorbereitet.

»Jack?« Meine Frage war kaum mehr ein Flüstern. So wie ich Jack gerade erlebte, bekam ich beinahe das Gefühl, dass ihn alles, was mehr war, vollkommen zusammenbrechen lassen würde. Ich hielt ihn, solange er sich halten ließ, und als er sich von mir löste, folgte ich ihm in die Wohnung und zog die Tür hinter uns zu.

»Mein ... meine ... ich ...«, setzte Jack an, brach aber immer wieder ab und fasste sich an die Stirn. Einen Moment lang befürchtete ich, er würde zu schwanken beginnen und zu Boden gehen, aber er atmete tief durch und bedeutete mir, ihm zu seinem Bett zu folgen, wo wir uns setzten.

Ich wusste nicht, was er mir zu sagen versuchte, nickte aber und wartete, bis er sich beruhigt hatte. Aber anstatt ruhiger zu werden, begannen seine Schultern zu beben, er griff nach meiner Hand und drückte sie fester. Die Erleichterung, die ich bei seiner Verwirrung in Sachen Aiden verspürt hatte, war längst verschwunden. Zurück blieben Hilflosigkeit und Sorge.

Mehrmals öffnete Jack den Mund, um etwas zu sagen, aber nur Fetzen wie »positiv« und »nicht« und »Scouts« kamen heraus.

Waren die Scouts nach einem persönlichen Gespräch doch nicht begeistert gewesen? Die Treffen waren nicht positiv verlaufen? Was ich mir auch ausmalte, nicht davon kam an den Horror heran, von dem Jacks Verhalten zeugte.

»Meine Probe war positiv«, presste er irgendwann hervor und umklammerte meine Hand fester – als befürchtete er, ich würde aufstehen und gehen, sobald er den Satz beendet hatte. »Beim letzten Test der ... der Uni. Ich weiß nicht ... ich habe nicht ...« Er zog die Schultern hoch, und die Geste war so wenig *Jack*, dass sich mein Herz zusammenzog.

»Ich weiß«, sagte ich, noch bevor ich meine Gedanken sortiert hatte. Doch auch die zwei Sekunden, die es dauerte, später stimmten die Worte und meine Gefühle noch überein. Egal, was Jack hinsichtlich einer Probe vorgeworfen wurde, so verhielt sich niemand, der gewusst hatte, dass ein anstehender Dopingtest anschlagen würde. Selbst wenn ich seiner Reaktion nicht trauen würde, wusste ich, wie vorsichtig Jack war. Allein die Idee, dass Jack, der nicht einmal Schmerzmittel von mir angenommen hatte, weil sein Coach es nicht abgesegnet hatte, und der alles für seine Karriere gab, das Risiko, zu dopen, einging, war absurd.

Jack war dem Leistungsdruck gewachsen, er lieferte zuverlässig Bestleistungen auf dem Eis, er war nicht der Typ Sportler, der es nötig hatte, künstlich nachzuhelfen. Nicht Jack. Jack war ...

Jack brauchte jetzt eine Freundin, die für ihn da war, keine, die sich zu sehr in ihren eigenen Gedanken verlor.

Ich erwiderte den Druck seiner Hand, um ihm zu zeigen, dass ich noch da war, dass ich nicht flüchten würde.

»Wir bekommen das hin«, versicherte ich ihm. »Jede Probe ist zweigeteilt, die zweite Probe zeigt den Fehler der ersten, und alles wird gut. Wir bekommen das hin.«

Gleichzeitig mit meinem Sportlerinnengehirn sprang auch mein biochemisches Denken an. Auf Anhieb fiel mir kein typischer Verdächtiger ein, was verbotene Substanzen betraf. Klassische Mittel zum Muskelaufbau konnte ich mir bei ihm nicht vorstellen, sowohl optisch als auch charakterlich. Gelistete Nahrungsergänzungsmittel waren für Jack keine Option. Jedem traute ich zu, versehentlich kontaminierte oder mit nicht angegebenen Inhaltsstoffen versehene Nahrungsmittel zu konsumieren. Jedem, nur nicht Jack.

»Und was, wenn nicht?«

Den jungen Mann vor mir mit dem kompetenten Center in Einklang zu bringen, den ich kannte, blieb unmöglich. Ich rückte näher zu ihm und spürte die ausgebeulten Taschen seiner Jogginghose an meinem Bein. Sein Tag musste furchtbar gewesen sein. Und es deutete nichts darauf hin, dass morgen besser werden würde.

Dopingtests, die die Universität zusätzlich zu denen der NCAA durchführte, waren nicht anders als die der Liga. Auswertungen dauerten auch zwei oder drei Wochen, die Konsequenzen waren ebenso gravierend. Auch wenn nur eine einzige Unvorsichtigkeit der Sportler eine Probe doppelt positiv ausfallen ließ, bedeutete das Sperren für eine halbe Saison oder Saison. Für jemanden wie Jack, der seine zweite Chance auf den Aufstieg in den Profisport nutzen wollte, war allein die Möglichkeit eine Katastrophe.

Als Sportlerin fühlte ich mit ihm – als seine Freundin litt ich mit. Ich hatte gedacht, zu wissen, wie es war, den

Boden unter den Füßen zu verlieren und zu fallen: Angst, Haltlosigkeit, eine nahende Verletzung. Mit Jack den Boden unter den Füßen zu verlieren war, als fiele man aus unbestimmter Höhe, aber mit der Gewissheit, dass der Aufprall das Leben, wie man es kannte und liebte, beenden würde. Und wenn ich schon so empfand, wie war es dann für Jack?

Die Frage nach dem »Was dann?« konnte ich ihm nicht beantworten. Ich blinzelte Tränen, die ich nicht kommen gespürt hatte, weg und holte zittrig Luft. »Dann finden wir heraus, wo der Fehler liegt. Aber wir bekommen das hin.«

Jack und ich tauschten einen Blick, und es blieb die stumme Frage, wen ich eigentlich überzeugen wollte.

»Wie soll es jetzt weitergehen?«, fragte ich, als ich feststellte, dass der angemessene Zeitpunkt für die Frage nicht kommen würde. Den richtigen Moment, um den eigenen Freund nach der Reaktion auf einen Dopingverdacht zu fragen, gab es nicht. Würde es nie geben.

Das Standardverfahren kannten alle, die im Namen der UMMH Wettkämpfe bestritten. Innerhalb von vierundzwanzig Stunden musste Jack entscheiden, ob er, ein Vertreter seiner Wahl oder eine unabhängige Person bei der Öffnung der B-Probe anwesend sein sollte – und dann hieß es warten.

Er zuckte mit den Schultern und ließ sich nach hinten fallen. Da ich noch an ihm hing, sank ich ebenfalls auf die Matratze. »Bis wir mehr wissen, muss Michael mich sperren.«

Standard. Unabhängig davon, dass die Liga Regeln hatte, konnten die Knights nicht die Presse riskieren, die es mit sich bringen würde, wenn sie einen Spieler unter Dopingverdacht aufs Eis stellten. Schon gar nicht, wenn der

Spieler als das größte Talent der Mannschaft galt und Interessenten aller Art anlockte – Scouts, Presse und Neugierige gleichermaßen. Jack zu sperren war die einzige sinnvolle Reaktion seines Trainers auf die Situation. Leider machte es das nicht angenehmer für Jack und sein Team. Mit ihm hatten sie den anderen Mannschaften eine Einheit entgegensetzen können; ich wusste nicht, wie sich seine Abwesenheit auf die Moral und die Spielzüge auswirken würde. Und ich hatte gehofft, es nie herausfinden zu müssen.

All das war unfair. Wenn Jack sagte, er hatte nichts genommen, dann glaubte ich ihm. Dass ausgerechnet sein Test anschlug, war unfair.

Aber wenn alles, was ich tun konnte, ihn zu unterstützen und ihm beizustehen war, würde ich das tun. Heute von seinem Bett aus, und morgen würden wir sehen, wie es weiterging.

Kapitel 24

Wie erwartet begann der nächste Tag nicht besser, als der vorige geendet hatte. Ich hatte mit nassen Haaren in Jacks Bett und halb auf seinem Oberarm übernachtet, was mir neben einem unruhigen Schlaf auch einen halb steifen Nacken beschert hatte.

Als ich aber Jack sah, der auch im Schlaf die Stirn in Falten gelegt hatte, kam ich mir albern vor, wie ich mich nach einem Schal umsah. Eine warme Dusche und zusammengebissene Zähne würden mein Problem lösen. Es war unfair, dass sich seines nicht so leicht aus der Welt schaffen ließ.

Darauf bedacht, ihn nicht zu wecken, legte ich ihm einen Zettel hin, auf dem stand, wo ich war und dass ich jederzeit erreichbar wäre. Für die Wechselkleidung, die ich immer im Auto hatte, war ich dankbar, da ich so die Möglichkeit hatte, in vernünftiger Sportkleidung zum Training zu erscheinen. Dan wartete schon auf mich, einen Thermosbecher in den Händen, den er mir entgegenstreckte.

»Du bist gestern nicht mehr nach Hause gekommen«, sagte er und wartete, bis ich den Becher genommen hatte. »Ist alles in Ordnung? Warst du bei deinem Eishockeyspieler?«

Ich nickte und setzte den Becher an, hielt dann jedoch inne. Wie oft hatte ich blind Getränke oder Lebensmittel von Menschen, denen ich vertraute, entgegengenommen und konsumiert? Wie oft war ich nur haarscharf an einem Dopingtest, der anschlug, vorbeigeschrammt? Ich konnte nicht sagen, ob Jacks Probenauswertung fehlerhaft gewesen war oder ob er trotz aller Vorsicht den falschen Leuten vertraut hatte.

»Ja«, antwortete ich, als mir auffiel, dass Dan mich etwas gefragt hatte. Es fühlte sich wie die Lüge an, die es war. »Und ja, ich war bei Jack.«

»Hatte er eine gute Entschuldigung dafür, dich sitzen zu lassen?«

Leider ja. Ich hatte mir nie gewünscht, absichtlich versetzt zu werden, bis ich seinen Grund gehört hatte. Ein gedankenloser Jack wäre besser gewesen als die Alternative. »Ja, es gab eine gute Entschuldigung«, sagte ich und stellte den Becher weg. »Wollen wir anfangen?« Zumindest mit dem Aufwärmprogramm, solange Nadia noch nicht da war.

Mein Sportpartner nickte, und wir begannen, uns warmzulaufen. Allein die vertrauten Abläufe kamen mir falsch vor. Wie konnte sich meine Welt unbeirrt weiterdrehen, wenn Jacks Welt stehen geblieben war?

Den Vormittag brachte ich einigermaßen über die Bühne, meine Univeranstaltungen mehr schlecht als recht, und als ich mein Nachmittagstraining mit Dan überstanden hatte, erwarteten mich mehrere Nachrichten auf meinem Handy. Mittlerweile war das Eishockeyteam bestimmt zum Auswärtsspiel aufgebrochen – ohne Jack. Ob seine Mannschaft über die genaue Situation informiert war, wusste ich nicht. Fakt war, dass den ersten Interessierten oder Aufmerksamen mittlerweile aufgefallen war, dass mit Jack ein zentrales Element der Spielstrategie der Knights fehlte. Dass ich es irgendwie geschafft hatte, eine

Beziehung mit einem der begehrteren Studenten hier einzugehen, hatte sich herumgesprochen. Kein Wunder, dass mich Leute, mit denen ich teilweise nie zuvor gesprochen hatte, angeschrieben hatten, um nach meinem Freund zu fragen.

Maia hatte keine Frage geschrieben, sondern das Angebot, jederzeit auf sie zukommen zu können, sollte ich Redebedarf haben. Wahrscheinlich hatte sie von Brandon gehört, wie die aktuelle Lage war. Der musste jetzt auch Vertretung spielen, gemeinsam mit Mac. Jack hatte einmal gemeint, dass manche Teams über Jahre keinen Kapitän hatten, aber dieses Team war einen engagierten und aktiven Kapitän gewohnt. Jack fehlte, das war nicht zu leugnen.

Ein Teil von ihm fehlte auch, als wir am selben Abend auf dem Bett saßen, wieder bei ihm, weil er Dan nicht sehen wollte, und alibimäßig einen Film sahen, während wir eigentlich doch nur den Liveticker zum Spiel verfolgten. In den Kommentaren zu Zwischenständen, die durchwachsener waren, als die UMMH-Fans erwartet hatten, war die Frage, wo die Mannschaft einen ihrer Führungsspieler gelassen hatte, präsent. Mit jedem Kommentar, der dazukam, und jeder Verlinkung seines Accounts wurde Jack weniger.

Er wurde nicht stiller, dafür hätte er zuvor laut sein müssen, aber weniger. Weniger selbstbewusst, weniger aufrecht, weniger er.

Bis zu einem gewissen Grad kannte ich die Situation. Man verlor gerade alles, was einem wichtig war, und wusste nicht, ob und wann man es zurückbekommen würde. Ich kannte seine Seite der Situation und wusste auch, dass es nichts gab, was gerade irgendetwas verbessern konnte.

»Ich muss morgen früh raus, Dan will möglichst schon vor acht mit dem Training ohne Eis durch sein.« Wären wir nicht kurz vor dem letzten Wettkampf der Qualifikationsphase, hätte ich den Vorschlag abgelehnt, bevor Dan ihn hätte beenden können. Das Ticket zu den Sectionals hatten wir uns bereits gesichert, sodass bis auf den Ehrgeiz, sich zu präsentieren und zu profilieren, nur die Notwendigkeit, so viel Sicherheit auf fremdem Eis und miteinander zu bekommen wie möglich, ein Motivator war, das übliche Programm vor Wettkämpfen abzuspulen: effizienteres Training, spezifische Übungen und erst gegen Ende der Woche wieder komplette Durchläufe der Programme. Für morgen hatte uns Nadia ohnehin zu einem eisfreien Tag verdonnert, damit wir es nicht übertrieben. Hatte man ein Paar wie Dan und mich, brauchte es jemanden, der seinen Ehrgeiz und seine Ansprüche und meinen Drang, mich zu beweisen, ausbalancierte. Unseren Leistungen diese Saison nach zu urteilen, machte Nadia einen ausgezeichneten Job, was das betraf.

»Ja.« Jack sah nicht einmal auf.

»Möchtest du mitkommen?«, schob ich den eigentlichen Grund dafür, das Thema anzuschneiden, hinterher. »In Form zu bleiben, schadet nie.«

»Nein.«

Was sagte man darauf? Jacks Hoffnungslosigkeit war nicht zu übersehen. Ich hatte nicht einmal den Eindruck, dass sie den Schreck ersetzt hatte; stattdessen war zu dem Unverständnis die absolute Aussichtslosigkeit gekommen, die sich in jeder Faser meines Freunds widerspiegelte.

»Okay«, antwortete ich, um nicht nichts zu sagen, und stopfte mir einen Teil von Jacks Decke in den Rücken. Ich tippte auf meinem Handy herum, verfolgte das knappe

Spiel der Knights und hoffte, dass meine Anwesenheit für den Moment genug war. Oder besser als nichts.

Wirklich ansprechen wollte ich das Thema Doping nicht. Wie es in der NCAA lief, wussten wir beide zur Genüge. Das Testergebnis hatte ich nicht gesehen, und Jack hatte nicht erzählt, welche Substanz den Test hatte anschlagen lassen. Vielleicht würde das Licht ins Dunkel bringen. Nicht angegebene Inhaltsstoffe in Nahrungsergänzungsmitteln, das war vermutlich die wahrscheinlichste Option. Doch auch dann konnte ich mir kein Szenario vorstellen, in dem Jack unvorsichtig genug war, um etwas in diese Richtung zu sich zu nehmen. Wenn es Jack treffen konnte, lebten wir alle um ihn herum gefährlich. Diese Erkenntnis gab mir kein gutes Gefühl.

»Ich habe gehört, seine Noten sind so schlecht, dass er erst Nachhilfe nehmen muss, bevor er wieder spielen darf«, flüsterte eine Kommilitonin auf dieselbe Weise, auf die auch Liz' Stieftochter flüsterte: laut, hörbar und weit von der üblichen Flüsterlautstärke entfernt. Sie wickelte sich eine braune Haarsträhne um den Finger.

»Ich dachte, er hätte eines der einfachen Fächer? Sportler und so.« Ihre Sitznachbarin stützte die Unterarme auf dem Tisch auf und lehnte sich zu ihr herüber.

Die brünette Studentin zuckte mit den Schultern. »Heiß ist er trotzdem. Und mit einem Vertrag in der NFL bringt er auch ohne Grips genügend Geld nach Hause.«

Die zweite junge Frau nickte, während sich ein dritter Teilnehmer der Vorlesung zu ihnen umdrehte, sichtbar die Augen verdrehte und »NHL, nicht NFL« von sich gab. »Außerdem ist Doping im Spiel. Ich wette, der Trainer steckt dahinter.«

»Es sind immer die Trainer«, pflichtete ihm die brünette Studentin bei und senkte ihre Stimme, was bedeutete, dass sie in regulärer Lautstärke sprach. »Seine Freundin studiert auch Biochemie, oder? Wir können sie fragen.«

Ich ließ mir die Haare weiter ins Gesicht fallen, um unauffälliger zu wirken. Fragen konnten sie schon, antworten würde ich nicht. Aktuell wussten Jack, seine Mannschaft, Michael, Mr Banner und ich Bescheid. Maia und Christina auch, soweit ich informiert war. Wer keine Ahnung hatte und auch weiterhin nicht eingeweiht bleiben sollte, war der Rest. Schlimm genug, dass Jack in dieser Situation war – Neugierige und Klatschtanten brauchte niemand.

»Als ob sie noch lange seine Freundin wäre. Wenn sie zwei Gehirnzellen hat, serviert sie ihn ab, bevor er sie mit runterzieht.« Studentin Nummer zwei nickte, um ihre Aussage zu bekräftigen.

»Denkst du? Ich würde noch abwarten.« Die brünette junge Frau biss sich auf die Lippe. »Wahrscheinlich ist seine Großmutter gestorben oder so, und er will nicht spielen. Ein emotionaler Typ hätte auch etwas.«

Konnte die Professorin kommen? Spektroskopie war eine meiner verhasstesten Vorlesungen, aber heute konnte sie nicht schnell genug beginnen.

»Ich bleibe dabei. Er hat gedopt.«

»Vielleicht hat ihm seine Freundin ja etwas zusammengemischt.« Damit brachte die zweite Studentin ihre Gesprächspartner zum Lachen, und ein »Dann sehen wir es bald im Internet« beendete die halbherzige Diskussion. Es war einfach, die Gerüchteküche brodeln zu lassen, sich zu amüsieren und spontan das Thema zu wechseln, wenn man nicht betroffen war, egal, in welchem Maße. Für die drei war Doping wahrscheinlich ein Thema, das zu internationalen Wettkämpfen oder bei großen Schlagzeilen einmal durch ihre Wahrnehmung flatterte und so schnell wieder verschwand, wie es gekommen war. Es war keine konstante Vorsicht, weil ein falsches Präparat oder das falsche Medikament die Karriere beenden konnte. Es war kein bewusster Konsum in jedem Lebensbereich. Es war vor allem keine Bedrohung, sondern ein Gesprächsthema.

Ich konnte den dreien ihre Unterhaltung nicht einmal wirklich übel nehmen. Sie kannten ein anderes Leben mit anderen Baustellen und Problemen. Dass sie unsere Realität abstrakt und so entfernt, dass man darüber scherzen konnte, fanden, war verständlich. Trotzdem tat es weh, zu hören, wie leichtfertig über Jacks Zukunft gelacht wurde, wenn sie alles andere als sicher war.

Natürlich wusste ich, dass er sich nichts hatte zuschulden kommen lassen. Ein Teil von mir fragte sich trotzdem, ob wir uns darauf verlassen konnten, dass die zweite Probe genau das aussagte. Wäre es ein Messfehler, würde er sich nicht wiederholen, oder? Aber solange niemand außer Jack, dem Coach und Mr Banner wusste, was das Ergebnis aussagte, waren feste Annahmen schwer haltbar.

Die Gespräche um mich herum verschwammen zu einem einheitlichen Gemurmel, und es war, als wäre nur ich still. Wie so oft hatte ich den Eindruck, in einer Welt zu sein, in die ich weder passte noch gehörte. Meine Welt bestand aus Eis, alles andere waren nur Stationen. Nicht die Universität war mein Lebensmittelpunkt, der Sport war es. Der Sport – und Jack, mittlerweile.

Hin und wieder fiel sein Name, auch als die Vorlesung begann und unsere Professorin einmal mehr versuchte, ihre Begeisterung für spektroskopische Verfahren an uns weiterzugeben. Einmal mehr vergeblich. Dennoch schrieb ich brav mit, machte Vermerke und markierte sogar schon relevante Konzepte, ohne auch nur irgendetwas wirklich verstanden zu haben. Anders als sonst konnte ich nicht einmal die wohl schrecklichste Veranstaltung des Semesters dafür verantwortlich machen.

Am Ende der Vorlesung hatte ich durch die Gesprächsfetzen um mich herum gelernt, dass wohl ein Teammitglied weitergegeben hatte, weshalb der Stolz der Wintersportabteilung aktuell pausierte, und dass niemand wusste, wie permanent die Sperre war. Aber auch, dass niemand mehr zwischen Fakt und Fiktion zu unterscheiden wusste. Meine Finger zuckten immer wieder in Richtung meines Handys. War Jack heute überhaupt zu seinen Kursen gegangen? Ich wollte mir nicht vorstellen, wie er angesehen oder angesprochen wurde.

»Rosemarie?«

Ich zuckte zusammen. Schlimm genug, dass ich meinen vollen Namen bei jedem Wettkampf hören musste. Im Hörsaal wollte ich nicht unbedingt so angesprochen werden. Alle, die mich kannten, kannten mich als Romy, nicht als Rosemarie. Wer auch immer nun etwas von mir wollte, war niemand, mit dem ich unbedingt sprechen wollte.

»Ja?« Ich setzte ein Lächeln auf.

»Ist es wahr, dass dein Freund aus dem Team geflogen ist?«

»Nein.« Ich atmete tief durch und begegnete dem Blick der jungen Frau, die ihr Handy schon gezückt hatte. »Glaub nicht alles, was du hörst«, ich machte eine Geste in Richtung des Geräts, »oder liest.«

»Also hat er auch keinen Autounfall gehabt?«

Langsam wurden die Gerüchte um Jacks Abwesenheit absurd. »Nein«, betonte ich. »Er ist auch nicht todkrank, und er hat auch nicht das Land verlassen.« Damit sollte ich die extremsten Aussagen, die ich mit angehört hatte, kommentiert haben. Es war allerdings nicht unwahrscheinlich, dass Jack das Land verlassen würde, wenn sich die Leute weiterhin so über ihn unterhielten.

Bevor mich weitere Neugierige ansprechen konnten, flüchtete ich aus dem Hörsaal und brachte auch den Rest des Tages in dieser Manier hinter mich. Die zusätzliche freie Zeit, die ich hatte, weil unser Training ausfiel, nutzte ich dazu, schlecht gelaunt in die Luft zu starren und weniger liegen gebliebene Uniaufgaben abzuarbeiten, als ich sollte. Ich konnte mich nicht dazu bringen, mich dafür zu interessieren. Was waren ein paar theoretische Versuchsprotokolle im großen Ganzen? Ich wickelte eine der Unmengen an Fleecejacken, die Jack besaß und nach und nach auch hier verteilt hatte, enger um mich, auch wenn ich nicht fror. Ein Schlüssel drehte sich im Schloss, aber ich machte mir nicht die Mühe, aufzusehen.

»Romy?« Dan kam ins Wohnzimmer, eine Papiertüte in den Händen. »Du bist hier. Wo ist Jack?«

»Seit wann ist er Jack?« Und nicht mein »Eishockeyspieler« oder »er«? Dass Dan ihn beim Namen nannte, bedeutete, dass er einen Zugang zu ihm gefunden hatte. Dan funktionierte nicht über Sympathie, sondern über Sport. Er musste jemanden als ernsthaften Sportler wahrnehmen, um ihn als relevant genug zu betrachten, damit er ihn beim Namen nannte. Jack hatte es besonders schwer gehabt, zumindest meinem Eindruck zufolge. Als Eishockeyspieler, als mein neuer Freund, als Konkurrenz auf zu vielen Ebenen, um von Dan akzeptiert zu werden. Dass Dan gerade jetzt einen Zugang fand oder Jacks Namen als bekannt genug wertete, konnte nur einem Thema geschuldet sein, vor dem alle Athleten gleichermaßen zurückschreckten.

Ich wünschte, Dan hätte seine Haltung Jack gegenüber beibehalten.

Mit einem Schulterzucken stellte Dan seine Tüte auf den Wohnzimmertisch, hob zwei Styroporboxen heraus und schob mir eine hin. »Das mit deinem Freund tut mir leid«, sagte er. »Ich habe es schon gehört.«

Ich öffnete sie, und der Geruch gebratener Nudeln mit Sojasoße kam mir entgegen. »Nudeln?« Dan hasste es, wenn ich in Wettkampfphasen wie eine Studentin aß und nicht wie eine Athletin, die durch die Luft gehoben wurde.

»Ich dachte mir, du könntest etwas Aufmunterung gebrauchen. Die Situation ist für dich schließlich auch nicht leicht.«

Das war ... überraschend durchdacht. Ich hatte nicht erwartet, dass Dan darüber nachdenken, geschweige denn dabei den Schritt zu meiner Gefühlslage machen würde. Auch wenn der Tag durch Dans Aufmunterung nicht weniger furchtbar wurde, konnte ich ein Lächeln nicht zurückhalten. »Danke.«

Ebenfalls ein Lächeln im Gesicht, setzte sich Dan neben mich und öffnete seine eigene Box, deren Inhalt sich nicht von meiner unterschied. »Gewöhn dich nicht daran«, meinte er und begann, zu essen. »Außerdem lasse ich dich das morgen alles wieder wegtrainieren.«

Jetzt musste ich doch lachen. »Vor oder nachdem ich dich beim Aufwärmen abgehängt habe?« Ich machte mich daran, mein Abendessen zu essen.

»Abhängen? Träum weiter!«

Wir saßen nebeneinander, konnten essen und dabei über unseren gemeinsamen Sport scherzen, ohne eine

Sportpartnerschaft und eine Beziehung jonglieren zu müssen – zum ersten Mal seit einer Weile fühlte ich mich neben Dan angekommen und wie ich.

Etwas später, als wir die Reste der Mahlzeiten im Kühlschrank untergebracht hatten und ich ein Lebenszeichen von Jack bekommen hatte, schaltete Dan den Fernseher ein. Und sofort wieder aus. »Sorry.«

Ich zuckte mit den Schultern. Es war nicht seine Schuld, dass ausgerechnet jetzt eine Dokumentation über Dopingfälle – wenn auch im Radsport – ausgestrahlt wurde.

»Ich frage mich, was einen Menschen dazu bewegt, zu dopen.«

Die Frage war leichter zu beantworten, als sie es sein sollte. Der Druck im Leistungssport war hoch, jeder wollte und musste abliefern, und wenn die Verzweiflung groß genug wurde ... Wir alle hatten einen moralischen Kompass, aber nicht jeder schloss Leistungssteigerung durch Präparate vollkommen aus. Für mich war Doping wie aufzugeben – anzuerkennen, dass ich es aus eigener Kraft nicht schaffen würde; ein Festhalten an der Illusion, zu genügen. Nichts, womit ich mich noch im Spiegel betrachten und nicht verabscheuen konnte. Was Jack betraf, tippte ich auch auf einen ausgeprägten moralischen Kompass. Jede Faser seines Körpers schrie Fairness und Willen, Anstrengungen und Mühen in Kauf zu nehmen. Eher würde er sich selbst aus dem Verkehr ziehen, als irgendetwas in Richtung Doping zu unternehmen. Das änderte nichts daran, dass sich Dans Frage leicht beantworten ließ.

»Ich hoffe, er reißt dich nicht mit in den Abgrund.«

Ich musste nicht nachhaken, um herauszufinden, von wem Dan sprach. Genauso überflüssig war es, ihm zu widersprechen und zu behaupten, dass Jack nicht gedopt hatte und niemanden in irgendeinen Abgrund stürzen würde, am wenigsten sich selbst. Ich tat es trotzdem.

»Bist du dir sicher?«

»Ja.« Ich nickte. Natürlich war ich mir sicher. »Was hätte er nehmen sollen? Und warum?«

Dan überschlug die Beine und verschränkte die Arme hinter dem Kopf. »β2-Agonisten, wie man so hört.«

Damit erübrigte sich die Notwendigkeit der Frage nach dem Warum. Die elenden Studienveranstaltungen, die wir mit den Pharmazeuten gemeinsam hatten, hatten mir einen Professor beschert, der an einer Studie zum Thema Asthmaspray und dessen Auswirkungen auf sportliche Leistungen mitgewirkt hatte. Bis eben hatte ich aus diesen Semestern nur sein Lieblingswort »Ohio«, wo er offenbar so viele großartige Forschungsprojekte geleitet hatte, dass ich mich fragte, was um alles in der Welt ihn dann dazu bewogen hatte, an die UMMH zu kommen, in Erinnerung gehabt. Als hätte Dans Stichwort gedankliche Tore geöffnet, strömten weitere zusammenhanglose Fakten zurück in mein aktives Gedächtnis. Unter anderem auch, dass Asthmaspray, inklusive β2-Agonisten, Sportleistungen im Allgemeinen und Sprintleistungen im Speziellen genügend beeinflusste, dass die Veränderungen wettkampfentscheidend sein konnten. Die Bestandteile standen vollkommen verdient auf der Liste verbotener Substanzen. Man war entweder sehr verzweifelt, sehr unvorsichtig oder sehr krank, wenn man das Risiko einging.

Nichts davon traf auf Jack zu. »Das hätte er nicht gemacht.«

Dan hob abwehrend die Hände. »Ich sage nicht, dass ich denke, dass er es getan hat – auch wenn ich es verurteilen würde, wenn es der Fall wäre. Ich frage nur, ob du das wirklich glaubst oder wirklich glauben willst.«

Kapitel 25

»Und jetzt denken alle, dass ich gedopt habe. Oder dope?« Jack wischte sich über das Gesicht und atmete geräuschvoll aus. Ich hatte gehofft, dass ihn ein Spaziergang in einer Gegend, die weder Eis noch Uni beinhaltete, ablenken würde. Wie es aussah, hatte ich vergeblich gehofft; nicht, dass ich ihm die allgegenwärtigen Themen verübeln konnte.

»Nicht alle«, sagte ich, auch wenn uns beiden klar war, dass der Einwand weder half noch tröstete. »Ich glaube nicht, dass du gedopt hast. Oder dopst.«

»Du nicht, ja.« Er seufzte und griff nach meiner Hand. »Romy, ich kann nicht mehr.«

Ich drückte seine Hand und zog sie an meine Lippen. Gerade war alles wackelig zwischen uns; ich wusste nie, ob das, was ich zu sagen hatte, zu schmerzhaft für Jack war. Morgen würden Dan und ich zu unserem Wettkampf fahren, und auch sonst drehte sich mein Alltag im Grunde genommen um Eiskunstlauf, Training und Sport im Allgemeinen. All das waren Dinge, die Jack wehtun mussten, wann immer ich sie erwähnte. Nicht zu viel von Dan, Eiszeit und Erfolgen zu erzählen, fühlte sich richtig an. Aber auch, als würde ich einen signifikanten Teil von mir zurückhalten. Ich war Eiskunstläuferin durch und durch. Ohne das war ich nur Romy. Und auch wenn Jack nie müde geworden war, mir zu zeigen, dass ich auch als Romy eine Persönlichkeit hatte, war ich mir nicht sicher, ob ihm nur Romy reichte. Oder ob mir nur Romy reichte.

Für den Moment war es tragbar, aber auf Dauer würden wir so nicht funktionieren.

Ich auch nicht, Jack, wollte ich antworten. Stattdessen nickte ich, drückte seine Hand noch mal und sah ihn an. »Ich weiß. Es tut mir leid, dass du das erleben musst. Wir stehen das zusammen durch, okay?«

»Okay«, echote er und kickte einen Stein, der vor ihm auf dem Weg lag, weg. »Ohne Eishockey ist alles so leer«, erzählte er. »Mein Tag, mein Leben ... ich.«

Was er sagte, war verständlich. Ich konnte nachfühlen, was er ausdrückte, und allein die Vorstellung, nicht tun zu dürfen, was man liebte oder als Identität hatte, war grausam. Schlimm wurde es, wenn man sich verletzt hatte oder so erkältet war, dass man einen Tag oder sogar zwei pausieren musste. Für das, was Jack erlebte, gab es keinen Begriff, der die Situation beschreiben konnte.

»Ja«, sagte ich. »Ich ... ich weiß nicht, was ich sagen oder tun kann, um es leichter zu machen, aber wir stehen das zusammen durch.«

Es waren Worte, die so leer klangen, wie Jack sich fühlte. Ohne Eishockey war er nicht Jack; egal, wie entschieden ich als seine Freundin widersprechen wollte, als Sportlerin verstand ich, was er sagte. Das Leben konnte, wie er mir gezeigt hatte, so viel mehr als Sport sein, aber ohne Sport war es kein Leben, wie man es führen wollte. Ich schluckte. Es gab nichts, was ich sagen konnte, außer ihm zu versichern, dass ich bleiben würde. Ein schwacher Trost, wenn überhaupt.

»Mac sagt, das Team schlägt sich wacker.«

Das Spiel, das die Mannschaft gestern haushoch verloren hatte, erzählte eine andere Geschichte. Heute konnten die Fans nicht einmal unfaire Schiedsrichter als Grund vorschieben, sondern mussten sich mit den Aspekten Tagesform und Glück selbst besänftigen. Jack fehlte einfach, das war auch den Scouts aufgefallen. Ein Starspieler verpasste kein Spiel, und auf gar keinen Fall verpasste er gleich mehrere davon. Sämtliche Erklärungen, die es dafür gab, waren keine Verkaufsargumente für die Rechte an Jack als Spieler. Als ich sie im Stadion gehört hatte, hatten die zwei Scouts neben mir davon gesprochen, dass Jack in nachteiligen Situationen die Nerven bewahren konnte. Ich hoffte, seine Nerven hielten auch in dieser Lage lange genug durch.

»Es muss nicht lange ohne dich auskommen.«

»Romy, ich glaube nicht mehr, dass die zweite Probe andere Ergebnisse bringt.« Die vollkommene Nüchternheit, mit der Jack diese Aussage traf, war beinahe schwerer zu ertragen als der Inhalt.

Statt einer Antwort sah ich ihn nur an.

Er seufzte und wirkte dabei, als würde er endgültig aufgeben. »β2-Agonisten.« Jack räusperte sich. »Das ist der Stoff, auf den mein Test angesprungen ist. Soweit ich weiß, ist das …«

Ich winkte ab. »Biochemiestudentin. Ich weiß, was β2-Agonisten sind. Warum sollte deine Probe ausgerechnet dafür positiv ausfallen?« Das konnte nur ein Messfehler sein. Meines Wissens hatte Jack keine Vorerkrankung, die irgendein Medikament, das β2-Agonisten beinhaltete, erforderte. Selbst wenn, ich schätzte Jack so ein, dass er erst jede erdenkliche Alternative ausprobierte, bevor er auf etwas zurückgriff, für das man eine Sonderlizenz brauchte – die er offenbar nicht besaß.

»Weil ich mir das Ergebnis nicht anders erklären kann als durch eine versehentliche Kontamination.«

»Wie sollte irgendetwas, was du zu dir genommen hast, versehentlich mit β2-Agonisten in Kontakt gekommen sein?« Soweit ich mich erinnerte, wurden sie bei Lungenproblemen eingesetzt. Hätte Jack irgendwelche Probleme diesbezüglich, dann hätte er das sicher erwähnt.

Er zuckte mit den Schultern. »Ich nehme nichts in die Richtung. Vielleicht habe ich das Zeug versehentlich eingeatmet.«

Das bezweifelte ich. »In der Regel atmet man Asthmasprays nicht ein wie Rauch beim Passivrauchen.« Schon gar nicht in den Mengen, die es für eine Relevanz in Sachen Doping brauchte. »Das ist unwahrscheinlich. Ich bin keine Expertin, aber so viel kann ich sagen.«

»Okay. Danke.« Er richtete den Blick auf den Weg vor uns, der sich gabelte. »Hier links?«

»Hier links.«

Die Situation war weit davon entfernt, in Ordnung zu sein, aber mit jedem Schritt und Hand in Hand ließ sie sich ein Stückchen besser ertragen.

Dass Maia und ich uns in demselben Fast-Food-Restaurant, in dem sie Brandon kennengelernt und ich Jack zum ersten Mal gesehen hatte, verabredet hatten, hatte eine gewisse Ironie. Wie bei meinem letzten Besuch verzichtete ich auf eine Mahlzeit und organisierte mir einen Becher Pepsi. Anders als beim letzten Mal würde der Abend nicht mit einem Date für meine beste Freundin und neuen Bekanntschaften für mich enden. Stattdessen hoffte ich nur, kurz Abstand von dem Chaos, das aus meinem Alltag geworden war, zu bekommen, bevor es morgen in Richtung Wettkampf ging.

»Hat sich dein Professor schon um dein Code-Problem gekümmert?«, fragte ich Maia, nachdem wir uns zur Begrüßung umarmt hatten und sie mir gegenüber Platz genommen hatte. Ich hatte am Rande mitbekommen, dass sie in Sachen Penny auf ein Problem gestoßen war, das sie nicht selbst hatte lösen können und das sie ihrem Professor geschildert hatte. Was genau der Fehler bei ihrer Programmierung war, hatte ich nicht verstanden. Wichtig war, dass er Maia beschäftigt hatte, und jetzt, wo sie ihren Infekt auskuriert hatte, würde sie wahrscheinlich jede freie Minute in ihre künstliche Intelligenz investieren, bis sie eine Lösung für das Problem gefunden hatte.

Sie nickte und stützte die Unterarme auf dem Tisch auf. »Zum Glück, ja. Ich dachte, ich hätte eine Klammer anders gesetzt, als ich es hatte, was nicht nur den einen Befehl, sondern auch die ...« Sie brach ab. »Ich habe dich bei dem Wort Klammer verloren, oder?«

Ich schnitt eine Grimasse, die ihr Antwort genug war.

Maia winkte ab. »Eine Art Tippfehler hat das Programm verwirrt. Jetzt ist er gefunden, beseitigt, und ich kann weitermachen.«

»Danke.« Ich lächelte sie an. »Ich weiß es zu schätzen, dass du es für mich herunterbrichst.« Ebenso den Fakt, dass es zur Abwechslung mal ein Problem in meinem Umfeld gab, für das sich eine einfache Lösung fand. »Wie kommst du voran? Macht sie sich gut?«

Wie jedes Mal, wenn ich mit menschlichen Pronomen auf Penny Bezug nahm, hellte sich Maias Gesicht auf. »Tut sie! Im Moment habe ich viel Zeit, weil Brandon ...« Sie verstummte. »Sorry, das war nicht sehr taktvoll, jetzt wo Jack ...«

»Alles gut«, sagte ich und zuckte mit den Schultern. Es war nicht so, als konnte ich vor dem Thema fliehen. »Ihr seid ja auch davon betroffen.«

Sie nickte langsam vor sich hin. »Brandon ist ziemlich gestresst deshalb. Irgendwas von Lücken in den Reihen und so. Aber genug Eishockey. Wie geht es *dir* mit der ganzen Situation?«

Seit Jack den Anruf bekommen hatte, hatte mich das niemand gefragt. Dan hatte richtig gefolgert, dass ich unter der Sache litt, aber erkundigt hatte er sich auch nicht. Meine Schultern sackten herunter. »Wie soll es mir gehen? Meinem Freund wird«, ich senkte die Stimme, »Doping vorgeworfen. Die Substanz, die im Spiel sein soll, kommt quasi nur in Medikamenten vor, von denen er sagt, dass er sie nicht nimmt. Das glaube ich ihm auch. Wir wissen nicht, ob es ein Auswertungsfehler war oder wie das alles passieren konnte.«

»Das ist furchtbar.« Maia biss sich auf die Lippe. »Was sind das für Medikamente? Falls ich das fragen darf.«

»Für die Lunge«, antwortete ich. Das blieb vage genug, dass niemand viel damit anfangen konnte, gleichzeitig war es aber auch ausreichend konkret, dass man sich orientieren konnte. »Nichts, was man wie Ibuprofen oder so auf Vorrat im Badezimmer hat.«

Spätestens damit sollte klar werden, dass so was nicht zufällig in eine Probe gelangte.

»Das ergibt alles keinen Sinn«, sagte sie und begann, mit dem Ausschnitt ihres Sweatshirts zu spielen. »Ich kann mir nicht vorstellen, dass Jack sich irgendwas Illegales bestellt oder organisiert hat.«

»Die Stoffe sind nicht per se illegal, aber es gibt strenge Grenzwerte für Leistungssportler, um Missbrauch zu vermeiden«, meinte ich, nickte aber zustimmend. Jack, der sich im Internet Asthmaspray oder etwas Vergleichbares in anderer Form kaufte – das war undenkbar. Eine Aktion wie diese wäre eine geplante und bewusste Entscheidung, zu dopen. Das konnte ich mir nicht vorstellen. Dazu musste man sich entschließen, und auch wenn der Gedanke bei ihm kurz aufgekommen sein könnte, wäre doch zu viel Zeit bis zum tatsächlichen Doping verstrichen, als dass er seine Meinung nicht wieder geändert hätte.

»Ich kann es mir einfach nicht vorstellen.« Maia nahm einen Schluck ihres Getränks.

Damit waren wir immerhin schon einmal zu zweit. Einen Moment lang schwiegen wir uns an, was offenbar wie eine Einladung auf eine rothaarige junge Frau gewirkt haben musste, die sich ans andere Ende unseres Tisches setzte. An sich war ich nicht begeistert, wann immer sich jemand ungefragt in die Nähe fester Gruppen setzte. Da die Alternativen aber deutlich vollere Tische oder reine Männergesellschaften waren, konnte ich es der Frau in unserem Alter kaum verübeln.

Dass keine zwei Minuten später ihre Verabredung kam und es sich dabei um eine mir nicht unbekannte blonde Studentin, die häufiger in meiner Wohnung gewesen war, als mir lieb war, handelte, verübelte ich ihr aber schon.

»Was macht Amber hier?« Maia runzelte die Stirn und warf den beiden einen verärgerten Blick zu. »Will sie nicht lieber Dan anschmachten?«

»Die beiden sind kein Paar mehr«, wandte ich ein. Ein Anflug von Genugtuung über diesen Fakt durchströmte mich. Es war nicht so, dass ich Dan zurückwollte oder es ihm nicht gönnte, zufrieden zu sein. Im selben Moment hatte ich aber nicht vergessen, dass er keine Woche gebraucht hatte, um mich zu ersetzen – und jetzt war ich diejenige in einer stabilen und guten neuen Beziehung, während die von Amber und ihm nicht lange gehalten hatte.

Maia nickte. »Das hattest du erwähnt, glaube ich.« Sie begann zu grinsen. »Hat er mit Blumen auf dem Eis gestanden?«

»Ja.« Den Strauß hatte ich in die Küche gestellt, wo er ihn ebenfalls immer im Blick haben konnte. Jacks Strauß vom Abend zuvor dagegen hatte es in mein Zimmer geschafft, damit ich ihn um mich hatte, wenn ich zwischen Training, Dates und Präsenzveranstaltungen meine Laborberichte schreiben musste. »Aber ich bin über ihn hinweg.«

»Und das ist auch besser so. Im Vergleich zu Dan wäre jeder ein Upgrade, aber Jack ist der Jackpot.« Der Moment, in dem sie ihren Wortwitz bemerkte, war offensichtlich. Sie riss die Augen auf und verschluckte sich beinahe an ihrem Getränk, als sie losprustete. »Im wahrsten Sinne des Wortes.«

Das konnte – und wollte – ich nicht leugnen.

Mit einem schlecht geschauspielerten überraschten Gesichtsausdruck und einem »Romy?« drehte sich Amber zu uns und machte allein mit ihrer Haltung deutlich, dass sie unser Gespräch verfolgt hatte. »Du hältst jemanden, der dem eigenen Bruder das Medikament stiehlt, um zu dopen, für den Jackpot?«

Ich blinzelte einmal. Zweimal. »Wie bitte?«

Amber rückte sich so zurecht, dass sie uns zugewandt am Tisch saß. »Hast du noch nichts davon gehört? Der Sportstar hat einen jüngeren Bruder, der lungenkrank ist.«

»Herzkrank«, murmelte ich leise genug, dass Amber mich nicht verstand, aber offensichtlich genug, damit sie meinen Widerspruch mitbekam.

»Diese Antagonisten, mit denen er gedopt hat, wie man hört, kommen in Asthmamedikamenten vor. Jacks Bruder hat Asthma oder so. Er hatte die Gelegenheit, sie einfach an sich zu nehmen und einzuwerfen.«

In mir rangen Überraschung, Wut und Empörung darum, die erste gezeigte Emotion zu sein. Es war offensichtlich, wie wenig Amber informiert war – angefangen bei Aiden, aber auch in Bezug auf die Substanz. Sie war Sportlerin, wenn auch nicht der Star ihrer Disziplin, sie kannte die gelisteten Stoffe. Das Wissen, gepaart damit, dass Dan sie sitzen gelassen und kurz danach mit mir Frieden geschlossen hatte, sagte genug, dass ich ihr nicht mehr Aufmerksamkeit schenken wollte als nötig.

»Das glaubst du doch selbst nicht«, sagte Maia und verschränkte die Arme vor der Brust. »Das hätte er nicht mal nötig gehabt. Ganz zu schweigen davon, dass er im Gegensatz zu anderen hier Anstand und Respekt vor dem Leben anderer hat. Nicht jeder kommt auf die Idee, einem Kind Medikamente wegzunehmen – man muss schon eine besondere Art Mensch sein, um dieses Gerücht in die Welt zu setzen oder zu verbreiten.«

»Jack würde das nicht tun«, fügte ich hinzu. Sein Bruder ging ihm über alles – über die Karriere, über den Sport selbst und, wenn ich darüber nachdachte, vermutlich auch über mich. Zwischen die beiden konnte man nicht kommen. Niemals würde Jack irgendetwas tun, das Aiden schaden konnte, ihm schon gar keine Dinge wegnehmen, die sein Bruder wirklich benötigte.

»Bist du dir sicher? Oder willst du dir nur sicher sein?« Amber zog eine Augenbraue nach oben und drehte sich zurück zu ihrer Freundin, die den Blick fest auf ihr Handy gerichtet hatte. »Ich kann dich nicht ausstehen, Romy. Aber sogar du hast Besseres verdient als so einen Typen.«

Maia warf ihr noch einen eindeutigen Blick zu, bevor sie abrupt aufstand und mir bedeutete, es ihr gleichzutun.

»Komm, wir gehen. Wenn wir Klatschmäuler ohne ernst zu nehmende Inhalte wollen, können wir auch Wartezimmerzeitschriften lesen.«

Ich nickte, leerte meinen Becher und stellte ihn weg. Zu gehen war eine gute Idee. Draußen schickte Maia ein Update an Brandon, wohl, damit er wusste, wo sie war. Währenddessen sah auch ich nach, ob ich neue Nachrichten bekommen hatte. Zwei entgangene Anrufe von Jack und eine einzelne Nachricht: »Romy, ich kann nicht mehr. Ruf mich an.«

Neben mir war meine beste Freundin noch dabei, eifrig auf ihr Handy einzutippen, sodass ich mein eigenes ans Ohr führte, sobald ich Jacks Nummer gewählt hatte.

»Jack?« Ich ließ ihm keine Zeit, sich mit einem Gruß zu melden. »Was ist los? Ist etwas passiert?«

Die Antwort kam nicht sofort, aber als sie folgte, wusste ich nicht, wie ich reagieren sollte. »Die ersten Teams haben ihre Angebote zurückgezogen«, sagte Jack am anderen Ende der Leitung, die Stimme kaum mehr als ein Flüstern. »Ich weiß nicht, was ich tun soll.«

Ich auch nicht, Jack. Ich auch nicht.

Kapitel 26

Mit einem Seufzer beendete ich den x-ten Versuch, Jack zu erreichen, und warf mein Handy auf das Bett, das zur Abwechslung gemacht war. Neben dem Kostüm für den Wettkampf, das in einer ausrangierten Kleiderhülle mitkommen würde, lagen fertig zusammengestellte Kleidungskombinationen für den Trip zum Wettkampf auf der Bettdecke. Jetzt, wo Jack ein weiteres Mal nicht ans Handy gegangen war, konnte ich mich von der Idee, ihn vor der Abfahrt noch mal zu sprechen, verabschieden. Zeit, die Reisetasche endgültig zu befüllen und Dans Überpünktlichkeit zu unterstützen.

»Ist er doch nicht rangegangen?« Dan steckte den Kopf ins Zimmer und kam ganz herein, sobald er bemerkte, dass ich nicht mit meinem Freund telefonierte.

Ich schüttelte den Kopf, auch wenn die Antwort überflüssig war. Nach unserem Gespräch gestern, als Jack von den zurückgezogenen Angeboten berichtet hatte, hatten wir uns nicht mehr gesprochen. Das Telefonat hatte uns beide unbefriedigt zurückgelassen. Weder Jack noch ich hatten eine Idee, was wir tun sollten – abzuwarten blieb die einzige Option, fürchtete ich. Dementsprechend demotiviert war er gerade, was sich auch darin äußerte, dass wir wenig Kontakt hatten.

»Wie hältst du das aus?« Er kam zu mir herüber und setzte sich neben mich auf den Boden, einen Arm und den Kopf auf mein Bett gestützt.

Wie hielt ich das aus? Einmal mehr war Dans Frage erschreckend einfach und ernüchternd zu beantworten. Wir mussten die Situation aushalten, Jack und ich, jeder auf eine Art, die für den Moment irgendwie funktionierte und verhinderte, dass wir ganz daran kaputtgingen. Ich hatte mich an Jacks konstante Präsenz in meinem Leben gewöhnt, ihm den Raum geschaffen, den er verdiente, und zugelassen, dass er ihn auch einnahm. Mit jedem Anruf, den er nicht entgegennahm, brach mein Herz ein Stück mehr. Im selben Moment wusste ich auch, dass Jack gerade mehr zu verlieren hatte als ich und dass er sich zurückzog, um sich vor weiteren Verlusten zu schützen. Egal, wie oft ich gesagt hatte, dass wir das gemeinsam durchstehen würden, dass ich nicht beabsichtigte, ihn alleinzulassen und zu gehen, und egal, wie sehr er das rational auch wusste, gerade drang es wohl nicht bis zu ihm durch.

»Einen Tag nach dem anderen, Dan.« Trotzdem war es ein seltsames Gefühl, dass gerade Jack, der Mensch, der Beziehungen mehr zu schätzen wusste als alle anderen, die ich kannte, auf Abstand ging. Egal, wie begründet es war.

Dan rümpfte die Nase. »Ich will nicht sagen, dass ich das habe kommen sehen …«

»Du willst genau das sagen«, widersprach ich, bevor er weitersprechen konnte, und warf ein Paar Socken nach ihm, damit er wusste, wie ernst ich die Aussage nahm. Dan würde immer denken, in meinem Leben ein Mitspracherecht, das über das Eis hinausging, zu haben. Entweder ich nahm es hin, zog ihn damit auf und verzichtete darauf, seinen Input ernst zu nehmen, oder ich ärgerte mich und versuchte ihn auszubremsen. Normalerweise tat ich Letzteres. Die Kraft, auch diese Schlacht zu schlagen – noch dazu vor einem Wettkampf mit gemeinsamer Anreise –, hatte ich nicht mehr.

Dan zog beide Augenbrauen nach oben und tippte auf seinem lädierten Schlüsselbein herum. Am Tag nach der OP, die es wieder fixiert hatte, hatte er gescherzt, jetzt Iron Man zu sein. Wie korrekt das in Sachen Metall war, wusste ich bis heute nicht, aber er hatte mich zum Lachen gebracht, als sein Unfall mich zu sehr an meinen eigenen erinnert hatte. Wir waren nicht gut füreinander, romantisch betrachtet, aber als Sportpartner und Freunde konnten wir funktionieren. Gut funktionieren, sobald Dan seine Vendetta gegen meinen Freund beendete.

»Hast du es schon gehört?« Sein Tonfall wurde vorsichtig.

»Was?« Ich löste meine Beine aus dem Schneidersitz und streckte sie.

»Das mit Jack. Dass er das Asthmamedikament seines Bruders für den Sport missbraucht hat.«

»Glaubst du das wirklich?« Ich verschränkte die Arme vor der Brust. Damit, dass Dan das Thema ansprach, hätte ich rechnen müssen. Wenn Amber von einem Gerücht gehört hatte, dann kannte Dan es auch. Denn immer noch verband sie die Gemeinsamkeit, die Eishockeymannschaft zu verabscheuen. Wenn Nash als selbst ernannter Rächer seiner Mitspieler auf der Eisfläche auch abseits des Eises so tickte, wollte ich nicht wissen, was passierte, wenn er den Ursprung des Gerüchts fand. Leider konnte ich nicht ausschließen, dass dieser direkt vor mir saß.

»Ich glaube, dass du ein idealisiertes Bild von Jack hast. Der perfekte Gentleman, der große Bruder, der sich aufopfert, um dem kranken kleinen Bruder eine Freude zu machen, ein Literaturstudent«, er schaffte es, Letzteres wie das größte Fehlverhalten der Liste erscheinen zu lassen, »ein Sportstar in Führungsposition, ein hingebungsvoller, romantischer Partner, alles ist so perfekt und stimmig wie im Film.« Dan zuckte mit den Schultern. »Ich glaube, dass du nicht wahrhaben willst, dass er hinter seiner ach so perfekten Fassade Abgründe versteckt. Jemand, der nicht gedopt hat, der seinem Bruder kein Medikament gestohlen hat, macht sich nicht plötzlich rar. Warum weglaufen, wenn man nichts zu verbergen hat?« Mit einem weiteren Schulterzucken stand er auf. »Wenn du jemanden brauchst, zum Reden oder so, sag Bescheid.«

»Ja«, antwortete ich, aber sogar bei diesem einen Wort versagte meine Stimme, und ich räusperte mich. »Ja.«

Ich wollte Dan nicht glauben oder seinen Aussagen irgendeine Bedeutung beimessen. Aber das, was er sagte, war schlüssig. Ich wusste nur nicht, ob es nur allgemein schlüssig oder auch auf mich zutreffend war.

»Romy?«

Als er meinen Namen sagte, sah ich noch mal zu ihm auf.

»Du musst nicht sofort wissen, wie es weitergehen soll. Wenn sich der Ritter in schimmernder Rüstung als Betrüger in Alufolie entpuppt, darfst du dir Zeit nehmen.« Damit ging er, schloss die Tür hinter sich und öffnete eine andere für meine Zweifel.

Jack wusste, dass er nichts zu verbergen hatte. Oder? Er hatte Aidens Medikament nicht eingenommen. Warum sagte er das nicht offen, egal, ob ihm die Menschen zuhörten oder nicht? Stattdessen ließ er es zu, dass sich alle über ihn das Maul zerrissen, und kommentierte nichts davon. Kein einziges Mal widersprach er, wenn ihm erst Doping im Allgemeinen, dann Medikamentenmissbrauch und schließlich der Diebstahl der Medikamente seines kranken Bruders unterstellt wurde. Wäre ich in seiner Situation … ich wusste nicht, was ich an seiner Stelle tun würde. Ich wollte glauben, dass ich protestieren würde, wenn jemand meinen Sportsgeist anzweifelte. Aber ich kannte mich, ich kannte die Angst, und Angst lähmte in den unpassendsten Momenten. Dass Angst aber auch den Teil lähmte, der für eine funktionierende Beziehung zuständig war, konnte ich mir nicht vorstellen.

Mit einem Seufzer sammelte ich das Paar Socken, das ich eben nach Dan geworfen hatte, wieder ein und packte es in die Reisetasche. Wir hatten eine längere Fahrt vor uns. Solange Jack nicht auf meine Anrufe reagierte, konnte ich nichts tun, sosehr ich es auch wollte.

»Bereit?« Dan wartete schon im Flur auf mich. »Alle Fenster geschlossen?«

Ich nickte zur Antwort auf beide Fragen und folgte ihm zu seinem Auto. Die Wettkampfgarnitur hängten wir an die Jackenhaken an den Fenstern der Rückbank, die Schlittschuhe stellten wir hinter unsere Sitze, und unser Alltagsgepäck wanderte in den Kofferraum. Dass ich mit Dan wegfuhr, anstatt mit Jack Zeit zu verbringen, fühlte sich falsch an. Nicht, weil ich ihn allein ließ, während er eine schreckliche Zeit durchmachte, sondern weil ich das erste Mal seit Tagen das Gefühl hatte, aufatmen zu können, kaum dass wir die Parkanlage verlassen hatten.

Die erste halbe Stunde fuhren wir schweigend. Dan schaltete wie üblich eine Playlist voller aktueller und alter Musik für unsere Programme an, was zu seiner üblichen Einstimmung auf einen wichtigen Wettkampf gehörte. Meine Routinen würden morgen beginnen – mit Appetitlosigkeit, Nervosität und einer Fahrigkeit, die sich erst auf der Eisfläche, wenn Dan mich sicher durch die Choreografie brachte, legen würde.

»Traust du dir den Wettkampf morgen zu?«, fragte er irgendwann, als wir die Autobahn entlangfuhren.

»Traust du ihn mir zu?« Den Moment, den er benötigte, um auf meine Gegenfrage zu reagieren, brauchte ich auch, dann war ich mir mit meiner Antwort sicher. »Ich schon.«

Um mich herum konnte passieren, was auch immer passierte. Ich stand sicher auf dem Eis. Ich konnte alles ausblenden, das über das und die Elemente, die ich auf das Eis brachte, hinausging. Dafür war ich Profi genug.

»Ich auch.« Dans Hand löste sich vom Lenkrad und schwebte kurz über meinem Ellenbogen, bevor er sie zurückzog. »Tut mir leid.«

Ihn freiwillig vor einer vergangenen Vertrautheit zurückweichen zu sehen, ließ ihn so respektvoll erscheinen, dass mir warm ums Herz wurde. Vielleicht würde zumindest zwischen uns alles gut werden.

»Willst du heute noch mit Jack sprechen? Oder klammerst du sein Drama vor morgen lieber aus?«

Ich zuckte mit den Schultern. Ich wollte von Jack hören, wissen, wie es ihm gerade ging, was er durchmachte. Ich wollte für ihn da sein. Gleichzeitig wollte ich morgen hundert Prozent geben, nicht bis zu Beginn unseres Laufs über β2-Agonisten grübeln und anschließend ein Bild von Jack verteidigen, von dem ich nicht wusste, wie subjektiv es war.

Ich hielt ihn nach wie vor nicht für jemanden, der bewusst dopte. Aber er war auch nur menschlich, und der Druck, dem er hatte standhalten müssen, war übermenschlich gewesen.

»Du musst ihn nicht noch mal anrufen«, sagte Dan. »Wenn er dich wirklich liebt, meldet er sich von selbst. Oder falls er Respekt vor ehrlichen Wettkämpfen hat.«

»Dan«, mahnte ich, kam aber nicht umhin, den Wahrheitsgehalt in seiner Aussage zu sehen. Ein Handy funktionierte in zwei Richtungen, und Jack konnte es bedienen. Wenn er mich sprechen wollte, würde er sich melden. Bis dahin war ich Romy-inklusive-Eiskunstlauf, nicht die zensierte Version. Die Entscheidung hatte etwas von Urlaub, Freiheit und Perspektive. Dass ich meinen Sport jemals wieder als befreiend oder als etwas, was ich unbedingt wollte, nicht nur musste, sah, hatte ich mir zurückerobert. Nicht allein, aber trotzdem war ich stolz auf mich.

Die meisten unserer Konkurrenten waren kompetent. Einige sogar richtig gut. Die wenigsten jedoch stellten eine ernsthafte Gefahr für uns dar, wenn man Dan glauben durfte. Ich freute mich, wenn ich vereinzelt Small Talk mit anderen Läuferinnen und Läufern machte, die bereit waren, den Wettkampfcharakter kurz außer Acht zu lassen, um Kommentare zu Kostümen, in denen wir einander seit Beginn der Saison sahen, Frisuren, die mal mehr, mal weniger gut gelungen waren, und den ewig verschwindenden Haarnadeln auszutauschen.

Wenn sie liefen und Dan und ich gerade nichts zu tun hatten, sahen wir zu, tauschten geflüsterte Noten aus und klatschten einander ab, wann immer wir nur geringfügig danebenlagen. Je näher wir dabei unserem eigenen Lauf kamen, desto zittriger wurden meine Hände. Irgendwann nahm Dan sie in seine und flüsterte statt Wertungsnoten kurze Beruhigungen.

»Du kannst das«, murmelte er, als wir unsere Schlittschuhe ein letztes Mal nachzogen, die Trainingsjacken bei Nadia ablegten und sie uns zum Eis brachte.

»Ja.« Ich atmete tief durch und ließ mich mit auf die Eisfläche nehmen. Dan umfasste einmal mehr meine Hand und führte mich zur Mitte des Eises. Meine Finger steckten beinahe in seinen Knochen, so fest umklammerte ich seine Hand.

»Wir schaffen das«, sagte er, nahm seine Ausgangsposition ein und zwinkerte mir zu, bevor die Musik begann und mein Gehirn jegliche Aktivität, die nicht das Programm betraf, einstellte. Meine Sorge, zu fallen, zu stolpern oder in die falsche Richtung zu laufen, verschwand hinter klaren Gedanken, die stets den nächsten Schritt, das nächste Element und den nächsten Kontaktpunkt mit Dan beinhalteten.

Und ehe ich michs versah, endete das Musikstück, Dan und ich lösten uns voneinander und brachten Abstand zwischen unsere Gesichter. Er warf mir einen zufriedenen Blick zu, der etwas wie »Habe ich dir doch gesagt« ausdrücken sollte.

Ich antwortete mit einem halben Lächeln. Noch stand unsere Wertung aus, und erfahrungsgemäß konnte sie von unserer Wahrnehmung eines Laufs abweichen. Nicht jedoch von Nadias Einschätzung. Dass sie uns anlächelte und uns zunickte, wertete ich als gutes Zeichen.

Nadias Eindruck unserer Performance auf dem Eis bewahrheitete sich, als wir auf der Bank Platz nahmen, uns von ihr die Schultern tätscheln ließen und eine Wertung bekamen, die uns vorerst an die Spitze des Rankings setzte.

»Nach uns kommen nur noch Leigh und Rick und Tessa und Elliot, die uns wirklich gefährlich werden können«, meinte ich, sobald wir den Platz geräumt und uns damit außer Hörweite der falschen Leute gebracht hatten. Das Gefühl, das man um diese Zeit in der Saison für die Konkurrenz, die man zum Teil seit Jahren kannte, entwickelt hatte, machte Wettkampftage wie heute sowohl einfacher als auch schwieriger: Einerseits konnte man die härtesten Konkurrenten schnell identifizieren und nachjustieren, wo es nötig war; andererseits saßen einem ebendiese Bekannten im Nacken, wenn man früh im Wettkampf an der Reihe war. Dennoch war ich um Welten entspannter als noch vor zehn Minuten, als wir den Lauf noch nicht hinter uns gebracht hatten.

»Leigh und Rick sind nicht gut in Form.« Dan rümpfte die Nase. »Hast du sie vorhin gesehen? Wenn er sie hebt, wackelt sein linker Fuß.«

»Denkst du, dass er verletzt ist?«

»Sei nicht albern, Romy«, mischte sich Nadia ein. »Rick stellt sicher, dass sein Schuh in Position ist, bevor er Leigh hebt. Ein klassisches Zeichen für zu viel Trockenübungen und zu wenig Eiszeit.« Sie sah zu mir. »Das ist einer der Gründe, weshalb ich dich mit Michaels Eishockeyspieler in die Halle geschickt habe. Eiskunstlauf lernt man nicht auf trockenem Boden.«

Ich nickte langsam und spielte mit dem Saum meines Ärmels. Die Aktion hatte funktioniert. Mehr als funktioniert. »Ich weiß nicht, ob ich mich je dafür bedankt habe.«

»Das musst du nicht. Dich mit einem Lächeln laufen zu sehen, ist Dank genug.« Nadia kommentierte eine Schrittfolge eines der anderen Paare, wechselte einige leise Sätze mit Dan, dann richtete sie ihre Aufmerksamkeit wieder auf mich. »Der Unterschied zur letzten Saison ist größer als der Zugewinn an Wertungspunkten. Technisch wart ihr nahezu perfekt. Jetzt glaubt man euch, vor allem dir, was ihr aufs Eis bringt.«

Kapitel 27

Er hatte nicht angerufen. Er hatte weder angerufen noch geschrieben noch ein anderes Lebenszeichen von sich gegeben. Hätte ich Maias kurze Updates zu einem weiteren knappen Spiel des Teams, das sich diesmal nach einer Verlängerung hatte geschlagen geben müssen, nicht erhalten, hätte ich das Wochenende über nichts von der UMMH mitbekommen. Im Gegenzug für eine Nachricht, die besagte, dass Brandon kurz mit Jack gesprochen hatte, schickte ich ihr ein Bild der Endwertung des Wettkampfes, den Dan und ich für uns entschieden hatten. Damit war unsere Qualifikation für die Nationals endgültig gesichert, und wir konnten uns auf den nächsten Schritt in Richtung Landeselite vorbereiten.

Nadia war zufrieden, Dan war zufrieden, ich war zufrieden. Zumindest bis wir auf den Parkplatz unseres Wohnhauses einbogen und mich die Realität wieder einholte. Oder jedenfalls der Teil der Realität, den ich das Wochenende über erfolgreich ausgeblendet hatte. Die letzten Tage hatte es nur den Sport, Dan, Nadia und mich gegeben; gelegentlich waren Bekannte durchs Bild gelaufen, aber im Grunde genommen hatte sich die Zeit auf die Kernelemente Eiskunstlauf und Team reduziert. Ich hatte nicht gewusst, wie sehr ich das vermisst hatte. Wie sehr ich *mich* vermisst hatte.

Und jetzt war ich wieder zu Hause, würde später noch zu Jack fahren, um nach ihm zu sehen, und alles an meinem Leben um das Eis herum fühlte sich falsch an. Ich atmete tief durch. Die Sache würde sich klären lassen. Egal, mit welchem Ergebnis, aber es würde irgendeine Art von Normalität einkehren. Ob die Gleiche wie bisher oder eine neue, würde sich zeigen.

»So.« Dan stellte den Motor ab und zog den Schlüssel ab. »Willkommen zu Hause.« Er drehte sich zu mir und hielt mir eine Hand entgegen, sodass ich einschlagen konnte. »Das Wochenende war perfekt.«

Ich nickte und klatschte ihn ab. »Unser Training hat sich bezahlt gemacht.«

Ein Grinsen breitete sich auf seinem Gesicht aus. »Wie in alten Zeiten.«

Oder so. »Besser als in alten Zeiten, wenn man Nadia glauben darf«, warf ich ein und löste meinen Gurt. »Bleibst du kurz am Auto? Dann bringe ich meine Schlittschuhe und so schnell zu meinem.«

Dan zeigte mir einen Daumen nach oben, und ich machte mich daran, die Sportsachen, die ich weder lüften noch waschen musste, von einem Auto ins andere zu räumen. Anschließend beluden wir uns mit dem restlichen Gepäck und schleppten es in die Wohnung, wo Dan unsere Kostüme zum Lüften aufhängte und ich begann, die Wäsche in Körbe zu sortieren, damit ich heute zumindest den ersten Schwung schon waschen konnte. Wir besaßen beide genügend Sportgarnituren, in Kleidungsnot würden wir nicht kommen. Aber Favoriten hatte man doch immer. Beispielsweise das Shirt, das Dan mit seinen Handabdrücken verziert hatte, als er mit Händen voller Lebensmittelfarbe zum Training gekommen war. Ich knüllte es zusammen und warf es in den richtigen Korb. Die Flecken waren schon beim ersten Waschgang verschwunden, aber andere Folgen der Aktion waren geblieben. Die Narbe, die mich zu meiner eigenen Überraschung kaum noch störte. Im Alltag bemerkte ich sie kaum noch, und auch das, wofür sie stand, hatte ich hinter mir lassen können. Dafür war Jack eine konstante Präsenz in meinem Leben, die ich nicht missen wollte.

Und nicht missen sollte. Ich pausierte meine Haushaltsaktivität und zog das Handy aus der Hosentasche, um Jack eine Nachricht zu schreiben.

»Wir haben den Wettkampf gewonnen, falls es dich interes...« Ich löschte die Nachricht wieder. Ich wusste nicht, wie es ihm gerade ging, und mit dieser Aussage würde ich so oder so einen Finger in die offene Wunde legen. Egal, wie enttäuscht ich darüber war, nichts von ihm gehört zu haben. Das musste ich ihm nicht antun.

»Hey, alles okay bei dir?« Auch diese Nachricht löschte ich Zeichen für Zeichen. Zu unpersönlich.

Warum hatte er sich nicht einfach gemeldet und mich unterstützt? Dan und ich waren wunderbar zurechtgekommen, und ich hatte die Pause von dem omnipräsenten Weltuntergang gebraucht, aber am Ende des Tages blieb als Fazit, dass sich mein Freund kein einziges Mal bei mir gemeldet hatte – von Freitagmorgen bis jetzt, Sonntagspätnachmittag.

»Hey, ich bin wieder zu Hause. Ich komme später vorbei, wenn es dich nicht stört«, tippte ich und drückte auf den Senden-Button, bevor ich es mir anders überlegen konnte. Wahrscheinlich war es ohnehin besser, einander persönlich zu sehen, als zu versuchen, all das Ungesagte, das zurzeit mitschwang, in irgendwelche Nachrichten zu zwängen. Der Inhalt würde ja doch auf der Strecke bleiben.

Ich sah nicht noch mal auf mein Handy, bis ich die Waschmaschine mit der ersten Ladung gefüllt und angeschaltet hatte, aber auch dann war keine Antwort von Jack unter den ungelesenen Nachrichten.

Die nächste Stunde verbrachte ich damit, aus dem Inhalt des Kühlschranks ein Gericht für den kommenden Tag zu zaubern, ohne dass ich zwischendurch einkaufen gehen musste, wenn ich am übernächsten Tag nicht fasten wollte, meine leere Reisetasche wegzuräumen und kurz auf dem Sofa zu sitzen und die Beine hochzulegen.

»Hast du Lust, noch essen zu gehen?«, fragte Dan und setzte sich neben mich. Er pflückte meine Beine vom Sofa und legte sie sich auf den Schoß.

Unsere Positionen waren harmlos, dennoch behagte es mir nicht, so mit meinem Ex-Freund herumzusitzen, wenn ich in einer Beziehung war. Ich zog die Beine wieder an und setzte mich im Schneidersitz auf das Polster. Schlimm genug, dass ich immer noch mit Dan zusammenwohnte. Dem Fakt musste ich nicht noch unklare Grenzen hinzufügen. Wir waren die letzte Zeit besser miteinander ausgekommen, aber für ein gemeinsames Abendessen reichte es nicht. Nicht, wenn Distanz wichtig war, um klare Fronten zu schaffen.

»Ich will noch zu Jack fahren«, sagte ich und zuckte mit den Schultern. Zwangsläufig hatte ich das Wochenende bisher mit Dan verbracht, irgendwann war auch Jack an der Reihe, auch wenn ich dessen Enthusiasmus für gemeinsame Zeit noch etwas vermisste.

Dan antwortete nicht sofort, sondern tippte auf seinem Handy herum. Aus dem Augenwinkel erkannte ich das Instagram-Logo. »Hat er sich inzwischen überlegt, wie es weitergehen soll?«

Ich zuckte mit den Schultern.

»Soll das heißen, er hat dich das ganze Wochenende nicht angerufen?« Er zog die Augenbrauen nach oben und warf mir einen pointierten Blick zu. »Für jemanden, der angeblich …«

Mein Blick brachte ihn zum Verstummen. »Ich weiß, wie du dazu stehst.«

»Und weißt du auch, wie du dazu stehst?«

Manchmal hatte Dan ein Talent dafür, die falschen Fragen zu stellen. Oder die richtigen, wenn man so wollte. Wusste ich, wie ich zu der Frage stand? Ich hatte gedacht, mir sicher zu sein. Jetzt hatte ich phasenweise das Gefühl, gar nichts mehr zu wissen.

»Ja«, antwortete ich dennoch. Dan machte kein Geheimnis daraus, dass er Jack Doping nicht nur zutraute, sondern auch unterstellte. Ich würde kein Geheimnis daraus machen, dass ich Jack immer verteidigte, solange er nicht selbst eine andere Linie fuhr. Unabhängig davon, wie sicher oder unsicher ich mir bezüglich einzelner Aspekte war, ich konnte und wollte mich nicht gegen meinen Freund stellen. Schon gar nicht, wenn die Alternative Dans Meinung war. »Jack würde das nicht nie tun.«

»Und wenn doch?« Dan hielt meinem Blick stand. »Dann bist du als die Freundin des Dopingfalls gebrandmarkt.«

Ich zuckte mit den Schultern. »Dann ist es ja gut, dass es diesen Fall nicht geben wird.«

Er seufzte theatralisch. »Ich hoffe es, Romy. Ich hoffe es für dich.« Er räusperte sich. »Aber ich stehe so oder so an deiner Seite. Als Sportpartner … und als Freund.«

»Danke«, sagte ich und richtete mich langsam auf. Zeit, das Gespräch abzuwürgen und zu Jack zu fahren. Lieber saß ich noch einen Moment im Auto und wartete, als Dan weiter Raum zu geben, meinen Freund zu beschuldigen. »Aber das wird nicht nötig sein.«

Damit stand ich auf und kündigte erneut meinen Trip zu Jack an, bevor ich ihn tatsächlich antrat. Wie vermutet war ich zu früh losgefahren, zu früh bei Jack angekommen und damit in der Situation, die Social-Media-Apps auf meinem Handy durchzusehen. Ich beantwortete ein paar Nachrichten meiner Schwester, die Kinderbilder meiner Stiefnichte geschickt hatte, verabredete mich für den kommenden Tag zum Mittagessen mit meiner Laborpartnerin, um die Protokollanteile zusammenzufügen, und landete dann doch auf Instagram. Dan hatte eine neue Story gepostet und mich verlinkt. Ich tippte auf die Benachrichtigung und wurde zu einem Wettkampfbild weitergeleitet, das ich selbst auch noch mal teilte. Dann sah ich mir seine restlichen Story-Beiträge an, und ein Sticker erschien.

»I stand against doping« – vor einem Hintergrund, der einen der Artikel, in denen Jacks Abwesenheit mit dem Verdacht in Verbindung gebracht wurde, abbildete.

Ich tippte den Sticker an. Erstellt hatte ihn Amber; wer sonst? Außer Dan nutzten ihn vor allem seine Bekanntschaften aus der Zeit, in der der Eishockeymannschaft Streiche gespielt worden waren. Nichts an der Aktion, der offenen Hetze gegen einen Eishockeykapitän, überraschte mich.

Alles an der Aktion gegen meinen Freund enttäuschte mich. Vor allem Dans Beteiligung.

Ein paar Minuten später hatte ich meinen Frust so weit unter Kontrolle, dass ich nicht meinen Ärger über meine Sportkolleginnen und -kollegen an Jack auslassen würde. Ich brachte schon genug Frust ihm gegenüber mit, den zusätzlichen Kram konnte ich für den Moment wegschieben. Dan und auch die anderen würde ich früh genug sehen und darüber in Kenntnis setzen, was ich von ihrer mangelnden sportlichen Solidarität hielt.

Wirklich beliebt hatte mich meine Beziehung mit Jack nicht gemacht – vor allem, seit Dan und ich wieder gut miteinander auskamen und es keine Anzeichen dafür gab, dass er und ich unsere gemeinsame Karriere in absehbarer Zukunft beenden würden. Wenn ich jetzt einforderte, einen der Sportler, gegen die aufgrund der Eismeisterstrafe noch immer Groll gehegt wurde, zu unterstützen, würde mir das keine Pluspunkte bescheren. Aber war das nicht egal? Ich war nicht hier, um Freunde zu finden. Dass ich zufällig Menschen kennengelernt hatte, die in diese Kategorie fielen, war pures Glück gewesen.

Ich sperrte das Auto hinter mir ab und klingelte bei Jack. Kontaktpause hin oder her, er ließ mich sofort ins Gebäude und hatte die Wohnungstür bereits geöffnet, als ich dort ankam. In den Sekunden, die ich brauchte, bis ich von der Eingangstür aus zu ihm gegangen war, schoss mir eine wilde Mischung aus möglichen Begrüßungssätzen durch den Kopf – nicht alle waren nett und verständnisvoll.

Und dann standen wir uns gegenüber. Ich sah Jack an, blinzelte, und mein Kopf war wie leergefegt. »Hey«, sagte ich und schluckte.

»Hey«, erwiderte Jack. Mit der rechten Hand hielt er sich am Türrahmen fest, als wäre dieser das Einzige, was ihm Halt gab. Im Gegensatz zu letzter Woche trug er heute kein Sweatshirt mit Unilogo, sondern ein ausgewaschenes T-Shirt. Als ich über seine Schulter in die Wohnung blickte, konnte ich dort einige seiner Jacken liegen sehen.

Als klar wurde, dass Jack nicht weitersprechen würde, straffte ich die Schultern und suchte seinen Blick. »Wie war dein Wochenende?« Bevor er antworten konnte, fuhr ich fort: »Meines war gut.« Ich räusperte mich. »Dan und ich haben die letzte Qualifikation geschafft.«

Nun war es mein Freund, der die Augen kurz schloss und erst nach einem Moment wieder öffnete. »Das ist gut« sagte er. Er holte tief Luft. Dann: »Denke ich. «

Einen Moment lang schwiegen wir uns an, bis Jack mich mit einer Geste einlud, seine Wohnung zu betreten. Er zog die Tür hinter uns zu und blieb doch im Flur stehen. Wie bestellt und nicht abgeholt – fühlte er sich so? Irgendwo zwischen Heimat und Aufbruch gefangen, ohne zu wissen, welche Entwicklung es geben würde?

»Ja.« Ich versuchte zu lächeln, scheiterte aber auf halber Strecke. Wann war es schwer geworden, sich mit Jack zu unterhalten? »Das ist gut.«

Jack nickte nur.

»Wie war dein Wochenende?«, fragte ich erneut. »Wie geht es dir?«

Er zuckte mit den Schultern. »Wie soll es mir gehen?« Er musste nicht mehr sagen. Sein resigniertes Lächeln war Antwort genug. »Sie sagen, ich hätte Aidens Asthmaspray geklaut. Um zu dopen.« Freudlos lachte er auf.

»Ja.« Ich presste die Lippen aufeinander. »Ich weiß.«

»Das habe ich nicht getan.«

»Ich weiß.«

Jack fuhr sich mit der Hand durch die Haare. »Da bist du die Einzige.«

Mein Herz brach, als ich meinen Freund so niedergeschlagen erlebte. Im selben Moment kam jedoch auch meine Enttäuschung über die letzten Tage wieder hoch. »Hast du offen gesagt, dass du das niemals tun würdest? Hast du dich gewehrt?«

Die Frage war unfair, und das wusste ich in dem Moment, in dem ich sie aussprach. Jacks Schultern sackten herunter, bevor er sie straffte und das Kinn vorstreckte. Ich öffnete den Mund, um meine Worte zurückzunehmen, schloss ihn aber wieder, als mein Freund den Kopf schüttelte. Ich konnte sie nicht zurücknehmen – ausgesprochen standen sie im Raum und drückten aus, was ich gedacht hatte. Dachte. Was auch immer. Jack vorzuwerfen, in dieser Situation nicht laut geworden zu sein, war, als würde ich ihn nach dem Mehrwert des Schweigens fragen. Ob es etwas gebracht hatte, nichts zu tun. Und dabei implizierte ich, dass es eine richtige und eine falsche Antwort – und Verhaltensweise – gab. Ich hatte demjenigen, der unverschuldet in die Situation geraten war, gerade indirekt vorgeworfen, menschlich reagiert zu haben. Wieder öffnete ich den Mund, diesmal, um mich zu entschuldigen, aber erneut brachte Jack mich zum Verstummen, bevor ich das erste Wort herausgebracht hatte.

»Du bist sauer.« Er fragte nicht. Stattdessen sagte er es, wie er einen Fakt, den er nicht ändern konnte, aussprechen würde.

»Ich bin nicht sauer«, sagte ich, darauf bedacht, zumindest jetzt fair zu bleiben. »Ich hätte mir gewünscht, dass du dich in den letzten Tagen gemeldet hättest. Oder meine Anrufe angenommen hättest.« Aber gerade war mein schlechtes Gewissen zu groß, um wirklich wütend auf ihn zu sein. Wut traf es ohnehin nicht. Ich war enttäuscht, vielleicht verletzt. Obwohl mir Letzteres nicht mehr wirklich zustand.

Jack nickte. »Ich hätte mir gewünscht, dass du geblieben wärst, anstatt mit dem Mann, der mich öffentlich als jemanden, der die Medikamente anderer Menschen missbraucht, dastehen lässt, wegzufahren.« Er verschränkte die Arme vor der Brust und suchte meinen Blick. »Dass der Typ dein Ex-Freund ist, der dich noch nie respektvoll behandelt hat, macht die Sache nicht besser.« Ein Seufzer. »Ich sehe ein, dass ihr zusammen Sport treibt. Aber ich hätte mir gewünscht, du wärst nicht mit ihm gefahren.«

Zusammen Sport treiben. Zusammen Sport zu treiben war, sich einmal die Woche zum Laufen zu treffen oder im selben Ruderverein zu sein. Dan und ich taten mehr als das. Wir leisteten mehr als das und verbrachten mehr Zeit zusammen. »Dan ist meine Mannschaft«, sagte ich, als mir kein besserer Vergleich einfiel, um Jack verstehen zu lassen, um welche Dynamik es sich handelte. »Wir sind als Team angetreten. Bei einem Wettkampf, der für unsere Karriere wichtig ist.«

Er konnte nicht ernsthaft von mir erwartet haben, dass ich den letzten Wettkampf, den wir gebraucht hatten, um uns die Teilnahme an den Nationals zu sichern, ausließ, um bei ihm zu bleiben – oder? Das war, als hätte ich verlangt, dass er seinen Sport für mich zurückstellte. So funktionierte es nicht, nicht für mich. Und bis eben hatte ich angenommen, dass auch unsere Beziehung nicht so funktionieren würde.

»Ich musste mit Dan antreten. Das wusstest du schon vor der positiven Probe.«

»Bevor ich gedopt habe?« Jack zog eine Augenbraue nach oben und verlagerte das Gewicht auf ein Bein.

»Bevor das Labor ein positives Ergebnis gemeldet hat«, korrigierte ich ihn und atmete tief durch. »Was ich sagen will, ist, dass du nicht erwarten kannst, dass ich alles stehen und liegen lasse, um dir ein Wochenende lang Gesellschaft zu leisten.«

»Dein Ex-Freund ist dir wichtiger als ich?«

Mit jedem Wort, das er sagte, schwand mein schlechtes Gewissen ein Stück weit. Ganz verließ es mich nicht. »Mein Sportpartner und meine Karriere hatten für ein Wochenende Priorität. Wie dein Training, deine Mannschaft, deine Pläne es für dich auch gehabt hätten.«

»Du meinst, bevor sich das alles in Luft aufgelöst hat?«

So kannte ich Jack nicht. So ... wütend, pampig und frustrierend. Bis zu einem gewissen Punkt wusste ich, dass er über mich genauso frustriert war wie ich über ihn, dass er litt und ich vielleicht nur das Ventil war. Es abnicken und schlucken konnte ich trotzdem nicht.

»Ich meine gar nichts.«

»Aber du denkst, dass ich falsch mit der Situation umgehe.«

»Nein.« Ich suchte seinen Blick. »Ich weiß auch nicht, was richtig oder falsch ist. Ich ...« ... will dir glauben, dass das alles ein Missverständnis ist. Ich schaffte es nicht, den Satz zu beenden. Glauben wollen war nicht dasselbe wie glauben. »Ich weiß nicht, was ich für dich tun soll. Ich will für dich da sein, das steht außer Frage.«

Er schnaubte und griff an die Tür. »Du erwartest von mir, dass ich mich offen positioniere. Aber stehst du an meiner Seite, wenn ich es tun soll? Nein.«

»Du tust so, als würde ich nicht jeder Person, die ich treffe und die die Probe für echt hält, widersprechen!«

»Und trotzdem hast du mich alleingelassen. Und trotzdem sagst du mir nicht, dass du glaubst, dass ich nichts Illegales genommen habe. Du bist lieber mit deinem Ex, der mich hasst, verreist.«

»Jack, ich ...«

»Du bist einfach gefahren, Romy. Die eine Sache, um die ich dich geb...« Sein Ton war so anklagend, so vorwurfsvoll, dass ich wusste, dass ich meine nächsten Aussagen bereuen würde, wenn ich die Situation nicht sofort verlassen würde.

»Und ich fahre auch jetzt wieder«, sagte ich und zog meinen Autoschlüssel aus der Jackentasche. »Ich war auf einem Wettkampf. Nadia war da, einige Eiskunstlaufpaare, Trainer, Juroren und, ja, auch Dan. Aber es war ein Wettkampf, von dem du wusstest, vor dem ich versucht habe, dich zu erreichen, und nach dem ich auch nichts von dir gehört habe.« Ich schluckte. »Beziehungen sind keine Einbahnstraßen, weißt du? Auch wenn du in einer furchtbaren Situation bist, die ich niemandem wünschen würde, am wenigsten dir. Ich bin auch noch ein Mensch, und ich bin nicht bereit, den Eiskunstlauf zu verlieren.«

Schon gar nicht, wenn Jack vergaß, dass ein »du und ich« nicht automatisch ein »wir« ergab, wenn nicht beide Parteien darin investierten.

Jack öffnete die Tür.

Von allen Antworten, die er hätte geben können, hätte keine so wehgetan wie die Stille, mit der er darauf wartete, dass ich zurück ins Treppenhaus trat. Die ersten Tränen begannen zu fließen, kaum dass ich die Türschwelle überschritten hatte. Ich sah mich einmal um, aber Jack hatte den Blick durch mich hindurch gerichtet. Zumindest dachte ich das.

»Weißt du«, sagte er, als ich schon ein paar Meter gegangen war, »ich verliere gerade alles. Du nur mich.«

Kapitel 28

»Dan ist nicht da«, kommentierte ich, als Maia am Abend des nächsten Tages in die Wohnung kam und zuerst in Küche und Wohnzimmer sah.

»Sehr gut.« Sie nickte und zog eine riesige Packung Eiscreme aus ihrer Tasche. »Dann beschwert er sich auch nicht, dass ich seine Sportpartnerin«, sie malte mit den Fingern Anführungszeichen in die Luft, »mäste.«

Es gelang mir nicht, die Spitze gegen meinen Mitbewohner mit einem Lächeln zu quittieren. »Er hat mir letzte Woche Nudeln gebracht.«

»Oh.« Maia nickte langsam, die Augenbrauen hochgezogen. »Das bedeutet natürlich, dass er verstanden hat, dass deine Ernährung ihn nur peripher etwas angeht.« Wäre ihre Miene nicht schon eindeutig gewesen, hätte spätestens ihr Tonfall gezeigt, wie ernst sie ihre Folgerung meinte.

Das Argument, dass meine Ernährung durchaus etwas war, das Dan betraf, sparte ich mir. Maia würde nie einsehen, dass ein oder zwei Kilogramm Unterschied auch einen Unterschied auf dem Eis bedeuteten. Wahrscheinlich konnte man das nur nachvollziehen, wenn man den Sport dauerhaft ausübte. »Dan war die letzte Zeit netter zu mir«, sagte ich.

»Weil das auch die ganze Zeit davor wieder wettmachen soll. Dan ist immer dann nett zu dir, wenn er sich etwas davon verspricht. Denk an die Blumen. Er wollte dich nicht, als du Unterstützung vertragen konntest, aber kaum hattest du Erfolg mit deinem Sprung, war er wieder zur Stelle. Der Typ hat nicht plötzlich seine Gefühle richtig gedeutet, sondern er dressiert dich wie einen Hund. Zumindest versucht er es.«

»Okay.« Was sollte ich sonst darauf erwidern? Dass er mir nie mit »Sitz« und »Platz« gekommen war? Dass wir definitiv nie Halsbänder und Leinen in unser Liebesleben integriert hatten?

Maia seufzte. »Du hast keine Ahnung, was ich damit ausdrücken will, oder?« Sie wartete nicht erst auf meine Antwort. »Dan ist großartig darin, nett und aufmerksam und liebenswürdig zu sein, wenn er dich in etwas bestärken will. Darin, dass du einen Wettkampf gut … bestreitest? Antrittst? Wie auch immer ihr es nennt, du weißt schon, was ich meine. Oder er belohnt dich mit irgendetwas, wenn du die Leistung bringst, die er von dir erwartet. Aber wann immer ihm etwas nicht passt und er dein Verhalten korrigieren will, zieht er all die positiven Sachen und das Privileg, in einer Beziehung mit ihm zu sein, zurück. Und jetzt, wo du unter Jacks Situation leidest, verstärkt er jeden Zweifel oder Moment der Schwäche. Verstehst du, worauf ich hinauswill?«

Schon irgendwie. Ein bisschen zumindest. Dan wollte mich darauf programmieren, dass ich ihm treu ergeben blieb, Leistung brachte und idealerweise von Jack Abstand nahm. Ich nickte.

»Dan ist unfähig, dich als Menschen zu sehen und zu lieben. Er liebt die Leistungsträgerin, aber der Mensch an sich interessiert ihn nur, solange die Ergebnisse stimmen.« Sie zuckte mit den Schultern. »Das macht ihn zu einem verdammt schlechten Partner. Du bist nämlich vor allem Mensch, auch wenn du das anders siehst.«

Gerade sah ich vor allem, dass Maia eine immens gute Beobachtungsgabe hatte – gepaart mit der Fähigkeit, auszudrücken, was sie wahrnahm. Wie ein Mensch wie sie Eishockeyspiele noch immer vollkommen planlos verfolgte, war mir ein Rätsel.

»Dan ist sowieso Geschichte«, hörte ich mich sagen. Wir beide als Paar waren vorbei. »Mein Problem ist eher Jack.«

»Jack«, echote Maia und schlug den Weg zu meinem Zimmer ein. »Wie geht es dir? Du hast geschrieben, dass ihr euch gestritten habt. Was hat er gemacht?«

»Nichts.« Ich zuckte mit den Schultern und folgte ihr zu meinem Bett, vor das ich mich auf den Boden setzte. »Das ist ja das Problem.«

Sie breitete sich auf meinem Bett aus, legte sich auf den Bauch und stützte das Kinn in die Hände. »Das musst du mir genauer erklären.«

Ich fasste das Wochenende, seine Unerreichbarkeit und den Streit gestern noch mal für sie zusammen. »Und jetzt herrscht wieder Funkstille.«

»Uff.« Maia biss sich auf die Lippe. »Brandon ist derjenige, der den Psychokram studiert.«

Brandon studierte Psychologie? Das hatte ich nicht gewusst. Es erklärte, warum er in die Mannschaftsführung integriert war und vermutlich einen guten Job machte, aber andere Anzeichen dafür hatte es meiner Meinung nach nicht gegeben.

»Gestern ist alles ein bisschen eskaliert.« Ich lehnte mich zurück, bis ich den Kopf gegen die Matratze stützen konnte. »Ich war unfair.«

»Vielleicht. Es ist aber auch unfair von ihm, zu erwarten, dass du nicht weiterlebst, nur weil ihm das passiert ist. Zumal es eine Sperre auf Zeit ist. Denke ich.«

»Ich hoffe es.« Bedeutete das, was gestern geschehen war, schon das Aus für Jack und mich, oder konnten wir uns von dem Streit erholen? In jedem Fall wollte ich Jack glücklich sehen, und zu einem glücklichen Jack gehörte Eishockey.

»Ich glaube, du brauchst eine Pause von dem ganzen Chaos.« Maia angelte nach der Eispackung, die sie mitgebracht hatte. »Hast du deinen Laptop da? Ein kitschiger Film und Eis machen alles besser.« Sie grinste mich an. »Außer du bist zu diszipliniert. Dann esse ich das Eis, und du kannst an einer Karotte knabbern.«

Ich hatte keine Ahnung, womit ich sie verdient hatte. »Das klingt perfekt. Eis inklusive.«

Maia suchte einen Film aus, während ich zwei Löffel und Softdrinks aus der Küche holte. Aus Chemiebüchern, für die man eigentlich einen Waffenschein brauchen sollte, und meinem Schreibtischstuhl bauten wir eine Konstruktion, auf der der Laptop so stand, dass wir ihn beide im Blick haben konnten. Wir starteten den Film, der sich schnell als seichte Schmonzette mit mäßig überraschenden Wendungen entpuppte. Genau das, was ich jetzt brauchte.

»Brandon meint, mit der Instagram-Aktion haben sich ein paar von euch so unbeliebt gemacht, dass er sich nicht sicher ist, ob der Kleinkrieg nicht noch mal ausbricht. Jack hat die Aktionen immer gemäßigt, aber das fällt jetzt ja weg.« Sie schnitt eine Grimasse.

»Dann bleibt nur die Frage, ob Dan unsere oder Brandons Kollegen zuerst aufstachelt.« Ich verdrehte die Augen. Als ich gestern Abend in Tränen aufgelöst nach Hause gekommen war, hatte Dan mir Taschentücher gebracht und mich dann in Ruhe gelassen, bis ich mich beruhigt hatte. Anschließend hatte seine Abneigung gegen Jack einen erneuten Schub erlebt. Offenbar hatte er noch immer ein Problem damit, wenn es andere waren, die meine Stimmung oder Motivation negativ beeinflussten. Oder es lag daran, dass er meine Reaktion auf Jack verstärken wollte. Nach Maias Einschätzung wusste ich gar nichts mehr, was das betraf.

»Die Chancen sind ziemlich ausgeglichen.« Maia und ich tauschten einen Blick und verdrehten die Augen, bevor wir uns wieder auf den Bildschirm konzentrierten. Die Handlung rund um eine Kinderärztin, die einen erwachsenen Prinzen aufs Auge gedrückt bekam, plätscherte so dahin, und noch bevor wir die Hälfte des Films erreicht hatten, war ein Großteil der Eispackung geleert und wir steuerten direkt auf Übelkeit, die uns den Rest des Abends begleiten würde, zu. Auch wenn der Film das Gegenteil von fesselnd und überzeugend war, schoben wir die Fortsetzung direkt hinterher – die royale Hochzeit stand ins Haus, und selbst wenn ich weder an der seltsamen Ärztin noch an dem Prinzen, der im Vergleich zu Jack mäßig attraktiv wirkte, interessiert war, war es schön zu sehen, wie sich sämtliche Intrigen in Luft auflösten und die Probleme das Happy End nicht verhinderten, egal, wie künstlich verzweifelt alle Figuren wurden. Im Moment hatte das Kitschkonzept etwas Tröstliches.

»Willst du noch etwas zu trinken?« Ich hob mein leeres Glas und sah zu Maia.

»Ja, bitte.«

Gerade probierte die Protagonistin Brautkleider an, was ich als Zeichen dafür nahm, dass ich mich bedenkenlos entfernen konnte, ohne wichtige Punkte der Handlung zu verpassen. Doch das traf wohl auf den ganzen Film zu. Wo Maia den ausgegraben hatte, wollte ich gar nicht so genau wissen. Am Ende warteten dort noch mehr von dieser Sorte.

Ich sammelte die leeren Flaschen ein und brachte sie zurück in die Küche, um sie gegen neue auszutauschen. Idealerweise Pepsi. Salzstangen wären auch gut, fürchtete ich. Die letzten fünf oder fünfzehn Löffel Eis hätte es nicht gebraucht.

Vorsichtshalber aß ich gleich ein paar Stangen und spülte sie mit dem ersten Schluck Pepsi herunter. Diese Kombination musste nur noch wirken. Auf dem Weg zurück zu Maia hielt ich vor Dans Zimmer inne. Hinter der Tür waren Schritte zu hören, gefolgt von dem Quietschen, das so charakteristisch für das quasi antike Sofa, das Dan in seinem Zimmer hatte und nicht entsorgen wollte, war, dass ich es immer hätte zuordnen können. Seit wann war Dan wieder zu Hause? Vorhin hatte er angekündigt, länger unterwegs zu sein, sodass ich nicht mit ihm gerechnet hatte. Letztlich war es auch egal, wir hatten sowieso nicht geplant, gemeinsam zu essen.

Maia und Dan an einem Tisch? Die Kombination hatte selten einen lustigen Abend hervorgebracht. Sosehr Maia Dan für seine Art und seinen Umgang mit mir hasste, so wenig hielt Dan von meiner besten Freundin. Dass sie mit unserem Sport nichts anfangen konnte und auch sonst wenig athletische Neigungen mitbrachte, hätte sie auch unabhängig von ihrer Meinung über ihn zu einem der Menschen gemacht, an die er seine Zeit nicht verschwenden würde.

Die beiden dazu zu zwingen, Zeit miteinander zu verbringen, hatte keinen Sinn. Ich schmunzelte und ging weiter, als Dans Stimme mich innehalten ließ. Wobei es weniger seine Stimme war, als der Inhalt dessen, was er sagte.

»Romy kommt darüber hinweg.« Sein Tonfall war unbeteiligt, fast schon gesellig bis Plauderton.

Worüber würde ich hinwegkommen?

»Und wenn nicht, ist es auch egal. Sie ist mir egal, Amber.«

Ach so. Über Dan. Fing er nun doch wieder etwas mit Amber an? Was er an ihr fand, war mir ein Rätsel. Oder auch nicht, wenn ich daran dachte, was ich von dem Liebesleben der beiden mitbekommen hatte. Ich hatte nur nicht geglaubt, dass das als Beziehungsgrundlage ausreichend wäre. Nicht mein Problem. Gerade war ich sowieso niemand, der über die Beziehungen anderer urteilen durfte. Ich konnte ja kaum meine eigene ordentlich führen.

»Nein, wir ziehen das durch. Der Sticker hat funktioniert, sie haben sich gestritten.« Jetzt klang er entnervt.

Mit jedem Wort, das er sagte, breitete sich ein ungutes Gefühl weiter in meinem Körper aus – aber zuordnen konnte ich es nicht. Für den Fall, dass er weitersprach, blieb ich stehen. Dass es um mich ging, hatte mein Name verraten, aber was Amber jetzt wieder für ein Problem hatte, wusste ich nicht. Wahrscheinlich sollte es mir egal sein. Wenn ich von Dan verlangte, sich aus meinem Beziehungsleben herauszuhalten, sollte ich mich ebenfalls zurückhalten, was seines betraf. Sollte ich.

»Lennard hat ihn richtig eingeschätzt – die Nummer mit dem Bruder oder welchem Kind auch immer war gut. Alle hassen ihn, weil er dem kranken Kind das Zeug gestohlen hat.«

Die Sache mit dem Sticker. Gestern hatte Dan den Sticker auf Instagram geteilt. Die Nummer mit dem Bruder. Jack hatte einen Bruder, der sowohl krank war als auch gegen Jack verwendet wurde. Die Stichwörter in dem Gespräch waren zu viele, als dass ich sie überhören konnte. Und was hatte Lennard, Eiskunstläufer und in seinem Hass auf Eiskunstläufer beinahe so festgefahren wie Dan, mit der Sache zu tun? Das letzte Mal, dass ich von Lennard gehört hatte, war, als er sich lautstark über den Strafdienst beim Eismeister beschwert hatte. Wir mochten ja beide Biochemievorlesungen besuchen, aber zu sagen hatten wir uns nichts.

»Ja, sie zweifelt auch. Stopft Eis in sich hinein und betrauert die Ehre ihres gefallenen Angebeteten.« An der Art, wie Dan den Satz sagte, konnte ich schon vor mir sehen, wie er die Augen verdrehte.

Hätte er nicht eindeutig von mir gesprochen, hätte ich die Formulierung vielleicht lustig gefunden. Stattdessen versuchte ich nur, den Ärger darüber, wie er über mich redete, lange genug beiseitezuschieben, um die Puzzleteile zusammenzufügen. Es war, als hätte ich schon alle Randstücke sortiert und zusammengebaut, nur um an den Verbindungsteilchen zu scheitern und doch kein ganzes Bild aus der Ahnung basteln zu können.

»Und wenn schon. Was aus ihm wird, ist egal. Solange sie sich wieder einkriegt und sich erinnert, was ihre Aufgabe ist, ist es mir egal, ob er für ein Jahr oder für immer gesperrt wird.«

Eine kurze Pause trat ein.

»Nein, wir ziehen das durch«, betonte er noch mal. »Sollte sich Romy nicht zusammenreißen, wiederholen wir das Spiel einfach, und ein zweites Mal glaubt niemand mehr an einen Zufall oder eine verrücktspielende Probe.«

Mit dem letzten Teil lieferte Dan das Stichwort, das ich brauchte, um alles andere zusammenfügen zu können. Und doch war mein Kopf wie leer gefegt. Erst als mir die

Flaschen aus den Fingern rutschten und mit einem dumpfen Geräusch auf dem Boden aufkamen, begann mein Gehirn, wieder zu arbeiten und das Bild, das das Puzzle ergeben hatte, nicht nur zu sehen, sondern auch zu deuten.

Dan klang nicht wie jemand, der in Sachen Gerüchteküche rund um Jack gut informiert war, sondern eher wie jemand, der darin involviert war. Und wie es sich anhörte, betraf das nicht nur die Gerüchte, sondern auch den Sachverhalt dahinter. Den Gesprächsanteilen, die ich mitbekommen hatte, nach, glaubte Dan, direkt auf künftige Proben Einfluss nehmen zu können. Das konnte er nicht. Nicht, wenn er nicht diesmal schon …

»Romy?« Dan stand in der plötzlich geöffneten Zimmertür, das Handy noch am Ohr, mit besorgter Miene. Machte er sich Sorgen um mich oder darum, dass ich etwas gehört haben konnte?

Letzteres, entschied ich. Dass ich ihm egal war, hatte er Amber gegenüber nicht aussprechen müssen. Allein, dass er so leichtfertig mit Jacks Karriere, seiner Zukunft, seinem Leben spielte, zeigte, wie wenig ihm an anderen lag. Jack mochte er hassen, aber Jack war mein Freund. Dan hatte billigend in Kauf genommen – provoziert –, dass wir beide unter der Situation litten und beinahe daran kaputtgingen. Und das nur, um mich zu bestrafen? Dafür, dass ich mir ein Leben aufgebaut hatte?

Ich sah Dan an und wusste ehrlich nicht, was ich sagen sollte. Kein Ausdruck der Welt fing ein, wie angeekelt, bestürzt, enttäuscht, verletzt und verraten ich mich fühlte – wie ich mich auch stellvertretend für Jack fühlte.

»Ich kann gerade nicht mit dir reden, Dan«, brachte ich heraus und hob die Flaschen vom Boden auf. Erst die eine, dann die andere. »Du bist mit Abstand der widerlichste Mensch, den ich mir vorstellen kann.«

Dan sah mich nur an. »Amber, ich rufe dich gleich zurück, ja?« Er legte auf und steckte das Handy in die Tasche seiner Jogginghose. »Was ist los?«

»Ich kann gerade nicht mit dir reden.«

»Ist alles in Ordnung?«, hakte er erneut nach. Als hätte ich nichts gesagt. Oder als wäre mein Einwand es nicht wert, gehört zu werden. »Hat Jack ...?«

»Jack«, betonte ich und lachte auf, »Jack hat gar nichts getan. Weder heute noch irgendwann sonst. Und das weißt du genau.«

Er hob abwehrend die Hände. »Gestern Abend bist du weinend nach ...«

»Weil wir wegen einer Situation, die allein deine Schuld ist, gestritten haben«, fiel ich ihm ins Wort.

»Wegen des Wettkampfes? Romy, das ist nicht mei...«

Diesmal ließ ich ihn nicht einmal das Wort beenden, bevor ich ihm dazwischengrätschte. »Was hattest du mit Jacks Probe zu schaffen?«

»Jacks was?« Er besaß die Frechheit, verwirrt zu tun. »Wie ...?«

»Wie ich darauf komme?«

»Wie kommst du darauf, dass ich etwas mit Jacks Probe zu tun haben könnte?« Dan verschränkte die Arme vor der Brust.

»Erst dachte ich, dass du Jack gegenüber einfach generell unausstehlich bist. Aber dann hast du von seiner Probe gesprochen und warst immer ein bisschen zu gut informiert. Und jetzt am Telefon war es nicht mehr schwer herauszuhören, dass du beteiligt warst. Oder federführend. Ist auch egal. Warum hast du das gemacht?!«

Die Frage kam mir, sobald ich sie gestellt hatte, unendlich albern vor. Seicht, als würde eine Filmheldin wie in Maias Kitschschmonzetten nach dem übergeordneten Motiv der Bösen fragen und Antworten erwarten, die einen Rest von Moral bezeugten.

Dan schien meiner Meinung zu sein, denn mit einem Mal änderte sich seine Haltung vom fürsorglichen Sportpartner zum selbstbewussten Sportler. »Du hast dich ablenken lassen.«

Anders als in den Filmen hatte Dan keinen Rest von Moral. Er schwieg. Als hätte er alles gesagt, was es dazu zu sagen gab.

»Ich habe mich nicht ablenken lassen«, erwiderte ich.

»Deine Prioritäten waren falsch. Wenn du dich nicht ablenken lässt, bist du die stärkste Eiskunstläuferin, die ich kenne. Wir haben echte Chancen bei den Nationals, aber du interessierst dich mehr für alles andere als das. Das musste ich korrigieren.«

»Du musstest das korrigieren?« Ich hasste, wie dünn meine Stimme klang. Und ich hasste, dass ich erst jetzt erkannte, wie richtig Maia gelegen hatte. Dan hatte versucht, mich durch Jack zu bestrafen, als ich nicht mehr nur für den Sport und meinen Sportpartner gelebt hatte. »Indem du Jacks Karriere aufs Spiel setzt?«

Sein Schulterzucken tat mehr weh als die Erkenntnis, was Dans Respekt mir gegenüber betraf.

»Du hast Jacks Karriere aufs Spiel gesetzt«, wiederholte ich und suchte Dans Blick. Keine Ahnung, was ich dort zu finden hoffte. Reue? Einen Grund? Außer einem harten Blick fand ich nichts.

»Er ist nur ein Eishockeyspieler, davon gibt es sowieso zu viele.«

Noch bevor er den Mund wieder geschlossen hatte, hatte ich ihn geohrfeigt. »Von deiner Sorte Mensch gibt es auch zu viele. Ich fasse es nicht.« Ich schüttelte den Kopf. »Ich kann dich gerade nicht mehr sehen.«

Wie ferngesteuert drehte ich mich um und ging zurück zu meinem Zimmer.

»Du hast die Hochzeit verpasst«, teilte Maia mir mit, kaum dass ich den Raum betreten hatte. Die Aussage kam mir wie aus einem anderen Leben vor.

Ich musste sie wie ein Ufo angesehen haben, denn sie pausierte den beginnenden Abspann und ließ den Blick über mich gleiten. »Was ist los?«

Ich schüttelte nur den Kopf. Nach wie vor fand ich keine Worte, die der Situation gerecht wurden.

»Dan?«, riet sie und wartete mein Nicken ab, bevor sie ein gemurmeltes »Immer wenn du schlecht drauf bist, steckt er irgendwie mit drin« hinzufügte, aufstand und mich umarmte.

Eine Weile standen wir da, dann erzählte ich ihr, was ich eben herausgefunden hatte. »Er hat es nicht einmal abgestritten.« Ich fuhr mir durch die Haare. Stattdessen hatte er stolz gewirkt, sogar beinahe wie jemand, der nur tat, worauf er ein Anrecht hatte.

Weil er dachte, dass er auf mich ein Anrecht hatte, ohne gleichzeitig eine Verantwortung mir gegenüber zu verspüren. Wie es mir ging, wen aus meinem Umfeld er ausschalten musste, was das mit den Karrieren anderer machte – das alles war ihm egal, weil er nur wollte, dass ich die bestmögliche Leistung brachte. Für einen Moment wollte ich auf meine Schlittschuhe einhacken und meine Karriere beenden, nur um ihn zu zwingen, dasselbe zu tun. Wenn auch bloß für eine Saison.

Maia schüttelte nur den Kopf. »Da fällt mir auch nichts mehr ein«, sagte sie und setzte sich auf die Bettkante. »Hat er echt …?«

»Ja.«

»Und wie?«

Ich zuckte mit den Schultern. Dans Onkel war Apotheker, aber dass er involviert war, konnte ich mir nicht vorstellen. Dieser Mann, der sich regelmäßig im Tierheim engagierte und vor allem unsportlicher als Maia war, würde bestimmt nicht dazu beitragen, irgendjemandes Sporttraum platzen zu lassen. Zumindest nicht wissentlich. Lennard kam wie ich aus der Biochemie, vielleicht kannte er durch Praktika die richtigen – oder falschen – Leute. »In jedem Fall so, dass er glaubt, das Ganze wiederholen zu können.«

Wir tauschten einen Blick.

»Und ich habe nichts in der Hand außer unserem Gespräch gerade.«

Maia atmete tief durch. »Was hat er noch gesagt?«

Ich wusste es nicht. Gerade zählte jedes einzelne Detail, und ich hatte keine Ahnung. Dan … hatte von einem zweiten Mal gesprochen, vielleicht ließ das Jack dieses Mal davonkommen? Aber wo ein »dieses Mal« war, war ein »nächstes Mal« nicht weit. Das Risiko war untragbar. Dan war untragbar, wenn er Jacks Chancen von seiner Wahrnehmung dessen, was ich aufs Eis brachte, abhängig machte.

»Ich weiß es nicht.«

»Wir brauchen irgendwelche Beweise.« Sie hielt inne. »Romy?«

»Ja?«

»Wenn wir Dan in die Ecke treiben, kann ihn das seine Karriere kosten.«

Ich sah nicht ein, warum Dans Karriere schützenswert sein sollte, wenn er anderen nicht denselben Respekt entgegenbrachte. »Er ist derjenige, der sich danebenbenommen hat.« Und zwar so massiv, dass ich nicht wusste, welches Gefühl in Bezug auf ihn die Oberhand haben sollte. Also sollte auch seine eigene Karriere das sein, womit er notfalls bezahlte.

»Du verstehst mich nicht.« Maia fasste mich am Ellenbogen. »Ihr seid zu zweit auf dem Eis. Deine Karriere hängt genauso mit drin.«

Ich hatte mir Dan als Partner ausgesucht – Jack hatte die Wahl nie gehabt, aber trotzdem dafür bezahlt, ihn einfach nur zu kennen. »Dan würde Jack jederzeit wieder zu Fall bringen. Ich will, dass er diese Chance nie wieder hat.«

Notfalls würde ich wieder zum Einzel wechseln. Das hatte vor Dan funktioniert, irgendwie würde ich es auch diesmal schaffen.

Kapitel 29

»Das ist zu einfach.« Ich zog die Auswertung von Jacks Dopingtest unter Dans Schreibtischunterlage, die er gelegentlich mit einem Safe für wichtige Dokumente verwechselte, hervor und drückte sie Maia in die Hand.

»Dan nimmt dich nicht für voll.« Maia zuckte mit den Schultern. »Wahrscheinlich hat er gedacht, dass du mit der Erkenntnis sofort zu Jack rennen würdest, um eine emotionale Versöhnungsszene vorzuziehen.« Sie verdrehte die Augen. »Dabei bist du die Clevere in der Wohnung.«

In der Wohnung. Die gab es ja auch noch. Mit dem Wissen, wie weit Dan in seinem Ehrgeiz – und seinem Anspruchsdenken – zu gehen bereit war, hatte sich die Wohnung von einem Zuhause zu einem Ort, der sich zu sehr nach Verrat anfühlte, gewandelt. Jetzt bereute ich, nicht schon früher einen Schlussstrich unter Dans und meine Zeit gezogen zu haben und ausgezogen zu sein.

»Und du bist die Clevere von uns«, fügte meine beste Freundin hinzu, fotografierte das Papier ab und hielt es mir wieder hin. »Ich sehe Zahlen, die über 0 und 1 hinausgehen; damit kann ich nichts anfangen. Sieh mal nach, ob das als Beweis ausreicht.«

Die Clevere von uns. Sagte diejenige, die eine KI programmierte, die langsam, aber sicher Dimensionen annahm, dass ich sie nicht nur Maia zuliebe als eigenständiges Wesen zu betrachten begann. Trotzdem sah ich ein, dass ich mit Biochemie vielleicht näher an der Materie war als sie. Was nicht bedeutete, dass ich mich mit Dopingtests auskannte. Sicher wusste ich um den Ablauf der Tests, aber bis vor einigen Tagen hatte ich nie mehr als den ersten Schritt aus Sicht einer Athletin miterlebt. Erst mit Jacks Erlebnis hatte ich mehr von dem Prozess mitbekommen, wenn auch nur aus zweiter Hand – und hoffentlich würde ich nie wieder Erfahrungen damit sammeln.

Ich überflog die Ergebnisse und entschied, dass ich ad hoc wenig mit den Zahlen und Werten anfangen konnte; zumindest, solange ich hier in Dans Zimmer stand. »Das muss ich mir in Ruhe ansehen.«

»Brauchen wir hier noch mehr?«

Wahrscheinlich nicht. Nicht einmal Dan war arrogant genug, Beweise herumliegen zu lassen, die eindeutig auf ihn zurückzuführen waren. Das Blatt Papier, das ich gerade in den Händen hielt, konnte ihm zugespielt worden sein, er konnte es von Freunden bekommen haben oder wie auch immer. Es nahm ihn nicht in die Verantwortung. Dazu wäre eine Aufnahme, auf der er zugab, was er getan hatte, hilfreich. Ich schob das Papier zurück an seinen Platz, damit Dan nicht auf das Fehlen aufmerksam wurde. Wenn ich ihn erneut mit der Thematik konfrontierte, würde er sich reizen lassen. Ich kannte Dan, ich wusste, auf welche Phrasen er ansprang. Solange ich mit dem Ende unserer Karriere drohte, würde er reagieren.

Unsere Karriere. Noch so ein Thema, dessen bloße Existenz sich falsch anfühlte. Lieber erzwang ich ein Ende für uns beide, als weiter irgendetwas zu tun, von dem er profitierte. Nicht sofort aufzuhören oder einen neuen Partner zu finden, fühlte sich wie Verrat an meinem Moralverständnis an. Vor allem aber wie Verrat an Jack. Jack war von genügend Menschen verraten oder fallen gelassen worden. Er brauchte keine weitere Person, die ihm das antat.

»Nein«, sagte ich reichlich verspätet. Dan würde ich später übernehmen. Jetzt musste ich erst mal aus den Ergebnissen, die Maia abfotografiert hatte, schlau werden und dann zu Jack fahren. Mich entschuldigen, den Streit, von dem ich heute nicht mehr verstand, warum es ihn überhaupt gegeben hatte, beenden und ihm endlich gute Nachrichten überbringen.

Ich würde Dan in den Griff bekommen. Alles andere war keine Option. Nicht für Jack, nicht für mich.

Maia und ich hinterließen Dans Zimmer so, wie wir es vorgefunden hatten, und gingen zurück in mein Zimmer. Noch bevor ich am Laptop saß, hatte sie mir das Bild der Testergebnisse geschickt, sodass ich sie mir noch mal anschauen konnte. Auf den ersten Blick sahen sie aus, wie ich mir Dopingtestergebnisse vorgestellt hatte. Ein Dokument, die Daten darauf, die getesteten Substanzen und die Ergebnisse.

Eine schnelle Recherche zeigte auch, wie die Werte einzuordnen waren. Bis auf die β2-Agonisten waren alle Ergebnisse unauffällig. Und selbst ich, die keine Expertin für Pharmazie, Stoffwechsel und sonstige Bereiche, die über Molekülstrukturen hinausgingen, war, erkannte, dass das Ergebnis hier abnormal hoch ausfiel. Am Ende des Dokuments zeigte ein Asterisk eine Zusatzbemerkung an. Die Dichte schien auffällig gewesen zu sein, ebenso der Mangel an Metaboliten. Endlich ein Begriff, mit dem ich etwas anfangen konnte – der mein Gehirn aktivierte. Es dauerte noch einen Moment, bis die einzelnen Aussagen zu einer Erkenntnis führten, die ich Maia mitteilen konnte.

Sie sah mich aufmerksam an, ließ mich aber in Ruhe lesen und denken.

»Allein der Test zeigt schon, dass Jack nichts genommen haben kann, denke ich«, sagte ich dann. »Zumindest legt es den Verdacht nahe.« Dass das Ganze mit einer zweiten Auswertung abgeglichen wurde, ergab Sinn. Aber eine erste Tendenz konnte ich herauslesen – wenn ich meinen Kenntnissen vertraute.

»Und warum?«

»Siehst du, wie hoch der Wert hier ist?« Ich deutete auf die β2-Agonisten.

Maia nickte brav.

»Das ist anormal, vor allem weil das Labor hier schreibt, dass die Metaboliten beinahe nicht existent sind.«

»Ich habe keine Ahnung, was du mir damit sagen willst.«

»Wenn man etwas zu sich nimmt, wie auch immer, wird es vom Körper verarbeitet. Dabei entstehen Abbauprodukte oder auch Zwischenstufen. Die heißen Metaboliten.«

»Und wenn sie fehlen, war auch der Stoff nicht im Körper?«

Ich nickte langsam. »So weit meine Theorie. Ich vermute, dass der Stoff nachträglich in die Probe gelangt ist.«

»Dan«, sagte Maia nur und fasste die Situation damit zusammen. »Oder Lennard?«

Ich zuckte mit den Schultern. Letztlich war es egal. Es bedeutete, dass Jack nichts konsumiert hatte, das ihn in Schwierigkeiten bringen würde. Ich sollte erleichtert sein, die letzten Zweifel ausgeräumt zu haben. Aber statt Erleichterung war da nur Erschöpfung. Die nächsten Schritte waren klar. Dan kontrollieren, meine Wohnsituation ändern, Jack informieren, unsere Beziehung kitten, meine Karriere beenden – der Berg von Aufgaben war mit einem Mal hoch und unüberwindbar geworden. Ich hatte nicht die Kraft für all dieser Schritte auf einmal. Ich konnte nicht all diese Schlachten gleichzeitig schlagen.

»Willst du Jack heute Bescheid geben?«

»Ja.« Egal, wie es zwischen uns aussah, ich würde ihn nicht länger als nötig zappeln lassen. Nicht, wenn ich wusste, wie sehr ein Sportler ohne Sport litt. Wie wenig ein Sportler ohne Sport lebte. Oder *war.* »Ich will nur vorher noch mal alles durchgehen.«

Maia nickte. »Ich habe das Foto noch an eine meiner anderen E-Mail-Adressen geschickt, dann ist es gesichert. Nimmst du dir Dan heute auch noch vor?«

»Das ist unsere beste Chance.« Ich schaffte es nicht, ihren Blick zu erwidern.

»Wenn du danach nicht mit ihm in einer Wohnung bleiben kannst oder willst«, sie sah mich streng an, »kommst du zu mir. Okay?«

»Ja, danke.«

»Ich meine es ernst. Dan kann man nicht trauen.«

Wenn es um meine körperliche Unversehrtheit ging, schon. Er würde nicht riskieren, dass wir deshalb ausfielen oder Trainingszeit verloren. »Okay.«

»Wenn ich dich jetzt allein lasse, kommst du klar?«

Hoffentlich. »Ich rufe gleich Jack an und warte dann auf Dan.« Protokolle und Uniarbeiten konnte ich sowieso vergessen.

Meine beste Freundin nickte. »Ruf an, wenn du etwas brauchst, okay?«

»Ja. Danke.«

»Ich bin froh, dass Jack aus der Nummer herauskommt.«

Ich auch. Auch wenn es nicht so einfach war. Alles hatte Konsequenzen – vielleicht bleibende für Jack, sicher neue für mich, garantiert signifikante für Dan. Was davon gut war, würde ich herausfinden. Müssen.

Ich hatte keine bestimmte Reaktion erwartet, und doch ließ mich Jacks Kenntnisnahme der neuen Entwicklungen irgendwie enttäuscht zurück. Zeitgleich mit dem zweiten Ergebnis des Tests, in dem nichts mehr nachgewiesen worden war, war Jacks Sperre aufgehoben worden, und er stand wieder auf dem Eis. Auch das hatte er mit einem höflichen Lächeln und Nicken quittiert. Aber von der Erleichterung, die ich zu sehen gehofft hatte, war keine Spur. Als ich meine Sprünge wieder gestanden hatte, war es gewesen, als hätte ich einen Teil von mir zurückerobert, der einfach gefehlt hatte. Als wäre ich wieder ganz und wieder ich. Nichts davon erkannte ich in Jack wieder, der mich zwar zur Begrüßung umarmte und meine Instagram-Story, in der ich meine Vorfreude auf das Spiel heute – das erste Spiel, bei dem die UMMH ihren Kapitän wieder auf dem Eis sehen würde – geteilt hatte, repostet hatte, aber trotzdem in all den vertrauten Gesten fremd blieb.

Irgendwie war alles falsch. Wir hatten uns ausgesprochen, akzeptiert, dass wir beide emotional aufgeladen in den Streit geschlittert waren, und eine gewisse Last war von Jacks Schultern gefallen, als ich ihm hatte versichern können, Dan im Griff zu haben. Wie erwartet war er auf meine Provokation angesprungen und hatte genug gesagt, dass die Aufnahmefunktion meines Handys und die sofortige Sicherung bei Maia eine Datei ergeben hatten, in der er nicht nur sich, sondern auch Amber, die erstaunlich kreativ die meisten Gerüchte rund um Jack in die

Welt gesetzt hatte, und Lennard, der in Sachen Umsetzung flinke Finger gezeigt hatte, belastete. Ich hatte Dan wissen lassen, dass ich sowohl die Ergebnisse des Dopingtests und die daraus resultierenden Schlüsse, die er mehr aus Überraschung als aus Arroganz bestätigt hatte, als auch sein Geständnis mehrfach gesichert hatte. Wenn es eine Sache gab, die Dan wichtiger war als unsere Karriere, dann war es seine eigene Karriere.

Die NCAA verstand keinen Spaß in Sachen Doping. Nicht bei Athleten, die leistungssteigernde Substanzen zu sich nahmen, und schon gar nicht bei Athleten, die sich an eigenen oder fremden Proben zu schaffen machten. Dagegen waren die Sperren, die Jack hatte befürchten müssen, kurz. In unserem Alter konnte das schnell den Unterschied zwischen Profisport und Scheitern ausmachen.

Dan würde nichts mehr tun, um zu riskieren, dass ich aus einer Laune heraus meine Informationen weitergab. Er konnte verdammt froh sein, dass Jack gerade anderes im Kopf hatte, als diese Entscheidung – die nur ihm zustand – zu treffen. An seiner Stelle hätte ich Dan sofort in den Abgrund gerissen; von seinen Freunden ganz zu schweigen.

Dass Jack aber nicht zuerst an Dan dachte, sondern sich darauf konzentrierte, seine eigene Karriere wieder in Gang zu bringen, war mehr als verständlich. Zumal die Neuigkeiten von der Rückkehr des Eishockeystars des Teams nicht nur auf dem Campus die Runde gemacht hatten, sondern auch für allgemeines Interesse der Szene sorgten. Dass neben unserem Kapitän auch der der BU zurückkehren sollte, hatte ein volles Stadion beschert. Voll genug, dass Maia uns über Brandon Karten organisiert hatte, um sicher Plätze zu bekommen.

»Die Typen sehen wichtig aus.« Sie deutete auf ein paar Anzugträger, die mit Klemmbrettern und Kappen herumstanden und sich angeregt unterhielten.

»Die *sind* wichtig«, mischte sich eine neue Stimme ein.

Maia und ich wirbelten herum. »Christina!« Maia fiel Nashs Freundin um den Hals. »Du hast es geschafft?« Sie sah zu mir. »Christina hat einen Weiterbildungskurs für Tanzpädagogik«, sie sicherte sich mit einem Blick zu der blonden jungen Frau ab, »begonnen. Eigentlich dachte ich, sie wäre zu beschäftigt, um hierherzupendeln und Nash beim Schlittschuhlaufen zuzusehen.«

Die Aussage ließ mich schmunzeln. Maia war so intelligent und mehr als nur ein bisschen in Brandon verschossen. Wie sie sich nicht auch in seinen Sport hatte verlieben können, würde ich nie verstehen.

Christina winkte ab. »Das kann ich auch wann anders«, stimmte sie zu. »Aber ich wollte Frost, also Jack, unterstützen. Nash meinte, er wäre irgendwie seltsam. Vielleicht ist er nervös, weil sich heute alle auf ihn konzentrieren? Jedenfalls dachte ich, ein zusätzlicher Fan könnte ihm nicht schaden.« Ihr Blick fiel auf mich. »Oder seiner Freundin.«

Ich versuchte mich an einem ehrlichen Lächeln. Wann immer ich Christina traf, wurde sie mir noch sympathischer – sie irgendwann zu meinem festen Freundeskreis zählen zu dürfen, wäre eine Bereicherung. »Das ist nett, danke. Wir wissen es zu schätzen, Jack und ich.«

Sie tätschelte mir nur die Schulter und wandte sich dann wieder Maia zu. »Ich bin vorhin an Detroit und Boston vorbeigelaufen; offenbar sind sie wieder interessiert, jetzt, wo sich der erste Test als fehlerhaft erwiesen hat.«

Fehlerhaft konnte man es auch nennen. Ich nickte, auch wenn ich nicht angesprochen gewesen war.

»Okay.« Maia nickte ebenfalls, machte aber mit ihrem Tonfall deutlich, dass sie keine Ahnung hatte, dass die Städtenamen für NHL-Teams standen, die Jack eventuell verpflichten wollten.

»Scouts«, fügte ich als Erklärung hinzu.

Sie zeigte beide Daumen nach oben. »Sponsoren für ein paar der Spieler habe ich auch mitbekommen. Irgendeine kanadische Ölfirma, wenn ich Brandon richtig verstanden habe.« Ein Schulterzucken. »Was sich eine Ölfirma marketingtechnisch von Eishockey verspricht, muss man nicht verstehen.«

Christina runzelte die Stirn. »Edmonton?«

»Ich glaube schon.« Maia winkte ab. »Aber er führt gerade ein paar Gespräche mit Teams für nach der Uni. Um Sponsoren kann er sich dann kümmern, schätze ich.«

»Nash auch.« Christina setzte sich auf den Platz neben uns. »Und Frost mit Sicherheit auch, wenn er heute so spielt wie sonst. Wie geht es ihm?«

Ich zuckte mit den Schultern. Nach der Info über Nashs Einschätzung war ich mir nicht sicher, ob ich die richtige Person war, um diese Frage zu beantworten. Es war, als hätte ich die wenigste Ahnung davon, was mein Freund fühlte und wie er das Erlebte wahrnahm. »Ich glaube, er muss das alles erst mal verarbeiten«, sagte ich. Diese Aussage klang diplomatisch – und machte Hoffnung, dass alles wieder normal werden würde. Auch zwischen uns.

Die Aufwärmphase begann, und während Jack mit jeder Minute mehr so wirkte, als hätte es seine erzwungene Auszeit nie gegeben, fühlte ich mich zunehmend fehl am Platz. Ich folgte seinen Bewegungen und seinem Laufverhalten, und auch wenn er hin und wieder einen Blick in unsere Richtung warf, war alles distanziert und abgeschnitten.

Kurz darauf zogen sich die Spieler beider Mannschaften zurück, und Christina schlug die Beine übereinander. »Wie schätzt ihr das Spiel ein? Mein Eindruck bisher ist explosiv.«

»Warum?«, fragte ich und nahm damit Maias Frage vorweg; jedenfalls ihrem Gesichtsausdruck nach zu urteilen. »Ich war gerade eher auf Jack fokussiert.«

Christina drehte einen ihrer Ringe am Finger. »Die BU hatte keine Chance gegen die UMMH, solange wir Frost hatten und Keating ausgefallen ist. Dann hat unser Kapitän auch gefehlt, und die Sache sah wieder anders aus. Jetzt sind beide zurück, und das Stadion ist voller Scouts, die beeindruckt werden wollen. Zwei riesige Fangruppen ernsthafter Rivalen sitzen auch noch herum. Für mich klingt das explosiv.«

Das klang in der Tat explosiv. Und nach einem furchtbaren Spiel, um sich wieder akklimatisieren zu müssen. Für die Mannschaft schien es wichtig zu sein, Jack jetzt zurückzuhaben, um nicht im Nachteil gegen die BU und ihr offenbar starkes Team zu sein. Aber für Jack? Nach dem Druck, der die letzte Zeit auf ihm gelastet hatte, konnte es nicht angenehm sein, sofort in essenzieller bis spielentscheidender Rolle gebraucht zu werden. Das war keine leichte Aufgabe für einen Sportler.

Keine leichte Aufgabe, aber eine, die er gut machte. Das erste Drittel über spielte er zurückhaltend, soweit ich es erkannte, im zweiten überraschte er mit einer Präsenz, über die ich lobende Worte eines Herrn mit Pinguin auf der Kappe aufgeschnappt hatte, und als er im dritten Drittel einen Pass spielte, der meinem physikalischen Verständnis nach hätte unmöglich sein sollen und der ausgerechnet Nash zu dem Tor verhalf, das unser Team in Führung brachte, hatte er jede Zweifel an seiner Resilienz ausgeräumt.

Leider konnte ich dasselbe auch über Keating sagen, der überraschend wenig über das Eis huschte, unsere Reihen aber regelmäßig ins Schwitzen brachte, zwei Tore schoss und in den letzten neunzig Sekunden noch mal herausgeholt wurde, um das Spiel eventuell zu drehen. Er rammte Nash, ließ sich weder von Brandon noch von Mac beirren und schoss auf Reed, der den Puck zwar hielt, aber einen Moment zu lange liegen blieb. Sofort standen Schiedsrichter und Spieler um ihn herum.

Maia, Christina und ich saßen auf den Kanten unserer Sitze. Das war der Teil, ab dem es unschön war, Spieler persönlich zu kennen. Sicher hatte man Mitgefühl, wann immer sich irgendeiner verletzte. Aber wenn er zum Freundeskreis gehörte, war es ein anderer Schreck, der von einem Besitz ergriff. Ich biss mir auf die Lippe und schmeckte schon Blut, als sich Reed aufrappelte und die besorgten Gesten der Umstehenden mit einem Kopfschütteln beantwortete. Kurz darauf ging das Spiel weiter, aber auch Keatings letzter Versuch, ein Tor zu erzielen, blieb ertraglos.

Das halbe Stadion feierte den Sieg, der Rest seine Mannschaft und ich Jack.

»Was für ein Spiel«, sagte Nash und biss in den Burger, den er zuvor effektiv zwischen den Händen zerquetscht und in Sachen Ketchup ausgepresst hatte. »Wir haben die BU ziemlich alt aussehen lassen.«

»Wir?« Reed warf mit Pommes nach ihm. »Wenn ich mich recht erinnere, und ich hatte Zeit, euch zuzusehen, war es Frost, der uns die Tore beschert hat, und meine

Wenigkeit hat euch davor bewahrt, zu viele zu kassieren.«

Nash hob die geworfenen Kartoffelstäbe vom Tisch auf und schob sie sich in den Mund. »Wenn du meinst.«

»Frost hat es schon herausgerissen«, stimmte Mac zu und griff nach seinem Becher. Warum um alles in der Welt eine komplette Sportmannschaft nach einem Spiel in das nächstbeste Fast-Food-Restaurant einfiel, um eine sportliche Leistung mit dem unsportlichsten Essen überhaupt zu feiern, hatte ich noch nicht herausgefunden. Fakt war, dass ich Jacks aufforderndem Blick sofort gefolgt war und mich angeschlossen hatte. Dan würde mich nicht mehr allzu oft heben müssen, also brauchte ich keine Rücksicht mehr auf ihn zu nehmen. Wenn das bedeutete, dass ich mit Jack und seinem Team fettiges Essen aß, das ich morgen bereuen würde, gehörte das wohl auch dazu.

»Hat es dir gefallen, Romy?« Reed beugte sich zu mir und grinste. »Bist du mit Frost zufrieden?«

»Mit Jack? Immer«, sagte ich und sah kurz neben mich zu meinem Freund, um herauszufinden, ob er mich gehört hatte, aber er zeigte keinerlei Anzeichen dafür. Stattdessen hatte er sich zwei mir unbekannten Spielern zugewandt und besprach irgendeinen Spielzug mit ihnen. »Ich bin froh, dass er wieder auf dem Eis stehen konnte. Aber was ist mit dir? Das vorhin sah übel aus.«

Er zuckte mit den Schultern. »Halb so wild.«

»Dir ist nichts passiert?«

»Nur eine Prellung, denke ich.«

Jack unterbrach sein Gespräch und lehnte sich an mir vorbei, um Reed anzusehen »Wenn du morgen noch viel davon merkst, lässt du das abklären«, teilte er ihm mit.

»Notfalls soll Ezra übermorgen ins Tor, aber ich kann nicht riskieren, dass du für die Play-offs ausfällst.«

»Du siehst uns in den Play-offs?«

»Du nicht?«, mischte Nash sich ein. »Bist du sicher, dass du nur eine Prellung abbekommen hast? Ich dachte, du hättest das Spiel erlebt. Wenn es so weitergeht, sehe ich uns nicht nur in den Play-offs, oder, Frost?« Er suchte Jacks Blick, aber dieser hatte sich bereits abgewandt und war zum Tresen gegangen.

Ich überließ Nash und Reed ihren scherzhaften Streitgesprächen und folgte meinem Freund. »Du hast gut gespielt«, sagte ich und zog einen Mundwinkel nach oben.

»Danke.« Er nickte knapp. »Du musst nicht bleiben, ich weiß, dass du morgen früh Training hast.«

So hart hatte ich ihn nie erlebt, wenn er von Training sprach.

»Morgen nicht.« Ich zuckte mit den Schultern. »Ich habe mich krankgemeldet.«

Das erregte seine Aufmerksamkeit. »Was ist los? Geht es dir nicht gut?« Seine Hände zuckten in meine Richtung, kamen aber nie an. Ich wünschte, er hätte die Geste nicht abgebrochen.

»Alles gut.« Beschwichtigend hob ich die Hände. »Offiziell ist es mein Knöchel«, ich sah zu dem Fuß, den ich mir vor Jahren verletzt hatte, »aber inoffiziell …«

Eiskunstlauf mit Dan hatte sich zu etwas entwickelt, das schrecklicher war, als an jedem Sprung zu scheitern. Nichts an den Einheiten der letzten Tage hatte Spaß gemacht, nichts hatte sich richtig angefühlt – nichts hatte sich sicher angefühlt. Dans Griff war zu fest und im selben Moment zu locker gewesen, um uns durch die Programme zu bringen. Von einer Einheit waren wir weit entfernt.

Nadia wusste mit Sicherheit, dass mein Knöchel keine Probleme machte. Genauso wenig wie die Narbe, die sich unter meinen Haaren verbarg. Dan war das Problem.

»Und doch wohnst du noch bei ihm.« Jack zog eine Augenbraue nach oben. »Und läufst mit ihm.«

»Weil es deine Entscheidung ist, was du mit den Informationen über ihn anfängst«, sagte ich.

»Ist es nicht.«

Ich zog eine Augenbraue nach oben.

»Es ist nicht meine Entscheidung, wenn ich deine Karriere damit zerstöre, falls ich ihn zur Rechenschaft ziehe.« Jack sah mich an. »Und wie es aussieht, ist deine Entscheidung schon gefallen.«

»Jack ...«

»Ich liebe dich, Romy, aber du hast mich alleingelassen, als ich dich gebraucht hätte. Und anstatt denjenigen, der mir – uns – das angetan hat, zur Rechenschaft zu ziehen, tust du genau das, was er wollte. Ich weiß, dass ich nicht von dir erwarten kann, dass du dich sofort von ihm als Sportler distanzierst ...«

»Doch.« Ich räusperte mich. »Eigentlich kannst du genau das erwarten.« Dan hatte nicht selbst gedopt, sondern einem anderen Substanzen untergejubelt. Das war schlimmer. Sich nicht von ihm zu distanzieren, bedeutete, ihn zu unterstützen. Im Endeffekt stand ich Dan bis zu einem gewissen Grad so bei, wie ich es bei Jack getan hatte. Das würde so nicht weitergehen.

»Romy, ihr habt die Qualifikation für die Nationals geschafft. Du hast das geschafft.« Jack schüttelte den Kopf, wie um sich zu sammeln. »Du kannst jetzt nicht einfach das Handtuch werfen!« Mit einem Mal waren Emotionen in seine Stimme zurückgekehrt, und erst der Kontrast ließ mich bemerken, was die letzten Tage über gefehlt hatte.

»Aber …«

»Romy, das kann ich dir nicht vorwerfen. Das *werde* ich dir nicht vorwerfen.« Er nahm meine Hand und lächelte – zum ersten Mal seit Tagen echt.

Der Griff um meine Finger löste sich so schnell, wie er gekommen war, als Jack blinzelte. Er blinzelte ein weiteres Mal und suchte dann meinen Blick. »Das«, er räusperte sich, »das habe ich dir vorgeworfen. Die ganze Zeit – und jetzt.«

Ich zog einen Mundwinkel nach oben, um wenigstens eine tröstende Geste zu machen, wenn ich für Worte noch nicht bereit war.

»Romy, das tut mir leid.«

Diesmal schaffte ich ein ganzes Lächeln.

»Das werde ich dir nicht mehr vorwerfen. Da gibt es nichts vorzuwerfen, nicht dir. Natürlich kannst du mit Dan laufen – ich will dich nicht …«

»Ich finde eine Möglichkeit«, unterbrach ich ihn und drückte seine Hand. »So schnell wie möglich.« Angefangen damit, dass ich die Wohnungssuche noch schneller vorantreiben würde, als ich es ohnehin schon tat.

»Und bis dahin stehen wir das gemeinsam durch.«

Ich nickte und fing seinen Blick auf. »Ich liebe dich.«

»Ich dich auch.« Er küsste meine Stirn.

Die Frau an der Bestelltheke seufzte und lächelte uns entschuldigend an, als wir zu ihr sahen.

»Möchtest du Pepsi?«, fragte Jack und legte mir einen Arm um die Schultern.

»Der direkte Weg in mein Herz«, meinte ich und erwiderte die Geste. »Natürlich möchte ich Pepsi.«

Kapitel 30

Allein aufs Eis zu steigen hatte oft etwas von einem Gladiatorenkampf gehabt – nur ohne Löwen oder wilde Tiere, stattdessen mit Wertungsrichtern und Konkurrentinnen, die jeden Fehler sahen und werteten. Zum ersten Mal, seit ich vierzehn war, war ich heute allein für mich und meine Leistung verantwortlich. Was hatte mich geritten, mich nachts von Maias Laptop aus zu einem Wettkampf anzumelden, für dessen Anforderungen ich seit Jahren nicht trainiert hatte?

Aber eine andere Option sah ich nicht. Mit Dan konnte ich vielleicht die Saison beenden, wenn ich mich zusammenriss und ihn als Sportgerät und nicht als Sportpartner betrachtete. Aber langfristig wollte ich ihn nicht mehr um mich haben – schon gar nicht in einer Position, die direkt mit meinem Alltag verwoben war. Einen neuen Partner würde ich schon finden; wenn man in meiner Schwierigkeitsklasse lief, fand man immer irgendwen, den man notfalls aufbauen konnte. Aber Paarlauf war für mich mit Dan verbunden. Er hatte mich durch meine ersten Gehversuche zu zweit geführt, jedes Element mit mir eingeübt und mich im wahrsten Sinne des Wortes fliegen lassen. Mit jedem anderen wäre Paarlauf seltsam. Und ich würde von jedem anderen dasselbe Verhalten – positiv wie vor allem auch negativ – erwarten, das er gezeigt hatte.

Ich hatte Paarlauf satt. Ich hatte Dan satt, ich hatte die ewige Kontrolle durch ihn satt, und am meisten hatte ich es satt, dass eine Sportpartnerschaft ihm den Raum gegeben hatte, jemanden zu verletzen, den ich liebte. Wenn es das war, was aus einem Arrangement wie unserem hervorging, wollte ich kein Stück mehr davon.

Die Alternative war Einzellauf. Ich hatte mit Maia gesprochen, die sich zwar bemühte, aber nicht verstand, warum ich einen Unterschied zwischen einem Sprung in der Choreografie mit einem Partner und einem Sprung in einer Choreografie für mich allein sah. Vielleicht, weil sie nicht mit jedem Gedanken daran spürte, wie sich Knochenstücke verschoben und aneinander entlangknirschten, wenn man sich bewegte. Ich hatte mit Nadia gesprochen, die mich schon nach dem ersten Satz zur Seite genommen hatte, um mir zu sagen, dass sie mit diesem Entschluss gerechnet hatte, seit ich gestürzt war.

»Ich habe es dir schon einmal gesagt, und ich sage es dir gerne wieder«, hatte sie angefangen und mir eine Hand auf die Schulter gelegt. »Du warst allein sehr gut, du warst mit Daniel sehr gut, und du kannst wieder sehr gut sein. Wenn du es willst.«

Und jetzt stand ich hier und fragte mich, warum ich mir das hatte einreden lassen. Ich konnte das nicht. Nicht mit diesem Programm, auch wenn ich es am Morgen geübt hatte, bis ich es im Schlaf laufen konnte, nicht mit einem Kostüm, in dem ich aussah, als würde ich hierhergehören, nicht, wenn sich mir allein bei dem Gedanken, in einigen Minuten auf die Eisfläche zu treten und niemanden zu haben, der mich an die Hand nahm und zur Mitte führte, der Magen umdrehte.

Wenn du es willst, hatte Nadia gesagt. Bis eben war ich mir noch sicher gewesen, dass ich mir als Einzelläuferin zumindest noch eine Chance geben wollte, bevor ich mich in die Identitätskrise stürzte, die mich erwartete, sollte ich weder Paar- noch Einzellauf als Option betrachten. Jetzt war von Sicherheit in jeglicher Hinsicht keine Spur mehr. Ich ging mein Programm noch mal in Gedanken durch und griff nach meinem Handy, um die Musik ein letztes Mal vor dem Eis zu hören, nur um festzustellen, dass ich keine Kopfhörer dabeihatte. Normalerweise hatte Dan ein zweites Paar in der Tasche; einfach, weil er mich kannte. Heute hatte niemand ein zweites Paar dabei.

Ich dehnte mich einmal mehr und wippte auf den Ballen herum, bis mich eine Eiskunstläuferin, die ich nicht kannte, so böse ansah, dass ich die Bewegung einstellte. Generell kannte ich hier niemanden, mit dem ich mich halb höflich unterhalten und damit von dem bevorstehenden Wettkampf ablenken konnte. Andere Eiskunstlaufpaare als Freunde zu bezeichnen, wäre übertrieben gewesen – aber wenn man sich über Jahre oft genug sah, wuchs man irgendwie zusammen. Es waren immer wieder dieselben Leute mit denselben Einstellungen, und wir hatten uns zu einem System zusammengefunden. Hier fehlte es. Oder es existierte, und ich war einfach diejenige, die nicht dazugehörte und keinen Zugang fand. Niemand mochte Paarläuferinnen, die nur ihren Partner die Arbeit machen ließen und dabei hübsch aussahen. Dass jemand so dachte, konnte ich nicht verübeln. Ich war ja selbst nicht anders gewesen.

Und jetzt gehörte ich nirgends mehr dazu.

»Entschuldigung, haben Sie Romy Erickson gesehen?« Eine mir durchaus bekannte Stimme begann, abwechselnd nach »Romy«, »Rosemarie« und »Romy Erickson« zu fragen, bis eine entnervte Trainerin oder Mutter schließlich in meine Richtung zeigte. Jack, der mit seiner

Statur und Kleidung so gar nicht in das Glitzerkampfgeschwader, das sich hier versammelt hatte, passen wollte, bahnte sich seinen Weg zu mir und öffnete nur kommentarlos die Arme, als er mich sah.

»Was machst du hier?«, nuschelte ich in sein Uni-Sweatshirt und krallte meine Hände in den Stoff. »Ich dachte, du hättest ein Spiel?«

Er stützte das Kinn auf meinen Kopf, was bedeutete, dass er sich gerade unangenehm verrenkte. »Und ich dachte, meine Freundin würde es mir sagen, wenn sie ganz allein zu einem Wettkampf fährt.«

In seiner Stimme war von einem Vorwurf keine Spur, und doch hatte ich das Gefühl, mich erklären zu müssen. Ihm begreiflich zu machen, dass ich ihn nicht hatte ausschließen wollen, sondern dass ich keine Ahnung gehabt hatte, wie dringend ich jemanden an meiner Seite brauchte, bis es zu spät gewesen war. Dass ich mir den Tag heute bewusst ausgesucht hatte, weil ich erwartet hatte, dass er zu beschäftigt mit seinem eigenen Spiel wäre, um meine Stille im Chat zu bemerken. Wenn sein Spiel gut lief, planten irgendwelche Scouts, anschließend mit ihm zu sprechen. Nash hatte mir die zurückhaltenden Informationen dahin gehend übersetzt, dass damit die Zeit der konkreten Angebote begann, und wenn jemand diese Chance verdient hatte, dann war es Jack. Ich wollte ihm erklären, dass ich den Wettkampf, für den ich dank meiner ersten Karriere zugelassen war, als Test betrachtete, ob ich Einzellauf noch wollte. Oder konnte. Gerade was Letzteres betraf, war ich mir nicht sicher. Ich hatte nicht grundlos damit aufgehört. Dan war keine Version einer Zukunft, die ich für mich wählen wollte, aber Jack würde sie mir nicht absprechen. Schon gar nicht, wenn er mich heute scheitern sah und am Ende ein schlechtes Gewissen bekam, weil ich beide Karrierepfade nicht einschlug.

Ob meine Worte für ihn irgendeinen Sinn ergaben, wusste ich nicht, denn Jack zog mich nur fester an sich und beeilte sich, mir zu versichern, dass er mir alles, was heute noch anstand, zutraute. Und dass er bleiben würde.

Ohne wirklich darüber nachzudenken, legte ich die Arme um seinen Hals und presste meine Lippen auf seine. Alles, was ich nicht sagen konnte, weil die Worte mit Jacks Ankunft verschwunden waren. Anders konnte ich nicht ausdrücken, wie viel es mir bedeutete, nicht mehr allein hier zu stehen und zu warten, bis sich zeigte, ob ich allein auf dem Eis bestehen würde. Konnte. Mit Jack bei mir fühlte es sich mehr nach einer echten Chance an als nach dem Versuch, der es war.

Es dauerte nur einen Sekundenbruchteil, bis Jack den Kuss erwiderte und all meine stummen Aussagen ebenso wortlos beantwortete.

Erst als sich eine vorbeigehende Mutter räusperte und ihre Tochter von uns wegzog, lösten wir uns voneinander, und Jack drückte noch einen Kuss auf meine Stirn. »Du hast keine Ahnung, welchen Unterschied es macht, zu wissen, dass du im Stadion sitzt, wenn ich spiele«, murmelte er. »Lass mich zur Abwechslung mal dein Cheerleader sein.« Er schob mich ein Stück von sich, um mir ins Gesicht sehen zu können. »Das hätte ich früher tun sollen.«

Vielleicht. Normalerweise mochte ich es nicht, Familie oder Freunde um mich zu haben, wenn ein Wettkampf ins Haus stand. Sie verstanden ja doch nicht, wie ich den Tag wahrnahm, was half und was das Gegenteil bewirkte. Zu meiner Überraschung war Jack eine eigene Kategorie. Er verstand, er war da, und er drängte sich nicht auf. Trotzdem …

»Du hast dein eigenes Spiel«, erinnerte ich ihn. Ein nicht ganz unwichtiges, wie er sicher selbst wusste. Daran musste ich ihn nicht erinnern – für mich würde das den Druck nur erhöhen; wie ich ihn einschätzte, war es für ihn nicht anders. »Musst du nicht früh da sein?« Zumal unsere Mannschaft heute auswärts spielte. Zwar nur eine Stadt entfernt, ein zeitiges Eintreffen war aber dennoch von Vorteil.

»Du bist mir wichtiger«, meinte Jack und wechselte, als sei damit alles gesagt, das Thema. Er zog eine Flasche Pepsi aus der Tasche seines Shirts und hielt sie mir hin. »Koffein gefällig?«

Ich blinzelte.

»Im Ernst, Romy, hast du heute überhaupt etwas gegessen oder getrunken?« Er zückte einen Müsliriegel und lächelte schief. »Bevor du fragst, Maia hat mich vorbereitet und ausgestattet.«

Wie er es schaffte, dass ich mich mit jeder Aktion, die er brachte, noch mal mehr in ihn verliebte, war unglaublich. Ich stellte mich auf die Zehenspitzen und drückte ihm einen Kuss auf die Lippen. »Ich liebe dich«, sagte ich.

»Ich dich auch. Und jetzt trink.« Er öffnete die Flasche und drückte sie mir in die Hand.

»Ich bin nicht perfekt vorbereitet«, gestand ich und nahm einen Schluck. »Und ich habe keine Ahnung, wie schnell ich auf dem Eis stehen muss und …«

Jack legte mir eine Hand auf die Schulter, um mich zum Schweigen zu bringen. »Du bist die Übernächste, aber stress dich nicht, ich habe die Zeit im Blick. Deine Schuhe habe ich auch schon gesehen«, er deutete neben mich auf den Boden, wo meine Tasche zwischengelagert war, »und du siehst fantastisch aus. Abgesehen davon läufst du mehr als gut. Das schaffst du.«

Ich nickte. Wenn Jack das sagte, schaffte ich das. Er hatte mich gesehen, als ich so schlecht gelaufen war wie lange zuvor nicht, und mich nicht für unfähig gehalten. Er hatte mich gesehen, wie ich mir die Sicherheit nach einer zweiten Sportverletzung zurückgekämpft hatte. Er wusste, wie ich lief, wenn ich in Bestform war. Wenn er mit diesem Wissen dachte, dass ich das schaffte, schaffte ich es irgendwie. Ich gab ihm die Flasche zurück und zog meine Schlittschuhe an, überprüfte meine Frisur und mein Kostüm und atmete tief durch. Ich schaffte das.

Mit Jack, der an der Bande auf mich wartete, schien der Weg in die Mitte der Eisfläche nur noch halb so schlimm. Ich nahm meine Startposition ein, und als die Musik startete, spulte ich das Programm, das ich vorbereitet hatte, ab. Ich lief nicht perfekt, stand meinen Axel nicht so sicher, wie ich ihn die letzten Wochen gestanden hatte, und hätte Nadia diesen Lauf gesehen, hätte sie nicht nur das und meine Rotation bemängelt. Aber ich war weder gestürzt, noch hatte ich Panik bekommen. Ich war einfach unzufrieden mit meiner Leistung – damit konnte ich leben.

»Du warst großartig«, empfing Jack mich, kaum dass ich den ersten Fuß zurück auf festen Boden gesetzt hatte.

»Oberes Mittelfeld«, erwiderte ich und nahm die Schoner, die er mir entgegenstreckte, um sie auf die Kufen zu stecken.

»Großartig«, betonte mein Freund und hob einen Arm an, damit ich neben ihn schlüpfen und seinen Arm um meine Schultern drapieren konnte. »Ich habe keine Fehler gesehen.«

»Für mich spielst du auch perfekt«, gab ich zurück und rückte an ihn heran. Aber schließlich war ich seine Freundin und nicht sein Coach, der ihn auf verbesserungswürdige Aspekte hinweisen musste. Mein Part war der emotionale Support, und wenn ich dafür grenzenlose Begeisterung für ihn als Spieler mitbrachte, war das auch nicht schlecht.

»Du bist voreingenommen.« Er hielt mir noch mal den Müsliriegel unter die Nase, den ich diesmal annahm und zu essen begann. »Ich auch. Aber allgemein sah es gut aus, was du auf das Eis gebracht hast.«

»Danke.« Sofern die Wertungsrichter meine Einschätzung bestätigen würden, war ich für heute zufrieden. Zu erwarten, dass ich nach so vielen Jahren noch immer Perfektion abliefern konnte, wenn ich allein auf dem Eis stand, war utopisch gewesen. Das hatte ich gewusst, und auch wenn ich froh war, nicht mit einem katastrophalen Gefühl vom Eis gegangen zu sein, spürte ich ein leichtes Gefühl von Versagen, das blieb, als ich meine Wertung bekam und mich wie erwartet im oberen Mittelfeld festsetzte.

Neben mir ließ Jack seinen Blick immer wieder kurz zu mir huschen, so als wüsste er nicht, wie ich auf die Platzierung reagieren würde.

»Für heute bin ich zufrieden.« Ich lächelte ihn an. »Ich habe mich getraut, allein zu laufen, und die Feinheiten kann ich trainieren.« Zumal ich die Konkurrenz gesehen hatte und mir ausmalen konnte, welchen Aspekten ich Trainingszeit widmen sollte und in welchen Bereichen ich einfach nur genauer werden musste.

»Okay.« Jack nickte. »Das freut mich.«

»Das bedeutet, dass ich nächste Saison wieder allein antrete«, präzisierte ich. Die aktuelle würde ich mit Dan beenden. Es stand nur noch ein Wettkampf aus, den zu verpassen sportlich keinen guten Eindruck hinterlassen würde, und den würde ich überleben. Danach wollte ich nichts mehr mit Paarlauf zu tun haben – es sei denn, Jack hatte Ambitionen, sich im Spaßbereich zu versuchen. Für Jack würde ich immer eine Ausnahme machen.

»Ohne Dan?«

»Ohne Dan«, bestätigte ich. »Nächste Woche sehe ich mir eine Wohnung an. Ich will so schnell wie möglich ausziehen.«

Jack nickte langsam und drückte meine Schulter. »Du könntest zu mir ziehen.«

Ich zog die Augenbrauen nach oben. »Das könnte ich.«

»Aber ich ziehe nach der Uni weg.«

Ich nickte. Dass ihn eines der Teams anwerben würde, stand außer Frage. Spannend war nur, in welchen Teil Nordamerikas es ihn verschlagen würde. Ihn und den Holzpinguin, der ihn begleiten würde, wie ich annahm.

»Die Frage ist, wo du dich nach der Uni siehst.«

»Eiskunstlauf kann man beinahe überall machen. Und ich bin von keinem Partner mehr abhängig.«

»Das stimmt.«

Wir tauschten ein Lächeln und unterbrachen unser Gespräch, als der Wettkampf und die Siegerehrung relativ zügig beendet wurden. Zum ersten Mal in meinem Leben war es mir egal, dass ich nicht vorn bei den Besten stand. Ich hatte Jack neben mir, eine Zukunft vor mir, und damit war ich mehr als zufrieden.

Kaum hatte der Sprecher das Event abgeschlossen, schulterte Jack meine Sporttasche und beeilte sich, mich zu seinem Auto zu ziehen. »Deines können wir morgen holen …«

»… jetzt müssen wir dein Spiel schaffen«, beendete ich den Satz und öffnete die Tür zum Beifahrersitz, nur um innezuhalten. Ein Strauß Blumen lag auf dem Polster.

Auf der anderen Seite des Wagens öffnete Jack seine Tür und grinste mich an. »Ich habe gelesen, dass man talentierten Eiskunstläuferinnen Blumen schenkt.« Sein Blick wurde schelmisch. »Diesmal sogar ohne rollende Pinguine.«

Die Geste war so süß, so wertschätzend und so *Jack*, dass mir Tränen in die Augen schossen und ich nur ein halb verständliches »Danke« herausbrachte. Zum ersten Mal fragte ich mich nicht, ob ich den Strauß verdient hatte oder damit für etwas belohnt worden war. Ich freute mich einfach über ein Geschenk meines Freundes.

»Gerne.« Jack setzte sich hinter das Steuer, wartete, bis ich auch angegurtet im Wagen saß, und fuhr in Richtung Boston, wo heute ausnahmsweise kein Keating, sondern ein gänzlich anderes Team auf unsere Mannschaft wartete. Boston hatte augenscheinlich genug Fans für mehr als ein NCAA-Team.

»Boston ist im Gespräch«, erzählte Jack, sobald wir auf der Autobahn fuhren und die Chancen, dass er rechtzeitig beim Rest seiner Mannschaft eintreffen würde, in den hohen zweistelligen Bereich kletterten. »Theoretisch.«

»Und praktisch?«

Er zuckte mit den Schultern. »Weiß ich es nicht. Es gibt nicht viele Mannschaften, die während der letzten Tage nicht kategorisch ausgeschlossen haben, mit jemandem …« Sein Satz lief ins Leere.

Ich nickte. »Und du weißt nicht, wie wohl du dich dort jeweils fühlen würdest.«

»Ja.« Jack zog einen Mundwinkel nach oben. »Ich denke, ich warte die Gespräche ab. Spreche mit meiner Familie, mir dir … du musst wissen, auf was du dich einlässt.«

Mir wurde warm ums Herz. Wie wir von verfeindeten Sportarten über erzwungene Trainingsstunden zu einer gemeinsamen Zukunft gekommen waren, war schon verrückt. Fest stand, dass Jack meine beste Strafe war.

Danksagung

It takes a village to raise a child, heißt es. Ich glaube, es braucht auch eine genau solche Gemeinschaft, um ein Buch zu schreiben.

Dass ich auch diesmal nicht allein für das Produkt, das am Ende bei den Leser*innen ankommt, verantwortlich bin, ist der Unterstützung vieler großartiger Menschen zu verdanken, die »Match on Ice« und mich begleitet haben.

Zuerst möchte ich an dieser Stelle Alex danken. Ohne dich gäbe es weder den Roman hier noch die vielen Erinnerungen, die wir mit Recherche, Diskussionen und einzelnen Textstellen verbinden. Vielen Dank für deine Geduld, wenn mich die »too many men« unter den Figuren haben durchdrehen lassen, wenn ich selbst nicht »hooked« genug war, oder »puck it« zu allem sagen wollte. Das »Icing« on top war aber, mit dir Frisuren auf dem Eis bewerten zu dürfen :)

Lena, vielen Dank, dass du Romy und mich begleitet hast! Unsere Schreibdates möchte ich nicht missen :) Danke für dein Interesse an dem Roman, deine Bereitschaft, Details mit mir zu diskutieren, und deine kontinuierliche Motivation, mit der du so manches Kapitel vorangetrieben hast!

Von allen weiteren Testleserinnen möchte ich mich besonders bei Theresa bedanken. Danke, dass du dir die Zeit genommen und dich auf Romy, Jack und ihre Geschichte eingelassen hast! Dein Feedback und deine Begeisterung haben den Schreib- und Überarbeitungsprozess unglaublich bereichert.

Auch Liz, Olivia, Simone und Silvia, die mich testleserisch begleitet haben, danke ich vielmals! Danke auch an alle Freund*innen und Familienmitglieder, die mich in sämtlichen Phasen des Schreibprozesses ertragen haben!

Genauso wichtig ist es mir, mich bei Ellie Brauer, einer meiner liebsten Kolleginnen, zu bedanken. Ohne dich wäre der Roman beinahe namenlos geblieben – danke für deine Begleitung den ganzen Weg über und deine Kreativität in der Titelfindung!

Dass meine Expertise bei Leistungssport schnell an ihre Grenzen stößt, war wenig überraschend. Umso dankbarer bin ich den Experten im Hintergrund, die sich meinen sicher auch absurden Fragen nach Details gestellt und sie beantwortet haben.

Mindestens so dankbar bin ich auch meiner grandiosen Ansprechpartnerin Elke, die auf jede meiner Fragen eine Antwort und immer ein offenes Ohr für mich hat. Wenn du nicht gewesen wärst, wäre der Roman nie so geworden, wie er ist! Auch meiner Lektorin Birgit Fuchs danke ich sehr.

Und zuletzt bedanke ich mich bei dir, liebe*r Leser*in – ich hoffe, du hattest Spaß mit Romy und Jack! Und wer weiß, vielleicht sieht man sich ja mal bei einem Spiel :)